U0517314

武汉大学中国文艺评论基地项目阶段性成果

武汉大学人文社会科学研究自主项目成果

珞 珈 戏 剧 影 视 学 丛 书

双重自审与复象诗学

——易卜生晚期戏剧新论

汪余礼◎著

中国社会科学出版社

图书在版编目(CIP)数据

双重自审与复象诗学:易卜生晚期戏剧新论/汪余礼著. —北京:
中国社会科学出版社，2016.9
ISBN 978-7-5161-9419-5

Ⅰ.①双… Ⅱ.①汪… Ⅲ.①易卜生(Ibsen,Henrik Johan 1828-
1906)—戏剧文学—文学研究 Ⅳ.①I533.073

中国版本图书馆 CIP 数据核字(2016)第 281185 号

出 版 人	赵剑英
责任编辑	熊 瑞
责任校对	韩海超
责任印制	戴 宽

出 版	中国社会科学出版社
社 址	北京鼓楼西大街甲 158 号
邮 编	100720
网 址	http://www.csspw.cn
发 行 部	010-84083685
门 市 部	010-84029450
经 销	新华书店及其他书店

印 刷	北京明恒达印务有限公司
装 订	廊坊市广阳区广增装订厂
版 次	2016 年 9 月第 1 版
印 次	2016 年 9 月第 1 次印刷

开 本	710×1000 1/16
印 张	18
插 页	2
字 数	263 千字
定 价	66.00 元

凡购买中国社会科学出版社图书，如有质量问题请与本社营销中心联系调换
电话：010-84083683
版权所有 侵权必究

目　　录

绪　　论

在易卜生晚期最后一部剧作《当我们死人醒来时》的第二幕，雕塑艺术家鲁贝克对爱吕尼说过这样一段话：

> 让我告诉你，我把自己怎么安置在群像里。在前方，在一股泉水旁边——就像在这里一样——坐着一个人，身子被罪孽压住，不能完全离开地皮。我把那人叫作为了生活被断送而忏悔的人。他坐在水声潺潺的溪边，手指头浸在水里——打算把它们洗净——想起了他的事业永无成功之日，心里煎熬得好生难受。即使到了地老天荒的年代，他也休想获得自由和新生活。他只能永久幽禁在自己的地狱里。①

出现于雕像《复活日》中的这个忏悔者、沉思者的形象，在易卜生晚期每部剧作的深处都隐约可见；他是易卜生艺术灵魂的某种外化与投射，也几乎是所有真正艺术家的象征。鲁贝克创作的这尊塑像，尤其是其中的艺术家形象，可以说是易卜生留给世人去理解其晚期戏剧乃至全部作品的一把秘钥。由此可以启开一个极为深沉、奇异而神秘的世界，一个渗透着地狱之黑和神性之光的世界。当这个世界里星光闪烁的时候，便正是艺术家现身的时候；当艺术家的目光既不是注

---

① 《易卜生文集》第七卷，潘家洵译，人民文学出版社1995年版，第313页。本书所引《易卜生文集》均为此本，后文出现只标明书名、卷号、译者和页码，不赘注。

视着地狱，也不是眺望着天堂，而是转向反省自我的内在灵魂时，一道道更为奇异的风景便出现了。

易卜生晚期戏剧①的世界致广大而尽精微，不同的人看到的风景会很不一样，由此引发的审美体验、生命感悟与问题意识也会很不一样。就笔者而言，在阅读过程中，那种自幼时便已产生的对宇宙隐秘秩序的朦胧憧憬被再次激活，从大学本科开始产生的对作家灵魂奥秘和艺术创作关窍的好奇之心被再次点燃；一种隐隐约约、瞻之在前忽焉在后的存在，强烈地激动着我的心，驱使着我日思夜想，努力接近那个也许从来不曾澄明过的地带。在此过程中，笔者细读了中外大量的易卜生研究论著，有些论述引起笔者很强的共鸣，有些则落在笔者的期待之外。考虑到已有不少学者探讨过易翁戏剧的"神秘模式"或神秘存在，本书不拟赘述；而对于易翁戏剧之"怎是"②，则深望入乎其内，做出自己的探索，并由此揭示易翁的创作思维与艺术智慧。于是便有了本书的核心问题。

一　本书关注的核心问题：易翁戏剧的内核与贡献

探讨晚期易卜生（即"易翁"）的艺术灵魂与创作思维，必然要触及易翁创作那些剧本的动因。易卜生的创作宗旨，比如"实现我们

---

①　在本书中，易卜生晚期戏剧＝易翁戏剧＝易卜生晚期八剧（指《野鸭》、《罗斯莫庄》、《海上夫人》、《海达·高布乐》、《建筑大师》、《小艾友夫》、《约翰·盖勃吕尔·博克曼》、《当我们死人醒来时》八部戏剧）。对于这三个词组，本书在不同语境中择其一而用，但意思一样。

②　根据亚里士多德，"怎是"即"事物之所以成是者"，界说事物"最后或最初的一个'为什么'（本因）"，且"本体亦即怎是"，"怎是就是本体"（见亚里士多德《形而上学》，吴寿彭译，商务印书馆1959年版，第6、138页）。亚里士多德又说："'怎是'为一切事物的起点。我们在此也找到了创造的起点。自然所成事物与技术制品也相同。种子的生产作用正像技术工作；因为这潜存有形式，而种子所由来与其所发生的事物，都取同一名称——只是我们也不能盼望父子完全同称。……本体之特性在于必须先有一已经完全实现的另一本体为之父母。"（见亚里士多德《形而上学》，吴寿彭译，商务印书馆1959年版，第144—145页）据此可知：第一，"怎是"作为事物的起点，实为事物之所以成其是者的本因；第二，亚里士多德认为，对于自然事物与技术制品都可通过求其"起点"来探其"怎是"。第二点实际上开启了一条从生物学角度研究艺术的思路。根据朱光潜的观点，亚氏《诗学》"从生物学带来了有机整体的概念"，而且"这个有机整体观念在亚里士多德的美学思想里是最基本的"（见朱光潜《西方美学史》，人民文学出版社1963年版，第66、77页）。亚氏这个思路对于笔者探讨易翁戏剧的内核很有启发意义。

每个人真正的自由与高贵"①，固然是一种根本性动因，也会对其创作产生重要影响，但不够具体，不能帮助我们切实了解易卜生创作的机制与关窍。易卜生自供的创作秘密，比如他说"现代文学创作的秘密就在于这种个人的切身体验"②，也仍然抽象，从中无法知晓从"体验"到"作品"经历了怎样的外化、变异过程。

尽管伟大作家的创造之秘是无法彻底探清的，但通过反复细读其作品，还是有可能窥知一二的。易卜生的自述文字可以提供某些线索，但最可靠的细察对象仍然是其剧作。读通其作品，把握其特性，方可进一步"沿波而讨源"。那个本源，化入作品则为其内核，乃是解释易卜生晚期戏剧之所以如此这般的核心根据；而由本源创化出完整的作品（或由内核生发出枝繁叶茂的成品），则最可见出易卜生独特的创作思维与艺术贡献。质言之，追溯其本源、内核，探析其怎是、贡献，便是本书关注的核心问题。

如果说"自由反思的内省意识是所有西方形象中最精粹的，没有它就没有西方经典"③，那么也许可以说，易翁戏剧最集中而深刻地体现的正是西方经典文学中的那种内省性、自审性。而其特殊之处在于，易卜生晚期戏剧中人物的内省与自审，不仅寄寓了剧作家对自我灵魂的深邃审视与反思，也隐含了他对自己前期和中期戏剧、对艺术创作与艺术功能的深刻反思，从而使得其晚期戏剧带有双重自审的特征，并达到了元戏剧的层次。④　而且，易卜生晚期戏剧中的内省与自审，

---

① 1885 年 6 月 14 日，易卜生对特隆赫姆市工人说："实现我们每个人真正的自由与高贵，就是我所希望、我所期待的未来图景；为此我一直在尽力工作，并将继续付出我整个的一生。"《易卜生书信演讲集》，汪余礼、戴丹妮译，人民文学出版社 2012 年版，第 371 页。本书所引此书均为此版本，后文出现仅标明书名、译者和页码，不赘注。

② 1874 年 9 月 10 日，易卜生对挪威大学生说："当一名诗人其实就意味着去看，去观察；不过请注意，要以一种独特的方式去看，以便看到的任何东西都能确切地被他人感知。但只有你深切体验过的东西才能以那种方式被看到和感知到。现代文学创作的秘密恰好就在于这种个人的切身体验。"《易卜生书信演讲集》，第 367 页。

③ 〔美〕哈罗德·布鲁姆：《西方正典：伟大作家和不朽作品》，江宁康译，译林出版社 2005 年版，第 53 页。

④ 这里所谓"元戏剧"，是指在戏剧作品中反思戏剧创作、戏剧功能或艺术创作、艺术功能的戏剧。"元戏剧"本质上是具有高度自我意识、高度自我反思性的戏剧。

虽然隐约带有"灵魂自传"的倾向，但并不像有些作家的作品那样表现出特别明显的自传性（如斯特林堡、奥尼尔的一些作品），也不像有些作家的作品那样表现出过于强烈的教化性（如托尔斯泰晚期作品），而是具有很强的艺术性，达到了非常精微高妙的审美境界。

若从艺术学层次反复观照易卜生晚期戏剧，会发现这八个作品之间存在一些深隐而复杂的内在联系。如果说易卜生晚期创作的八部戏剧是这位现代建筑大师精心建造的八座楼台，那么《野鸭》、《建筑大师》、《博克曼》、《当我们死人醒来时》这四座最为集中而明显地体现了易卜生晚期的"灵魂自审与艺术自审"（即"双重自审"）①，因其映心可姑且谓之红色楼台；而《罗斯莫庄》、《海上夫人》、《海达·高布乐》、《小艾友夫》这四座则明显体现出剧作家在艺术自审之后更为深邃的"人性探索与艺术探索"，因其色调稍暗可姑且谓之蓝色楼台。由此或许可以形象地说：八宝楼台，红蓝交辉。但这两种楼台差异并不大，只是前者与易卜生的精神自我联系更紧密一些，后者与易卜生那个陌生化的艺术自我联系更紧密一些；或者说，易卜生晚期戏剧中的人性探索与艺术探索，本质上只是其双重自审的拓展与延伸。此二者你中有我、我中有你，本就浑然一体，难以截然分开。此外，易卜生晚期在特定作品中渗透的双重自审，往往对他随后的戏剧创作发生了深刻影响。这种影响主要体现在从双重自审转向更为深邃、也更具普遍性的人性探索，或在艺术上体现出某种新动向。而侧重于人性探索创作了几部作品之后，剧作家便又以艺术形式对其以前的戏剧创作以及自我的艺术人生进行反省。这中间的"人性探索"，包括"灵魂洞鉴"与"灵魂重铸"两个层次。因为对易卜生来说，"人性探索"不只是深切地了解人性之根与洞鉴灵魂之真，还意味着在了解真相的

---

① 需要说明的是，这里的"自审"（即对自我进行审视、审判），并不一定就是易卜生对自己进行审视、审判。因为"自我"这个概念不论在哲学上还是艺术学上都有着比本人、自己等概念更深广的内涵（详析见后文）。注明这些首先是要强调易卜生晚期戏剧是艺术作品，不是自传——剧中发生的一切，包括人物的自审，都是剧作家想象、虚构出来的，虽然在一定程度上映现出剧作家的心象、情思，但绝非剧作家本人生活的实录；其次是要表明剧中人物的内省与自审，是在审美层面展开的，更多的是映现出一类艺术家的精神活动，具有很大的普遍性，而绝非易卜生局限于一己的自我表现。

基础上探求铸成新的人格或理想心魂的可能性。首先，对于人性、人的灵魂的审视与洞鉴所达到的深度与广度，确实是易卜生晚期戏剧一个非常突出的成就。诚如勃兰兑斯所说："在易卜生的戏剧中，事局的发生是由人的本性根底酝酿出来的。推开一层障隔，而个人的特性呈露于我们的眼前。再推开一层障隔，而我们可以看到他过去的关系。再推开第三层障隔，而我们已洞鉴这个性的本质。他替我们剖露主角的灵魂真相，比任何别的近代作家还深刻，而剖露方法又极其自然，不借用牵强的手段。"① 易卜生那种"洞鉴灵魂"的本领不仅在他那个时代是出类拔萃、临近绝顶的，就是在现当代也仍然令许多作家叹为观止。其次，易卜生常常运用"回溯法"结构全剧，将过去的一切置于现在回头反思的目光之下，将现时主人公屡屡置于由反思过去、审视自我所导致的危机之中，并迫使其在困境中突围，这里其实包含着探索新人性、重铸新人格的良苦用心。长期以来，我们对其剧作结构的精巧与缜密津津乐道，而对那种形式本身所隐喻的深邃意义还缺乏足够的认识。再次，易卜生在不同时段的作品中对艺术、对人性、对生活、对存在之不同侧面不同层次的思考，构成了其作品之间的内在联系。在易卜生70岁生日那天，他曾明确对人说，希望有读者能明白他的剧本之间的"内在联系"。他说："我觉得，读者们对我后期作品经常产生的隔膜与误读，在很大程度上是由于他们对作品之间的内在联系缺乏意识。只有把我所有的作品作为一个持续发展的、前后连贯的整体来领会和理解，读者们才能准确地感知我在每一部作品中所力求传达的意象与蕴含。因此我吁请读者朋友们，不要把其中任何一个剧本抛在一边，不要忽略剧中的任何一个部分，而按照我写作它们的先后顺序，真正把自我投入进去，深切地去体验，这样才能理解、消化它们。"② 如果说在易卜生晚期的八个戏剧之间确实存在或显或隐的"内在联系"，那么这种"内在联系"可以说是由灵魂自审、艺

---

①　［丹］乔治·勃兰兑斯：《易卜生评传》，《林语堂名著全集》第27卷，东北师范大学出版社1994年版，第52页。

②　《易卜生书信演讲集》，第410页。

术自审、人性探索、存在之思①这几股线索交织而成的；或者说，正是这几股线索将易卜生晚期八剧贯通起来，使之成为一个互相连通、浑然天成的有机整体（楼台群落）。对于读者或观众来说，这个群落中的每一座楼台乍看都是独立地放出光彩的，但通过长时间的凝视，则可隐约看出它们不仅近乎通体透明，而且就在这玲珑剔透的八宝楼台中有几道若隐若现的光在暗暗流转，连通着它们彼此的筋脉。

走进易卜生晚期戏剧的过程，也是一个逐步把握其独创性、现代性与先锋性，并体悟其审美建构、艺术精神的过程。如果说把握易卜生晚期戏剧的内核与联系，其意义主要在于理解易翁的深邃与独特，但若要化其精髓为我所用，则更需体悟其如何创构出这些作品，学习他在审美建构中渗入的诗性智慧与艺术精神。易翁一生绝活，尽在晚期作品；惟其能入能出，方知个中三昧。这一点国内外易卜生研究界的慧达之士已有所触及，但还期待着更为充分的阐释与发掘。

在《消除误读，走进易卜生》一文中，谭霈生先生曾指出："易卜生的名字属于全世界。所谓'条条大路出自易卜生，条条大路通向易卜生'，这句话不仅表明易卜生戏剧作品意义的深刻性和形式的丰富性，也体现着这位大师与当代戏剧血脉相通的亲密关系。在易卜生过世以后，他的作品经受住时间和空间的考验，甚至被现代戏剧的诸多流派尊为自己的典范。……在今天，纪念这位'现代戏剧之父'的最好的方式就是继承他的艺术精神和戏剧传统。"② 那么易卜生的艺术精神与戏剧精髓究竟何在呢？对此问题，人们可以从多个方面、多种视角去探讨，笔者认为：易卜生戏剧的艺术精神最集中、最深刻地体现于他的晚期戏剧；而瞄准易卜生晚期戏剧中的"双重自审"，以之为焦点去深入探讨，则特别有利于领会其内在的诗性智慧与艺术精神。易卜生除了认定"写作就是对自我进行审判"，还多次说过"我的工

---

① 易卜生晚期戏剧中的存在之思，或者说"存在主义与易卜生晚期的戏剧世界"，是一个非常复杂深奥的课题，容以后详论，此处不展开。

② 谭霈生：《消除误读，走进易卜生》，《剧院》2007 年第 3 期。

作是描写人性"。以自我审思、自我探索、自我审判为出发点，进而潜入到对于一般人性的深层结构、深层冲突的洞察与表现，正是易卜生晚期戏剧中特别能体现其艺术精神的一个重要特质。易卜生早期和中期的戏剧大体上透射出强烈的自由主义、自我主义、理想主义精神，对于那些压制个人自由、阻碍个体自我实现的社会习俗、道德、法律、宗教以及个人内心的种种魔鬼以极大的激情予以揭示和批判；而到了晚年，他更多的是对自己原先自信满满的那些观念、对自我灵魂中深隐在潜意识底层的那些因子进行反思，在不断的自我对话、自我否定中逐步走向了不确定性、模糊性与神秘性。如果说易卜生早期和中期戏剧的背后站立的是一位虽常感孤独与忧愤，但仍然充满执拗的信心与豪情的艺术家形象，那么在其晚期戏剧的深处显现的主要是一位对自我信念犹疑不定、对深层人性透视不止、时而飘荡于虚无之海、时而眺望着虚灵之境的艺术家形象。

那么，晚期这"另一个易卜生"究竟创造了怎样的新戏剧？易卜生完成《野鸭》之后曾自述该剧"很可能把我们中间一些年轻剧作家引上一条新的创作道路"，事实证明《野鸭》确实引来众多作家效仿，那么它究竟开辟了一条怎样的新道路呢？在易卜生晚期的系列新剧之后，又隐含着怎样的异于前人的艺术智慧？它们是否构成易翁对于世界戏剧艺术的独到贡献？这些问题显然是值得深入研究的。如果一位作家的创作，不只是在人类情感、性格、思想、命运等方面有新的发现与剖示，而且在审美理想、艺术经验、诗性智慧等方面惠泽后人，开辟了一条新的创作道路，那么确实可视若宝藏，细细发掘。

二　本书拟用的主要方法：审美感通学批评方法

运用什么方法对易卜生晚期戏剧进行审美阐释，进而揭示其形象内核与诗性智慧，这是一个无法回避的问题。由于国内学界长期重视易卜生的社会改革家、思想家身份，主要以意识形态、伦理道德的眼光评论易卜生作品，在这种背景下瞩目于作为艺术家的易卜生提出对其作品进行审美阐释及其方法问题，可能尤其具有重要的意义。

王宁先生在《作为艺术家的易卜生：易卜生与中国重新思考》一

文中提出："当今的国际易卜生研究界正经历着一个从意识形态批评到审美阐释的转折，具体地说，就是从思想层面来评价'易卜生主义'到从审美理论层面来阐发'易卜生化'的转折过程，而在这个转折过程，我们中国的易卜生研究者需要从中国的文化知识立场和审美视角出发作出自己的理论创新和建构，以便迅速地使中国的易卜生研究乃至整个外国文学研究达到和国际学术界平等对话的境界。"[①] 这是极有见地的，在很大程度上说出了一部分人酝积已久的心声。但在具体操作上，如何实现这种"转折"、"转向"呢？对此不同的人有不同的方式、方法。方法源于对象，独特的研究对象期待独特的解码方法。下面结合易卜生的艺术思维谈一点个人构想。

在1874年9月10日对挪威大学生的讲话中，易卜生道出了其现代戏剧创作的秘密："成为一名诗人意味着什么呢？我过了很久才意识到当一名诗人其实就意味着去看，去洞察；不过请注意，要以一种独特的方式去看，以便看到的任何东西都能确切地被他人感知到。但只有你深切体验过的东西，才能以那种方式被看到和感知到。现代文学创作的秘密恰好就在于这种个人的切身体验。最近十年来我在自己作品中传达的一切都是我在精神上体验过的。但任何一个诗人在孤离中是体验不到什么的。他所经历和体验到的一切，是他跟所有同胞在社会共同体中经验到的。"[②] 在他与其传记作者路德维西·帕萨尔格的谈话中，易卜生再次提到："我所创作的一切，即便不全是我亲身经历过的，也与我内在体验到的一切有着最为紧密的联系。我写的每一首诗、每一个剧本，都旨在实现我自己的精神解放与心灵净化——因为没有一个人可以逃脱他所属的社会的责任与罪过。因此，我曾在我的一本书上题写了以下诗句作为我的座右铭：生活就是与心中魔鬼搏斗；写作就是对自我进行审判。"[③] 易卜生晚期戏剧可以说是这种创作思想最集中、最深沉的体现，由此我们几乎可以窥见他晚期每部作品背后的艺术灵魂。

---

① 王宁：《作为艺术家的易卜生：易卜生与中国重新思考》，《外国文学研究》2003年第2期。
② 《易卜生书信演讲集》，第367页。
③ 同上书，第190页。

　　易卜生所谓"现代文学创作的秘密"究竟是什么呢？由这两段话再结合易卜生的其他论述可隐约窥见一斑。

　　首先是洞察与体验。如果说莎士比亚的艺术功力主要是"脱"（营构一系列复杂多变的情境让人物内在的灵魂层层剖露出来）①，那么易卜生"看"的本领的确异常高超。正如挪威心理学家安东尼·斯托所说："易卜生是第一位现代剧作家，并且他对人性的洞察之深，仍然是无法超越的。这个害羞、孤僻、执拗的男人，和周围人的关系并不好，但他却是个了不起的观察者和一个善于内省的人。他能深入自己的灵魂，看到多数人意识不到的东西。我肯定他的大部分剧作，实际上是他自己内心冲突的写照。"②虽然易剧中的冲突未必都是易卜生"自己内心冲突的写照"，但必定是他内心里深切"体验"过的。那种"内省"、"体验"的过程，也是一个最能显出人真诚、博大之程度的过程。一个作家越是真诚、博大，其体验便越是深广。"真诚"首先是不断地体察与追求人性之真、人情之真、人生之真以至宇宙之真，然后真切地"使看到的东西恰如诗人本人看到的那样传到接受者那里"。不真诚，往往什么也体验不到，更谈不上恰如其分地传达。在易卜生强烈的自我主义里面，有一个很重要的内核，那就是"对自己保持诚实和真挚"③。也许对他来说，活着如果不去真诚地追求真理，便会落入百无聊赖的虚空之中；写作如果不能尽量真实、真诚、真切地表达，就跟末流文人制造赝品没什

──────────

　　①　在莎剧《李尔王》中，在暴风雨中近于疯狂的李尔王渐渐看清了人的本来面目："难道人不过是这样一个东西吗？……脱下来，脱下来，你们这些身外之物！"这里的"脱"可以看作是莎士比亚创作方法的一个隐喻。当然，莎士比亚"看"的功力亦非常之深。"脱"与"看"是紧密相关、互相促进的两种能力，对易卜生来说也是如此。

　　②　见国家教育部科教文专题片、中国国际电视总公司指定权威产品之《世界文学大师·易卜生》，2005年。

　　③　易卜生确实可以说是相当彻底的自我主义者，他在致勃兰兑斯的信中说："我期望于你的主要是一种彻底的、真正的自我主义，这种自我主义会使你在一段时间内把你自己以及你的工作当成世界上唯一重要的事情，其他所有事情都不复存在。…你如果要想有益于社会，最好的办法莫过于把你自己这块材料铸造成器。"（《易卜生书信演讲集》，第113页）他在致劳拉的信中也说："最重要的是诚实真挚地对待自己，定下心来做好那些由于你是你自己而必须做的事情。……其他一切只会导致虚伪"（《易卜生书信演讲集》，第93页）对自己真诚，这才是易卜生自我主义的重要内核。他的自我主义不是通向利己主义，也不一定是人道主义，而是一种远离虚伪、避开自欺，执着于自我探索、自我审思、自我实现的"真我主义"。

么两样。而"博大"则意味着艺术家体验自我，绝不是局限于体验一己的喜怒哀乐，而是努力向"自我"的纵深处扩展，去体验"他所有的同时代的同胞"。

当艺术家谈论"自我"时，其所指往往与通常人们所谓"自我"不一样，而与哲学家所谓"自我"有相通之处。① 关于"艺术家的自我"，奥地利著名画家莱因哈德·斯坦勒说："凡体验过的物体都成为艺术家本身的自我"②；我国作家残雪说："在我看来，但丁的《神曲》所展示的地狱即是他的灵魂，一层一层的地狱即一层一层的灵魂，这是作家的自我。……自我必是一个漫长的开掘过程，一个通道，是在看不见的灵魂世界里，在人的丰富的潜意识之中。"③ 对于易卜生来说，他所谓"自我"显然也并非局限于他自己，而是包容"他所有的同时代的同胞"（甚至包括他们的"过失"）。可以说，对于一个高度自觉的艺术家来说，他的自我是通向人类灵魂王国的通道。歌德笔下的浮士德几乎说出了一切大作家的艺术自我："我要在内在的自我中深深领略，领略全人类所赋有的一切。最崇高的最深远的我都要了解。我要把全人类的苦乐堆积在我的胸心，我的小我便扩大成为全人类的大我。"换言之，对于一个真正的艺术家而言，本民族以至全人类中每个人的勇敢与卑怯都是我的勇敢与卑怯，每个人的善良与邪恶都是我的善良与邪恶，每个人的喜乐与悲哀都是我的喜乐与悲哀，每个人

---

① 在哲学上，"自我"的含义比通常所谓的"自己"要深广得多。黑格尔说："精神在它的对立面之充分的自由和独立中，亦即在互相差异、各个独立存在的自我意识中，作为它们的统一而存在：我就是我们，而我们就是我。"（见黑格尔《精神现象学》，商务印书馆1979年版，第122页）此外，俄国存在主义哲学家别尔嘉耶夫说："在'我'中，认识行为和认识对象——是同一的。费希特很好地理解这个。……自我认识是什么呢？进行自我认识的恰恰是这个具体的人，这个唯一不可重复的人吗？这是他的认识和关于他的认识吗？我想，这不是关于他本人的认识，而是关于人的一般的认识。"（见别尔嘉耶夫《自我认识：思想自传》，雷永生译，广西师范大学出版社2001年版，第281页）别尔嘉耶夫还谈道："在我生活的一定时刻，我同样深刻地领会了易卜生，正是在这个题目（指"个人主义"）上，他帮助我发现了自己"，"我对易卜生的爱也一直不变，我带着喜悦与激动重读他的书，永远有新的教益"。（见别尔嘉耶夫《自我认识：思想自传》，雷永生译，广西师范大学出版社2001年版，第286、295页）这里，艺术家的自我与哲学家的自我相通相遇了。

② ［奥］莱因哈德·斯坦勒：《艺术家的自我》，赵战译，《西北美术》1996年第4期。

③ 残雪：《残雪文学观》，广西师范大学出版社2007年版，第22页。

的忧生与伤世都是我的忧生与伤世，每个人的冲动与反省、压抑与升华、憧憬与迷惘、疯狂与顿悟、犯罪与受罚、自欺与自责、犹豫与鲁莽、绝望与堕落……以致沉淀在人们内心深处的潜意识与集体无意识，都在我心里留下深深的印痕；而且，人类生存所能遇到的种种可能性、所能达到的种种境界，我都要用心灵去想象、去领略。这样，一个作家的"自我探索"，便逐渐成为具有极大普遍性的"人性探索"。一个在自我探索方面浅尝辄止、体验不深、洞察不透的人，一个不能以博大的心胸去同情地理解芸芸众生，并思索如何共同承担责任承担过失的人，不大可能进入一流艺术家的行列。

其次是分身与设境。一个艺术家进行自我探索，往往是把自我或自我内部的不同因子、自我体验到的各色人等置入特定的情境中，让其显现为性格各异的人物形象，同时各自独立地活动起来，互相影响，互相推动，在不断流变的情境中让他们灵魂的深渊得以照亮，让其灵魂的黑点得以清洗，以至辉映出一幅参差交错的灵魂风景图，或形成某种富有张力的灵魂结构……从而来无限地探索自我、开显自我、洗刷自我、重建自我。易卜生曾说："我体验到并随后在自己的作品中再现的是什么呢？体验到的和再现的领域十分广阔。我放入自己作品中的东西有一些是在我生活中的美好时光中瞬间以其生动、明亮的美好之光照亮我的心灵的事物。那么说吧，是高耸于日常生活中的'我'之上的事物。我把它们放入自己的作品中，以便为自己并在我自身中加固它们。但我也再现了与此相反的东西——那对于内心精神视野来说是某种类似观察者心灵深处的渣滓和沉淀的东西。把所有这些东西放入自己的作品，我就仿佛从身上刷掉了它们，仿佛沉浸到新生的和解脱的圣水盆中。是的，先生们，在相当程度上，并且在任何情况下，在你本人身上从未有过雏形的东西你是不可能富有诗意地再现出来的。"① 由此可知，易卜生在作品中表现的一切、他刻画的每一个人物，其实在他自己身上都是"有过雏形"的：有的只是自我内心中的某种可能性，有的则是自我人性中根深蒂固的常在因素；有的可能是在生活中观察了很久、也在自我内心里生

---

① 《易卜生文集》第八卷，绿原译，第222—223页。

活了很久的人物，有的则可能是在某段经历中有所了解的性格；有的如天使般美好可爱，有的则是某种魔性的遗留；有的需要持久地反省与审视才能察觉，有的则出现于某次梦境中……总之，他需要分身，需要设境（营构特定的情境），让他们在作品中活起来，走下去，才能比较充分、完满、深切地认识自己。① 比如在《罗斯莫庄》中，剧作家便是把自我内心不同声音的矛盾与冲突戏剧化为（同时亦即分裂为）罗斯莫、吕贝克、布伦得尔、克罗尔、摩腾斯果等人物，并让其在特定情境中展开交往、交锋、交流与融合。易卜生对"设境"谈得不多，但他的作品非常清晰地表明他是非常善于设置、营构复杂微妙的戏剧情境的；他不仅善于营构情境，而且特别善于让情境向纵深拓展，直至形成某种意蕴丰富的意境、境界。

最后是变异、越界与升华。了解易卜生的经历、体验与思想是必要的，但了解这些不足以理解其作品，反而可能产生大面积误解。在易卜生看来，"在艺术王国里没有真实现实的活动天地，相反，它的天地是为幻想设置的。……原封不动的现实无权进入艺术领域"②。这意味着，易卜生并不认为艺术是现实生活的真实反映，如果根据其作品去推断生活的原态或实际情形，恐怕是缘木求鱼。当然，好的艺术作品会映现出生活之真与人性之真，但此真不同于生活原态，对此易卜生是有清醒认识的。他曾说过："艺术的神圣而崇高的使命，不是

① 以上关于易卜生现代戏剧创作的"秘密"的论述只是一个初步的想法，更深入的探讨还有待以后。笔者以为，对于作家的艺术思维进行猜测、重构并不是完全没有意义的。易卜生说过："每个读者都基于自己的人格重新创作诗人的作品，按自己的个性去美化和修饰它。写作品的人和读作品的人都是诗人。他们是合作者。与诗人自身相比，读者有时更理想化、更富有诗意。"（《易卜生书信演讲集》，第385页）这就意味着，读者参与创作是很正常的事，而作品的意义正是通过读者的"再创作"实现出来。而读者若要能够"重新创作"，除了需要相当的鉴赏力、想象力以外，还需要对作家的创作思维、艺术思维多少有所领悟。即便领悟得不太准确（完全准确是不可能的），也仍然有其意义。美国著名文学理论家哈罗德·布鲁姆认为，每一代的作家都是通过对前代大师的"创造性误读"来形成自己的探索重心、创作风格的，比如萧伯纳和乔伊斯都是在误读易卜生的基础上开辟出自己的文学道路，其他误读莎士比亚而各辟蹊径的作家就更是多不胜数。由此，对于普通读者来说要做到完全没有误读是不可能的，关键是要"有创造性地阅读"。而且，如果始终都意识到自己的解读可能有误解，至少可以为以后的重新解读留下空间。

② 《易卜生文集》第八卷，绿原译，第172页。

对现实的拙劣的模仿，而是追求真理，是对生活的最高的、象征性的再现，那是艺术世界中唯一值得为之奋斗的东西。"① 合而观之，可见易卜生是要在幻想、想象中再现真理，通过充分发挥主体的创造性来达到艺术的客观性。这就涉及艺术创造中的变异问题。从作家那些"真实的生活经历"、"切身的个人体验"到作品中那些"生动的艺术形象"，中间绝对是经过变异（或陌生化处理）的。比如在现实生活中，劳拉看清丈夫本相后仍然请求丈夫不要抛弃她，而在《玩偶之家》中，娜拉看清丈夫嘴脸后就毅然离家出走了。这种生活与艺术的差异乃是最值得琢磨的，从中最可见出作家艺术家的匠心。中国清代书画家、文论家郑板桥说："江馆清秋，晨起看竹，烟光日影露气，皆浮动于疏枝密叶之间。胸中勃勃，遂有画意。其实胸中之竹，并不是眼中之竹也。因而磨墨展纸，落笔倏作变相，手中之竹又不是胸中之竹也。"② 其手中之竹之所以异于胸中之竹，盖源于"落笔倏作变相"，即内在体验在外化过程中发生了变异。变异之处，往往是作品的"玄关秘窍"，弥足珍视。

以上论及易卜生的创作思想、艺术思维，是为了引入一种审美阐释的方式。审美阐释可以完全偏于作品形式分析，但也可以在作品与作家之间回旋，成为一种具有多重维度的"本体批评"。中国南朝齐梁时期的文论家刘勰在《文心雕龙》中提出："夫缀文者情动而辞发，观文者披文以入情；沿波讨源，虽幽必显。世远莫见其面，觇文辄见其心。"③ 笔者认为这话是很值得深思的。如果请刘勰用今天的话来说，那么在他看来，所谓"审美"，就创作者而言，是一种感发、体验情感并以美的形式把它传达出来的活动（情动而辞发）；就接受者而言，是一种直接观照对象形式，进而感受个中情感、体验作者心灵世界的活动（披文入情沿波讨源直至见心）。而这一过程中沟通两者的"情感与形式"（情、心与辞、文）可以说正是艺术作品的本体。

① 《易卜生文集》第八卷，绿原译，第186页。
② （清）郑板桥：《郑板桥全集》第一卷，凤凰出版社2012年版，第333页。
③ （南朝梁）刘勰：《文心雕龙》，华夏出版社2002年版，第299页。

由此，"披文入情，沿波讨源，体悟文心"可以说是中国式"本体批评"的关键环节。在西方，海德格尔在《艺术作品的本源》一文中提出："艺术作品来自艺术家的活动，通过艺术家的活动而产生。但艺术家又是通过什么成其为艺术家的？艺术家从何而来？使艺术家成为艺术家的是作品……惟作品才使作者以一位艺术的主人身份出现。因此，艺术家是作品的本源，作品是艺术家的本源。二者相辅相成，彼此不可或缺。"[①] 这就进一步启示出，在艺术作品与艺术家的互动循环中去理解作品是十分必要的。谭先生也曾指出："真正的艺术作品，都是创作主体人格的对象化。"[②] 由此可以认为，一切作品都是艺术家主体心灵的外化，在每一部艺术作品的背后，都站着一位艺术家；如果艺术鉴赏、艺术评论只能止于作品而未达到它的本源——艺术家，那么这种赏评至少是不够充分的。如果说剧作家的艺术灵魂是戏剧作品的深层本体，作品所呈现出的形式结构是作品的形式本体，那么，尝试一种在艺术灵魂与作品形式之间来回往复（先由作品形式进入艺术灵魂，即由外而内，再以艺术灵魂说明作品形式，即由内而外）的内外结合型本体批评方法，也许是可行而有益的。

如果以这种批评意识引领审美阐释，那么写出的文字也就必然成为阐释者与剧作家之间的心灵对话。而作品的意义，正是通过对话产生。也许根据作品本身很难"必然地得出"剧作家如何如何，但根据共通感原理，阅读者、评论者还是可以有所言说的。如果对于作品的鉴赏能深入到这样的程度——感觉整个作品圆通和谐，在心境上与作家处于"同一心境"，也许就可以比较充分地理解作品，进而理解作家了。即便在事实上读者不可能做到与作家处于"同一心境"，也可以努力去接近。退一步说，评论自身有它的独立性，它也可以不去追求与文本创作实际完全符合，而重在依托文本写出自己的感悟与思考。伽达默尔说："不是方法的掌握，而是解释学的想象力才是富于创造

---

① ［德］海德格尔：《艺术作品的本源》，孙周兴选编《海德格尔选集》，上海三联书店1996年版，第237页。

② 谭霈生：《谭霈生文集》第五卷，中国戏剧出版社2005年版，第137页。

性的精神科学家的标志!"① 我国著名学者陈平原说:"对于文学研究者来说,最重要的,或许不是结论正确,而是必须有自己的感悟和思考。如果个人的体会完全出不来,性格和才情没有真正灌注在研究中,那是很可惜的。"② 这都肯定了主观想象、感悟的合理性。

　　基于此,笔者试图构想一种比较切合作品本体的审美批评方法。美国著名文学理论家卡勒曾指出当今文艺理论发展的一个重要趋势就是"回归审美学"③。我国著名学者周宪在《审美论回归之路》一文中提出:"近些年,在'理论终结'和'理论之后'的背景下,审美论异军突起,重返文学理论、艺术理论和美学知识生产场的前沿。通过重新规定文学艺术的独特性以及审美的重新合法化、新形式主义和重归审美体验式的研究,当代审美论正在悄然改变文学艺术和美学研究的地形图。"④ 这都说明审美批评在文艺研究领域具有很大的发展空间,而且目前大有逐步进入主流之势。但如何继承已有的审美论遗产而又有所创新,这是一个问题。经反复思考与探索,笔者的设想是尝试在实践中建立"审美感通学批评"。

　　所谓"审美感通学批评",是一种立足于中国古代生命美学与感通理论,借鉴西方审美学、现象学、解释学、心理学与艺术学的一些重要成果,以"审美感通"为始基、以"面向作品本身"为原则、以

---

① ［德］伽达默尔:《解释学·美学·实践哲学》,金惠敏译,商务印书馆2005年版,第11页。

② 陈平原:《我希望学问做得有趣》,《茱萸集》,春风文艺出版社2001年版,第59页。

③ 参见乔纳森·卡勒《当今文学理论》(英文版),《文艺理论研究》2012年第4期。在此文中,卡勒梳理了当今文艺理论界叙事学、解构主义、生态批评、人—动物间互研究、理论伦理学、后人类理论的新进展后,重申对于文学本体的美学研究,并明确指出:"当今文艺理论界确实存在一种回归审美学的发展趋势。"

④ 周宪:《审美论回归之路》,《文艺研究》2016年第1期。周宪教授指出:"也许是厌倦了文化政治的讨论,也许是人们需要重新思索文学艺术,时至今日,审美论重又崛起,再次回归理论场域的中心。……而审美论回归之所以值得关注,首先是它作为理论生态某种缺失的必要补充,经过后结构(解构)主义、新历史主义、后现代主义、文化研究、女性主义、后殖民主义等新理论的轮番冲击,文学艺术研究的地形图早已面目全非,文化政治的争议沸沸扬扬,文学范畴被扭曲和夸大了,而文学艺术自身的问题和特性完全被忽略了,理论家和批评家们争相扮演政治批评家的角色,文学艺术的知识生产变成了政治辩论。文学艺术自身独特问题的缺场导致了反向作用力的出现,于是审美论再次回到了知识场域的前台。"笔者十分认同这一观点。凭直觉,素以在文艺研究领域,文化政治论无法切入文艺本体,必将逐步让位于审美论。

探讨艺术家内在智慧与生命境界为旨趣的一种新型审美批评。其区别于一般审美批评的新质在于：其一，在艺术本体论上，审美感通学批评认为艺术作品不只是"社会现实生活的反映"，而是现实生活、作家自我、审美形式三维耦合的结晶，是艺术家生命体验的陌生化、合律化显现形式；其本体并不囿于"形式"，也不在"生活"或"人类"，而存在于形式、现实与作家艺术灵魂三者所构成的动态结构中。其二，在艺术价值论上，审美感通学批评认为艺术的价值不限于认识、娱乐和教诲，而主要在于成人之美（让人成为人并达到美的境界）和涵育创造性人格（或生态人格）。其三，在批评理念与方法上，审美感通学批评主张以下六点。

第一，面向作品本身，把艺术当艺术。审美感通学批评首先特别重视把艺术作品当作艺术作品（而不是当作生活写照、历史文献、道德文本、法律文本等），以审美眼光、艺术思维去看待艺术作品（而不是以现实思维、政治眼光、道德目光等看待艺术作品），并尤其重视对作品自身的审美体验与艺术感悟。艺术作为艺术家生命经验的陌生化合律化显现形式，其所呈现的是不同于现实生活世界的"另一个世界"，可心解、神遇、感通而不便实证。换言之，艺术首先是诉诸感觉的，只要把艺术当艺术就必然首先要敞开心灵去感受、感悟。没有真切的感受、感悟，就谈不上任何艺术批评。这也意味着，把艺术当艺术来感受、评论，就要允许有适当的联想与想象，允许有一定的主体性、主观性。① 此外，不同的艺术样式有不同的形

---

① 当前文艺学界不少学者特重"实证"，强调文艺批评要有"客观性"、"逻辑性"、"科学性"，确有道理；但笔者总觉得，艺术批评也要允许一定的联想与想象。艺术不是逻辑推理、科学论证的结晶，艺术创作与鉴赏的过程中少不了联想、想象、颖悟的成分，甚至艺术作品的完成都离不开读者的体验与想象；因此，以逻辑理性、确凿事实来解读艺术作品难免会有方枘圆凿之嫌，甚至可能闹出很大的笑话。唯有调动批评者自身的生命体验，合理地展开联想与想象，才可能有艺术的批评，才是一个灵魂与另一个灵魂的对话。如果作品本身就是作家想象、虚构出来的，其中若干情节本来就只具有可能性而无必然性，那又如何去实证呢？因此，必须给实证划定适用的范围。此外，在笔者看来，只有允许适当的联想与想象，艺术批评才有自身的主体性。如果艺术批评只能对原作进行一种"复述"，或者只能对作家的生活与创作进行某种考证，那也许可以提供某种知识，具有较高的客观性，但那只是作品的一种简化的副本或附属品，而且恰好不是对作品之"艺术性"的批评。艺术作品之"艺术性"，不便考证，而更多需诉诸灵心妙悟。

式规范与审美特性，面向作品本身时即需把握其特性，而不能发生"门类错位"（比如错把戏曲当诗歌来看）。面向作品本身，把艺术当艺术来感受，在体验、感悟的基础上批评，这是审美感通学批评的第一原则。

第二，披文入情与沿波讨源相结合。审美感通学批评不只注重对作品的审美体验与感悟，而且要进一步对创作者的艺术灵魂与诗性智慧有所感通（很多误解源于没有感通），力求在感通的基础上批评，让批评成为一种再度创作、深度体验与精神探险；此外要注意区分正向感通、反向感通与混合感通，在感通中发现作品深处的光源。而所谓"感通"，意味着要以感性、感情、内在体验打通三个生命：批评者自我的生命、作品的生命、作家（或艺术家）的生命。其中感发、悟入"作品的生命"尤其重要。艺术作品本质上是一种生命的形式，它是如何胎生（或卵生），如何从一个胚芽生长为一个生命体①，其基因组织、内在结构是怎样的，这些都需要鉴赏者、批评者用心体悟。当然，悟入"作品的生命"有助于进一步悟入作家的生命，但悟入作家的生命也必然有助于悟入作品的生命，它们实际上构成一种阐释学循环，相互发明、相互促进。总之，善作知音，力求感通，悟入作品、作家的内在生命，洞见其诗性智慧、创作思维，让鉴赏、批评成为一种再度创作（感悟到作品如从己出的程度），这是审美感通学批评的关键。

第三，整体洞察与微观透视相结合。审美感通学批评特别注重从整体上把握作品的内在生命，把握这一生命的内在矛盾与发展方向（朝什么方向实现其价值，是认识、反映现实本质，还是引人反思自我与世界，抑或重建价值重塑心魂，还是仅传达某种情感意趣等）；整体感通之后注意找到作品的"玄关秘窍"（指特别能体现作家艺术匠心与创作核旨的地方，如隐性艺术家、超自然现象、神秘闯入者、特殊意象、作品的 DNA 结构等）作为切入口展开分析；尤其注意发现作品中的"隐性艺术家"形象，通过分析隐性艺术家把握作品的核

---

① 参见王鼎钧《文学种子》，生活·读书·新知三联书店 2014 年版，第 143—149 页。

旨，并在阐释作品艺术特色、多重意蕴的同时，揭示出作者的艺术思维、创作方法与创作旨趣。如果整体洞察之后能把握到渗入作品全体的 DNA 结构，那么以此为切入点分析也是完全可行的。① 既求整体感通，复寻小点切入，尤重发现作品中的隐性艺术家或 DNA 结构，这是审美感通学批评的一个重要特色。

第四，内部研究与外部研究相结合。审美感通学批评主张以纵深的眼光（诗学—文化学的眼光）探索作品所蕴含的哲学、伦理学、心理学、艺术学、宗教学意蕴甚至生态学、社会学信息（针对不同作品可以有不同的侧重点），从而由作品的"内部研究"通向"外部研究"；此外，注意在互文性的内外关联中把握作品，把单个作家作品放在与之相关的系列文本中，考察其复杂关系（承继、借鉴、戏拟、反讽、对抗、补充、交流、超越等），揭示出作品的独创性及其与传统的深层关联。内外勾连，互观互照，这既是艺术本质（艺术作品本质上是生活、自我、形式三维耦合的结晶）所决定的一种解读方法，也是进入感通、澄明之境的一条重要路径。因为，深层次的感通不限于对作品作家内在生命的感通，还可以拓展到对作家所处文化圈（含道德境界、宗教境界、宇宙境界等）的感通；如果不能由内而外、由博返约，则感通的层次与内涵就可能比较局狭。

第五，审美阐释与理论建构相结合。审美感通学批评力求在通观作品、审美感通的基础上把握作家的生命境界与艺术智慧，提炼出有根的诗学理论（即注意发掘作品中的隐性诗学）。原创性的文艺理论向来是从优秀的文艺作品中提炼出来的。审美感通学批评既然以悟入作家灵

---

① 李泽厚先生在谈美学问题研究方法时，曾提到可借鉴心理学、生物学的研究成果，尤其是多次提到要研究 DNA 组合结构的"双螺旋"（double helix）假设，他认为这将有助于促进美学研究（见达布尼·汤森德《美学导论》，王柯平等译，高等教育出版社 2005 年版，第 219页）。而美国著名美学家、艺术理论家苏珊·朗格则明确提出："你愈是深入地研究艺品的结构，你就会愈加清楚地发现艺术结构与生命结构的相似之处，这里所说的生命结构包括从低级生物的生命结构到人类情感和人类本性这样一些高级复杂的生命结构。"（见苏珊·朗格《艺术问题》，滕守尧等译，中国社会科学出版社 1983 年版，第 55 页）这启发人从生物学、生命科学的角度去研究艺术。关于"艺术是一种生命形式"的详细论证，可参见包玉姣《艺术：一种生命的形式——苏珊朗格艺术生命形式理论研究》，中国社会科学出版社 2013 年版。

魂、洞见艺术智慧为要务（其所要感通的对象不只是作家的生命体验、思想情感，更有作家的创作思维、艺术智慧），而艺术智慧通向文艺理论，故这种批评方法天然就有一种建构文艺理论的倾向。由于文艺实践、文艺作品是无限丰富的，其中蕴含的艺术智慧是丰富多彩的，因而只要善于感通、敏于思辨，是完全有可能建构出新理论的。①此外，感悟、感通的过程，在很大程度上包含直观本质、洞见规律的成分，它原本就孕育着理论的种子；因此，在感通的基础上建构理论，既是一个水到渠成、自然而然的过程②，也是审美感通学批评的有机组成部分。换言之，审美感通学批评与现象学批评颇有相通之处（两者都主张面向作品本身、直观艺术本质），但审美感通学批评还与诗学批评有不解之缘，其审美阐释最终通向诗学建构，以诗性智慧的寻绎与文艺理论的创构来确证自身的独立性。

第六，审美感通与人格重建相结合。审美感通学批评的核心旨趣不是提供一种解释、一种意见，而是要在感通中体验"生活的趣味"、"存在的境域"、"人性的结构"、"精神的成长"、"文明的递

---

①　在这个问题上，笔者认为：文艺理论可以有多种层级、形态，不必拘于一端。适用于阐释古今中外各类文艺作品的哲性诗学、普遍诗学是理论，适用于阐释某一类文艺作品的文本诗学、具体诗学也是理论。而且，真正对文艺创作有启发意义的，往往是那些具体的文本诗学。比如亚里士多德从古希腊文艺作品（尤其是戏剧作品）抽绎、总结出来的《诗学》（此书可谓文本诗学之鼻祖），就对后世文艺创作（尤其是戏剧创作）产生了深远的影响；巴赫金从陀思妥耶夫斯基小说中抽绎出来的复调诗学理论，也对后来的欧洲小说创作产生了很大的影响。而那些基于哲学、语言学、文化学思想提出的所谓"哲性诗学"（如存在主义、结构主义、解构主义、女性主义、后殖民主义、新历史主义等），虽然也被广泛运用，但基本上只是提供一种解释、一种意见，不仅对文艺创作产生不了多大影响，而且易被责以"强制阐释"或"过度阐释"。此其一，哲性诗学未足取法。其二，研究文艺理论不一定非要以普遍诗学为目标。不同作家、艺术家的创作思维是不同的，其作品所隐含的诗性智慧也是不同的，这种情形客观上要求研究者具体问题具体分析，从具体作品中提炼出具体诗学，这样才是"求真务实，实事求是"的态度；如果强行从各类各家作品中抽绎出一种普遍诗学，一是难度非常之大，二是经过高度抽象之后其内涵必然非常稀薄，意义很有限。比如有学者经过艰苦的研究，得出结论说"艺术是一种人工制品"；此论虽很难反驳，但内涵稀薄，基本无意义。因此，总的来说，笔者更倾向于从具体的作家作品中去感悟、提炼具体的文本诗学。在中国当代学界，杨义、孙绍振诸先生很重视文本诗学研究，其论著对笔者很有启发，特致谢意。

②　这一过程所用的方法有别于自上而下的演绎法和自下而上的归纳法，而接近于现象学的本质直观法。

进"、"宇宙的信息"、"生命的境界"等，指向人的内在生命的重塑与新型人格的重建。文艺是立心、养心的，文艺批评归根结底也是要立心、立人的；一流的艺术家是善于预流、敏于反思、以人为本、成人之美（让人自新并达到美的境界）的，相应地批评家也需要善于反思和成人之美，并投入到重铸心魂、重建人格的事业中去。在当今社会现代化出现严重危机、生态环境空前恶化、世人精神素质堪忧的时代背景下，审美感通学批评在一定程度上担负着沟通文化精魂、重塑高贵人格、参建生态文明的历史使命。质言之，审美感通学批评属于一项参与时代文化创造的精神事业，它要求批评者（或评论者）要在审美感悟、生命体验方面有真实的感动与洞见，在精神上真正有所拓展、有所成长，才能发抒为文。如果说作家艺术家是以全人格照亮"存在与本体"，那么评论者同样必须以自己独特的方式照亮"此在与理想"。

需要说明的是，审美感通学批评大致朝着两个方向展开：一是艺术智慧与文艺理论，二是生命境界与文化创造。这两个方向从本质上讲是由文艺作品所开显的，批评者只要面向作品本身就会朝着这两个方向感受与思考。当然，批评者可以有所侧重，朝着其中一个方向舒展也未尝不可。此外，审美感通学批评本身并不提供多少新奇的理论术语，而是要求批评者在"审美感通的过程"上下功夫，并在此基础上寻绎新理论，创构新思想。① 简言之，审美感通学批评主要是一种方法论，是一种孕育、催生思想理论的理论。是否下了大功夫、对作品是否真正有所感通，将直接决定阐释的成败与评论的价值。当然，笔者目前学力有限，对审美感通学批评的高级境界只是心向往之，事实上还难以达到。不过，由于以上批评理念与方法的介入，本

---

① 审美感通学批评主张批评者有一定的方向感，能自觉以文艺批评投入一项精神事业。这意味着，批评者要有一点历史感和精神洁癖，不写过于琐碎无聊的文字，不写庸俗吹捧造势的文字，不写毫无诚意新意的文字。虽然"事物无大小，无远近，苟思之得其真，纪之得其实，极其会归，皆有裨于人类生存之福祉"（见王国维《国学丛刊序》），但毕竟要有"极其会归有裨于人类生存之福祉"之方向感，否则可能"把自己局限于小节，仅能一段段一项项找材料，支离破碎，不成学问"（钱穆语）。

书在论述易卜生晚期戏剧中的"双重自审"时，会渗透一定的理论思考——有时从作品中体悟出关于艺术本质、艺术规律的一点认识，有时直接把作品分析与理论探讨结合起来①，有时则引进互文本以阐发作品的潜文本②信息，于是便有了"复象诗学"。当然，这样做还只是一种尝试，得当与否还需要日后再作反思。

三　本书新创的几个关键概念与全书的基本思路

长期细读名家名作，对其独创性会慢慢有所感悟；感性经验积累到一定程度，便会凝结为理性概念。故概念实为感性经验的结晶。在鉴赏、感悟易翁戏剧的过程中，笔者心里也形成了几个新的概念，在对易翁戏剧进行具体分析之前，有必要对这几个概念进行一番阐释。

1. 审美感通。该词组是"审美"与"感通"两个词的组合。所谓"审美"，在笔者看来是一种自由的、借助于（或聚焦于）感性形式而与他人交流情感意趣的活动。③"审"字有"仔细观察、领会，认

---

① 海德格尔的《荷尔德林和诗的本质》在这方面作出了典范。这类尝试有它的意义，但本质上都需要进一步的反思。顺便说一句，本书所言，皆与笔者构成反思关系，而非借同关系。

② 钱锺书先生常常运用"以互文本阐发潜文本"的方法来探讨诗文深意与文艺理论，他假定"东海西海，心理攸同；南学北学，道术未裂"，进而以 A 释 B 或 A、B 互释，在互相映照中发明各自的内蕴。其《管锥篇》、《谈艺录》的一个重要特色便是运用这种方法显示古今中外"旷世冥契"、"如出一口"的"同心之言"。

③ 关于审美，邓晓芒先生认为："审美活动是人借助于人化对象而与别人交流情感的活动，它在其现实性上就是美感。人的情感的对象化就是艺术。对象化了的情感就是美。"（见邓晓芒、易中天《黄与蓝的交响——中西美学比较论》，人民文学出版社 1999 年版，第 471 页）据此说，审之对象（美）即作者对象化了的情感。笔者后来看到康德、克罗齐、朱光潜强调审美的无功利性，托尔斯泰、卡西尔、苏珊·朗格强调审美的传情性，亦觉有理。另外，从自身经验中笔者深感审美还具有反思性、超越性。具体到文艺活动来说，"审美"具有多个层面的含义：对于创作者而言，审美是一种借助感性形式传达自我体验的情感意趣的活动（入乎其内形之于外）；对于欣赏者而言，审美是一种聚焦于对象形象（或形式）并感受个中情感意趣、体验作者心灵世界的活动（披文入情沿波讨源）。在其现实性上，完满或成功的审美活动会给人带来极大的愉悦感，同时，这种愉悦感还可能与共通感、自由感密切交融在一起。当人获得现实的美感或审美享受时，要么是由衷地感到一种把个人独特情感顺利传达出去的愉悦，要么是惊喜地发现自我情感与他人情感的相融相通，要么是快活地体验到一种在心灵上从小我走向大我、整个精神情感得到舒展的自由感。而愉悦感、共通感、自由感，正是美感的三个层次。

真思考、推究"之义，将其置于"美"字前面是颇有意味的（在某种程度上，这暗示了"美"不是那么容易感知到的，需要很用心地观察、领会，才能真正与"美"相遇）。所谓"感通"，对于主体（或施动者）而言，是指以感性、感情使他者内心感动、畅通或豁然贯通，进而产生强烈的共鸣；对于接受者（或欣赏者）而言，是指在心灵上（或在内在感受、统觉上）豁然贯通，真切地感受到另一生命的情感意趣、生存境界（让另一生命鲜活、完满、无碍地生活于自心之中），产生了强烈的共通感（或与主体处于同一心境）。唯感能通，通则无碍、不隔。"感通"这个词源于中国古学（中国古代哲学、美学、宗教学著作中关于"感通"的论述非常多），是中国古代美学中的一个核心概念。《周易·系辞》曰："《易》无思也，无为也，寂然不动，感而遂通天下之故。"① 后来董仲舒、慧远、朱熹、张载、周敦颐、程颢、程颐、牟宗三、马一浮、唐君毅等大家均对此有所发掘、阐扬，尤其是唐君毅先生提出了系统的感通思想。② 具体到文艺鉴赏、文艺批评来说，审美是方式、路径，感通则是关键和初步目标，只有以审美心态看作品才能真正感通，故"审美""感通"连用是将方式、路径与目标结合在一起。所谓"审美感通"，至少包含三个要点：一是以审美的心态看待艺术作品，把艺术品真正当成艺术品来欣赏；二是"入乎其内"，同情地理解作品的各个要素，真正对作品的有机整体心领神会；三是"悟入心源"（因为作品本是作家"外师造化，中得心源"的产物），对作家的艺术思维、艺术灵魂领悟甚深，与之融合会通。这里之所以特别强调"感通"二字，一是鉴于真正艺术作品是一个活的生命体，需要用心去体验，才能真正理解、会通；二是由于"感通"贯穿于文艺创作、文艺鉴赏、文艺批评的全过程，非常重要；三是由于文艺批评作用的实现端赖于"感通"；四是由于审美感通乃

---

① 周振甫译注：《周易译注》，中华书局1991年版，第244页。

② 兹略举几例。《乐记》曰："乐者，通伦理者也。……正声感人，而顺气应之；顺气成象，而和乐兴焉。……奋至德之光，动四气之和，以著万物之理。"《汉书·礼乐志》将这一思想概括得既显豁又精辟："乐者，圣人之所以感天地、通神明、安万民、成性类者也。"《朱子语类》卷七十二："赵致道问感通之理。曰：'感，是事来感我；通，是自家受他人感动之意。'"

是克服现代性危机的一条重要路径；五是由于"感通"源于中华古学，凝聚着华夏智慧，体现着中国美学精神。

2. 隐性艺术家。"隐性艺术家"是笔者在酝酿、探索的一个重要概念，特指在叙事性作品中由作家派驻入作品人物世界的"卧底"，他们看上去跟作品中其他人物一样是现实人物，但他们更具有能动性和创造性，有时完全按艺术思维行事（或把周围的人事纳入自己的创作思维中）。隐性艺术家是优秀作品（一个活的生命体、有机整体）中一种特别活跃、富有创造性、暗暗导引着作品实现其艺术本质（或作家创作意图）的骨干人物（或特殊存在）；他们在作品中可能是一个比较独特的人物，也可能是两个或多个人物。与美国文学批评家韦恩·布斯提出的"隐含作者"概念不同，"隐性艺术家"不是作家的"理想的化身"，也不是作家"所选择的东西的总和"①，而只是作品的一个独特组成部分，其主要使命是实现作家的创作意图，或者充分体现艺术的本质（让人成为人，并达到美的境界）。笔者提出这一概念的理论基础是，文艺作品并非现实生活的客观反映，而是现实生活、作者自我、审美形式三维耦合的结晶。作家的创作，并不是要再现原生态的生活画面，而是基于自我的情感、思想、诗性智慧对现实生活素材进行裁剪、提炼、归化、变异等，创造出符合审美规范（或高度形式化了的）、具有高度审美价值的艺术形象，这就决定了作品中有作家内在自我"潜入"的成分。艺术创作的真实情形，决定了艺术作品并不是完全客观的，也决定了"隐性艺术家"是完全有可能存在的。事实上，在作品中置入隐性艺术家形象，是很多作家实现其创作意图的一个重要技巧。但这样做绝非把笔下人物变成作者的传声筒。隐性艺术家是作者根据可然律或必然律置入作品的，他们作为"卧底"恰好是要尽量避免直接代替作者发声，其扮演最好出神入化，如羚羊挂角，无迹可求。

3. 双重自审。在本书中特指"灵魂自审"与"艺术自审"。"灵魂自审"与"艺术自审"都是易卜生"自审主义"的体现，两者既有

---

① ［美］韦恩·布斯：《小说修辞学》，付礼军译，广西人民出版社1987年版，第81页。

相近的地方，也有区别。其中"灵魂自审"侧重指艺术家通过对自我的灵魂进行审视、审判，反省、发掘出一般人性的深层结构，以深化人类的自我认识；"艺术自审"则侧重指艺术家把反省、审视的目光转向自我的艺术家身份、艺术活动、艺术作品等，审思其本质、功能与限度，以深化对艺术活动本身的认识。需说明的是，这里的"自我"不等于易卜生本人，因为"自我"这个概念不论在哲学上还是艺术学上都有着比本人、自己等概念更深广的内涵。说明这些首先是要强调易卜生晚期戏剧是艺术作品，不是自传——剧中发生的一切，包括人物的自审，都是剧作家想象、虚构出来的，虽然在一定程度上映现出剧作家的心象、思想、情感、态度，但绝非剧作家本人生活的实录；其次是要表明剧中人物的内省与自审，是在审美层面展开的，更多的是映现出一类艺术家的精神活动，具有很大的普遍性，而绝非易卜生局限于一己的自我表现。"双重自审"是易卜生晚期戏剧的一个重要特质，体现着易卜生晚期戏剧的深度与广度，也带来了易卜生晚期戏剧的现代性与先锋性。

4. 复象诗学。复象诗学是对易翁诗性智慧的一种理论表述，也可以说是从易卜生晚期戏剧中提炼出来的一种文艺理论。这种理论认为，由于文艺作品是现实生活、作者自我、审美形式三维耦合的结晶，这三维可能给作品带来实象、虚象（或幻象）、隐象、艺象①，因而可能使作品呈现出多重意象世界，即呈现出复象特征。复象有广义与狭义之分。广义的复象是指文艺作品中实象与虚象或隐象的融合，狭义的复象是指实象、虚象、隐象与艺象的融合。通常，优秀艺术作品中都

---

① 当作家着力于客观地再现"现实生活"时，其作品的形象主要是"实象"（现实存在的人、事、物）；当作家发挥主体的能动性，以自己的情感、思想、体验与想象选择、归顺、同化现实生活的材料，创造出艺术的"第二自然"，那么其作品除了有生活的"实象"，还会有一些比较虚的、偏离客观实在的形象（"虚象"或"幻象"）；当作家把艺术观照的视角对准自我的灵魂，并在作品中以陌生化方式（分裂自我，把自我的一部分投注到陌生化的人物形象中）传达其自审体验时，那么其作品除了"实象"、"虚象"，还存在带一定具象性的"隐象"（此时一部分"虚象"转化为"隐象"）；如果这位作家审视自我的艺术灵魂时，特别注重反思审美形式的创造过程或艺术创造的机制本身，那么其作品中还可能存在"艺象"——艺术创造本身的形象。在这里，"隐象"中有很大一部分成为作品中的隐性艺术家形象。

存在广义的复象，但单是实象与虚象或隐象的融合不足以构成多重世界（有多重意象，但不一定构成多重世界）；而狭义的、严格意义上的"复象"，不是指作品中有多重意象，而是指在常人可见的表层意象世界背后还隐蕴着一重或多重意象世界。具有复象特征的作品，绝非"语语皆在目前，妙处唯在不隔"，而是隔而不隔，景深无穷，象外有象，境界层深，且往往具有元艺术品格。易卜生晚期戏剧的复象世界，主要是由"双重自审"带来的。它使得易卜生晚期的每一部优秀剧作，都不只是创造了一个意象世界，而是在多数读者可以感知的整体性的意象世界背后，还隐蕴着一个或多个整体性的意象世界。易卜生晚期戏剧的复象诗学，较之陀思妥耶夫斯基小说的复调诗学，自有其独特的现代性内涵。从理论上讲，"复象"比"复调"更具有艺术性，或者说在艺术审美上更具有本体意义。"复调"关涉多种思想的对话，但思想并不构成艺术的本体；而"复象"关涉形式，关涉虚的意象世界，这才是艺术的本体。就事实而言，易卜生早期诗剧也有"复调"，但其晚期戏剧的"复象"更耐人寻味，更有艺术魅力。进而言之，易卜生晚期戏剧的复象诗学，隐含有艺术学之维，在艺术自律的道路上走向了艺术的自我反思，这是颇具现代性的。

　　以上四个概念作为感性经验的结晶，是文本细读和长期酝酿的结果，本来适合放在书末（放在前面容易给人"概念化"的印象）；但为了使读者朋友更清晰地把握本书的核心思想，姑且前置。况且，从"阐释学循环"①的思想来看，对易翁戏剧的把握，同样需进入阐释学循环，"举大以贯小、探本以穷末"本是这一阐释过程中的必要环节。

　　依循什么样的思路对易翁戏剧进行审美阐释，并不是一个很简单的问题。笔者考虑过几种选项，比如紧扣关键词"双重自审"、"隐性艺术家"、"复象诗学"逐章进行解析，比如把易翁戏剧中的

---

　　① 钱锺书先生说："积小以明大，而又举大以贯小；推末以至本，而又探本以穷末；交互往复，庶几义解圆足而免于偏枯，所谓'阐释之循环'（der hermeneuticsche zirkel）者是矣。"见钱锺书《管锥篇》，中华书局1986年版，第171页。

人物形象分成五大类（患病者，拯救者或启蒙者，蜕变者，闯入者，艺术家）逐章进行分析，比如把易翁戏剧的"精神探索"与"形式拓新"分成两部分来讲，但终究都感觉不是太好。把具体的、每部各有特色的作品纳入到一定的理论框架去分析，表面看显得颇具理论色彩，但难免有"强制阐释"之弊。而且，最要命的是，那样做很有可能出现这种情形：洋洋洒洒数十万言，却不曾对一部作品做出准确深入的解读（对每部作品都只是根据前在立场和预定需要做了一些片面的分析）。同样是研究作家的创作、且问世以来影响很大的巴赫金名著《陀思妥耶夫斯基诗学问题》，在这方面提供了一种特殊的镜鉴。该书为了阐明陀思妥耶夫斯基创造了一种全新的艺术思维形式——复调思维，先集中讲陀氏作品中的主人公以及作者对主人公的立场，再讲陀氏作品中的思想，再讲陀氏作品的形式特点，再讲陀氏作品中的话语，看似层次分明，每一章都各有侧重点，但结果是突出了"理论"，却在一定程度上遮蔽了"作品"。正如美国著名文学评论家韦恩·布思所说："最严重的是，他（指巴赫金）在踏踏实实地研究陀思妥耶夫斯基的任何一部作品上都是失败的，以及他固执于高层次的概括，这使我对他能够作的其他研究也都感到不耐烦。"① 这是不能不引起人警觉的。② 对经典作品进行审美阐释，首要的原则是面向作品本身，尽量贴近作品本体发言，而不应该为了阐扬理论而裁切作品。而要贴近作品本体发言，最好的办法是充分尊重每部作品的个性，对此独一无二的作品进行基于整体通观的审美阐释（当然，这一过程离不开阐释学循环）。其实，读通一部经典作品就是进入一个独特的世界，就是拓展、更新我们整个的生命体验，于己于人皆有意义。

鉴于此，尤其是考虑到易卜生本人的吁请（他希望读者把他的作品作为一个持续发展的、前后连贯的整体来领会和理解，并充分注意

---

① 参见韦恩·布思为英文版《陀思妥耶夫斯基诗学问题》写的导言，见巴赫金《陀思妥耶夫斯基诗学问题》，刘虎译，中央编译出版社 2010 年版，第 18 页。

② 尽管如此，巴赫金提出的复调诗学理论仍然具有极大的影响与学术意义。这里涉及"创造性误读"问题，也涉及近百年来中西方学界对其理论的接受语境问题，比较复杂，兹不展开。

到作品之间的内在联系），本书的基本思路是"总—分—总"：先对易翁戏剧的创作特征进行扼要说明，再分别对易卜生晚期八剧进行详细解读，在此过程中注意将每部作品置于互文性语境中考察其"内在联系"，最后揭示易翁戏剧的基本内核与独到贡献。

第一章 《野鸭》: 在自疑自审中 开辟新的艺术道路

　　1884 年 9 月 2 日，易卜生写信给他的出版商弗里德里克·海格尔（Frederik Hegel）说："在几个方面，这部新剧在我的戏剧作品中占有一个重要的位置；它的构思与方法有多处与我以前的剧作不同。对此我目前不想解释太多。我希望批评家们能够发现那些隐示的要点；不过不管怎样，他们都会找到一些话题来争论、来解释。此外，我想《野鸭》很可能把我们中间一些年轻剧作家引上一条新的创作道路；这一前景我觉得是可以作为一个结果来期待的。"① 诚如所说，一百多年来，人们对于这部戏剧的确是争论不已；而学者们对于这个问题，即《野鸭》究竟开辟了一条怎样的新道路，则更是众说纷纭。

　　在我国，不少学者认为《野鸭》标志着易卜生从现实主义转向了象征主义。在西方，萧伯纳认为，《野鸭》表明，"易卜生抛开了市侩意识而转向描写死人，准备揭露那些经过精选的灵魂，从那些把自身理想化的不可救药的理想主义者开刀"② 。罗纳德·格雷认为："《野鸭》确实引进了一种新的戏剧。在这种新戏剧中，象征主义比易卜生从前的任何作品中都更重要。在他此剧以前，象征主义只是偶尔出现。博尼克的漏船，娜拉的伪造签字，欧士华的病，斯多克芒的排水管至

---

① 《易卜生书信演讲集》，第 245 页。
② ［英］萧伯纳：《论〈野鸭〉》，高中甫选编《易卜生评论集》，外语教学与研究出版社 1982 年版，第 50 页。

少都有比喻的价值。但到目前为止,还没有哪部戏剧使得象征如此重要,像野鸭那样与剧中所有人物的生活如此相关。"① 哈罗德·克勒曼认为:"《野鸭》标志着易卜生创作道路上的一个转折点。我指的不是他越来越多地借助'象征主义',而是他的自我辩驳的成分在后来的剧作中越来越明显了。"② 比约恩·海默尔认为,"《野鸭》表明易卜生已经转变方向,并且放弃了自己以前对真理和自由的解放力量和信念;……表明易卜生已经对于生存是一个何等复杂的问题赢得了新的、令人忧心的洞察力。"③ 布莱恩·约翰斯顿认为,"《野鸭》是现代现实主义悲喜剧的一个典范。但从另外一个视角来看,该剧隐含有一种基督教原型,这种原型隐喻性地扩大了这个现实主义家庭剧的蕴涵"④。这些观点各有根据,对笔者也很有启发。

经过长期研读、思考,笔者认为《野鸭》的拓新是多方面的,但有两点特别值得关注:首先,在探索向度上,该剧从探讨社会问题转向自我审视与存在之思,尤其是对人内在的本性、对人在世生存本源性的自欺结构进行深度反思,并在这一背景下思考存在的意义与艺术家的作用,这是前所未有的;在创作方法上,作家独辟蹊径,以某种复合性的、双管齐下的思维在一部戏剧中套另一部戏剧,在一个现实性的、描写普通人矛盾纠葛的戏剧故事中上演另一部以艺术家为主人公的、表现艺术家内在焦虑与自我怀疑的戏剧。这使得《野鸭》呈现出一种罕见的复象景观,成为一部具有多重意象世界、多个反思层次的复象戏剧;这些"新质"在易卜生晚期戏剧中都或多或少有所体现,在其身后的现代戏剧中亦流脉甚深。

---

① [英]罗纳德·格雷:《〈野鸭〉的重新阐释》,王宁主编《易卜生与现代性:西方与中国》,百花文艺出版社2001年版,第271页。

② [美]哈罗德·克勒曼:《戏剧大师易卜生》,蒋嘉、蒋虹丁译,湖南人民出版社1985年版,第168页。

③ [挪]比约恩·海默尔:《易卜生——艺术家之路》,石琴娥译,商务印书馆2007年版,第314页。本书所引此书均为此版本,后文出现只标明书名和页码,不赘注。

④ See *Ibsen's Selected Plays*, Edited by Brain Johnston, w.w. Norton & Company, New York, 2004, p. 207.

一 拓新一： 从探讨社会问题转向自我审视与存在之思

如果说易卜生早期戏剧侧重于运用巧合、反讽、映衬等手法创构历史传奇、弘扬民族精神，中期戏剧侧重于运用讨论、对比、回溯等手法批判社会现实、揭示社会问题，那么作为易卜生晚期戏剧之首的《野鸭》确实开辟了新的创作道路。个中之"新"首先在于：易卜生在创作之始就无意于讲述一个曲折的故事，也无意于提出社会问题，而是把审视、批判的目光转向了自我，在严格的自审中探究人类之本性、自我之价值与存在之意义。

正如易卜生所说，"在这个剧中，格瑞格斯是最复杂、最难以表演的一个人物"①。作为一个介于诗人与闲人、正常人与疯子之间的"怪人"，他仿佛上帝之子一样降临雅尔玛家，由此开启了两个家庭之间的矛盾与纠葛，也逐步深化、拓展着剧作家的自我审思。从整体上看，在《野鸭》中剧作家的自我审思大体有以下四个层次。

首先是展现出特定处境下常见的一种灵魂状态，作为自我审思的背景与起点。这个层次的自我审思主要依托雅尔玛形象来体现，在他身上很多人都可以看到自我的影子。雅尔玛从小"由小康之家堕入困顿之境"，但他由两个"好夸口、没出嫁"的姑姑养大，似乎一直是生活在"以后前程远大"的幻梦里，而从未看清真正的现实。几十年来，他一直在威利（当年诬陷雅尔玛父亲致其入狱之奸商）的照顾下生活，学照相、开相馆、娶媳妇、养女儿；在这种生活里他觉得"非常快活"、"心满意足"。但看到父亲出狱后整天颓唐消沉的样子，以及"那份儿丢脸、那份儿受气"，他内心潜抑着一种悲凄之感，总幻想着有一天能搞出一个大发明，让全家人都因他备感荣光。但他只是幻想，从未采取实质性的行动；就连在家庭生活中，也没有像正常人一样担负起一个丈夫、一个父亲的责任，反倒像是一个骨头没长硬的、动不动就想滑溜的大孩子。他以前习惯于两个姑姑的宠爱，结婚后则

---

① 见 Ibsen's Selected Plays，edited by Brain Johnston，w. w. Norton & Company，New York 2004，p. 439。

习惯于妻子、女儿的一再包容,并在她们的爱护与信赖中一天天修饰、美化着自我的形象。

内在的软弱、自欺使雅尔玛表现为一个略显滑稽的表演性人格。有的论者干脆送给他一个"表演艺术家"的美名:"雅尔玛具有舞台艺术家所特有的想象力和天赋,同时对各种舞台技巧与舞台效果了如指掌。他熟谙如何将一个普通的家庭变作舞台,将各种家具变作形形色色的道具与布景,将他自己的身体与声音变作演出的工具。"[1] 即便在自己的家庭里,他也仍然自欺欺人,熟练地表演着喜怒哀乐,以种种背离事实纯属捏造或空有形式没有实质的话来美化自己或影响他人,在观众看来,他的言行就构成了"戏中之戏"。他的"表演"有时接近职业演员,有时酷似生活中的一些自欺欺人者。比如在威利家他被客人嘲弄了一番,一回到家他就在亲人面前夸口把那些爵爷们"当面嘲弄了一顿";他自己习惯生活在空幻中,也让女儿以空为实,通过念菜单听菜味来一饱口福。但最具戏剧性的,是他作为摄影师不去照相(这事主要是由他妻子基娜去做),却更多地扮演着"发明家"的角色。当年,他父亲入狱的时候,雅尔玛"把手枪对准了自己的胸膛",邻居瑞凌说他有"天才",于是他放弃自杀,开始去钻研"伟大的发明"。他自述"每天下午,吃过午饭,我就一个人躲在客厅里潜心思索","我要把它(指照相术)提高到既是科学也是艺术的水平"。想不出什么头绪的时候,他就到阁楼里去"打猎"散心。就凭这个,他宣称"我是个发明家,并且一家人都靠着我吃饭。这么一来,就把我从低微的环境中提高了"[2]。而实质上呢,他内在的灵魂就像他家里那个阴暗的阁楼,尤其像阁楼里那只一度受伤而现已长肥的"野鸭"。像雅尔玛这样自欺、软弱、以幻梦为精神食粮的人,在生活中非常多,正如美国戏剧评论家哈罗德·克勒曼所说,"整个人类多半是由这样的材

---

① [挪]埃里克·奥斯特鲁德:《易卜生的戏剧面具》,《易卜生研究论文集》,中国文学出版社1995年版,第148页。

② 《易卜生文集》第六卷,潘家洵译,第68页。

料构成的"①。

同胞如斯,诗人何为? 在剧中,诗人格瑞格斯是一个拯救者,一个布朗德式的总想提升他人心智的人,也是易卜生特意派进剧中以便深化自我审思的隐性艺术家。② 他搬到雅尔玛家,一心想把雅尔玛从麻木与自欺中唤醒。剧作家第二个层次的自我审思便正是依托格瑞格斯形象来实现的。格瑞格斯心中有崇高的理想,他曾经远离家中的虚伪与罪恶,一个人来到偏僻的赫义达矿山住了十几年。下山后他看到父亲威利依然虚伪,看到好友雅尔玛一家人由于父亲当年的狡诈、暗害,过着一种灰不溜丢的、凄惨的日子,就像野鸭掉在"有毒的泥塘"里垂垂将死,心里恨透了父亲,决定把雅尔玛一家从"泥塘"里拯救出来。他对雅尔玛直言:"你染上了危险的病症,陷落在阴暗的地方等死。……你放心,我会想办法把你救出来。"③ 但雅尔玛完全听不懂他这些话。威利提醒他不要一意孤行,但格瑞格斯固执不移,硬是瞅准一个机会,将威利当年怎么占有基娜,然后又把基娜转让给雅尔玛的真相对他和盘托出。在格瑞格斯内心的预期中,雅尔玛知情后一定会宽恕曾经误入歧途的妻子并以真爱提高她,而且一道让人趋向理想的光芒将照射到他们夫妻身上,并照彻他们未来崭新的生活。但雅尔玛一回到家中,通过步步询问确证了基娜过去的那段事之后,首先是指责基娜这十五年来在他周围"织成了一个欺骗的罗网",继而骂她从前干的坏事断送了他的理想。当雅尔玛进一步了解到海特维格不是他的亲生女儿时,他更是接近崩溃了,嚷着要离家出走。他不仅自己要离家出走,还反诬海特维格以前对他的孝顺是虚情假意。海特

---

① [美] 哈罗德·克勒曼:《戏剧大师易卜生》,蒋嘉、蒋虹丁译,湖南人民出版社1985年版,第169页。

② 布朗德、格瑞格斯都是特别能体现易卜生心性的人物。易卜生几乎一直都有一种想要唤醒他人、提升他人心智的倾向。1885年,易卜生对特隆赫姆市工人说:"实现我们每个人真正的自由与高贵,就是我所希望、我所期待的未来图景;为此我一直在尽力工作,并将继续付出我整个的一生。"(《易卜生书信演讲集》,第371页) 正是由于像雅尔玛那样结实的多数派的存在,所以诗人格瑞格斯才会应运而生。格瑞格斯是个理想主义者,他的目标是要拯救人,让人变得自由而高贵。

③ 《易卜生文集》第六卷,潘家洵译,第67页。

维格在隔壁听到他的话之后，自杀了。

就这样，格瑞格斯送来的"真理"、"真相"把这个家庭弄得一团糟。这是颇具反讽意味的：当"真理"的阳光射进这个"野鸭的世界"时，不仅没给里面的人带来"自由"，反而带来了灾难。正如瑞凌所说："如果你剥夺了一个平常人的生活幻想，那你同时就剥夺了他的幸福。"而所谓"平常人"，绝不仅仅是雅尔玛一个人，我们绝大多数人都是这样的平常人。

正是在这里，可以看出易卜生对于自我理想、人性本质与人类生存的深层反思。1866 年，年轻的易卜生写信给出版商海格尔说："我觉得我的终生使命就是要利用上帝赋予我的天赋，把我的同胞从麻木中唤醒，促使他们看清那些重大问题的发展趋向。"① 那个时候，他就像布朗德、格瑞格斯一样踌躇满志，意气高昂。1884 年，年近花甲的易卜生在谈及《野鸭》时说："使一个人活得有人生价值的东西，对于另外一个人来说可以是毫无价值甚至破坏性的。……很久以前我就放弃了提出对所有人都普遍适合的要求，因为我不再相信普遍性的要求适合于每一个体内在固有的权利。"② 其心态陡转，似乎已经从一个乐观主义者变为悲观主义者了。这也难怪，人性复杂，人生维艰，不如意事十有八九，也许每个人的生活都离不开自欺与幻想，或者最多只能在理想与现实、自欺与自省、清醒与糊涂之间寻求一种恰当的平衡。作家本人也不一定能常葆清醒与高贵，甚至明知自己的种种缺点却无力去改变；如果自己都改造不了却以改造、提升他人为终身使命，岂不也是一种自欺？

很多时候，理想、愿望、使命，或者某种自我认同、自我意象，只是人用来支撑自己（或欺骗自己）活下去的养料而已。存在主义哲学家萨特曾出于对人类基本生存处境和意识结构的反思，深刻地指出："人的实在在其最直接的存在中，在反思前的我思的内在结构中，是

---

① 《易卜生书信演讲集》，第 42 页。

② 转引自《易卜生——艺术家之路》，第 314 页。译文参照易卜生写给西奥多·凯斯伯利的信略有改动。

其所是又不是其所是"①，这使得自欺成为可能；而在现实中，"它（指自欺）对很大一部分人来说甚至就是生活的正常面貌。人们能在自欺中生活，这不是说不会有突然被真诚唤醒的可能，而是说这意味着一种稳定而特殊的生活风格"②；"人们如同沉睡一样地置身于自欺之中，又如同作梦一样地是自欺的"③。自欺深深地植根于人性之中，是绝大多数人生活与意识的"常态"。著名学者邓晓芒进一步指出："人在骨子里就是一种自欺的动物，他的自我意识本身就是一个自欺结构"，"自欺是同一个自我意识的自相矛盾。这种自相矛盾并非人们精神生活中一个偶然的现象，而正是人的自我意识本身的存在结构"④。这也就意味着，自欺是人在世生存本源性的意识结构，人总是要把自己当作某个对象看（或把某个对象当作自我看），寻求某种身份认同，依托某种不尽真实的自我意象活下去。有的人，其自我认同的意象与自我的本相比较接近；有的则悬殊甚大，就像《野鸭》中的雅尔玛，实为空想家却自以为是发明家。在某种意义上，可以说，易卜生以此剧非常形象地揭示了现实中人的自欺本性，同时也"残酷"而冷静地褪去了他自己（以及他人）以前赋予艺术家的种种光环。

二 拓新二：在艺术创作中渗入对艺术（家）本身之反思

根据以上分析，《野鸭》在展露人的自欺本性时，已然悄悄渗入对诗人、艺术家身份与作用的反思。著名易卜生研究专家 Knut Brynhildsvoll 教授曾指出："从《野鸭》开始，易卜生戏剧的象征世界就充满了对艺术的本质和艺术家作用的反思。这种元层次的东西越来越频繁地渗透到他后期的剧作中，在这些作品里，艺术话语通常可被感知

---

① ［法］萨特：《存在与时间》，陈宣良等译，生活·读书·新知三联书店 1997 年版，第105 页。

② 同上书，第 83 页。

③ 同上书，第 106 页。

④ 参见邓晓芒《论"自我"的自欺本质》，《世界哲学》2009 年第 4 期。邓先生认为，"有意识的自欺"既使人生成为艺术，也体现了人性的"根本恶"，能够调解这种自相矛盾的只有忏悔。

为诗人自己对于作为一个艺术家的身份与作用的反思。"① 此论信然，正是由于《野鸭》在底层渗入了对艺术和艺术家本身的深刻反思，该剧也可以说是一部具有多种灵魂景观、多个反思层次且层层映现、镜镜交辉的"元戏剧"。

在《野鸭》中，除了雅尔玛这位"待拯救者"，还有三位各以其术拯救雅尔玛的艺术家：格瑞格斯、瑞凌与海特维格。这三位艺术家分别代表剧作家三个层次的自我审思。《野鸭》的特别之处，很大程度上就在这里：仿佛"山外有山，楼外有楼"一样，剧中每一位艺术家以为自己是最高明的，但其实他们每一位的拯救行为，在其他人看来都是有缺失和盲点的；他们彼此互为镜像，互相映照出对方的心性与不足，而镜子背后的"光源"——剧作家洞鉴一切的目光，则处于更高的层次，审视一切，默然不语。

在剧中三位艺术家中，格瑞格斯的拯救意识最为强烈（以拯救他人为终生使命），他看到同胞在自欺麻木的泥淖里沉陷，便矢志将其惊醒、救拔出来，欲其直面现实而后生——他的思维大体接近于某一类富有理想情怀的现实主义艺术家。但其理想跟人的本性恰好是相悖的。他希望人人都敢于"直面惨淡的人生"，在了解人生真相后能去寻求新的生活；但正如帕斯卡尔所说，"人在本性上是害怕真相甚至仇恨真理的"②，当人不得不面对真相时，往往是难以忍受甚至活不下去的。对此情形，鲁迅也是深有洞察的，他曾说过："假如一间铁屋子，是绝无窗户而万难破毁的，里面有许多熟睡的人们，不久都要闷死了，然而是从昏睡入死灭，并不感到就死的悲哀。现在你大嚷起来，惊醒了较为清醒的几个人，使这不幸的少数者来受无可挽救的临终的苦楚，你倒以为对得起他们么？"③ 鲁迅在这里所流露的对自己作为一个小说艺术家的作用的怀疑，正与易卜生在《野鸭》中所传达的忧思

---

① 此处引自 Knut Brynhildsvoll 教授 2007 年在中央戏剧学院的演讲稿 *The Roots of Modernity. Aspects of Henrik Ibsen's Dramatic Work.* 另可参见克努特·布林希尔德斯瓦尔《现代性之根源：易卜生戏剧面面观》，《世界文学评论》2007 年第 1 期。

② ［法］帕斯卡尔：《思想录》，何兆武译，商务印书馆 1986 年版，第 55 页。

③ 《鲁迅全集》第一卷，人民文学出版社 2005 年版，第 441 页。

与自疑相通。世上有一类艺术家，他们目光如炬，洞察入微，从繁华中看见衰败，从光鲜中看见朽腐，于天上看见深渊，于无声处听见惊雷；然而他们说出的"真相"、"真理"，是否确实有益于社会人生，或者在何种意义上有积极作用，却是很难言之凿凿的。

较之格瑞格斯，瑞凌则是一个非常清醒的自欺欺人者，属于那类自觉地以"瞒和骗"来制造幻梦的骗子艺术家。他很敏锐，能看出"一般人都有病"，但他治病的方子恰与格瑞格斯相反：不是揭出病根，而是隐瞒病灶；不是宣讲"理想的要求"，而是培养"生活的幻想"。他压根儿瞧不起格瑞格斯，认为对方只不过是个屡医屡败的"江湖医生"；而他自己则有如神医，开出的方子"百发百中"。他自诩给周围很多人治过病，给他们贴上"天才"、"发明家"之类的膏药，很快就把他们从自卑自贱、悲观绝望的境地中拯救出来了，且活得有滋有味。瑞凌这样的"神医"，很容易让人想起鲁迅所批判过的"文人"："用瞒和骗，造出奇妙的逃路来，而自以为正路。"① 但这种"瞒和骗的文艺"，让人"一天一天的满足着"，实则"一天一天的堕落着"，犹如野鸭一样陷在有毒的泥塘里。从长远看来，瑞凌式的艺术家也是短视的，他们本质上和在水槽里嬉戏的野鸭没有很大的区别。

而海特维格乃是一位真正富有自我牺牲精神的"圣子艺术家"②。她在血缘上是格瑞格斯同父异母的妹妹③，在精神上与之也颇有相通之处。当格瑞格斯说"我要做一条十分机灵的狗，野鸭扎到水底咬住海藻海带的时候，我就钻下去从淤泥里把它们叼出来"，基娜觉得这

---

① 《鲁迅全集》第一卷，人民文学出版社 2005 年版，第 254 页。

② 这里所谓"圣子"艺术家，特指那种在人生信念上认同"圣子"耶稣，在生活实践或艺术创作上富有爱心，甚至以自我受难、自我牺牲引发他人觉醒的艺术家。这类艺术家略似挪威诗人亨利克·威克兰德所说："无论是公道正义或者是犯罪作孽，他们总是坠入无边苦海之中而无法自拔。他们伸出双臂去攫取令人心驰神往却又转瞬即逝的目标，因为他们自以为他们就是上帝的心。"见比约恩·海默尔《易卜生——艺术家之路》，石琴娥译，商务印书馆 2007 年版，第 402 页。

③ 易卜生的妹妹也叫海特维格。终其一生，易卜生若给家人写信也只写给妹妹，可见这个妹妹在他心中的特殊地位。

话"真古怪"，但海特维格觉得"他那段话从头到尾都有别的意思"；当格瑞格斯说野鸭"到过海洋深处"，她就笑起来；问她笑什么，答："我笑的是这个：每逢我忽然间——一眨眼的时候——想起了阁楼里那些东西，我就觉得整间屋子和屋里的东西都应该叫'海洋深处'。"①她视力虽不太好，却似乎有着某种异常的直觉与透视力；她也许是那种天性本能特别优良，优良到可以从她身上看到小艺术家的胚子。同时作为一个孩子，她有着儿童的天真、单纯与善良，对人对物有着天然的同情感与爱心。野鸭受伤了，她对它特别关爱，还每天晚上给它做祷告，就像当年雅尔玛病重时她天天给他祷告一样。从家庭风波中她直觉到"也许我不是爸爸的亲生女儿"，但在她一尘不染的童心中，觉得"爸爸会照样喜欢我。也许会更喜欢我。那只野鸭是别人送给我们的，我还不是照样那么喜欢它"。格瑞格斯出于他特有的"割爱思维"②——牺牲最心爱的东西来示爱或引人反省——建议海特维格"看在你父亲身上，把你最心爱的东西贡献出来吧"，海特维格"眼睛发亮"，表示愿意"试试"。在这种思维上，她与格瑞格斯竟然那么默契！当然，她一度也有过犹豫，"觉得这事似乎不值得做"。但格瑞格斯继续鼓励她"睁开眼睛看看生命的价值在什么地方"。一种特殊的信念已在她心里扎下根了。

但致使海特维格自杀的直接原因在于雅尔玛了解过去事实后的蜕变——变得过于庸俗而多疑③。在第一幕，据格瑞格斯说，雅尔玛是

① 《易卜生文集》第六卷，潘家洵译，第61页。

② 不少艺术家都有"割爱思维"。比如茨威格就说："如果我深谙什么绝技，那么这个绝技就是善于割爱。"

③ 关于海特维格之死，罗纳德·格雷认为"是雅尔玛的虚伪逼迫海特维格自杀的"（见王宁主编《易卜生与现代性：西方与中国》，百花文艺出版社2001年版，第268页）。比约恩·海默尔认为："剧中语言世界的分裂才是导致海特维格之死的最深刻原因。必须从语言和概念上的混淆不清着手，才能对这场无妄之灾的诱因有一个清醒的认识。"（《易卜生——艺术家之路》，第305页）他认为海特维格之死是"由于语句暧昧和用词不当的缘故弄出了人命案子"，表明了"语言含糊不清的危险"。挪威作家海伦娜认为"格瑞格斯一手造成了一个天真无辜的儿童死亡，海特维格是没有人能将她起死回生了。冲着这一点我决计永远不会饶恕格瑞格斯"（见石琴娥译《易卜生评论——来自挪威作家》，挪威金谷出版社2006年版，第61页）。比昂松则干脆认为"这个小姑娘之死是作家本人下手干的一桩谋杀"（《易卜生——艺术家之路》，第305页）。

个"天真老实"的人；可是到了第五幕，在知道了那一系列真相后，他觉得多年来自己是生活在一个"欺骗的罗网"里，因而变得什么事也不能相信了：

> 雅尔玛：我老撇不开一个刺心的疑问——也许海特维格从来没有真心实意地爱过我。
>
> 格瑞格斯：假如她拿出一个爱你的证据来，你有什么话可说？
>
> 雅尔玛：她拿得出什么证据，她的话我再也不敢信了。
>
> 格瑞格斯：海特维格不懂得什么叫欺骗。………
>
> 雅尔玛：你别拿得这么稳。只要他们对她一招手，用好东西一引她——！喔，我一向那么说不出地爱她！我要是能轻轻挽着她的手，带着她，好像带着一个胆小的孩子穿过一间漆黑的大空屋子，那就是我最快活的事！现在我才十分凄惨地看清楚，原来她从来没有把小阁楼里的这个苦命照相师真情实意地放在她心上。她一向无非是花言巧语跟我假亲热，等待适当的机会。
>
> 格瑞格斯：雅尔玛，这话连你自己都不信。
>
> 雅尔玛：可怕正在这上头：我不知道应该相信什么，我永远没法子知道。可是你能怀疑我说的不是实在情形吗？嘿嘿！老朋友，你这人过于相信理想的要求了！要是那批人一上这儿来，带着许多好东西，对那孩子大声说："别跟着他。上我们这儿来。生活在这儿等着你呢——！"
>
> 格瑞格斯：（不等雅尔玛说完，赶紧追问）唔，怎么样？
>
> 雅尔玛：要是在那当口我问海特维格，"海特维格，你愿不愿意为我牺牲那种生活？"哼，对不起！你马上会听见她怎么答复我。[1]

就在这时，阁楼里发出一声枪响。在隔壁听见了这一切的海特维

---

[1] 《易卜生文集》第六卷，潘家洵译，第117页。

格，把枪口对准自己的胸膛，作出了异常明确的回答。在某种意义上，海特维格是为了让雅尔玛相信真爱的存在，才牺牲了自己最心爱的东西——生命。至此，这位小艺术家带着她的"悲"与"梦"实现了自己的人格与命运。在西方文学中，像海特维格这样富有基督情怀、以大爱承担他人罪过、通过自我牺牲感化他人的形象非常多，可以构成一个"圣子艺术家"形象的历史长廊。

但不管怎样，海特维格之死是个让人异常痛心的事件。一边是做女儿的以全部的坦真、热情与信赖爱着父亲，另一边是当父亲的却以近乎可耻的庸俗、冷漠与多疑来对待女儿。海特维格是多好的一个孩子啊，她有着一颗最为善良、单纯的心，有着最为生动、完满、明亮、活泼的感性，别说是亲人，就是读者也不能不喜爱她。但这个世界是不适合她居住的。

如果参照马克思的本质直观法（从工业社会的生存之苦、异化现象直观出"人本来应该有的生活是自由自觉的生命活动"），那么从以上现象中也许可以直观出：个人的本真存在乃是一种在与他人的相互信任、相互爱护中感受到自由与幸福的时刻，一种在共通的情感中感受到鲜明的生命意义的时刻。而作家写出生活中种种异化现象，不仅是发人深省，启示人从现象中直观出背后的"本真"与"应是"，也是以内心深处的光亮，以鲜活、纯真、明亮的感性形象返照固滞、灰暗、冰冷的现实。

若进一步思考，可以发现，在《野鸭》中，雅尔玛的疑心病是由格瑞格斯通过揭出真相转移给他的。格瑞格斯本人就是一个疑心很重的人，他看到了人生的种种真相，对生活极为悲观，还一度神秘地预言了自己的死亡；在与父亲的关系上，尽管威利为了悔过已经做出了种种努力，但他固执着对父亲的怀疑拒不讲和；当威利送给海特维格一份生日礼物时，他马上告诉雅尔玛这只是威利的一个"圈套"。可以说，正是格瑞格斯，不仅通过揭出真相打击了雅尔玛的人生信念，也把一种悲观、多疑的态度传给了他。当然，作为生活中的一个"表演艺术家"，雅尔玛本来对自己、对他人都很少真诚过。这些本不足为训，但在现实中，艺术家也确实比常人更深刻也更多疑。鲁迅曾自述"不惮以最坏的恶意揣测人心";布莱希特的"至理名言"是"你绝不能忘记艺术是欺骗,生活也是欺骗"①;其他如斯特林堡、奥尼尔等,都是过于敏感、过于多疑的人。

这种现象不能不引人深思。或许,艺术、艺术家也是一柄双刃剑?至少就一部分艺术家而言,其作品揭示出"灵魂的深渊"、"生活的真相",虽然能够让人更全面、更深刻地认识自己,但另一方面却无法避免人们因而变得多疑的可能性。

逝者长已矣,生者待如何?在某种意义上,海特维格是代替格瑞格斯去做了自我牺牲。根据格瑞格斯这位艺术家的思维,自我牺牲是能够引人反省、催人自新的。但海特维格之死究竟能有多大意义呢?

> 格瑞格斯:海特维格不算白死。难道你没看见悲哀解放了雅尔玛性格中的高贵品质吗?
>
> 瑞凌:面对着死人,一般人的品质都会提高。可是你说那种高贵品质能在他身上延续多少日子?
>
> 格瑞格斯:为什么不能延续一辈子,不能继续提高呢?
>
> 瑞凌:到不了一年,小海特维格就会变成只是他演说时的一个漂亮题目。
>
> 格瑞格斯:你竟敢这么挖苦雅尔玛?
>
> 瑞凌:等到那孩子坟上的草开始枯黄的时候,咱们再谈这问题吧。到时候你会听见雅尔玛装腔作势地说什么"孩子死得太早,好像割掉了她爸爸的一块心头肉"。到那时候你会看见他沉浸在赞美自己、怜惜自己的感伤的糖水蜜汁里。你等着瞧吧!
>
> 格瑞格斯:假使你的看法对,我的看法不对,那么,人在世界上活着就没有意思了。②

---

① [美]保罗·约翰逊:《知识分子》,杨正润等译,江苏人民出版社2003年版,第218页。
② 《易卜生文集》第六卷,潘家洵译,第122页。

这里,瑞凌代表着一个更为清醒、更为冷峻的声音。在剧中,瑞凌目睹了雅尔玛家的一切,也对格瑞格斯的前后活动洞若观火。相对于雅尔玛而言,他是个戏外评论家,有时也参与导演;相对于格瑞格斯而言,他对这艺术家做的一切冷嘲热讽,清醒地知道他的局限性与危害性。在某种程度上,瑞凌可以说是格瑞格斯的镜像人物;而他们两个人,大致映出易卜生艺术灵魂中的两极。①

海特维格死去了。死去何所道?托体同山阿。亲戚或余悲,他人亦已歌。一个人死去了,即便是为了他人作出牺牲,也就像一粒石子落入湖中,开始还有一点涟漪,转眼一切复归原样。没有什么能够被改变。夏莱蒂在《基督与猪》一书中写基督降生到世间,苦口婆心劝说世人,并以自身的牺牲救赎世人的罪恶,结果"他不知道上了多少次各式各样的十字架,投胎后再上十字架,上十字架后再投胎",可是世界并不因为他的牺牲而变得更美好。②

在艺术作品中就更不用说,即便最美好、最高尚的人物牺牲了,也不一定能改变人的精神世界。奥菲丽亚死去了,苔丝狄蒙娜死去了,考迪利娅死去了,安娜·卡列尼娜死去了,布朗德也死去了。这些人物的死,除了给人一种特殊的美感外,似乎再也没有什么好说的了。这进一步昭示了艺术及艺术家力量的限度。

如此一来,艺术家究竟能做什么?按照生活本来的样子揭示其真相,还是美化现实把谎话说圆?是践行大爱与至善、以自我发光的灵魂照亮他人,还是另有职责?对此,易卜生没有做正面回答。只是在关于《野鸭》的创作札记中,易卜生说过这么一句话:"我认为我们大家别无他法,只能由我们自己来求得精神和真理上的解放。"③ 无论怎样,经过这样一番重新审视和思考之后,我们发现《野鸭》远非萧伯纳所说的那么简单。在该剧中,易卜生固然对理想主义者把"理想

---

① 这种两极模式在易卜生晚期戏剧中屡屡出现,可能是剧作家自我探索、自我审思、自我辩驳带出来的一个现象。在该剧中,虽然现实更多地站在瑞凌那一边,但这绝不意味着易卜生认同瑞凌。易卜生谁也不会认同,他心中向往的总是某种"第三境界"。

② 参见祝宇红《"本色化"耶稣》,《鲁迅研究月刊》2007 年第 11 期。

③ 转引自《易卜生——艺术家之路》,第 314 页。

的要求"强加于人提出了质疑，但也并不赞同瑞凌式的培植幻想者，而这还只是该剧很表面的一层意蕴。透过表象，我们可以明显感觉到，易卜生既对自己以前想要"唤醒他人、提升他人"的布朗德情结进行了深刻的反思，也对艺术的本质、艺术家的作用进行了前所未有的审视。他在该剧中所触及的艺术问题，也许是每一位严肃的作家、艺术家都无法回避的问题。

三　新道路：　在双重自审中走向具有先锋性的复象戏剧

综上可知，《野鸭》在返身内视，将审视、批判的目光转向自我灵魂的同时，也对艺术、艺术家的作用与限度进行了深度反思；它在展现两个普通家庭之恩怨纠葛的同时，也透露了艺术家对自我身份与作用的重重疑虑。在剧中我们不仅可看到易卜生深刻的灵魂自审，亦可感受到一种深沉的艺术自审。简而言之，这是一部在双重自审中展开的复象戏剧。

在《野鸭》中，如果我们看山是山，看水是水，那么我们看到的只不过是发生在林业老板威利及其儿子格瑞格斯与照相馆老板雅尔玛一家的纠葛、冲突与悲剧性化解。那些活动于我们眼前的人物，有的贪婪、狡诈，不惜踏着别人的尸骨前进，但最终逃不脱失明的命运，就像瞎眼的野鸭一样；有的怯弱、自欺，整天生活在自造的幻梦里，一如野鸭受伤后扎到水底里，再也不肯睁眼看世界；有的则天生一副执拗的脾气，坚守理想，穷究真相，且一定要戳破别人的幻梦，直至最后造成朋友家破人亡的悲剧结局；等等。这些人物，连同剧中受伤的野鸭、阴暗的阁楼，构成一个世俗的、黯淡的、没有未来的世界。但如果我们转换视角，凝神透视，在剧中人物身上看出剧作家某些"隐示的要点"，那么全剧将逐渐展现出迥然不同的、以艺术家为主体的另一种景观。剧中深隐的艺术家群体构成作品的另一重意象世界，它仿佛作品表层意象世界的"复象"或"重影"，瞻之在前忽焉在后，但确能引发人去思考关于艺术本质、艺术家作用等深层次问题。

在《野鸭》之前，易卜生的戏剧创作或是为了将同胞"从麻木中唤醒，促使他们看清一些重大问题的发展趋向"，或是为了"唤醒尽可能多的人去实现独立自由的人格"，其核旨为"立人"，为"成人之美"（让人成为人并达到美的境界）；为实现此核旨，易卜生在剧中置入的隐性艺术家多半是外倾型的，其能量向外辐射，总是努力地想办法启蒙、提升他人，有些确实也实现了成人之美的目标（如《玩偶之家》中的林丹太太，她设法让柯洛克斯泰悔悟，让娜拉、海尔茂醒悟，最终都决心重新做人）。但在《野鸭》里，尽管隐性艺术家格瑞格斯的目标也是启蒙、提升他人，但他最终彻底失败了。在格瑞格斯的"启蒙"下，雅尔玛的心智不但无丝毫提高，反而染上了几乎无法治愈的疑心病；海特维格更是因受到刺激、怂恿、迷惑而丢命。在这里，易卜生仿佛是将枪口对准了自己，第一次把艺术家（及其身份、作用）作为审视、质疑、批判、否定的对象。这确实给全剧带来深沉的艺术之思，也给全剧带来了楼外有楼、境界层深的复象景观。

然而，《野鸭》真的是一部在双重自审中展开的复象戏剧吗？笔者对《野鸭》的这种阐释可能被认为是匪夷所思的。但如果我们把《野鸭》放在易卜生晚期戏剧这一整体中来看，以"诠释学循环"的方法加深对它的理解，那么会发现易卜生后面的戏剧创作确实是沿着复象戏剧的道路继续向前发展的。《罗斯莫庄》表面写挪威西部一个滨海小城中保守派与激进派的对立斗争，但实质上该剧可以看作是对《野鸭》所提出的艺术问题的初步回答，它呈现的是艺术家内在灵魂的运动和艰难的艺术探索过程。剧中主人公罗斯莫牧师身上明显带有格瑞格斯之影，他最初决心"挨家挨户去做一个思想解放的传达者，争取千万人的精神和意志，在周围培养出数目越来越多的高尚人物"，但后来他发现自己的心魂也并非清白纯洁，于是转向自我反省、自我审判，并把"自救"与"救他"的希望寄托在"真情"上，踏上了一条从情感上自内而外感通人心的道路。这其实正是艺术家能够做好的事情。《建筑大师》表面上是一部描写代沟冲突和怨偶婚姻的戏剧，但当我们把索尔尼斯看作是一个艺术家（剧中有明确暗示），进而对他那些双关性的语言做出全新的理解，那么又会逐渐感知到一个关涉到艺术创造的隐秘机制和艺术活动之价值意义的意象世界。《约翰·盖勃吕尔·博克曼》表面上是演述一个银行家、诈骗犯的故事，而内质是在展露一类艺术家的心象世界；这个心象世界是由一系列隐喻、象征和双关语构成的意象世界，也是一个关涉到艺术创造之本质、机制与局限的艺术世界。《当我们死人醒来时》表面上写的是两个家庭的分解与两男两女的重组，展现了一系列世俗的画面，但其内核表现的是艺术家的人生反省、艺术突围与终极关注。可以说，剧作家的"灵魂自审"与"艺术自审"仿佛一根"双螺旋"的红绳贯穿在这些作品之中，使之不仅呈现出复象景观，也具有"元艺术"品格。①

总之，《野鸭》所开辟的新道路，是一条在双重自审中走向"复象戏剧"的艺术道路。这种"复象戏剧"的根本特征在于，以剧作家的双重自审为内核和原动力，在一个现实主义生活剧的框架内隐寓着一个关于艺术、艺术家自身的"元戏剧"，具有多个反思层次和多重意象世界。与莎士比亚创构的以"戏中戏"为特征的"元戏剧"（如《哈姆雷特》）不同，易卜生创构的"元戏剧"更注重对于艺术家的身份与作用、艺术的本质与限度进行深层反思，因此也可以说，易卜生开辟的"复象戏剧"之路，是有别于莎翁戏剧的另一条"元戏剧"之路。

基于双重自审而创生的复象戏剧《野鸭》，在19世纪下半叶的欧洲剧坛是颇具先锋性的。在易卜生创作《野鸭》（1884年）的时候，欧洲除了托尔斯泰在《忏悔录》中对自我与艺术进行了极为深刻的反思，很少有人能接近易卜生在"灵魂自审"和"艺术自审"中所达到的高度。而在易卜生创作了此剧之后，确有一些剧作家、小说家沿着他所开辟的道路，创作了一些具有"元艺术"品格的作品，比如，契诃夫的《海鸥》、《万尼亚舅舅》，皮兰德娄的《六个寻找剧作家的剧中人》，乔伊斯的《青年艺术家的肖像》，奥尼尔的《诗人的气质》，

---

① 所谓"元艺术"，在笔者看来，是指作品本身渗透着艺术家对艺术、艺术家自身的反思，在艺术本质、艺术功能、艺术创作机制、艺术家身份与作用等问题上启人深思的艺术。

曹禺的《雷雨》等,都或多或少可以看到《野鸭》的影响。这些事实也进一步证明了易卜生的复象戏剧《野鸭》是具有先锋性的。

但《野鸭》更多的是在人们心里刻下一个巨大的问号。真相如此,艺术何为?易卜生给自己提出了一个巨大的难题,也仿佛陷入了更深的困境。然而,"绝望之为虚妄,正如希望同",我们期待着易卜生来一次漂亮的突围。

第二章 《罗斯莫庄》：奔腾的白马与夜半的太阳

写完《野鸭》之后，易卜生的自我审思、艺术之思和存在之思向着更为深远的地带掘进了。如果说《野鸭》更多的是对自我与存在、艺术与艺术家的"反思"，并最后落入一种悲哀、茫然的心境，那么《罗斯莫庄》则是"绝望中的奋起"，是要通过新的作品去更深入地探索自我、重建自我，并且就在作品中去进一步探掘戏剧艺术的本质与潜能。总的来说，笔者认为《罗斯莫庄》是易卜生所有作品中艺术成就最高、艺术力量最大的两部之一（另一部是《建筑大师》），非常值得深入细致地去体会、悟解。

诚如比约恩·海默尔所说，《罗斯莫庄》"是易卜生投入自我最多的作品"，也是"世界戏剧史上最晦涩难解、最错综复杂的作品"之一。[①] 一个多世纪以来，人们对它的解读也几乎就像解读《哈姆雷特》一样，新见迭出，奇论纷呈。在国外，丹麦评论家勃兰兑斯（据说他是"易卜生唯一能够听取并尊重其意见的人"）认为："在此剧中，易卜生克服了以前的怀疑态度，相信过去有污点的吕贝克能够改恶从善，并向我们揭示了这位罪人、说谎者和女凶手内在的美德和纯洁，以及

---

① 《易卜生——艺术家之路》，第5页。美国戏剧评论家哈罗德·克勒曼也认为，《罗斯莫庄》是"易卜生剧作中最令人惊愕、最难以理解的作品"。笔者认为这一评价也适用于《建筑大师》。

最后表现出的伟大品质。"① 奥地利精神分析学家弗洛伊德认为这部
作品属于表现姑娘们常见的"俄狄浦斯情结"的杰出艺术作品,并
且"由于在女主人公的这种白日梦想之前,先描写了她的一段完全
真实的过去历史,从而使这部戏成了一部悲剧作品"②。挪威易卜生
研究中心阿斯特里德·萨瑟教授在弗氏观点的基础上认为《罗斯莫
庄》表现了"女性的内疚情结",此外作为一个悲剧它还"表明妇
女解放是不可能的,女性为获得解放所作出的斗争无论对他人还是
对自己都具破坏性"③。挪威学者贝丽特·威克兰德认为这部悲剧表
现了人心深处"取悦父亲"的心理倾向:"罗斯莫的自杀是为了他
的父亲牺牲了自己……吕贝克跳进水车沟自杀的结局同样也是牺牲
自己来取悦父亲的方式。她与父亲的关系决定了她在罗斯莫庄的行
动,像罗斯莫一样,她也在现时重复着历史,罗斯莫对她来说就是
必须取悦的父亲形象。"④ 美国明尼苏达州立大学教授约翰·赫瑞尔
认为:"《罗斯莫庄》是一部既与过去伊丽莎白一世时代的复仇剧相
联,又跟后来的存在主义戏剧相通的剧作。大体而言,即便像哈姆
雷特那样复杂的复仇者所面临的问题,或者说大多数萨特戏剧中的
英雄人物所面临的问题,其实正是罗斯莫和吕贝克所面临的问题。
所有这些剧作也许可以冠以一个萨特曾经用于存在主义的名字:'可
怕的自由。'"⑤ 挪威易卜生研究专家比约恩·海默尔则进一步认为:
"在《罗斯莫庄》里,易卜生比以前更为明确地挑明了自由主义的
个人解放和自由的主张的症结所在。"⑥ 在国内,王忠祥先生认为:
"罗斯莫和吕贝克的悲剧反证了旧人生观、旧法则、旧道德潜藏在人

---

① [丹] 勃兰兑斯:《第三次印象》,《易卜生文集》第八卷,绿原译,第300页。

② [奥] 弗洛伊德:《论〈罗斯莫庄〉》,高中甫编选《易卜生评论集》,外语教学与研究
出版社1982年版,第236页。

③ [挪] 阿斯特里德·萨瑟:《女性的内疚情结》,《文艺研究》1999年第2期。

④ [挪] 贝丽特·威克兰德:《〈罗斯莫庄〉中神秘的女性》,王宁编《易卜生与现代性:
西方与中国》,百花文艺出版社2001年版,第378页。

⑤ See John Hurrell, *Rosmersholm*, *the Existentialist Drama and the Dilemma of Modern Tragedy*,
Educational Theatre Journal, Vol. 15, No. 2 (May, 1963).

⑥ 《易卜生——艺术家之路》,第317页。

们思想意识的深层结构中，不是短时间也不是单靠外力可以清除干净的；对这些东西，必须在主客观力量相结合的基础上进行长期的反复的斗争。"① 张志扬先生认为该剧着重表现的是生存的两难处境："罗斯莫如果看不到吕贝克的死，吕贝克精神的提高和罗斯莫事业的信心就没有绝对的证据，那么这就是生存意义的失败而导致生存的无价值，仍然是死；罗斯莫如果看见了吕贝克的死，吕贝克精神的提高和罗斯莫事业的信心固然有了绝对的证据，生存的意义获得了而生存本身却不复存在。"② ……这些看法各有洞见，各有启发，都很值得认真体会。这里试着结合剧中出现的重要意象，从易卜生"自我探索"、"自我审视"以及"探掘戏剧艺术的本质与潜能"的角度，切入这部悲剧的核心与底蕴，并阐发其未曾显现的重要意义。③

一　奔腾的白马：　从解放他人到窥见自我灵魂的深渊

通观《罗斯莫庄》全剧，它在形式结构上是以克罗尔与摩腾斯果的对立斗争为表层结构，以（在外部斗争影响下不断变化的）吕贝克与罗斯莫的灵魂世界及其互透关系为深层结构；表里勾连，互相影响，而以后者为主体。在戏剧情境、戏剧冲突的性质上，则是从党派斗争、思想冲突逐步深入到潜意识层面的人性冲突，并以后者为表现重点。这也正是本剧的现代性所在。下面就直接从作品的主体与重点切入分析。

哈罗德·克勒曼曾指出："他们（指罗斯莫与吕贝克）两个加在一起就是易卜生一个人，易卜生一个人摇摆不定的两种意识。《罗斯

---

① 王忠祥：《易卜生》，华夏出版社 2002 年版，第 142 页。

② 张志扬：《禁止与引诱》，上海三联书店 1999 年版，第 385 页。

③ 进入《罗斯莫庄》的玄关秘窍至少有二：一是作品中的特殊意象（如"奔腾的白马"与"夜半的太阳"）；二是作品中的隐性艺术家。在《罗斯莫庄》中，隐性艺术家首推罗斯莫，他是易卜生投入自我最多的人物之一；其次是吕贝克，她是易卜生艺术灵魂的重要一极。本章试着结合这两点进入该剧。

莫庄》是他内心对话的戏剧化。"① 此论虽不太确切（易卜生未必是罗斯莫与吕贝克相加之和②），但还是很有启发意义的。在我看来，这两个人物在本剧中大体构成易卜生艺术灵魂中的两极，集中体现了易卜生内在自我的矛盾冲突与动荡演变；其中，罗斯莫是一个在解放与保守、救他与自救、自欺与自省中游移并最后发生新变的人物形象，吕贝克是一个在超越与回归、压抑与升华、自由与自惩中旋转并最后获得新生的人物形象；他们内在灵魂的层层递进、交错发展折射出易卜生对自我内在生命的深入探索与深邃审视，他们最后的结局则隐示了易卜生关于重铸心魂、重建人格的睿思与理想。

在该剧中，约翰尼斯·罗斯莫是一个退职牧师，是颇受当地人崇敬的罗斯莫庄的庄主。他是在罗斯莫庄传统的基督教信仰和道德准则的教养下长大的，但在他还是个小孩子的时候，布伦得尔曾经"像填鸭子似的把一大堆革命思想塞在他的脑子里"，对他产生了"极大影响"。布伦得尔被老庄主赶出去后，他重新回到传统思想里，长大后就跟笃信基督教的碧爱特结婚了。这场婚姻可能很不美满，罗斯莫在"婚姻的幽暗气息里一天一天萎顿憔悴"。后来，自由女性吕贝克来到罗斯莫庄，为了得到这个男人，她一面以她的漂亮、性感、热情感染他，另一面又以一套套的自由观念、解放思想影响他。在吕贝克的影响下，罗斯莫的思想发生了很大变化：先是背叛了祖宗信仰，继而希望"挨家挨户去做一个思想解放的传达者，争取千万人的精神和意志，在周围培养出数目越来越多的高尚人物"③。对于当时挪威社会中自由派与保守派的长期斗争，他深感忧愤，觉得"在这场斗争中间，人的品质越变越坏了，和平、快乐、互相容忍的

---

① ［美］哈罗德·克勒曼：《戏剧大师易卜生》，蒋嘉、蒋虹丁译，湖南人民出版社1985年版，第185页。

② 在该剧中，布伦得尔也代表着易卜生内心中一个重要的声音，其性质、功能类似于《野鸭》中的瑞凌。他是个戏外评论者（在第四幕体现得尤其明显），也是罗斯莫的镜像人物。莫里斯·格拉维耶曾准确地指出："在《罗斯莫庄》中，古代戏剧中合唱队的形式，已缩减为唯一的一个人，即非同寻常的布伦得尔，这个天才的流浪汉，观察一向敏锐，判断一向准确。"见高中甫选编《易卜生评论集》，外语教学与研究出版社1982年版，第406页。

③ 《易卜生文集》第六卷，潘家洵译，第180页。

美德必须在咱们灵魂里重新建立起来", 并 "情愿拿出我的全部力量, 一生专做一件事: 在咱们国家里创造一个真正的民主政治"。在这样一种思想、心愿下, 他认为 "罗斯莫家族世世代代是个黑暗和压迫的中心", 觉得自己 "应该刻不容缓地在本地撒播一点光明和欢乐"; 但对于自己妻子碧爱特的痛苦、热情和要求, 则一再回避。后来碧爱特 "由精神病激成疯狂症", 跳水自杀了。罗斯莫觉得自己在 "碧爱特害病的时候用尽了心血", "心里没有可以惭愧的事", "所以想起碧爱特时, 心里只有一片平静的柔情"。这个时候的罗斯莫, 有点天真, 有点自欺: 他初看上去确实是非常高尚的, 一心想着 "解放他人", 在本地 "撒播光明", 但实质上他既没有真正看清自己, 也没明白碧爱特的真正死因, 还远远不知道自己的使命和理想有多么虚妄。

随着克罗尔、摩腾斯果的携密来访, 过去的一些事实在罗斯莫眼前渐次展开了: 碧爱特临死的那一年, 曾两次去找她的哥哥克罗尔, 向他诉说她的痛苦和绝望; 在准备自杀之前, 碧爱特预料到罗斯莫很可能会因为背叛祖宗信仰、与吕贝克结婚而弄得声名狼藉, 便预先写信给将来最可能攻击罗斯莫的摩腾斯果, 求他千万别报复, 千万别把罗斯莫庄的 "勾当" 在《烽火》上登出来。这一切表明碧爱特头脑清醒, 并没有得什么疯狂症。在克罗尔、摩腾斯果严厉的目光审视下, 在死去的碧爱特的无言控诉下, 罗斯莫原先的自欺再也保持不住, 内心开始感到惶恐不安。他先是感觉自己跟吕贝克 "美丽纯洁的友谊" 被人误解了; 继而不能不承认自己对妻子的死负有部分责任; 接着感觉自己已经丧失了 "快活宁静、清白纯洁的心情", "那种能使生活非常甜美的精神乐趣再也尝不到嘴了"。总之他再也无法摆脱内心的悲哀。

这种悲哀感, 对于一个素来 (自以为) 持身严谨、品行高洁、受人敬重的人来说是很自然的。精神追求很高、期望道德完美的人, 尤其容忍不了自己的过失。他原本认为 "道德" 是自己 "天性中的本能法则", 殊不料, 自己天性中的那个 "本能法则" 恰好是不那么道德的——爱慕年轻漂亮的吕贝克自然而然地符合他的天性本能, 但事实上确凿无疑地加速了碧爱特的死亡。① 面对已经造成的无法挽回的过失和内心的悲哀感,罗斯莫似乎看到罗斯莫庄的白马"在黑暗中、在寂静的境界中奔腾"——一种不可知的神秘力量令他恐惧,传统的基督教赎罪观也在无声地诱惑他。② 同样出于某种本能(求生存、求快乐的本能),已经接受了解放思想的罗斯莫开始走向又一轮自欺,把"伤心的旧事"看成是"累赘",叫喊着"要过自己的日子"。他向吕贝克求婚,希望"用一个新的、活的现实"去"摆脱那些烦恼的回忆"。

但吕贝克拒绝了他的求婚。在剧中前两幕,吕贝克看起来是一个蔑视传统习俗、崇尚自由解放、漂亮性感、热情大胆、意志坚强、思想新锐的女性,她一直鼓励罗斯莫去从事那桩伟大美好的解放事业,心里也很希望得到罗斯莫的爱情。从她一开始快活的叫声来看,她几乎是梦想成为罗斯莫的妻子的。现在梦想眼看就要成真了,正该心花怒放之时,却为什么拒绝了呢?这里的"拒绝"深刻地折射出了吕贝克人格中从理智到潜意识的丰富复杂的因素。约而言之,首先,她觉得罗斯莫是为了摆脱"伤心的旧事"才向她求婚的,他叫她"填补碧爱特的空位子",说明他还没有完全把她吕贝克作为吕贝克来爱;其次,她觉得罗斯莫的思想还没有完全解放出来,还不能以一个思想高度自由解放的人应有的心态来轻松地对待碧爱特之死这件事,或者说她感到两个人的思想还有一定的隔膜、距离;再次,可能是最重要的一点,即吕贝克自己心里有着潜在的、难以言说的内疚和疑虑。她是爱罗斯莫的,但她心里清楚跟罗斯莫一起去追求那种"宁静、快乐的

---

① 罗斯莫对于碧爱特的死应负很大责任。正如罗斯莫后来对吕贝克所说:"就是碧爱特还在世的时候,我的心思也全在你身上。我只爱慕你一个人。只有你在我旁边的时候我才觉得宁静快乐,心满意足。"后来罗斯莫还让吕贝克做他"生平唯一的老婆"。可见他与碧爱特的夫妻关系有名而无实。可以说,罗斯莫在潜意识里是希望抛妻别恋的;对于这一点,他也许自觉到了,也许没有,也许不愿意去想。

② 在该剧中,"白马的种类很多",其象征的所指也很不确定。大体而言,在不同语境中,白马可以象征宇宙间某种神秘的力量(宇宙秩序),或指向人生天地间某个浑茫、神秘、朦胧的地带;可以象征传统基督教思想,以及一切束缚人心的旧道德、旧法则,或"祖宗传下来的疑虑、顾忌和恐惧";也可以直接象征死亡。此外,剧中人物看到白马,也深刻"表现"了其内在灵魂的状态。

生活"、保持"清白纯洁的心情",其实已经是不可能的了;她私下里犯下了引诱碧爱特自杀的罪过,她只能顶着罪感、负着巨大的悲哀前进,而这一点又不能与罗斯莫达成共识。此外,她以前的历史(与维斯特大夫已经有过性关系)、她近年的罪行,这一切都使她自惭形秽并郁结成某种挥之不去的阴影,而这些只有在罗斯莫思想完全解放后才可能被他接受,她在他的爱中才可能觉得放松,而现在还看不到这种希望。因此,就吕贝克对双方思想性格的了解而言,她现在还不想把过去的秘密说出来,而更多地希望罗斯莫去缔结"对于外界的新关系",去"挨家挨户地做一个思想解放的传达者",这样她为了使罗斯莫从实际生活中解放出来所犯的罪行才可能具有一定的正面价值,而她自己的爱情才可能逐渐有希望。在正面价值没有产生以前,如果必须去面对过去的罪行(说出拒婚原因),她就不能不赎罪,不能不考虑"走碧爱特走过的那条路"。当然,吕贝克对罗斯莫说"到那时候我会走碧爱特走过的那条路",只是说出了她心念中的一种可能,而并不意味着吕贝克真有决心、真有胆量去那样做(这为后面罗斯莫的疑虑与求证埋下了伏笔)。

第三幕开始不久,吕贝克说:"没有孩子对牧师有好处。……真的,牧师幸而没有孩子。"这透露出,吕贝克心里隐隐希望,终身不结婚,辅助罗斯莫去从事那项伟大的事业。这样既可以在事业中逐步实现自己的价值,也可以把自己过去的罪孽隐瞒下来。可见,这是一个强悍得能够为爱人的事业去犯罪,又坚强得能够牺牲自己的本能需要去推进事业的女人。较之麦克白夫人,她要少一分残忍,而多一分坚强。

再说罗斯莫,求婚被拒后,其心境重归悲哀,并开始沉痛的自省。那天夜里,他可能老想着一个问题:吕贝克分明是爱我的,可为什么说无论如何不能跟我结婚呢?而且如果追问原因她就要走碧爱特走过的那条路?作为一个血液里流淌着传统基督教思想的人,他更倾向于反省自己:我一心爱慕吕贝克;碧爱特为了成全我和吕贝克才跳进水车沟;是我间接害死了碧爱特啊!如果我现在跟吕贝克结婚,怎么对得起碧爱特呢?吕贝克都已经想到要赎罪("走碧爱特走过的那条路"),而我……我怎么可以是那样一个人呢？我白天对吕贝克说的那些话是不是让她很失望？因此第二天上午，罗斯莫对吕贝克说起心中的反省与忏悔："我的灵魂里有了罪孽。我不配享受幸福，我犯下了对不起碧爱特的罪过。"

但吕贝克的内心活动并非罗斯莫所猜想的那样。在吕贝克的心里，实现那桩伟大美好的事业是第一位的，赎罪的事能拖则拖，拖到最后兴许就被功绩抵消，或被淡化了。因此，当罗斯莫悲观地摇头说"那桩事业永远做不成了"，她是真的感到失望而愤激了：

吕贝克：为什么在你手里做不成呢？

罗斯莫：因为起源于罪孽的事业绝不会成功。

吕贝克：（愤激）噢，这些无非是祖宗传下来的疑虑——祖宗传下来的恐惧——祖宗传下来的顾忌。人家说，死人化成了一群奔腾的白马回到了罗斯莫庄。我看，你这情形倒可以证明人家的话不错。

罗斯莫：就算是不假吧，可是只要我一天撇不开那种念头，是真是假又有什么关系呢？吕贝克，你要相信我，我说的是真情实话。一桩事业要取得永久的胜利，必须有一个快乐清白的人支持它。

吕贝克：罗斯莫，你真是那么缺少不得快乐吗？

罗斯莫：快乐？对，亲爱的，我缺少不得。①

吕贝克是多么希望罗斯莫能把祖宗传下来的疑虑、恐惧和顾忌完全抛开啊！多么希望他能不再眷恋往日纯洁宁静的心境，而负着巨大的悲哀继续前进啊！但罗斯莫做不到，他无论如何缺少不得快乐。于是吕贝克不得不接受一个基本事实：她所深爱的这个男人，其"思想根子是结结实实地扎在他的祖宗身上的"。

接下来，克罗尔与吕贝克的单独谈话，对吕贝克的内心产生了极

---

① 《易卜生文集》第六卷，潘家洵译，第193页。

大影响。克罗尔的话，使她不能不重新回忆、思索自己的出身问题。她以前跟维斯特大夫有过特殊关系，但绝没有想到维斯特大夫就是她的亲生父亲。① 海默尔认为，克罗尔"这一残酷的揭露像一记闷棍打得她震悚不已、方寸大乱。但是使她惊恐万状的不仅仅是乱伦这一件孤立的丑事。这一揭露也使得维斯特医生以新的狰狞面目出现，而他以前曾教会了她一切，并且将她领入时代的激进新思路上去。如今这位启蒙导师忽然一下子被剥去了五光十色的理想主义的全部服饰，赤条条地站在她的面前，此刻站在她面前的原来是一个不替别人着想、毫无道德的卑俗庸人，一个肆无忌惮、毫无心肺、一味追求满足他的个人欲念而不惜性侵犯自己女儿的狎亵小人。……这一揭露非但将维斯特医生自己在吕贝克心目中的高大形象破坏殆尽，而且还一举摧毁了他直到此时此刻仍在她心目中所代表的那种积极正面的人生观"②。如果此分析所依据的事实（吕贝克与维斯特大夫有过乱伦关系）确实可靠，那么至少还可以补充一点：克罗尔的那些话，同时也促使吕贝克重新认识自己——自己竟然是维斯特大夫的私生女！而向来标榜自由解放的自己很难坦然面对这一事实！关于自由、解放的进步思想是在自己脑子里确立下来了，但古老的传统思想就像水一样是渗进自己血液里的，它们潜在意识深处，在现时情境中便显出威力，让人感到极为痛苦不安。

由自己的痛苦不安，吕贝克想到深受传统影响的罗斯莫可能痛苦更甚。出于对罗斯莫深沉的爱，吕贝克决定把导致碧爱特之死的罪过全部揽到自己身上，从而使罗斯莫恢复过日子所需的"纯洁清白的良心"。于是，当着罗斯莫和克罗尔的面，吕贝克经过内心的挣扎终于说出："罗斯莫，这事跟你不相干。你没有罪过。引诱碧爱特，并且终于把她引上迷惑的道路的人是我。"这无疑是难能可贵的坦诚和承担。本来，导致碧爱特自杀这一结果的原因绝非吕贝克一人的言行所

---

① ［奥］弗洛伊德：《论〈罗斯莫庄〉》，高中甫选编《易卜生评论集》，外语教学与研究出版社 1982 年版，第 232 页。

② 《易卜生——艺术家之路》，第 326 页。

能解释：罗斯莫对碧爱特的冷淡和逃避，对碧爱特来说同样是致命的因素；如果丈夫真正爱她，那么吕贝克无论说什么也不会对她起多大作用。吕贝克把罪责全部揽过来，是希望罗斯莫心里从此轻松些，但没想到眼前这两个男人一齐对她发起谴责和审判，这使她不得不继续剖露内心：

> 你难道以为我始终是一个冷静、沉着、心里有算计的人吗！那时候的我跟现在站在你面前说话的我不一样。并且，人都有两种意志。我好歹想把碧爱特打发开，然而我从来没想到这事当真会实现。在我摸索前进、每次迈步的时候，我似乎听见自己心里有个声音在喊叫：别走了！一步都不能再走了！然而我收不住脚步。我只能向前再走一丁点儿，只是再走一丝丝。可是走完了一步，我又走一步，最后终于出了事。这种事都是那么发生的。①

结合第四幕吕贝克的补叙②来看，她开始是处在两种意志（善与恶）的交战过程中，后来则逐渐被不能自己的非理性冲动（占有与排斥的狂暴热情）所吞没，最后终于间接地把碧爱特"卷进了水车沟"。至此，吕贝克内在灵魂的深渊基本被照亮了（语言就像光一样，它说出什么，就照亮了什么）。

吕贝克事后对这一切有着清醒的意识（在全剧中她是自我意识最清醒的一个人），她也是有罪感的（她深知"犯罪的滋味"），但并不愿意如克罗尔所期待的那样表示后悔，而是"自有办法"——她有她自己承担罪感的方式。她多么希望自己一人承担起全部罪责后，罗斯莫的心灵从此清净轻松，从而义无反顾地投入事业中去！但罗斯莫不

---

① 《易卜生文集》第六卷，潘家洵译，第204页。

② 在第四幕，吕贝克对罗斯莫进一步描述了自己那时候引诱碧爱特自杀的心理状态："那股热情好像海上的风暴突然打在我身上。它很像北方冬季我们有时遭到的风暴。它把你紧紧裹住，卷着你前进，不由你做主。简直没法抵抗。"顺便说一句，易卜生通过吕贝克自己的叙述来表明她犯罪时的心理状态，带有一定的理性分析色彩，在艺术技巧上也许稍逊于莎士比亚通过麦克白夫人自己的动作来展示她犯罪前后的心理状态，但吕贝克的叙述显然也表现了她的性格：具有高度清醒、自觉的自我意识。

理解她的心思与性格，他也许觉得这个女人太不可思议，以致羞于与之为伍（他重新回到了自欺），便扔下她，也不回头看她一眼，就跟着克罗尔一起到城里去了。

这一天，对于吕贝克和罗斯莫来说，可能是内心极不平静的一天。吕贝克没想到坦白之后不但没收到预期效果，反而受到对方的鄙弃；她"受了惊"，并决定从此离开罗斯莫庄。而罗斯莫呢，他没想到自己一向信任的这个女人，这个用一套套新思想给予自己深刻影响的精神伴侣，原来是这样一个狠心、无情、伤害他人之后毫不痛苦的人！而到了克罗尔家里之后，克罗尔很可能把吕贝克不道德的出身告诉了他，这势必进一步影响罗斯莫对吕贝克的信心。但这些并不是他们全部的心理活动。一时的愤激情绪过后，他们可能慢慢转向平静，转向反省。吕贝克遭遇了这样的挫折，罪感更深了，对于自己的人生观产生严重的怀疑，对于那桩事业也没什么信心了，她"好像看见白马出现了"。"看见白马"可能是她的幻觉，而这幻觉折射的是她潜在的罪感意识、传统基督教罪感文化积淀于内心深层的集体无意识的隐隐作用。但作为一个女人，在显意识层面她还是希望罗斯莫对她仍心存爱意，因此她想走后给罗斯莫写一封长信。而罗斯莫，半夜里就转回来了。他为什么会回来？很可能离开吕贝克之后，他心里的另一个声音响起了："我不是同样希望摆脱碧爱特吗？对于碧爱特之死我难道没有一点责任吗？我完全可以把碧爱特从绝望中救回来，但我没去救她，也不想去救。吕贝克也许只是做了我潜意识里想做的事！我的本性中也有恶的因子啊！"克服了自欺之后，罗斯莫发现自己与吕贝克还是很有相近之处的，加上对她多年来的感情，因此他必然会回来。此外，还有很重要的一点，即他需要进一步去了解吕贝克：他一直以来在心里爱慕的那个女子，难道就是一个犯了罪之后依然我行我素的人吗？

二　夜半的太阳：从自省自惩到走向纯美高远的境界

接下来的第四幕，剧作家让罗斯莫与吕贝克处在关系濒临破裂的特殊情境中，对其内在灵魂的交错演进作了最集中最深刻的展示，同时也使全剧上升到一个画面极为美丽动人、意蕴极为丰厚深远的境界。

在这一幕,我们清楚地看到,罗斯莫与吕贝克的灵魂如何得到洗刷,再进而融合、重整为一个崭新的、美丽的灵魂。

罗斯莫半夜回来后,开始一步步了解吕贝克。他问吕贝克为什么要走,她说"只想撒开手拉倒",这让他失望、疑惑。就吕贝克而言,她心里虽然有很深的罪感,但目前还没有决心以自惩赎罪;如果不能顶着罪感前进,她就只好全盘放弃。就罗斯莫而言,他觉得吕贝克要么就痛心忏悔,要么就继续以她强大的意志力实行她的计划,怎么忽然要"撒开手拉倒"呢?她强劲的意志哪儿去了呢?随着对话的展开,我们了解到:由于跟罗斯莫在一起相处的日子,由于对罗斯莫的爱,吕贝克渐渐受到了罗斯莫人生观的感染(向罗斯莫靠拢,主动受同化),她平时更多地转向对自己的反省,意志也渐渐退隐了:

> 吕贝克:罗斯莫庄销蚀了我的力量。我从前那股勇往直前的意志被人铰短了翅膀。翅膀铰短了!什么事都敢做的日子已经过去了!罗斯莫,我已经丧失了行动的能力。
>
> 罗斯莫:你把这事的起因告诉我。
>
> 吕贝克:我跟你在一块儿过日子:这就是这事的起因。
>
> 罗斯莫:这可怪了,那是怎么回事呢?
>
> 吕贝克:在我单独跟你在这儿过日子的时候……自从我跟你在一块儿过着那种安宁静穆的日子以后——你对我推心置腹,无话不谈,你对我的柔情蜜意也不隐瞒——于是我心里就发生了大变化。你要知道,变化是一点儿一点儿发生的。起初几乎觉察不出来,可是到了最后,它用排山倒海的力量冲进了我的灵魂深处。
>
> 罗斯莫:吕贝克,这是实话吗?
>
> 吕贝克:其他一切——沉醉于官能的欲望——都从我心里消失了。旋转激动的情欲一齐都安定下来,变得寂然无声了。一片宁静笼罩着我的灵魂——那股宁静滋味仿佛是在夜半的太阳之下,在我们北方鹰隼盘踞的峭壁上头的境界一样。
>
> 罗斯莫:再多讲一点。把你能讲的都讲出来。
>
> 吕贝克:亲爱的,没有多少可讲的了。只有这一句话了:我心里

发生了爱情，伟大忘我的爱情，满足于咱们那种共同生活的爱情。①

这是对吕贝克灵魂深渊的进一步开显。对于她来说，这既是一个"压抑与升华"的过程，也是一个"爱情压倒事业"的过程，同时还是一个不自觉地"向传统、向清净的灵魂回归"的过程：情欲被压抑下去了，精神从地面升华到峭壁般的高度；趋向于伟大忘我的爱情，满足于"那种共同生活的爱情"，也就自然而然销蚀了向外伸张的意志；同时，逐渐接近罗斯莫的心智，与他原来的思想渐渐发生融合。这种情形初步显示了真情感对人灵魂的重塑意义。可以说，主要是因为爱，吕贝克才渐渐认同罗斯莫的人生观，渐渐向清净的灵魂回归。

但吕贝克的回归传统与罗斯莫的追求解放一样，都不是一个简单的接受或认同过程：双方骨子里都有一些根深蒂固的东西，接受异己的思想后所形成的是不完全等同于对方思想的第三种思想。就吕贝克而言，她虽然在与罗斯莫相处的日子中越来越多地受他影响，也感到自己罪孽深重，这使她拒绝了罗斯莫的求婚。② 但她绝不愿以死赎罪，内心里也仍然有着对爱情的不死的渴望，这使她在拒婚后又建议以"平静的爱情"（以不结婚为前提的、纯精神上的爱情）来提高双方。而罗斯莫，虽然一度坚定不移地要把解放事业贯彻下去，但一旦发现自己"灵魂里有了罪孽"，便几乎本能地感到"那桩事业再也做不成了"；一旦发现他思想的先导——吕贝克竟然做出那么狠心的事，便连她的思想本身也不信任了；不但不信任她，便是连自己也不信任了："我不再相信我有改变别人的力量。我对自己的信心完全没有了，我既不信任自己，也不信任你。"的确，在罗斯莫的心灵里传统的因子更多更深一些，他更鲜明地感觉到"白马在黑暗中，在寂静的境界中

---

① 《易卜生文集》第六卷，潘家洵译，第213页。
② 吕贝克第二次拒绝罗斯莫的求婚，其原因（或者说动机）与第一次稍有不同。第二次拒婚时她已经清楚地知道自己跟生父斯特大夫有乱伦关系，自感罪孽很深，而且，第二次拒婚前，她感到她的意志已经被摧毁了，已经没有力量了，实现那个目标更属不可能了（她已经觉得根本不配享有真正的爱情）。

奔腾"。面对自己和吕贝克在新思想影响下所犯的罪孽,他原先所有的希望和信心都陨灭了,感到极为痛苦不安。自由思想、解放事业被证明只是一场让人心碎的"大梦",而回到传统,认同过去的"黑暗与压迫"更属不可能。这时的罗斯莫就像是吊在悬崖边斜伸出的树一样,往下一看是万丈深渊,往上攀缘又周身乏力。

吕贝克建议用"平静的爱情"来度过危机,这使绝望中的罗斯莫心头升起一线希望,说:"如果中用的话,那倒是人间一桩最光荣的事情。"也就是说,如果真情、真爱的确能提高人的心智,那倒是人间一桩最光荣的事情。但是这里的前提确实成立吗?罗斯莫陷入了深深的怀疑之中。他需要确凿的事实使自己相信:不仅爱本身是真实存在的,而且爱的确能够提高人的心智。为此他要求吕贝克拿出"爱的证据"。吕贝克在稍感迷茫之后,决心去证明真爱,同时也洗清自己:

> 吕贝克:在你看起来,如果你有什么办法可以使我把自己洗刷干净,我有权利要求你告诉我。
>
> 罗斯莫:(好像不愿意说似的)那么,咱们想想看。你说,你心里有一股热烈的爱;你又说,我把你的精神提高了。这话是真的吗?……吕贝克,你有没有胆量——你有没有决心——为了我,今天晚上——高高兴兴地——去走碧爱特走过的那条路?①

这里,罗斯莫在犹豫与期待的矛盾心情中说出了那个可怕的建议。他心里是真爱吕贝克的;但越是爱她,便越希望在她身上看到人性的光辉。就他自己而言,在建议吕贝克"去走碧爱特走过的那条路"之前,他心里已经做好了以身赎罪和殉情的准备②;就他对吕贝克的考

---

① 《易卜生文集》第六卷,潘家洵译,第220—221页。

② 在建议之前,罗斯莫就对吕贝克说过:"万一我先死的话……我这条无足轻重的生命当然该由我自己做主";"你想不出(洗刷的办法)最好——对于咱们俩都有好处。"想不出,那就在空虚中活着;想得出,即以死证爱、洗清灵魂的污点,那结果必然是两个人一块儿死——罗斯莫绝不会单独活下来,他也需要把自己洗刷干净。

虑而言，他不能接受她的解放人生观把个人的自由幸福建立在他人的痛苦甚至死亡上，不能完全信任这样的心灵能够产生出伟大的爱情。在下意识里，他隐隐期待，要么自己这些年来真的影响了吕贝克的心魂，使之上升到能勇敢承担罪责的高度，要么吕贝克能真的爱他，能以实际行动证明人间真爱的存在。

出于对罗斯莫的真爱，吕贝克决心把自己"洗刷干净"，同时也让罗斯莫"恢复自己的信心"。她也的确认识到"我造了孽，我应该赎罪"，并表示"愿意高高兴兴地去走碧爱特走过的那条路"。罗斯莫在她身上看到了人性之光，对她的爱加深了。现在他坚信他是可以去爱、去信任吕贝克的，也可以相信"解放人生观"是有前途的，是能够走向完善的。因此，他坚决地说："吕贝克，既然如此，我坚持咱们的解放人生观。"但他所说的"解放"，不只是把自己从基督教、从传统教条中解放出来，而主要是自己做自己的主人，自主、自由、自决，自己给自己立法，自己为自己负责——自己享受了自由就一定得承担起自由的后果，承担起全部的责任。因此罗斯莫接着说："没有人裁判咱们，所以我们必须自己裁判自己。"

接着，以新型的解放人生观为基础，罗斯莫与吕贝克在真爱的基础上正式结婚了。随之，同样以新型的解放人生观为基础，他们互相搂抱着跳进了水车沟。最后，他们的爱情达到了最纯粹、最完美的境界：

> 罗斯莫：咱们互相跟着走——我跟着你，你也跟着我。
> 吕贝克：我看这倒几乎是实在的情形。
> 罗斯莫：因为咱们俩现在是一个人。
> 吕贝克：对。咱们是一个人。走！咱们高高兴兴地走。①

可以说，他们的身体虽然如白色瀑布般倾泻而下，但他们的灵魂经过洗礼之后将很快升上天空——与飘然飞来迎接的天使会合在一起，

———————————

① 《易卜生文集》第六卷，潘家洵译，第223页。

如一道美丽的彩虹倒映在那条溪流之中。他们的自杀,绝不是向传统回归(基督教不允许自杀),也不是向罗斯莫庄的"白马"投降,而是完全独立自主的、高高兴兴的行为,是他们自觉的追求——以两个人殉情而死,来证明最纯粹最真挚的爱情,这本身就是对原先无爱婚姻的否定;通过舍弃有罪的肉身,洗刷掉原先灵魂中那些幽暗的、邪恶的因素,而把那些光明的、优美的因素结合在一起,成为"一个人",则无疑体现出尘世男女对最高生存境界的追求。

以上,我们看到的是易卜生灵魂内部上演的一出惊心动魄的戏剧。显然,这部戏剧的主旨不在于揭示人物的俄狄浦斯情结,甚至也不在于探讨新旧两种观念的冲突以及自由主义的破坏性,而是通过把笔触探入人物灵魂的深渊,在思想冲突的底层发掘更具审美普遍性的人性冲突——在个人内心中意识与潜意识混合的地带中精神与欲望、他救与自救、自欺与自省、负罪前进与自我惩罚之间的冲突,并且就在这种种难以化解的冲突中,来探寻人格重建或灵魂重铸的可能性。

易卜生之所以写作《罗斯莫庄》,其中一个重要动因是1885年他从国外返回挪威后的见闻与感想。易卜生自述:"这次回国给我带来了失望。我的经历表明,在新的政府体制下,最为重要、最不可少的个人权利仍未得到我所希望和期待的那样的保障。大多数执政者不允许个人在他们专横地划定的范围之内享有信仰自由和言论自由。……一种高贵的质素必须进入我们的民族生命中,进入我们的行政管理、代表机构和新闻媒体中。当然,我这里说的'高贵'不是出身上的高贵、财产上的富贵,也不是知识、能力和才华上的高雅,而是性格、意志和精神上的高贵。只有它能让我们感到真正的自由。实现我们每个人真正的自由和高贵,就是我所希望、我所期待的未来图景;为此我一直在努力工作,并将继续付出我整个的一生。"① 显然,铸造自由、高贵的灵魂,重建契合民族生命发展需要的现代人格,是易卜生创作的核旨所在,也是他塑造人物形象时的强大内驱力。如果易卜生

---

① 《易卜生书信演讲集》,第370—371页。

不是抱定这一核旨①，《罗斯莫庄》可能完全是另外一副面目。在这个意义上，可以说《罗斯莫庄》是"最易卜生"的一部剧作。

三 对戏剧艺术本质与潜能的深度探掘

现在来反观全剧，可以看出剧作家在写完《野鸭》之后对戏剧艺术的本质与潜能进行探掘的某些痕迹。

首先，当一个作家自觉意识到现有艺术的限度后，往往会重新审视自己所从事的这门艺术的本质与功能。以前，易卜生有着很强烈的现实关怀，认为"诗人的任务是为自己并且通过自己为别人弄清那些使我们的时代和我们作为其中一员的社会感到激动的、暂时的和永恒的问题"②；在创作上，他也的确比较关注社会现实，揭示社会问题，比如《青年同盟》、《社会支柱》、《玩偶之家》、《人民公敌》等作品，虽然重心是"描写人"，但也的确让人去注意社会问题。不过，从《野鸭》开始，易卜生对这些作品的局限已有所反思了。对社会现实、社会问题的描绘与揭示，不管有多么生动、深刻，也不论一时引起了多大的轰动效应，在本质上并不能拓展每个人对于自身人性结构以及内在生命发展规律的认识与体验，也不能在情感上潜移默化地重塑人的心魂，因而很难具有永恒性，其艺术力量也是有限的。③ 而且，正如后面的《建筑大师》所隐隐透露的，不管剧作家为人们（从正面或

---

① 易卜生 1886 年 11 月谈及《罗斯莫庄》的创作时，曾对勃兰兑斯说："去年夏天我的挪威之行留给我的印象和我的一些观察，困扰了我很长一段时间。直到我对我的经历达到非常清晰的理解并得出了我的结论之后，我才能考虑把我的思想转化为一部虚构的作品。"（《易卜生书信演讲集》，第 269 页）由此可见，《罗斯莫庄》是在高度理性而自觉的状态下创作出来的，其整个过程离不开作家内心"核旨"的牵引。进而言之，其实一切艺术作品都是现实生活、作家自我、审美形式三维耦合的结晶，单靠"灵感"或"摹写现实生活"都是不成的。

② 《易卜生文集》第八卷，绿原译，第 223 页。

③ 易卜生中期的戏剧，越是注目于批判社会现实、揭示社会问题，其艺术成就、艺术力量便越小（如《社会支柱》、《人民公敌》），而《玩偶之家》、《群鬼》等作品的艺术力量不在于其中所提出的社会问题，而在于剧本对人物内心情感（内在生命）发掘与表现的深度、广度与精度（细腻、真确的程度）。比如《玩偶之家》最动人心魂的地方，不在于剧末娜拉与海尔茂就婚姻问题所作的讨论，而在于娜拉在天真活泼的日常表象背后那如诗如梦、如朝阳又如海浪的内心世界。她即便有些小缺点，但永远让人着迷。

反面)设计了一个多么美好的、充满自由与真理的社会,营建了一个多么健康、和谐的家庭,但现实中的人们并不愿意住进去,他们依然故我。由此可见,真正重要的是人们的"自我觉醒"、"自我认识"、"自我解救";或者如罗斯莫所说,"他们必须自己动手,运用他们自己的力量;除此之外,没有别的力量"。而剧作家能做的,是在自我反省、自我探索、自我解放这条路上更深入地走下去(至于能否引人反省,启人觉悟,早已不是首要的问题)。他本质上依然只能发挥基督精神,只是不再干预他人,而是紧扣自己内心的矛盾层层深入地探掘下去,从意识层面掘入潜意识层面,从而在充分了解人性、了解生存的基础上探讨人格重建的可能性,而避免"把房子建筑在流沙上"。正是这种努力,恰好使得他的作品实现了戏剧艺术的本质,即真正成为"自我探索—人性探索的艺术",成为"人的内在生命运动的感性显现形式"。所谓"自我探索—人性探索的艺术",就是从自我出发,通过真诚的省思、探索,逐步进入人性的深层结构,显明人类内在生命发展的种种形式与规律,而这种艺术必然不会是对社会现实生活的广阔反映,而是"人的内在生命运动的感性显现形式"。比约恩·海默尔曾准确地指出易卜生晚期的戏剧存在一种"自我解剖学",而易卜生自我内部的种种矛盾及其张力又恰好"使得戏剧成为他自然而然的表达形式"[1]。事实上,易卜生写得最好的作品也正是那些在自我探索、自我省察、自我重建方面用力最深的作品。

其次,只有在深入探索自我的过程中敢于审判自我,直面自我内心最深处的黑暗,并同时以理想之光重建新的人格,才能最大限度地发挥出戏剧艺术的潜能。在剧中,易卜生对自我——罗斯莫、吕贝克、布伦得尔等人物的洞察与审判是极为深刻而冷峻的,他从他们美好的外表下一点点探出其灵魂深处的黑点,让其把一场解放他人的事业逐渐变为一件反省自我、审判自我的惨烈活动,并且一点点地、艰难地去洗刷自我、重建自我,最后才演出了一个奇迹。可以说,正是因为剧作家心里憧憬着一个更真更美的生存境界,或者说内心里充溢着强

---

① 《易卜生——艺术家之路》,第40页。

烈的理想之光，才使他对现实、对人性、对自我内在的黑暗看得一清二楚，也才使他们在洞鉴灵魂的真相之后有一种重铸心魂的冲动①。深入反省的境界也正是爱的境界，虽然作品表面罪行累累，但在作品深处流淌着的正是深厚的人本主义情怀和强烈的理想主义精神，以及对于人（他人及人类）的深沉的爱。

再次，基于对人性更深的认识，易卜生开始更加重视"情感"（而不是理念）对于戏剧艺术的重要意义。此前，《野鸭》中的"疯子"艺术家格瑞格斯之所以失败，跟他只是带着"理想的要求"——冰冷的理念——去干预他人是有关的。正是这个格瑞格斯，即使在海特维格牺牲后也没有感到特别的痛苦并沉入内心的反省，他以后要是不首先反省自我、改造自我，他的事业是注定会失败的。而在《罗斯莫庄》中，我们看到作家已把人格重建的可能性寄托于自我反省过程中的"真情感"。在剧中，罗斯莫说："如果平静的爱情能够提高人，那倒是人间一桩最光荣的事情。"随后，罗斯莫与吕贝克共同演出了"爱情"的奇迹，演出了灵魂重铸的奇迹；正是这一奇迹，给予活着的人们一种启示、一种信念：人类的灵魂通过情感（而非理性、情欲等）的作用可以达到高尚的境界。质言之，易卜生在这里隐隐透示出：外在的进步思想只是理性知识，它们很难渗入人的血液里去，因此并不能从根本上提高人的心智，而只有发之于内的情感，才能不知不觉地影响人，从根本上提高人；或者说，思想必须融化在情感中、以情感为坚实的基础，才可能发挥出巨大的作用。这与康德在《审美判断力批判》中所提出的核心思想——只有情感、审美，才能将自然与自由、认识与道德、现象与本体连接起来，才能使人完成"从现象

①　这里面隐含的艺术原理在《哈姆雷特》中也体现得很充分。那个丹麦王子哈姆雷特，正因为心中固执着对于人性的理想（"人类是一件多么了不得的杰作！多么高贵的理性！多么伟大的力量！多么优美的仪表！多么文雅的举动！在行为上多么像一个天使！在智慧上多么像一个天神！"），才觉得现实特别黑暗（"这是一个长满了恶毒莠草的荒芜不治的花园"），才看到"我的罪恶是那么多，连我的思想也容纳不下"，甚至看到"美德也不能熏陶我们罪恶的本性"，并最后为爱而死（目睹奥菲丽亚的死后，哈姆雷特几欲跳进墓中与之合一；后来促使哈姆雷特明知不妙而愿意前往比剑的，除了想借机伸张正义以及内心中某种赎罪观、天意观的作用，与奥菲丽亚的死也是大有关系的）。

的人向作为本体的人的过渡"——是相通的,与托尔斯泰在《艺术论》中所提出的根本观点——以情动人,以情化人,以情立人——也是相通的。当然,这里的"情",是超越了情绪、情欲,蕴有思想或带有精神质素的情感。正是在这个意义上,以探索、想象、体验和表现人类情感生命为主要职责的艺术创作才有着根本性的、不可替代的独特功能与意义,作家才有其存身立命的根基。

第三章 《海上夫人》：浩瀚的大海与坚实的陆地

　　1888 年，易卜生的《海上夫人》出版。在该剧末尾，易卜生让主人公说："人要有选择的自由，并且还要自己负责任……道理就在这里头。"据此，不少学者认为易卜生写作此剧是为了表达一个清晰的"道理"①。如果是这样，那么此剧未免过于平淡。挪威著名作家比昂松就认为该剧"很平淡"，亨利·詹姆斯也说该剧"像是一种灰溜溜的平庸之作"、"是易卜生一系列剧作中最弱的一部作品"②。但有的读者看法完全不同，比如当时挪威著名作家克努特·哈姆逊说："《海上夫人》是怎么回事呢？我不知道，丝毫也不知道，因为这个海上来的女人说的是天神的胡话。没有办法，这本书是为德国人写的，他们在读这种高深莫测的作品方面早已训练有素了。……最终我绝望了：见鬼去吧，老兄，你能不能说得清楚些？这本书我一点也没读懂。"③ 德国著名文艺评论家弗朗茨·梅林也说："从《海上夫人》开始，易卜生的思想和语言变得越来越像天书。《建筑师》、《小艾友夫》、《约翰·盖勃吕尔·博克曼》和《当我们死人醒来时》等都是剧谜，每个人都可以随

---

① 哈罗德·克勒曼认为："这个剧本反映了易卜生信念的基本原则：没有责任感，自由就不会有正当的意义。"比约恩·海默尔认为："该剧旨在向那个时代的自由主义那种毫不受约束的自由要求提出严正有力的告诫。"还有的学者认为："易卜生在该剧所意欲传达的一个深刻主题，也就是巴利斯泰在剧末反复说的那句话：'人能适应新环境'"。

② 参见高中甫选编《易卜生评论集》，外语教学与研究出版社 1982 年版，第 387 页。

③ 同上书，第 67 页。

心所欲地来解释,但是谁也不能自诩说他已经正确地解释了它们。"①

笔者认为,此剧"看似平易实奇崛",初看似小溪潺潺,明亮透澈,但越看越觉得云雾缭绕,迷宫重重。就易卜生本人来说,他在给出版人的信中指出:"它标志着我已经找到了一个新方向。"② 显然他很看重这个剧本。要理解这个剧本的新质,也许不仅需要反复细读、凝视、体验作品,还需要沿着剧作家的创作历程,从剧作家自我探索——人性探索的角度,逐步进入他的艺术灵魂。

从《野鸭》开始,易卜生越来越深地转向探索人的内心世界了,同时,在作品中也融入了越来越多的存在之思、艺术之思。如果说《野鸭》对人内心的开掘基本还停留在比较容易感知的意识领域,那么《罗斯莫庄》则进了一步,把探索重心放在了人平时难以感知的潜意识领域。《海上夫人》的探索重心显然也是人的潜意识,但无论在创作旨趣还是表现手法上,与《罗斯莫庄》均有很大的不同。

从剧作家的艺术灵魂、创作旨趣来说,《海上夫人》较之《罗斯莫庄》是一种强力的扭转、转向。在某种意义上说,这两个剧的兴奋点都涉及人潜意识中的"魔性",都表现了剧作家自我内心的魔性冲动。但《罗斯莫庄》让魔性沿着螺旋上升的路线彻底发挥,《海上夫人》则最终以强大的理性制伏了魔性,让它回到现实生活的平稳轨道上来了。

一 浩瀚的大海: 艾梨达内心的自由欲求与魔性冲动

在《海上夫人》中,易卜生刻画了多位艺术家形象,如画家巴利斯泰和准雕塑家凌格斯川,但他们在剧中只是服务于营构一种"戏中

---

① 参见高中甫选编《易卜生评论集》,外语教学与研究出版社 1982 年版,第 116 页。

② 《易卜生文集》第六卷,潘家洵译,第 227 页。关于这个"新方向",争论颇多。勃兰兑斯认为:"在《海上夫人》一剧中,易卜生又回到了青年时期创作中喜爱的象征主义。"莫里斯·格拉维耶认为:"从某种程度上看,思想剧《海上夫人》是《玩偶之家》的不足与继续。"比约恩·海默尔说:"在两年前的《野鸭》里,类似的论调早已有所表达。也许此番言论旨在表明他在《海上夫人》里要再迈出背离严格的现实主义的一大步,即让现实与象征合为一体而不再有明确界限。"哈罗德·克勒曼则认为:"从今以后,社会问题的争论在他的作品中将很少出现。《海上夫人》中的象征主义与《罗斯莫庄》或《野鸭》比较起来并没有增加。"

有画，画中有戏"的意境，偶尔也发挥一下类似古希腊戏剧中歌队的疏离、映照作用，并非易卜生着力要探索、反思的对象。在此剧中，易卜生投入自我最多的人物形象其实是海上夫人艾梨达。塑造这个人物的过程，正是易卜生跟一直以来吸引自己的那股力量搏斗的过程。这是个十分暧昧的、说不清道不明的过程，只能借助隐喻、象征来说。这也意味着，该剧将以一种里应外合、双管齐下的方式，在叙述一个现实生活故事的同时，暗暗楔入艺术家的自我探索与艺术追思。

从《罗斯莫庄》中，我们已经明显感觉到一种追求"绝对"、追求"极致美"的力量对作家的创作有着多么大的影响。那种力量把人推向巅峰，也留下了深刻的疑问。那确实是唯一的道路吗？在选择一条路的同时，另一个声音在易卜生心中不断响起。虽然始终有矛盾，但那股把人推向巅峰的力量经常占据上风。敏于自省的易卜生，对那股力量想必是有所体会和认知的。那股不时涌动出来要打破现实、超越现实、颠覆现状、趋新骛远的力量姑且可以名之曰"魔性"。

为着论述的方便，先解释一下"魔性"。歌德在 1831 年 3 月 8 日跟爱克曼的谈话中说："魔性在诗里到处都显现，特别是在无意识状态中，这时一切知解力和理性都失去了作用，它超越一切作用而起作用。"[①] 茨威格在其名著《世界建筑师》中说："我把那种每个人原初的、本性的、与生俱来的躁动称之为魔性，这种躁动使人脱离自我，超越自我，走向无穷，走向本质，就好像自然把她原始混沌中一个不安定而又不可摆脱的部分留在每一个灵魂之中，而这部分又迫切地渴望回到超人的、超感觉的环境之中。……一切使我们超越自己的本性，超越个人利益，驱使我们去求索、冒险，使我们陷入危险的疑问之中的想法都应归功于我们自身中魔性的部分。但这个魔性只有当我们降服它，当它为我们的兴奋和升华服务时，才是一种友好地促进的力量；一旦这种有益的兴奋成为过度的紧张，一旦灵魂在这种煽动性的冲动，在魔性的火山爆发式的冲击中败下阵来，危险就会降临。……每个智

---

① ［德］歌德：《歌德谈话录》，朱光潜译，人民文学出版社 1978 年版，第 232 页。"Dae-mon"一词，朱先生译为"精灵"，高中甫先生认为应译为"魔"或"魔性"。

慧的、有创造性的人都不可避免地与他的魔性展开过较量,这种较量总是一场英雄的较量,一场爱的较量:是人性中最灿烂的一笔。……在艺术家身上和他的作品里这场伟大的斗争仿佛生动可见:智慧的人和他的永恒的诱拐者初夜时那灼热的鼻息和撩人的轻颤一直传达到他的作品的神经末梢。"① 由此可见,"魔性"的本质是某种非理性的超越性:超越现实,超越自我,趋向无穷,趋向永恒;同时也是一种具有破坏性的创造性:它无视一切现实关系,要无中生有地创造出最符合心中理想的生活画面或生存境界来;还可以说它本质上就是一种无法无天的自由精神,这种自由精神既可以开出地球上最美丽的花朵,也可以导致人世间最惨烈的后果。自古以来,艺术家与魔性难解难分,他们既需要利用它,就像浮士德需要利用魔鬼靡菲斯特来不断开拓新境界一样,又需要以强力制伏它,就像靡菲斯特的后面仍有浮士德以及天主的意志来控制一切一样。伟大的艺术家往往具有这种内在的平衡机制,他们即便在作品中放任魔性去自由发挥,但在现实中仍清醒地与魔性保持距离,或者就在作品中收放自如、一张一弛地控制着魔性。

在易卜生的《罗斯莫庄》和《海上夫人》里面,罗斯莫、吕贝克、艾梨达、希尔达都是有魔性的人物。② 如果说《罗斯莫庄》中的罗斯莫与吕贝克最后就像着了魔似的趋向一个最完美、最灿烂的境界而双双毁灭,那么《海上夫人》中的艾梨达则最终控制住了自己趋向浩瀚大海和无限自由的冲动,而回到坚实的陆地上了。他们之所以有着不同的生命运动曲线,既跟他们所处的不同情境有关,也跟剧作家的理性调控有关。下面先结合艾梨达所处的情境,来探析她内在生命的运动过程。

---

① 〔奥〕茨威格:《世界建筑师》,高中甫等译,北京燕山出版社 2004 年版,第 130—135 页。

② 罗斯莫看似温厚平和,但有着异乎寻常的理想抱负和追求完美、近于偏执的性格倾向;吕贝克、艾梨达的魔性既在于某种原始的本能躁动,也在于要打破现实限制趋向充分自由的意志冲动;希尔达在《罗斯莫庄》中已经吸收了《烽火》的自由精神,在《海上夫人》中初步表现出小精灵般的恶意冲动,到了《建筑大师》则引发了令人震惊的毁灭。

大幕拉开时，艾梨达已是房格尔大夫的续弦太太，并且是博列得和希尔达的继母。但艾梨达跟他们父女三个关系比较隔膜，即便房格尔很爱她，她仍然跟这个家庭若即若离。她每天都要去海峡洗澡，飘然而去，飘然而回，人称"海上夫人"。回到家后通常是一个人在凉亭里消遣，房格尔不在眼前的时候她就记不起他的模样，跟孩子们也很少亲近，即便说话也隔着花园。她整天魂不守舍的，仿佛"生活在别处"。这究竟是怎么回事呢？与房格尔谈心时，艾梨达自述："一年四季，日日夜夜，我心里老甩不掉怀念海洋的相思病。"房格尔建议把家搬到海边，艾梨达说那根本没用。原来，在她"怀念海洋"的背后，隐藏着一件魂牵梦绕的情事和一番挥之不去的心思。

通常，说到这儿要回叙十年前艾梨达与陌生人的那一段往事。不过，在笔者看来，是否真有其人其事并不重要，重要的是采取什么形式才最便于把艾梨达内心的隐秘冲动表现出来。[①] 那陌生人可以是实有的，也可以是艾梨达心中的一个幻象，所谓"灵境深处无虚实"是也。易卜生把他写得如同生活真人一样，是因为这样既便于表现艾梨达的内心隐秘，也便于实现作家自己的创作意图。

作为一个美丽的少妇，艾梨达的内心是非常复杂的。她原本在海边长大，向往无限广阔、无限自由的生活。嫁给房格尔之后，两三年新鲜日子过去了，孩子生下四五个月又夭折了，陷于这种处境的人谁都难免感觉失落、怅惘。好在房格尔非常爱她，对她体贴有加，百依百顺。艾梨达也觉得房格尔"这人真好"，并且也愿意"全心全意地爱他"；但同时，她又觉得"在你（指房格尔）这儿，没有什么可以拖住我、支持我、帮助我的东西。就是在本应该是咱们俩最宝贵的共同生活里，也没有吸得住我的魔力"。她自己则有着"压制不住的冲动和欲望"，而在这方面房格尔是不一定深切了解她的。也许，就艾

---

① 1889 年《海上夫人》在德国公演时，易卜生给了几点舞台指示，其中谈到务必要让陌生人保持模糊不明的身份："谁也不应该知道他是干什么的，同样也不要晓得他是谁和他究竟姓甚名谁。对我来说有了这种不明确性才有可供使用的选择余地。"

梨达内在的情感需要来说,她隐隐向往着一个跟她一样有点魔性、强悍有力、智慧超群的男人。而这样的一个男人,恰好在她的记忆中可以搜寻、重构出来。

十年前,在艾梨达还是一个少女的时候,她非常偶然地跟一个陌生的水手认识了。两人见面时只谈海洋。艾梨达回忆起那时见面的情景,心里也许不止有怀念,还有憧憬:

> 我们谈到海上的暴风恶浪和风平浪静的光景。我们还谈到海上有时黑夜沉沉,星月无光;有时旭日悬空,光辉万丈。谈得最多的还是鲸鱼、海豚、海豹什么的在赤日当空的时候趴在礁石上取暖的事儿。我们还谈鸟儿,什么海鸥、海鹰,以及各色各样的海鸟。并且,现在回想起来真奇怪!我们谈论那些事儿的时候,我好像觉得海鱼海鸟都跟他有密切关系。……我几乎觉得自己跟那些鱼鸟也有密切关系。①

这是一种消弭了一切现实限制、人海合一的境界。身处樊笼中的人往往生出这种向往、这种想象。不止于此。忽一天,那陌生人告诉她"在夜里他把船长刺死了",要尽快逃离;离开之前,他把自己的戒指和艾梨达的戒指一齐套在钥匙圈儿上,再用力往海里一扔,说是以此表示两人"一齐跟海结婚"。这一切都很浪漫,甚至有点像神话传说中英雄故事的再版;艾梨达当时紧紧被他吸住了,自己没有一点主见,甚至觉得他做的一切都很恰当。此后陌生人浪迹天涯,先后从世界各大洲写来六封信要她等他。艾梨达过后虽然觉得"那件事无聊透顶",写信要求"割断关系",但陌生人的"坚持到底"也未必让她很反感。即便对于没有那么一个陌生情人的女子来说,也未必不在心里隐隐幻想出一个爱她的陌生人来,何况对于艾梨达来说那陌生人是真实存在的。康德曾说:"一个少妇总是倾向于把自己的魅力扩展到一切可能有幸成为她丈夫的男子身上去,这样,万一发生什么意外时,

---

① 《易卜生文集》第六卷,潘家洵译,第265页。

她就不会缺少求婚者。"① 这话不一定对，也不一定不对。②

大概在嫁给房格尔两三年之后，艾梨达生下了一个男孩儿。她觉得"孩子的眼睛长得跟那陌生人的一样"，并且"跟着海变颜色。要是海峡里风和日暖，波平浪静，孩子的眼神也就明亮安静。要是海里起了风暴，他的眼睛也跟着变样儿"。这实在让人莫名其妙！孩子是在陌生人走后多年才生的，不可能是陌生人与艾梨达的结晶，可艾梨达为什么偏偏这样觉得呢？而且她还要强调自己"看得清清楚楚"！这里视觉方面的差错透露出的是内心的隐秘：艾梨达在心底深处并没有忘掉陌生人，不仅没忘掉，而且对他有很深的情感。易卜生在关于此剧初稿的札记中曾提到："她婚姻中的秘密在于：想象力所具有的蛊惑威力把她拉回到过去，拉回到那个下落不明的天涯浪子身边。这是她几乎不敢承认、也不敢想的。说到底，她本能地想象，一直是在同他过夫妻生活的。"③ 这就至少说明：在内心里艾梨达是更愿意跟陌生人过夫妻生活的，并仍然向往着那海洋一般浩瀚广阔的自由生活。在真的见到陌生人之后，艾梨达感觉"那人像海洋"，觉得他对自己有一股可怕的诱惑力量。当房格尔拦着不让她跟陌生人走时，就越发激起她对自由、对陌生世界的向往与激情：

> 房格尔！让我把话告诉你，让他也听着！我知道你可以抓住我不放手！你有这权力，并且确实还想使用这权力！可是我的心，我的思想，我的压制不住的冲动和欲望——这些东西你都没法控制！它们眷恋向往一个未知的世界——我生来是那个世界的人物，

---

① ［德］康德：《实用人类学》，上海世纪出版集团2005年版，第235页。
② 一个人的个性拓展、情感需要可能是多方面的，不一定是为了预防意外才考虑"第三者"。有趣的是，著名文学史家刘大杰先生认为："《海上夫人》是描写房医生的后妻爱利德（即艾梨达）的故事。这爱利德就是只比易卜生年长九岁的岳母马夫人的影子。马夫人也是一个活泼的后母，与易卜生曾发生过很浓厚的情感。在易卜生这面，当然是一心一意爱她的女儿，但在马夫人那面，不限定不把易卜生当作终日不能忘怀的爱利德眼中的异国的船员罢。"见刘大杰《易卜生研究》，商务印书馆1928年版，第81页。
③ 转引自《易卜生——艺术家之路》，第347页。

然而你偏拦着不让我进去！①

这里，艾梨达的确就像是着了魔一样，她身上的魔性冲动几乎使她的内在热情如闪电般爆发出来。法兰西斯·费格生认为："驾驭着艾梨达的那种精神，非常类似我们在易卜生戏剧中所遇到的许多男主人公们所具有的那种精神。……这种精神常常被感觉为一种客观存在的精灵。这个精灵攫住了有才干的男人们或女人们，并且驱使他们作出创造性的或是毁灭性的行动。……托马斯·曼的《浮士德博士》和保罗·瓦莱里的《我的浮士德》对这种精灵的本质及其习性作过精辟的研究。"② 莎乐美就此评论说："艾梨达执拗的被动性却引起一种冲动的爱，一个恶魔般的意志冲动排斥了一切自由选择。"③ 马丁·艾思林认为："在艾梨达这个例子中，她与那个陌生人的相遇，几乎是魔法般地在她心里造成了一种错误的自我意象，这种自我意象被那个陌生人对她的动物性吸引所控制。在这里，我们又一次进入一个非常现代的思想领域，即'错误的自我意识'———一种很可能产生破坏性的自我意象（或自我感觉），其破坏性往往是由于人的潜能综合被阻止了，或人心内部各种矛盾的冲动与需要没有达到一种和谐的平衡。"④ 由此可见，很多人都感到了艾梨达心里的那股魔性冲动。这股魔性冲动使艾梨达不安于目前平稳的、乏味的现实生活，而梦想着过一种充满惊涛骇浪、让她内在的心性和欲求得到充分释放与满足的生活。

二 坚实的陆地：艾梨达人格的另一面及其理性回归

勃兰兑斯出于自己的感觉进一步认为："对于一位渴望追求冒险生活的神秘女人而言，很少有什么东西会使其冷静下来"，而易卜生

---

① 《易卜生文集》第六卷，潘家洵译，第326页。

② ［美］法兰西斯·费格生：论《海上夫人》，高中甫选编《易卜生评论集》，第389页。"精灵"即"魔性"。

③ ［德］路·莎乐美：《阁楼里的女人》，马振骋译，华东师范大学出版社2005年版，第113页。

④ Martin Esslin, *Ibsen and modern dram*, see *Ibsen and the theatre*, edited by Errol Durbach, The Macmillan Press Ltd, 1980, p. 77.

给她安排的那个结尾是很糟糕的："比这更糟的是那老一套的结尾，让人相信能够改变一切的咒语'要自由，还要有责任'，虽然一切依然如故。"① 比约恩·海默尔说得更明确："易卜生是出于他自己的意愿将该剧写成一个快乐幸福的大结局。"② 那么易卜生是否违反了人物的内在生命逻辑，来强行安置一个"软着陆"的喜剧结局呢？

这个问题很复杂。笔者认为，艾梨达内在生命最后的运动趋向既跟她的个性与境遇密切相关，也是易卜生自己内在生命需要某种平衡的结果。就艾梨达的个性来说，至少存在某种双重性：除了魔性之外，还有"很正直"、"很忠实"（如房格尔所说）的一面，以及希望活得安全、稳定的方面。质言之，她既希望有充分的自由感，又少不了安全感；既可以欣赏神秘、暴力与邪恶，又需要认同于善良、温厚与忠诚。③ 在和房格尔一起生活的五六年里，她也真心爱房格尔，但同时也忘不了陌生人。尤其是在生了孩子之后，孩子那奇怪的眼睛跟她潜意识中的某种愿望一下子契合了。我们可以隐隐感觉到性格忠实的艾梨达心里常常很不安，或者说有着双重的罪感：既觉得对不起房格尔（因为她在内心里还想着陌生人），也觉得对不起陌生人（因为她在现实中是跟房格尔在一起）。正是这种罪感，使艾梨达常有不祥的幻觉并害怕得要命。据她自己说："有时候，一点儿预兆都没有，我突然看见他亲身站在我面前，或者是稍微偏一点儿。他从来不瞧我。他只是待着不走。……我看得最清楚的是他领带上的别针，上头镶着一颗淡青色的大珍珠。那颗珍珠像死鱼的眼睛，好像在瞪我。"这显然是她的幻觉，就像罗斯莫、吕贝克有时看见白马一样，而这幻觉背后透露的是她内心的罪感与恐惧。随后不久，孩子奇怪地死去了。孩子的死，肯定在艾梨达心里引起了巨大的震动以及各种各样的想象。好好

---

① ［丹］勃兰兑斯：《第三次印象》，高中甫编《易卜生评论集》，外语教学与研究出版社1982年版，第301页。

② 《易卜生——艺术家之路》，第368页。

③ 艾梨达个性中的两重性，分别在博列得与希尔达身上有着突出的表现。博列得更多地显出比较温厚、现实的一面，这使她几乎重蹈了当年艾梨达迫于现实需要所作的选择；希尔达则更多地显出精灵古怪、魔性、超越性的一面，这使她将来行为越来越脱离现实生活的轨道。

的一个孩子为什么会死去呢？会不会是自己做错了事而受到的报应？从此，艾梨达背负上了越来越深的罪感，也"不敢"再和房格尔"做夫妻"了。

在剧中，凌格斯川就他计划雕塑的群像所说的那些话，不妨看作是对艾梨达内心中某种声音的回响。凌格斯川提到要在群像里"雕塑一个年轻女人，一个水手的老婆，睡得异乎寻常的不安宁，一边睡一边做梦……还有女人的丈夫，他不在家的时候，他老婆爱上了别人。现在他已经淹死了。……然而最奇怪的是他又回家了。那时正在夜间，他站在老婆床边瞧着她。他浑身滴着水，正像刚从水里捞起来的人一样。……他说过'她是我的老婆，她得永远做我的老婆'……那个没良心的老婆，还有那虽然淹死在海里可是还能回家报仇的水手，都活生生的在我眼前，我把他们看得清清楚楚"。这些声音，代表"他者"对"自我"的评判，契合了艾梨达内心深处隐隐的担忧，也可以看作艾梨达心底集体无意识的显现。一个内心不安、自觉有罪的人，有时会觉得从某个角落或从四面八方都涌来谴责的声音，而这种声音往往来自传统的深处，来自被潜抑了数千年的集体无意识。①

也许，艾梨达心里最害怕的，是那个陌生人真的死了。如果他真是三年前掉进海里淹死了，那么艾梨达就几乎可以确信自己近三年来的幻觉不是幻觉，而是那个淹死鬼来找她复仇。人可以不怕活人，但对于未知的"鬼"却不能不感到毛骨悚然。因此，艾梨达一

---

① 这一段论述是根据艺术逻辑来展开的。在《海上夫人》一剧中，易卜生在原来运用象征物（如野鸭、白马）表现人物灵魂的基础上，进一步运用剧中人物来表现主人公内心的隐秘，创造了一种独特的融现实主义、象征主义、表现主义为一体的写作方法。如前所述，剧中的陌生人作为未知世界的象征，很好地表现了艾梨达深层的心里隐秘与魔性冲动，而凌格斯川这一人物，以他关于塑像的描述表现了艾梨达心里集体无意识的一些因素。甚至博列得与希尔达这两个女孩子，也可以看作是艾梨达身上双重性格的片面显现与延伸，或者说丰富了艾梨达的形象，让读者或观众能够把一个女人一生的几个阶段、性格的多种因素看得更清楚（虽然她们不是艾梨达的亲生女儿，但在艺术上不妨作如是观）。而所有这些因素，归根到底乃是易卜生自我探索、自我审视的结果，是其"大我"的表现。其中浩瀚的大海所象征的自由主义精神与坚实的陆地所象征的现实主义精神之间的冲突，以及魔性与理性之间的对立，几乎贯穿着易卜生的整个内在生命运动。易卜生这种表现手法，在其后来的《建筑大师》、《小艾友夫》、《复活日》等剧中都有所运用。

听凌格斯川说那水手"确实已经死了",就更加害怕,急切地求房格尔:"要是你有办法的话,赶紧救救我吧。我觉得这病把我缠得越来越紧了。"这种对于"鬼"的害怕,同样源于传统的影响或由于集体无意识的作祟。

在这种心境之下,艾梨达自然显得比较忧郁,甚至后悔当初贸然接受了房格尔的求婚。在黯淡无聊的日子里,她也许一个人静静地想:"如果当初真的能够与陌生人一起跟大海结婚,或者如果我没有嫁给房格尔,那陌生人也许就不会死,我也不会遭遇那些恐怖幻象……"由此渐渐地,便产生了她那种奇怪的理论:

> 艾梨达:假使人类一起头就学会在海面上——或者甚至于在海底——过日子,那么,到这时候咱们会比现在完善得多——比现在善良些、快活些。
>
> 阿恩霍姆:你当真那么想?
>
> 艾梨达:好歹这是我的理论。我常跟房格尔谈论这问题。……
>
> 阿恩霍姆:然而事到如今,已经来不及了。一开头咱们就走错了方向,变成了陆地动物,没变成海洋动物,现在恐怕来不及改正错误了。
>
> 艾梨达:对了,这是伤心的老实话。我想,人类自己在本能上也有这种感觉——这种感觉又像忧愁,又像悔恨,在暗中跟人类纠缠。人类悲哀的根本原因就在这里。我觉得必然如此。
>
> 阿恩霍姆:房格尔太太,我从来不觉得人类是像你说的那么悲哀。……
>
> 艾梨达:噢,这话不对。你说的那种快乐正像我们在悠长光明的夏季享受的快乐,里头已经埋伏了就要来到的黑暗的预感。这种预感在人类的快乐心情上投下了黑影,正如天空浮云在海峡上投下他的黑影一样。海峡上本来是一片碧波银光,可是忽然间——①

---

① 《易卜生文集》第六卷,潘家洵译,第279—280页。

在这里，艾梨达的话确实有点像"天神的胡话"①。她觉得人类一开头就应该变成海洋动物，一开头就走错了方向！但不管怎么看，她的这种匪夷所思的"理论"的确引人深思。浩瀚的大海与坚实的陆地，哪一个更适合作为人类的家园呢？1871 年，易卜生致信勃兰兑斯说："整个人类都走上了错误的轨道。"② 二十多年后，在 1897 年夏，易卜生还对米莱夫斯基伯爵说过这样一句话："人类的发展从一开始就脱离了正确的轨道。"③ 可见这种"走错方向论"在易卜生脑子里持续甚久，几近根深蒂固。而他所谓的"错误"，是指人类越来越远离海洋的自由精神而接近陆地的现实精神，还是说人类需要一场整体性的精神革命（或人性蜕变），无从确知。也许他自己对于这句话也仍然是有疑虑的。人类也许正走在错误的轨道上，也许走在最不差的轨道上，如何确凿地判定呢？又有谁能判定呢？且不论其确切含义，艾梨达的"理论"至少表明：她心里常常感到"悲哀"，常有某种"黑暗的预感"，即便是表面非常安适、非常快乐的生活都很难消除它。她那种"黑暗的预感"跟她所经历过的恐怖幻觉是有关的，而她的"悲哀感"跟她的现实处境是有关的。只要她的天性中仍葆有原始的生命力，只要她仍然有欲望，那么"悲从中来，不可断绝"。她对于海洋生活的向往，本质上是一种自由舒展个人情感、充分发挥个人潜能的内在生命需要，而这种需要是永无止境、也永远不可能得到充分满足的。因而活在现实中的人总想超越现实，或身在陆地心系海洋，或身处一隅胸怀宇宙。要是人类当初真的学会了在海底生活，说不定又梦想着在陆地或太空过日子呢！

所有以上这些心理因素，都跟自由放纵的魔性冲动构成一种微妙的关系，可能制约它、消融它，也可能继续促进它、激化它。

亲眼见到陌生人出现在眼前之后，艾梨达对于"淹死鬼"的恐惧消除了，但与此同时，她心里对于自由、对于新生活的渴望重新增长

① 但这话未必违反她的性格逻辑。对于一个在痛苦中熬过很长时间的人来说，的确可能产生自己的慧识。

② 《易卜生书信演讲集》，第 113 页。

③ 同上书，第 347 页。

起来了。这个时候，谁真正爱她，愿意给她自由，让她过上真正有意义的新生活，就对她的选择具有关键性的作用。开始的时候，房格尔出于对她的爱护，无论如何不能同意放她走。这越发激起她的反抗，使得她的心越来越趋向于陌生人。对此房格尔暗暗伤心：

> 房格尔：艾梨达，我明白了！你在一步一步地离开我。你一心追求无边际、无穷尽、无法到手的东西，这种追求终究有一天会把你的精神拖进黑暗的境界。
>
> 艾梨达：对，对，我自己也觉得，好像有静悄悄的黑翅膀在我头上打转！
>
> 房格尔：我不能让你走那条路。现在只有一个办法可以搭救你，至少我看不出第二个办法。所以——所以——我现在当场取消咱们的交易。从今以后，你可以选择自己的道路——完全不受我拘束。
>
> 艾梨达：（看了他半晌，好像呆得说不出话来）你说的话是真——真的吗？是不是从你心窝里说出来的？
>
> 房格尔：是的，是从我痛苦的心窝里说出来的。
>
> 艾梨达：你说了真能做到吗？
>
> 房格尔：我能。我能，因为我非常爱你。[①]

一旦获得了自由，艾梨达就感到"局面完全改变了"。为什么呢？艾梨达最珍视的是自由和真情，现在房格尔和陌生人都愿意给她自由，让她自主选择、自己负责，因此在"自由"这方面房格尔至少不输于陌生人，但在"真情"方面，陌生人则远远输于房格尔。陌生人从未表现出他真心体贴她、爱护她，他只是"没法松手"，只有"咬定伊人不放松"的意志。也许他只是出于他个人的原则，"为坚持而坚持"。因此失败后陌生人感到"此地有一件东西比我的意志更有力量"，而这件东西正是他所缺乏的"真情"。艾梨达告诉

---

① 《易卜生文集》第六卷，潘家洵译，第327页。

他："从今以后，你的意志丝毫不能控制我了"，他也没有一点黯然神伤的情绪，说："从今以后，想起你的事情，我只当是在生活里翻过一次船罢了。"于是轻松而去。在以前，艾梨达也许觉得陌生人也像她一样"日日夜夜有一种怀念海洋的相思病"，但现实打破了她的幻念，她在陌生人身上并不能真正看到自己。一个并不真心爱自己的人，显然是不值得怀念的。此外，艾梨达最近还发觉，房格尔的两个女儿博列得和希尔达在感情上也需要她，这使她对以后可能拥有的新生活充满了希望。

因此，就艾梨达的个性与目前所处的情境而言，她选择房格尔是更可信的。但易卜生为什么没有把陌生人写成一个深情的英雄呢？他为什么没有去创构一个更浪漫、更有诗意的故事呢？这些都很难回答。也许跟他内在生命的节奏、跟他心灵需要暂时的平衡与和谐有关，也许还跟他内心对自由主义的深切忧虑有关。易卜生的确是非常非常看重自由的，但目睹了现实中的种种自由主义思潮与运动之后，他又觉得自由主义是自由最大的敌人。在《罗斯莫庄》中，他对吕贝克的自由冲动把碧爱特卷进了水车沟是持否定态度的，因而最后让吕贝克的魔性冲动继续发挥以致否定自身，从而肯定了某种与原先自由思想不同的东西。在《海上夫人》中，他也许想尝试着不仅在思想上，而且就在现实生活中开辟出一条合情合理的道路。比约恩·海默尔认为在该剧中"易卜生力图以富有诗意的形式来表达出想要踏踏实实地做人只有一条唯一可行的途径"①，这话不一定对，但确有几分道理。"唯一可行的途径"也许存在也许并不存在，或者"可行的途径"未必是唯一的，但不管怎么样，先走走看吧！

三 人性深层结构与艺术家的自我镜像

在《海上夫人》中，人物的内在冲动与现实限制之间的矛盾其实是永远无法解决的，自由主义精神与现实主义精神之间的冲突，以致灵魂与肉体、理想与现实之间的冲突也必将继续发展下去。在剧幕将

---

① 《易卜生——艺术家之路》，第342页。

要闭上的时候，巴利斯泰说："像诗人说的，'所有的海峡不久都要封冻了'。"也就是说夏天即将过去，阴暗寒冷的冬天很快就要到来。这让人想起在剧中第三幕艾梨达的话："海峡上本来是一片碧波银光，可是忽然间——"以后会怎么样呢？谁都难以预料。艾梨达的那种"黑暗的预感"，那种"在暗中跟人类纠缠"的、又像是悔恨又像是忧愁的感觉，是人性深处"永远的痛"，是不可能彻底清除的。从这里，似乎可以窥见人性的深层结构。这一结构的底部，是一块犹如地狱般黑暗而广阔的区域，是人的潜意识的深渊，只有极少数感觉非常敏锐的人能"看见"它；而这一结构的中轴，则是我们多数人能感觉到的灵魂与肉体、理智与情感（以及神性与魔性、善愿与恶念）之间的扭结与冲突。这种冲突构成人性最基本的矛盾，它们的运动不息使得人性结构呈现为一个动态的结构。由于是动态的，因此一切将是不确定的。这样，本章开头所引述的那个结局还远远不是结局，而只是一个逗号。

综观全剧，我们感到，剧作家不只是写出了人性的深层结构、人类内在生命运动的某种规律，而且隐隐约约映现出了一类艺术家的形象。《海上夫人》明确写到了两位艺术家：画家巴利斯泰和准雕塑家凌格斯川。在作品展开的过程中，前者在想象中画一位"在咸水里等死的美人鱼"，后者则用语言雕塑一个"边睡觉边做梦的女人"。他们的想象、叙述既从一个侧面丰富、渲染着艾梨达形象，又表露出他们自己的心性。凌格斯川这个人，颇像"舞台艺术家"雅尔玛，他差不多已经病入膏肓了，但还幻想着做一个声名显赫的雕塑艺术家，而且非常自私地要博列得永远想着他。易卜生在这里也许是对艺术家进行嘲讽，但他更深的用意并不在此。

易卜生创作《海上夫人》的深层动机（或者说深层旨趣）在于：在开显人性深层结构的同时，呈现出艺术家的灵魂镜像，并探索艺术创作的另一种模式。这很可能是易卜生所谓"新方向"的真正所指。具体说来，海上夫人不是别的，她其实就是易卜生的艺术自我（不是全部，是其中一部分）；换言之，艾梨达在很大程度上是艺术家易卜生的自我镜像。这不仅是说艾梨达对大海的憧憬与依恋折射出艺术家易卜生对自由、对无限、对神秘的向往①，更主要是指艾梨达的内在生命运动映现了易卜生艺术灵魂的风景，并透露了易卜生的艺术理想和创作机制。为什么不少评论者觉得艾梨达的转变不可思议呢？原因在于，他们主要是用现实主义的眼光来看待这一艺术形象。殊不知，易卜生塑造这一形象，更多地是为了表达他的某种艺术理想，是为了探讨艺术本身。正如茨威格所说，艺术家常常感到一种无可抑制的、驱使他去求索和冒险的"魔性冲动"，而这种魔性冲动很容易把人导向疯狂的境地，对此艺术家该如何去调节呢？任凭它自由发挥、最后走向毁灭，还是以坚强的理智来导引它走上正轨呢？这也许是每个艺术家都难以回避的问题。易卜生借助艾梨达这个形象，作出了自己新的探索。如果说莎士比亚更倾向于顺应自己的魔性冲动，让它们发挥到极致，从而去接近美的意境，那么易卜生似乎已经不愿重复这种做法，而力求另辟蹊径。② 易卜生从自己的切身体验出发，感到以强力意志和理性精神调控魔性冲动是完全有可能的，因此他试图让笔下的人物经历了地狱般难熬的冲动期后，逐渐转向清明的理智，把发源于自身原欲的冲动逐渐提升到合乎理性的精神性的爱，这样就从根本上提升了人性，也实现了艺术的功能。因此，艾梨达这个人物作为易卜生艺术灵魂的外化，固然带有某些女性特质，但更多的是艺术家的自我镜像。

质言之，易卜生在《海上夫人》中所找到的"新方向"，带有深隐的"元艺术"因素。这一"新方向"不仅是指易卜生将现实主义、象征主义和表现主义等艺术手法浑融无间地结合起来，而且是指他发现的某种创作机制：先是充分理解（或同情地了解）特定人物所处的

---

① 易卜生从1887年7月中旬到8月底居住在丹麦日德兰半岛东部沿海的萨比，在那里收集创作《海上夫人》的素材和寻找灵感，并享受接近大海的愉悦。1887年10月5日（《海上夫人》完成的头一年），易卜生在其出版商海格尔家的宴会上说，在丹麦度过的那个夏天让他"发现了大海"，平静、温和的丹麦海洋给他的灵魂带来了平和与安宁，对于他的创作也将具有重要的意义。

② 究竟是发挥魔性冲动带来的艺术力量（含对读者心性、现实生活的影响力）更大，还是以理节情、塑造神性人物带来的艺术力量更大，这是一个很值得探索的问题。易卜生在正反两个方面都进行了探索。

情境和他（或她）的个性心理，然后让其内在冲动（或原始之力、魔性冲动）沿着一定的轨道发挥出来，但冲动的发挥始终伴随着理性的观照与钳制，最后，人物的内在生命在理性之光的照耀下进入某种澄明之境，欲望转化为精神，人性得以提升，从而实现创作的终极目标。

第四章 《海达·高布乐》：虚无深渊中的魔性突围

作为易卜生"最现代"的一部剧作，《海达·高布乐》（1890 年出版）对于很多人来说都是一个"谜"。人们通常很难理解，海达·高布乐为何如此不可思议？易卜生又为何要塑造这么一个诡异而邪恶的形象呢？他创作此剧的旨趣究竟何在？

关于海达形象及该剧旨趣，学者们大体有三类看法。第一类看法，其思维倾向是把人物形象与剧作主旨等同起来。比如，勃兰兑斯就认为："易卜生在《海达·高布乐》一剧中只是对一位颇有天赋又思想贫乏的年轻妇女进行严肃细致的综合和分析。她既坚强又懦弱，既热情又保守，既野心勃勃又很平凡，既盛气凌人又满腹怨恨，既老式过时又时髦颓废。"[1] 受此论影响，不少学者认为海达·高布乐是一个"颓废者"[2]。也有学者认为海达·高布乐是一个"叛逆者"[3]，或一个"诗性的悲剧女人"[4]。而在另一种思路（以提出问题为剧作主旨）上，

---

① ［丹］勃兰兑斯：《第三次印象》，《易卜生文集》第八卷，绿原译，第 302 页。

② 详见何成洲《论海达·高布乐是一个颓废者》，《外国文学评论》2004 年第 3 期。该文着重论述了海达的颓废特征，但强调她的颓废并非完全消极，而是有着"积极的一面"。

③ 详见徐燕红《海达·高布乐的女性视角透视》，《外国文学研究》2000 年第 1 期。该文着重论述了海达对男权社会及其道德规范的厌烦与叛逆，大力肯定了海达"坚强叛逆的性格和独立自由的灵魂"。

④ 详见朱晓映《海达：一个诗性的悲剧女人》，《国外文学》2008 年第 19 期。该文注意到了海达的诗性，但认为其诗性体现在"贵族生活期待"、"浪漫爱情幻想"、"优美地死"三个方面，未能切中肯綮。

阿斯特里·塞萨认为："《海达·高布乐》表现了一组特定的矛盾，其中心是与现代的和女性的主题相关的存在主义问题，这既是心理上的、也是社会的主题。"① 弗罗德·海伦特认为："《海达·高布乐》这部戏以现代主义的方式提出了一个很重要的问题即经验问题；这个问题一直是现代主义者特别关注的，从波德莱尔直到现在的现代派作家，从尼采、马克思直到当今的利奥塔等现代性理论家，都讨论过这个问题。"② 此外，还有第三种思维倾向，即把作品看作是作家"陌生化的灵魂自传"。易卜生传记作家迈克尔·梅耶就认为："《海达·高布乐》不是写爱米丽的，它写的是易卜生自己。海达具有易卜生的许多特点，比如害怕流言蜚语，渴望性爱又害怕这样做。她是穿裙子的易卜生。应该说，这部作品是把易卜生当成一个年轻女孩来描写。"③ 美国著名文学理论家哈罗德·布鲁姆也认为："海达就是易卜生的化身，如同爱玛·包法利是福楼拜的化身一样。……如果她确实与某个易卜生熟悉的人相仿，那就是易卜生本人，正如他自己也意识到的。"④ 这些看法，由表及里，逐层深入，确有一定道理，但让人隐隐感到不安、不满足。

笔者认为，如果突破以往看待《玩偶之家》、《人民公敌》等现实主义戏剧的思维与视界，扬弃印象批评、心理批评、性别批评、社会批评、自传批评等批评方法，而试着用审美感通学批评的视角与方法来解读《海达·高布乐》的话，会发现该剧确实是"致广大而尽精微"，其描写的重心、探索的触须远远超出了以往评论的范围。尤其是当我们把《海达·高布乐》放在易卜生的创作整体中来考察，并穿越易卜生的作品、书信与创作札记，进而对其艺术灵魂有所感通时，会发现易卜生此剧已经进入了现代主义的核心，他创作此剧的旨趣

① ［挪］阿斯特里·塞萨：《海达·高布乐——一位现代女性？兼论忧郁与创造性》，王宁主编《易卜生与现代性：西方与中国》，百花文艺出版社 2001 年版，第 117 页。

② Frode Helland, *Some Notes on the Negativity of Hedda Gabler.* in*Ibsen Research Papers*, ed. Astrid Saether, Beijing: Chinese Literature Press, 1995, p.333.

③ 参见国家教育部科教文专题片、中国国际电视总公司定权威产品之《世界文学大师·易卜生》，2005 年。

④ ［美］哈罗德·布鲁姆：《西方正典》，江宁康译，译林出版社 2005 年版，第 279 页。

已经不是要塑造一个典型人物形象,也不是要提出什么问题来讨论,而是要"反抗一切有意识的头脑能接受的东西",进而探索"不可能的存在"①。

一 生命的荒谬与 "深沉阴郁的诗"

在易卜生笔下,海达·高布乐是一位 29 岁的新婚女性,拥有美貌、豪宅和一个将要成为教授的丈夫,还有一个未出世的宝宝。照通常的眼光来看,她事事如意,无论哪一方面都应该觉得很幸福。但她却烦闷得要命,在家里动不动就莫名其妙地发脾气,折磨别人,也折磨自己。究其实质,海达·高布乐确乎是一个"另类",她的内心与外表有着极大反差,或者说在她的上流社会贵夫人的优雅外表下,隐藏着一颗外人极少能够理解的、兼具诗性与魔性的特异灵魂。她虽然只有 29 岁,却似乎早已看破红尘,自述"世界上只有一件事我喜欢做,那就是让我自己烦闷得活不下去"②。就像易卜生在《〈海达·高布乐〉创作札记》(下文简称《札记》)中所说,"生命对海达来说是一件荒谬可笑的、甚至不值得一眼看到底的事务"③,她早已厌倦了生活,只是在百无聊赖地打发日子。那么,海达关于生命的空虚感、荒谬感从何而来呢?从剧中可知,海达是早熟而敏慧的,她看人看事往往具有异常的洞察力。因出身高贵,她很早就尝试了人生的多种可能性,已经玩腻了,一切都已看穿了。海达所感到的那种空虚与荒谬,也许正是同时代以至现当代很多人都经常感受到的,甚至剧作家本人,以及很多敏感的艺术家都受其折磨。在海达身上,易卜生很可能投注了自己深沉的生命体验;也正是那种生命体验,使得海达的形象获得了审美普遍性,引发了无数人的共鸣,也折射出那个时代的精神状况。

与易卜生同时代的尼采曾断言"上帝死了",并以"虚无主义"

---

① 《易卜生书信演讲集》,第 414 页。

② 《易卜生文集》第六卷,潘家洵译,第 381 页。下引该书不再详注。

③ 参见 Henrik Ibsen, *Notes for Hedda Gabler*, in *The Bedford Introduction to Drama*, ed. Lee A. Jacobus, New York: St. Martin's Press, 1989, p.446. 中译文见汪余礼译《〈海达·高布乐〉创作札记》,《易卜生书信演讲集》,第 413—420 页。

命名了 19 世纪末的精神状况。而与易卜生同一年（1828 年）出生的托尔斯泰在 1879 年写道："我每天在生活的道路上行走，好像已走到了深渊边上，清清楚楚地看到了前面只有死亡，别的什么也没有。……生活已经使我感到厌烦，一种无法抗拒的力量强迫我设法摆脱它。"① 也许易卜生也同样凝视过那个虚无的深渊，他内心的虚无感即便没有托尔斯泰那么强烈，想必也时时袭来，让他不能不遭遇无尽的忧伤。这种情绪在《野鸭》和《罗斯莫庄》中已露端倪，在本剧中明显投射到了海达身上，到了《建筑大师》和《当我们死人醒来时》则体现得更明显。

从生活、生命深处不时袭来的空虚感、荒谬感，构成海达精神世界的基质与背景；但海达之所以是海达，还跟她内心隐藏的那首"深沉阴郁的诗"密切相关。海达在丈夫泰斯曼、姑姑朱黎阿面前，主要展现平常人世俗、乖戾、傲慢的一面；但在密友勃拉克、旧情人乐务博格面前，则更多展现出先锋诗人般怪异、神秘、邪美的一面，正是这一面更能显出海达的内在灵魂。易卜生在《札记》中说："在海达内心里隐藏着一首深沉阴郁的诗。"那首诗究竟是什么？是对奢华生活的绮靡想象，还是对乐务博格的浪漫幻想？是骑着骏马在街上飞奔，还是逆着时流大搞"三角交情"？尽管海达有这些方面的想象，但需要注意的是，海达内心的诗，不是温暖的、闪着光芒的，而是阴郁的、见不得人的。如果把海达内心的诗跟"贵族生活期待"、"浪漫爱情幻想"等联系起来，那么最多只能说明某一类悠闲妇人的精神状态，而不能触及海达形象的特殊内核。事实上，海达内心的诗源于她的空虚感和荒谬感，是从虚无中生出的恶之花，带着悖理、邪恶、阴暗的色彩，显示着对一切现实事物的鄙弃。她鄙视生命，经常玩弄手枪，有时还忽然把枪口对准朋友；在她内心里，对于死亡、杀人或自杀的想象，恐怕远远多于对美好生活的憧憬。她不觉得世上有任何事情能真正吸引她，也不觉得任何人做的任何事是有意义的。她唯一欣赏的，

---

① ［俄］托尔斯泰：《忏悔录》，《托尔斯泰散文选》，刘季星译，百花文艺出版社 2005 年版，第 55 页。

似乎就是"完美地自杀"。就此,莎乐美曾敏锐地指出:"海达跟死亡的距离出奇地接近,维持她活下去的养料又出奇地贫乏……她凝视着黑暗的虚空,获得的是纯然否定的答复。"[①] 可以说,海达内心隐藏的那首深沉阴郁的诗,除了与高布乐将军遗传给她的自由之思有关,恐怕更多地关涉到一些本能的、阴暗的、非理性的冲动与想象。

二 诗性的发酵与 "魔性的突围"

海达内心那首"深沉阴郁的诗",跟她的"魔性"也是密切相关的。或者说,海达内在的诗性与她潜在的魔性是密不可分的。海达的诗性,一方面在于她反常悖理、怪异乖谬的心性,另一方面在于她不满现状、经常"生活在别处"的状态。

她只要发挥内在的诗性,就完全不按常理出牌,其言行就像先锋诗歌一样超越逻辑、出人意料。当那种诗性发酵到一定程度,就逐渐接近于魔性了。

易卜生曾说:"海达着魔似的被时代的潮流所吸引。……海达身上的魔性因素在于:她想在某个人身上施加她的影响力,而一旦这种愿望实现,她就会鄙视他。"[②] 从剧本来看,海达确有异于常人、邪恶而诡秘的一面。她的生命基底是冷色的,但她那些反常悖理的想象却几乎是狂热的。她嫁给了泰斯曼,却把内心的想象系在另一个男人(乐务博格)身上。然而,她真是希望跟乐务博格一起去冒险,去过那种放荡不羁的生活吗?不,即便是她当年可以自由地跟乐务博格约会的时候,她想做的也不是好好爱他,而是拿手枪对准了他。海达自己也不明白为何要那样做,只是感到心里有一种"莫可名状的魔"。当这种魔性在现实处境与道德规范的双重压抑下酝酿、奔突时,海达的破坏性就日益明显地爆发出来了。

初次与朱黎阿姑姑见面,她就把这位善良的老人侮辱了一番。事

---

① [德] 路·莎乐美:《阁楼里的女人》,马振骋译,华东师范大学出版社 2005 年版,第 147 页。

② 《易卜生书信演讲集》,第 414、417 页。

后海达对勃拉克说:"有时候这种冲动忽然涌上来,简直没法子压住。喔,我说不出这是怎么回事。"也许她觉得自己在泰斯曼和他的姑姑、佣人中间完全是一个另类,他们以无微不至然而令人讨厌的关怀构成了对自己生命的压抑,因此潜意识里就想与之对抗。后来泰遏、乐务博格来访,海达看到自己当年的密友乐务博格如今在泰遏的影响下浪子回头、改邪归正了,还写出了一本轰动一时的著作,心里实在不是滋味,就屡屡玩起"一箭双雕"的把戏(在这方面她的确是聪慧过人),设法离间乐务博格与泰遏之间的亲密关系,同时试图把乐务博格重新玩弄于股掌之中。她将乐务博格请进她的个人空间里,畅叙旧情:"现在回想从前那些事情,那种不让人知道的亲热,那种别人连梦都做不到的情意,真有点儿美,真有点儿迷人,真有点儿大胆。"接着,由于她的挑拨,乐务博格对爱尔务斯泰太太深感失望,转而去参加勃拉克家举行的"光棍会"了。在海达看来,循规蹈矩地过日子一点意思也没有,虽然她自己"很胆怯",但乐于梦想乐务博格在勃拉克家里像酒神一样狂放不羁,"头发里插着葡萄叶子——兴高采烈——毫无顾忌"。她屡屡想象着这一画面,似乎能感到某种替代性的满足。易卜生说:"乐务博格曾经倾向于过一种波希米亚式的放荡不羁的生活。海达对那种生活也很向往,但她不敢冒险。"① 她内心深处倾向于过那种自由放荡的生活,这在一定程度上也体现出她对"上帝死了"之后的时代精神潮流的敏感(哈罗德·布鲁姆将那一时代称为"混乱时代"),但她意识的根子依然陷在传统里面(Ibsen:Hedda has her roots in the conventional)。"由于出生在将军之家所养成的、作为一名上流社会贵夫人所应有的自制力,使她不可能像泰遏那样反抗社会习俗去做乐务博格的情妇。因此海达是陷进了一个真正悲剧性的困境之中。"② 她更多的是像一只久住金笼但野性未泯的鸳鸟,自作自受而又烦躁不安地把自己窝在一个小巢里,同时梦想着外面自由广阔的世界。而在这种

---

① Henrik Ibsen, Notes for Hedda Gabler, see *The Bedford Introduction to Drama*, Lee A. Jacobus, St. Martin's Press, New York, 1989, p.447.

② Martin Esslin, *Ibsen and modern dram*, see *Ibsen and the theatre*, edited by Errol Durbach, The Macmillan Press Ltd, 1980, p.79.

小巢里窝得越久，她内在的生命活力就越来越深地转化为某种否定性和破坏性。

乐务博格到了勃拉克家之后旧性复发，大醉后把第二部著作唯一的手稿①弄丢了。泰斯曼捡到手稿后，海达心中暗喜，设法将手稿拿到手并藏起来，即便乐务博格闯到家里来，痛陈手稿是他和泰遏两个人的"孩子"，找不到手稿他就"只想找个结束——越快越好"，海达也依然无动于衷（不愿交出手稿），反而激励乐务博格：

> 海达：（走近一步）艾勒·乐务博格，你听我说。你肯不肯把事情做得——做得漂亮一点？
>
> 乐务博格：做得漂亮一点？头发里插着葡萄叶子，像你从前梦想的那样？
>
> 海达：不是，不是。我现在已经不相信葡萄叶子了。可是事情还是要做得漂亮！偶然做一回！再见！你应该走了……慢着，等一等！我得送你一件纪念品。（走到写字台前，开了抽屉和枪盒，拿出一支手枪回到乐务博格身边）
>
> 乐务博格：（瞧着她）这干什么？这就是你说的纪念品？
>
> 海达：你认得吗？这支枪曾经对你瞄准过。
>
> 乐务博格：那时候你就应该使用它。
>
> 海达：拿去——现在你自己去使用吧。
>
> 乐务博格：（把枪揣在胸前衣袋里）谢谢！
>
> 海达：要做得漂亮点儿，艾勒·乐务博格。答应我！②

待乐务博格走后，海达很快就把乐务博格的手稿从写字台的抽屉里取出来，先把其中一叠扔到火炉里，低声自语："现在我在烧你的孩子，泰遏！你，还有你卷曲的头发！（又把一两叠稿纸扔到火炉里）

---

① 关于这部手稿，乐务博格说："第一部分讲的是发展文明的各种力量，第二部分推测文明发展的方向。"并称"我把自己整个儿都放进去了"、"泰遏的灵魂整个儿都在这本书里"。易卜生在《札记》中说："乐务博格手稿的题目是《未来社会伦理学》。"

② 《易卜生文集》第六卷，潘家洵译，第419页。

你的孩子和乐务博格的孩子。（把剩下的稿纸一齐扔到火炉）现在我就在烧——我就在烧这个孩子。"①

相信很多人看到这儿心里都会忍不住冒出一个词："魔鬼！"叫人不可思议的是，海达为什么一心要烧掉乐务博格的手稿呢？为什么要激励乐务博格去自杀？她深层的动机是什么？莎乐美认为："海达把乐务博格的手稿烧掉了虽然自己一无所得，也不期望在这件事中达到什么目的，但把她没法创造的东西毁了依然很满足，所以通过这个行为让别人去体会她日夜面临的悲哀与无望。"② 琼·泰姆普丽顿认为："海达对乐务博格的感情中没有温柔，只有激情，并且最后由于自己遭受的不幸而变得极其自私。此时她已不在乎他或者别的什么人是死还是活。她并不理解对乐务博格来说他的著作就是他的生命，是他生命中最好的一部分的表现；她觉得这部手稿只不过是一本书。……她一心想要毁掉这个令她痛苦的、乐务博格与泰遏亲密合作的结晶，即便在乐务博格失去它后决定自杀也不能改变她的决定；毕竟，要不是海达怀了泰斯曼的孩子，泰遏就不会有幸成为乐务博格的'孩子'的母亲。对海达来说，毁掉泰遏与乐务博格合作生产的孩子完全具有纯粹的'诗的正义'。"③ 阿斯特里·塞萨认为："为了达到最后能保险地得到乐务博格的目的，海达竟然烧了他和爱尔务斯泰太太辛勤劳动的成果：她把炉膛用手稿填满，幸灾乐祸地看着它们燃烧，这种毁灭使她兴奋不已。"④ 这些观点有的可以理解，有的似乎阐释过度。其中有一点引人深思：海达对乐务博格的感情中究竟有没有爱（即便是奇异的、非常态的爱）？比如说她是不是为了最终保险地得到乐务博格才决心毁掉他？或者说她之所以激励他去死是不是为了在自己心里确立起一个值得欣赏、爱慕的英雄偶像？

---

① 此处根据 Rick Davis 和 Brian Johnston 所译英文版 *Hedda Gabler* 译出，与潘家洵先生的翻译稍有出入。

② ［德］路·莎乐美：《阁楼里的女人》，马振骋译，华东师范大学出版社 2005 年版，第148 页。

③ Joan Templeton, *Ibsen's Women*, Cambridge University Press, 1997, p. 224.

④ 参见王宁、孙建主编《易卜生与中国：走向一种美学建构》，天津人民出版社 2004 年版，第 131 页。

当海达从勃拉克那里听到乐务博格已经自杀身亡，别人很伤心，她却兴奋起来，很赞赏地说："这件事做得很漂亮！……我听见世界上还有人敢做这么从容大胆的事——敢做这么一桩出于自愿的漂亮事情，心里觉得很痛快。……艾勒·乐务博格有胆量照他自己的意志过日子。而且——最后那桩大事做得多漂亮！啊，他居然有这决心，居然有这魄力撇下生命的筵席——并且撇得这么早。"听了这些话，勃拉克心里很不舒服①，就告知以真相来打破她心中美丽的幻想：乐务博格是死在妓女黛安娜家里，他有可能是闹事时被别人枪杀的，而且子弹不是打在胸膛上，而是打在肚子下面（lower down）；此外，就是那支手枪，也容易被人疑心是乐务博格偷来的。得知这些，海达坚决地说："要是那样的话，我宁可不活下去。"从这些话看来，海达心里对乐务博格似乎确有一种怪异的爱。海达与泰斯曼同寝异梦，对勃拉克亦不欣赏，但她平日喜欢把乐务博格作为自己白日梦的对象。② 她欣赏乐务博格对当下整个现实生活的鄙视态度（在这一点上她跟他一致），欣赏他提前生活于未来的放荡不羁（在这一点上她羡慕而不敢）。当她听说乐务博格是用手枪对准胸膛自杀而亡时，她可能感到一种双重的喜悦：一是乐务博格果真听了她的话，这满足了她的支配欲；二是乐务博格真有勇气去死，这符合了她心中更深层次的期待，也变相地（通过移情自居作用）满足了她的英雄欲。这种魔鬼般的喜悦成了她生活下去的特殊养料，而一旦荒谬可笑的事实打破了她的幻想，她就觉得没法活下去了。

现在回过头来看，海达之所以一定要烧掉乐务博格的手稿，主要是出于强烈的嫉妒心，她不能容忍她心里的乐务博格与别的女子合作制造出一个什么"孩子"来。从她烧稿子时说的话来看，她的恨意主

---

① 勃拉克没想到乐务博格的死不但没有给他减去情敌，反而促成了海达心中爱的偶像的形成——海达的情感没有转向他反而更强烈地倾向于乐务博格了，于是他就一定要打破海达心中的幻象。

② 关于海达与三个男人（乐务博格、勃拉克、泰斯曼）之间的关系：海达与乐务博格情趣相投，将他视为精神伴侣，但碍于他的浪子名声不愿委身于他；对于勃拉克只是愿意跟他聊聊天，解解闷，心里并不欣赏他；对于泰斯曼虽然毫无爱情，但多少看重他的诚实、宽厚、勤奋、博学，所以愿意嫁给他。

要是冲着泰遏，而不是冲着乐务博格。易卜生在《札记》中特别提到"女人之间的相互仇恨"，"她们对于外部政治事务没有影响力，于是就希望对人的灵魂产生影响"[①]；而海达最不能容忍的，就是自己对乐务博格没什么实在影响力，反而是自己以前很瞧不起的泰遏对乐务博格的灵魂产生了很大影响，大到他在她的鼓舞下完全改邪归正并不断写出著作来。是可忍孰不可忍？于是必毁之而后快也。[②]

海达身上的魔性因素远远不止变态的支配欲、破坏欲和英雄欲；她还对漂亮的毁灭有大欢喜。由于看透了生命本身的空虚性、荒谬性，她觉得忍受生命的烦劳与卑微是怯懦的表现，而敢于痛快地结束它才是有魄力的、高贵的行为。当海达后来获悉乐务博格是被人打在肚子下面而死，她觉得那实在是太"卑鄙可笑"了。她在别人身上没有看到自己最期待、最欣赏的那一幕，于是用剩下的一支手枪对准自己的太阳穴，又稳又狠地扣动了扳机。这最后一个动作，仿佛乐曲行至高亢处的戛然而止，亦仿佛诗歌吟至顶点的突然中断，令人震惊，引人深思。

茨威格说："魔性就像发酵素，这种不断膨胀、令人痛苦、使人紧张的酵素把原本宁静的存在迫向毫无节制，意乱神迷，自暴自弃，自我毁灭的境地。……每个魔性的人都鄙视现实，认为它是有缺陷的，他们一直是现有秩序的反抗者、叛乱者和叛逆者。他们宁为玉碎不为瓦全；他们顽强不屈，即使面对死亡和毁灭也在所不辞。"[③] 可以说，正是这种魔性，把海达带入了自我毁灭的境地。她如果愿意苟活，完全可以过得像猪一样快活，但她偏不，她不惜一切代价维护自己的自由与尊严，敢于从平庸琐碎、毫无意义的日常生活中突围而去，这份

---

① Henrik Ibsen, Notes for Hedda Gabler, see *The Bedford Introduction to Drama*, Lee A. Jacobus, St. Martin's Press, New York, 1989, p.449.

② 勃兰兑斯在其《易卜生评传》中提到："大概易卜生听说过，Copenhagen 城的一位挪威音乐造曲家的夫人，有一晚上因为她男人回来太迟，愤怒若狂，将他的一篇大乐曲的手稿焚毁。在书中，Hedda 因为他这种情形发怒，也焚毁 Loevborg 的手稿。"最近从布思《隐含作者的复活》一文中了解到，美国女诗人西尔维亚·普拉斯曾因丈夫特德·休斯跟其他女性调情而勃然大怒，将"他在 1961 年冬写下的一切撕成了碎片"。

③ ［奥］茨威格：《世界建筑师》，高中甫等译，北京燕山出版社 2004 年版，第 135 页。

勇气和魄力还是值得惊叹的。

从海达短暂的一生来看,她否定了代表传统美德的朱黎阿姑姑,否定了研究人类古文明的泰斯曼,否定了敢于挑战当前社会道德规范的泰遏,也否定了研究未来社会伦理学的乐务博格。在她看来,一切皆是虚空,人不过是从虚空中来、到虚空中去的一个过客,唯一值得做的事就是尽量死得漂亮一些。高度的敏慧与生存的空虚,诗性的梦幻与魔性的反抗,一点点楔入其人生的深处,散发着既唯美、空灵、高贵,又颓废、邪恶、诡异的气息,这就是海达。在戏剧史中,海达确实是一个非常独特的形象,谈不上光彩照人,却足够耐人寻味。

三 突围的意义与 "不可能的存在"

海达的魔性突围,似乎仅留下一片虚空,究竟有何意义?易卜生造出此人、写成此剧又有何意趣?在《札记》中,易卜生说:"该剧要探讨的是'不可能的存在',也就是说,热望并努力去触及反抗整个传统、反抗一切有意识的头脑能接受的东西——包括海达能接受的东西在内。"① 这就意味着,易卜生并不真正认同海达,他还要反抗、否定海达能接受的东西(包括海达骨子里的虚无主义)。易卜生洞鉴到海达灵魂里的一切,客观地将其表现出来,不一定是源于赞赏,也不一定要痛加针砭。他写出那些东西,正如蝎子射出体内的毒液一样,"仿佛从身上刷掉了它们,仿佛沉浸到新生的和解脱的圣水盆中,让自己感到更清洁,更健康,更自由"②。在易卜生的理性之眼看来,海达骨子里的虚无主义以及她的邪恶本能、颓废倾向,潜在于人心深处,犹如"毒素"一样是需要被清洗掉的;而海达的魔性突围,虽然源于虚无感与悖谬感,但本身同时也是对虚无主义的某种克服,指向非虚无的、新的存在。既认定一切皆无,又祈望非无之在,海达的矛盾性于此可见一斑;既不断归于虚无,又只能在自否过程中趋向新在,存在本身的悖谬性于此隐约闪现。

---

① 《易卜生书信演讲集》,第414页。
② 同上书,第368页。

如果着力发掘作品深处的光源，会发现此剧在形而上的层面上尤为发人深省。海达的悲剧很大程度上在于她"无化一切"，即便是人生才刚刚度过29个春秋便已经看透了它的空虚性，即便是欣赏乐务博格也无意跟他发展出一段爱情，即便是关于未来社会的美好理想她也要嗤之以鼻。而易卜生审美地（亦即反思性地）表现出这一切，则似乎是要来一个"无之无化"，即无化虚无，从虚无中创造出可能有意义的存在。对他来说，反抗一切、否定一切、无化一切，并不是要最后赢得一个彻底的虚无，而是要在这之后造出新的期盼、新的意义。至于那种新的期盼、那种"不可能的存在"究竟是什么，则"道可道，非艺道"，即不是在艺术作品中能清晰传达出来的。它只能诉诸不同时代的不同读者，在漫漫人生中某一时刻的心灵顿悟。也许，这是《海达·高布乐》一剧最大的谜，它将吸引着一代又一代的读者去感悟、去猜测。

在《海达·高布乐》出版之前，易卜生曾在一个宴会上说："有人在不同场合多次说我是一个悲观主义者。好吧，在一定意义上我是悲观主义者，因为我不相信人类种种理想的永恒性。但我也是一个乐观主义者，因为我坚定地相信人类种种理想的增长与发展能力。明确而具体地说，我相信我们时代的理想——尽管已经崩溃瓦解——将朝着我在《皇帝与加利利人》一剧所指明的'第三王国'发展。"① 如果《皇帝与加利利人》确如易卜生所说包含了他一生的主要思想，那么易卜生在《海达·高布乐》中所要探讨的"不可能的存在"是不是跟那个"第三王国"相关呢？在世界历史剧《皇帝与加利利人》中，主角朱利安皇帝认为"旧的美不再美，新的真理不会长久"、"存在的不存在，不存在的存在"，出于这种思想他否定了当时人们捍卫的一切原则与信念，恶魔似的对待大臣与子民；而他拼尽全力追求的"第三王国"，既排斥基督教的一切教义，也不认可古希腊的多神教，乃

---

① 《易卜生书信演讲集》，第374页。《皇帝与加利利人》是易卜生历时九年完成的一部规模恢宏的世界历史剧，包含《凯撒的背叛》和《朱利安皇帝》两部五幕剧。1871年7月，易卜生致信海格尔说："《皇帝与加利利人》将成为我的代表作，它包含了我一生的主要思想。批评家可以从中发现他们长期以来向我索求的那种积极的世界观。"

是一个"建立在认识之树和十字架之上"的"神秘之国"。这个"神秘之国",也许存在于哲学与神学之间,只可意会,难以言传,也不可能真正抵达(朱利安的追求最后以失败告终)。后来,在1892年出版的《建筑大师》中,主角索尔尼斯在看透了为上帝造教堂、为百姓盖平房的虚幻性之后,决心建造"盖在结实的基础上"的"空中楼阁"。可是哪有基础牢靠的空中楼阁呢?莫非那就是"不可能的存在"?在易卜生的戏剧收场白《咱们死人醒来时》中,主角鲁贝克最后也是走向了虚幻的"乐土的尖峰",随即葬身雪崩。在某种意义上,他们都像海达一样,选择了一种极致唯美的死法,以生命(此在)的自我否定祈望更高层次的、闪着光辉的存在。难道他们实在别无选择?难道人生注定如此悖谬,最后只能遁于那种"不可能的存在"?

也许生命是一个圆圈,始于虚无和悖谬,最后归于虚无和悖谬。而人之灵,即便绝望,也仍然要反抗,要突围。由此,悖谬与突围或虚无与存在,成为易卜生反复探讨的一个主题。可能正是缘于此,易卜生对后来的存在主义戏剧和荒诞派戏剧都产生了深远的影响。

第五章 《建筑大师》：对艺术人生的回顾与反省

　　1891 年，63 岁的易卜生回到了阔别 27 年的家乡，回顾一生经历，想必感慨良多。次年三幕悲剧《建筑大师》① 出版，赢得极高赞誉。勃兰兑斯撰文说："《建筑师》一剧可能标志着易卜生的文学事业已达到了顶峰。"② 笔者亦认为该剧是易卜生所有作品中意蕴最为博大精深、形式最为空灵精美的一部，可以说是"八宝楼台"中高耸入云、令人仰止的一座。由此，易卜生晚期的戏剧创作又进入了一个新的阶段。③

　　关于《建筑大师》，最为常见的一种看法是所谓"自传说"（或"自供说"）。勃兰兑斯就认为："如果《人民公敌》可算作易卜生的自辩，则《建筑师》可以说是易卜生的自供。"④ 传记作家迈克尔·梅耶也认为："《建筑大师》是易卜生所有舞台剧之中描述他自己最多也是最暴露他自己的作品。"⑤ 我国著名学者刘大杰先生认为该剧是"易卜

---

　　① 关于该剧剧名，英文为 The Master Builder，潘家洵先生初译为《大匠》，后译为《建筑师》；马可译为《总建筑师》；刘大杰译为《建筑师》；高中甫译为《建筑师索尔尼斯》；石琴娥初译为《营造商苏尔纳斯》，后译为《建筑总管苏尔纳斯》；张南译为《建筑大师》。

　　② ［丹］勃兰兑斯：《第三次印象》，《易卜生文集》第八卷，绿原译，第 316 页。

　　③ 易卜生在给莫里兹·普罗佐尔（Moritz Prozor, Ibsen's French translator）的信中提到："你说在我的戏剧中，结束了'戏剧收场白'《当我们死人醒来时》的这个序列开始于《建筑大师》，这是完全正确的。"这也就意味着，从《建筑大师》到《当我们死人醒来时》构成一个新的序列，是易卜生晚期创作历程中一个新的阶段。

　　④ ［丹］勃兰兑斯：《易卜生评传》，《林语堂名著全集》第 27 卷，东北师范大学出版社 1994 年版，第 67 页。

　　⑤ 转引自《易卜生——艺术家之路》，第 405 页。

生的忏悔录"①,潘家洵先生还强调说:"我们要想了解《大匠》的意义,切不可把它当成一个神秘的象征剧,要把它看作一篇作者心象方面的自传⋯⋯索尔尼斯的私心,怀疑,胆怯,嫉妒,恐怖,怕打着新旗号来敲门的后辈,怕常照顾着他的运气的转变,都是易卜生自己的心史,都是易卜生自己的供状。"② 但近年来,另有一些声音冒出来。挪威易卜生研究专家比约恩·海默尔在其新著《易卜生——艺术家之路》中说:"这样一种以自传为依据来按图索骥的解释乍一看来似乎是颇为令人耳目一新,可惜却对这部剧作的核心思想并没有说出多少名堂来。⋯⋯《营造商苏尔纳斯》首先是一部描写创造者所生活于其中的日常现实的戏剧,那是一种必须屈从于代沟冲突和怨偶婚姻的日常生活。该剧也描写了尾随创造活动而来的代价,无论是营造商、艺术家还是从事在其他领域里的创造都必须付出高昂的代价。所以这部剧本当然可以被看成是易卜生对于我们略为知晓一二的艺术家和艺术上的任意胡来的深刻反思。⋯⋯苏尔纳斯的幻灭并不是易卜生的幻灭,这是一部描写营造商的戏而并不是一部自传。"③ 挪威作家玛莉·兰定(Mari Lending)说:"我们将《建筑总管苏尔纳斯》看成是一部专业存在主义的戏剧。现代派诗人易卜生描写了两门专业之间的对抗,也就是建筑总管和建筑设计师之间的对抗。⋯⋯这是一部以建筑总管和建筑师之间的对立为基础的你死我活的争斗的戏剧。"④ 美国易卜生研究专家布莱恩·约翰斯顿则认为该剧是一部"形而上学的戏剧"(metaphysical drama),"这部杰作的目标,即在表面看起来令人棘手的现代经验的世俗性发现形而上的可能性,虽然在现代戏剧中已被他人(比如艾略特)试探过,但很少有人像易卜生的探索那样既困难重重又勇猛精进"⑤。这些看法各有根据,有的很富有启发性,但

① 刘大杰:《易卜生研究》,商务印书馆1928年版,第83页。
② 同上书,第85—87页。
③ 《易卜生——艺术家之路》,第406、454、456页。
④ 参见《易卜生评论——来自挪威作家》,石琴娥译,挪威金谷出版社2006年版,第94页。
⑤ See *Ibsen's Selected Plays*, edited by Brain Johnston, w. w. Norton & Company, New York, 2004, p. 524.

远不是已经把话说尽。

诚如比约恩·海默尔所说："《建筑师》一剧或许可说是易卜生毕生的全部作品之中最具有阅读挑战性的代表作。……易卜生的假面具在该剧里要比任何时候都更难让人识破。"① 该剧不仅考验读者的感受力、理解力，也挑战着读者的戏剧观、艺术观，甚至人生观、宇宙观。在这些方面没有突破，几乎难以读懂。在此，我觉得有必要重温托尔斯泰的一段话。1892 年 9 月 3 日，托尔斯泰致信给尼·斯特拉霍夫说：

> 您说陀思妥耶夫斯基通过笔下的人物描写自己，并认为所有人都是这种模样。那又算什么！他笔下的人物，即使是非常特别的人物，说到最后，不但与他同一族类的我们，甚至是异族人，都会从中认出自己的面貌，认出自己的灵魂的。开掘得越深，大家会觉得越有共同点，越熟悉，越亲切。不但艺术作品是如此，科学的哲学著作也一样，无论如何努力想写得客观再客观，即使是康德、斯宾诺莎，我们所看到的、我所看到的仍然是作者本人的灵魂、智慧和性格。②

如果我没有领会错的话，托尔斯泰的意思是这样的：一个作家通过笔下的人物所描写的，不仅是他本人的灵魂、智慧和性格，也是大家灵魂中所共有的东西（大家都能从中认出自己的灵魂），而且，开掘得越深，共通点越多，越是能引起大家的共鸣。这种深邃的、直透人性的写作，既是非常个人化的，也是颇具普遍性的，在那里，"所有人都是一个人"（当然，不是在客观实然的意义上，而是在主观可能的意义上）。笔者深信托翁此论有很大的合理性与有效性，但笔者也认为：一个作家的作品，诚然会投射进作家自我灵魂的一些因子，但更多的是通过自我探索、自我审视来显明人类共有的灵魂因子、人

---

① 《易卜生——艺术家之路》，第 415 页。
② ［俄］托尔斯泰：《托尔斯泰散文选》，刘季星译，百花文艺出版社 2005 年版，第 122 页。

性结构;而且,创作主要不是自我表现,而是对自我的灵魂、人类的灵魂进行审视、审思、审判。作品所表现的一切,未必是作家所认同的,更未必是作家个人生活的实录(即便是严格的自传也仍然有显现有隐藏),但必定是作家所要反思的,同时也是希望读者去深入反思的。尤其是对于像易卜生这样的作家来说,一方面他坚信"写作就是对自我进行审判",另一方面他认为:"在艺术王国里没有真实现实的活动天地,相反,它的天地是为幻想设置的。……原封不动的现实无权进入艺术领域,但是不包含现实内容的艺术作品同样无权进入艺术领域。"① 因此,首先至少应该把《建筑大师》看作是一部严肃的艺术作品,但把它看成是易卜生的"自传"或"自供"是不太妥当的。但如果说《建筑大师》没有一定的自传性,也不符合事实(毕竟,众多的学者已考证出大量与剧情相关的事实)。

以笔者目前浅见,《建筑大师》是易卜生在"双重自审"方面成就最高的一部作品,这里的"双重自审",不仅包括剧作家对自我灵魂的深邃审视、审思与审判,也隐含了他对自己前期和中期戏剧、对艺术创作活动与艺术功能的深刻反思。而双重自审,自然而然带来了该剧的复象景观。如果说托尔斯泰选择了以散文形式写出他的《忏悔录》,那么易卜生则是选择了戏剧形式来写出他的"忏悔录";而且,这两位生于同一年的文学大师②在晚年的"忏悔",都对作家一生的艺术创作活动、对艺术的功能、对人生的意义等进行了深入的反思与探索。这里面所蕴含的一切不仅饶有趣味,也是特别引人深思的。下面,就以该剧中的"双重自审"与"复象景观"为切入点,来探析该剧精深的意蕴与精美的形式。

---

① 《易卜生文集》第八卷,绿原译,第172—173页。

② 易卜生与托尔斯泰都出生于1828年。保罗·约翰逊曾写道:"易卜生甚至同俄国的托尔斯泰一起被普遍认为是在世的最伟大的作家和预言家。新闻记者们千里迢迢地赶到他在维多利亚·泰勒斯的阴暗的寓所进行采访。他每天在格兰特饭店咖啡厅里的露面成为首都的一道景观。……英国作家理查德·勒加林和许多人一样特意到挪威去观看这一场景,就像其他人纷纷赶到雅斯纳亚·波良纳去瞻仰托尔斯泰一样。"见保罗·约翰逊《知识分子》,杨正润等译,江苏人民出版社2003年版,第77页。

一 对创业历程与自我人性的深入反省

从总体上说，《建筑大师》一剧的情节结构看似"以建筑总管索尔尼斯和年轻建筑师瑞格纳之间的对立为基础"，但实质上主要是在索尔尼斯与希尔达之间展开的。但该剧并不是要描写一个老头儿与一个小姑娘之间的"忘年交"或"黄昏恋"（众多的考据家在这方面花了很多力气），而是逐层深入地展开剧作家艺术灵魂内部的"对话"。它是易卜生在上帝（最高理念）的目光注视下，对自己漫长的艺术人生的回顾与反省，是易卜生自己跟自己的对话（至少剧本的主体是这样）。剧中虽然采用了一些现实的原型，但用现实主义美学原则是绝对解释不了的。

在第一幕，索尔尼斯所处的情境（目前是建筑界领袖，但受他雇佣的布罗维克父子压抑着愤怒，要求挣脱他的控制；双子多年前死去，妻子艾琳老躲着他，他觉得欠了她一笔永远还不完的债；书记员开雅对他无限崇拜，艾琳看在眼里很不舒服；他内心里深感孤独，但又时刻处于对下一代人的恐惧之中）简明生动地展示出来之后，很快希尔达就出现了，于是剧情迅速转为索尔尼斯与希尔达之间的长篇对话。希尔达[①]的出现具有极大的偶然性，仿佛是索尔尼斯内心召唤出来的；她也似乎特别能理解索尔尼斯，简直就像一个原本就在他的心与脑之间来回跳跃的小精灵一样。有了这个对话者之后，真正的"灵魂的戏剧"便展开了（当然，其他事情也仍然在进行，但只是作为他俩之间"灵魂对话"的背景）。

在第二幕，索尔尼斯如对心腹知己一样对希尔达讲述了他的发家史和伤心史。十几年来，他和艾琳都无法忘记过去那段事：一场大火

---

① 勃兰兑斯认为该剧中的希尔达就是《海上夫人》中的那个希尔达："她有这样一个家庭，像她的继母艾梨达那样为那个陌生人等待了十年之久。而她却像那个陌生人那样，并没有把索尔尼斯的婚姻放在心上。"哈罗德·克勒曼也认为"《建筑师》里的希尔达·房格尔就是《海上夫人》里的那个希尔达，她的姐姐管她叫'小野兽'，因为她不仅从危险中而且还从不幸中去寻求刺激"。这是有根据的，因为在剧中索尔尼斯有时称她为"房格尔小姐"。但这样处理未尝不是易卜生的障眼法。易卜生确实认识一个叫希尔达·安德逊（Hildur Andersen）的小姑娘，并在信中称她为"我的林中野鸟"，正如在本剧中索尔尼斯说希尔达是"林中野鸟"一样。她活在易卜生的心中，易卜生很乐于在心里跟她进行种种对话，尽管他很清楚在现实中她并不真的能理解他。

烧了艾琳家的老房子，火起时艾琳和两个孩子被人从热被窝里拉出来，人虽得救，但艾琳发起烧来了，由于奶汁受影响，两个孩子吃不消，后来死去了。而索尔尼斯的建筑事业却从此起步，用他的话来说，"那场大火倒成全了我的建筑事业"、"我是完全亏得那场火灾才能给人盖住宅"。这里头究竟有什么因果关系呢？索尔尼斯有时觉得自己的成功是以亲人的牺牲与痛苦为代价的，有时又觉得那些灾祸与自己完全不相干，总之内心里疑虑重重，始终不能安宁：

索尔尼斯：（伤心，低声）记住我的话，希尔达。凡是我做的、我盖的、我创造的东西——一切美丽、安全、舒适、愉快的东西——一切庄严伟大的东西——（捏拳）唉，想起来都寒心！

希尔达：什么东西叫你这么寒心？

索尔尼斯：叫我寒心的是：为了这些成就，我都得偿付代价，代价不是金钱，而是人的幸福——不仅是我自己的幸福，并且还有别人的。你明白不明白，希尔达？这是我的艺术成就在我自己和别人身上索取的代价。我每天都得还债，我简直毫无办法。还了又还，这笔债永远没有还清的日子！

希尔达：我现在明白了，你心里想的是——是她。

索尔尼斯：对，我主要是想艾琳。艾琳也有自己的事业，正如我有我的事业一样。（声音颤抖）然而，为了让我的事业获得一个——一个大胜利，她的事业就不得不受挫折，被摧残、被破坏。你要知道，艾琳也有建筑的才干。

希尔达：她有建筑的才干？

索尔尼斯：（摇头）不是建筑房屋、塔楼、塔尖——不是我搞的这套东西。

希尔达：那么，是什么才干？

索尔尼斯：（低声，伤心）是培养孩子灵魂的才干。把孩子们的灵魂培养得平衡和谐、崇高优美，使它们昂扬上升，得到充分发展。这是艾琳的才干。然而她的才干现在并没被人使用，并且永远无法使用，像火灾后的一片废墟，对谁都没有用处。

　　希尔达：嗯，然而假定即使如此——

　　索尔尼斯：确是如此！确是如此！我知道！

　　希尔达：然而不管怎样，反正不是你的过失啊。

　　索尔尼斯：（眼睛盯着她，慢慢地点头）啊，这正是个惊心动魄的大疑问。这个疑问日夜在折磨我。①

　　这里显然不是一个建筑师或一个营造商在反思，而是一个艺术家在反思。易卜生也似乎在着意提醒读者注意"建筑师"隐喻的意义。早在青年时代，易卜生就认为写诗就是"用精神在人内心建筑"；而在 1858 年，易卜生还写过一首题为《建筑计划》的短诗："……我想建筑一座空中楼阁，充满阳光/天风拂拂，一个正宫外加两个耳房/大间住着一位不朽的诗人/小间为一位温柔少女而开门！……"② 显然，这里所谓"建筑"实为"创作"。此外，易卜生在给一些朋友的信件中，干脆以"建筑师"为信末签名。③ 这些都说明剧中的"建筑师"有象征意义。挪威评论家阿莱克斯·博尔克曼斯认为"建筑师可以理解为进行创作的艺术家"④；哈罗德·克勒曼认为"《建筑师》可以称之为'艺术家的烦恼'，要创造任何一件重要的成就都得付出代价"⑤；比约恩·海默尔认为"易卜生写作该剧时似乎刻意贯穿这样一个想法，即不管是艺术家还是其他领域里从事创造性活动的人，若是想要有所作为、造物创业的话，不去伤害别人是不可能的"⑥。所有这些看法都有一定道理，但没有进一步去追问：为什么要想有所作为、造物创业，就一定要付出代价甚至去伤害别人？难道非得如此不可吗？索尔尼斯心中那个"惊心动魄的大疑问"究竟是什么？

　　正是在这里，该剧可能引起一代又一代建筑者、创造者（包含艺

---

① 《易卜生文集》第七卷，潘家洵译，第 57 页。

② 《易卜生文集》第八卷，绿原译，第 14 页。

③ 《易卜生——艺术家之路》，第 412 页。

④ 参见高中甫选编《易卜生评论集》，外语教学与研究出版社 1982 年版，第 374 页。

⑤ ［美］哈罗德·克勒曼：《戏剧大师易卜生》，蒋嘉、蒋虹丁译，湖南人民出版社 1985 年版，第 213 页。

⑥ 《易卜生——艺术家之路》，第 451 页。

术家、科学家、政治家、实业家等)的深深共鸣;也正是在这里,该剧触及对宇宙中隐秘秩序的探索。以剧中索尔尼斯的心态反复揣想,笔者隐隐感到,宇宙似乎存在一种"能量波动均衡规律"。如果把个人的天赋、才能、创造力、成功度或一定团体的综合实力等统称为"能量"的话,那么这种能量的波动(或运动变化)似乎遵循以下"规律":一定个体或团体的能量在总体上围绕正道上下波动;或者说,符合正道的,其能量可能稳步增长,违背正道的,其能量绝不可能持续发展;那些离开正道,以邪恶手段或以压榨、牺牲他人为代价取得巨大成就的,在上升到一定高度之后终究会跌落下来,爬得越高,跌得越惨。① 当然,这很难说是严格意义上的规律,不过也许正是索尔尼斯心中朦胧不清、乱其心绪、逼得他从记忆中反复去搜索的某种原始经验。在本剧中,索尔尼斯在事业上的如日中天,不仅是靠着吸收、压榨布罗维克父子等"助手与仆从"的能量,而且也大大抑制了艾琳才能的发展,甚至以儿子的牺牲为惨重的代价,这正如海默尔所说:"索尔尼斯所征服到手的权势高位是建立在别人的倾家荡产和悲剧灾难这种远非牢固的基础之上的。因而他不无道理地感到心惊肉跳,唯恐有朝一日因果轮回,报应会落到他的头上来。"② 而易卜生回顾他的"艺术家之路"时,恐怕也不免深深感叹:他个人的荣誉虽然登峰造极,但他的父母、弟弟、妹妹、妻子、儿子的生活却充满苦难。③

---

① 对此需做几点说明:首先,所谓"正道",是指正义、正理、符合最大多数人利益或"善良意志"的正确做法;其次,所谓"上下波动",是总体性的、相对性的,不一定是短期内能够显现出来的,显现出来也不一定是绝对均衡的。作为一种兼有客观性与主观性、带有一定信念性的"规律",此论具有积极的意义。在内在精神上,它跟"科学发展观"(其核心要点一是强调以人为本;二是讲求可持续发展)是一致的。

② 《易卜生——艺术家之路》,第408页。

③ 易卜生16岁离开家乡后,就从未回家探望父母。父母、弟弟后来皆穷困潦倒而死。1892年(即《建筑师》出版之年),易卜生的初夜女人艾尔斯饥饿而死,其子汉斯·雅各布沦为乞丐。至于易卜生的家庭生活,根据丹麦人马丁·施内克卢特的记叙大体如此:"他们彼此向对方发起战争,残酷而无情,可是她依然爱着他,即使只是因为他们的儿子。他们可怜的儿子命运最悲惨,这是任何其他孩子从未有过的。……易卜生自己一心只顾他的工作,以致那句箴言'生活第一,艺术第二'实际上已经被颠倒了。"见保罗·约翰逊《知识分子》,江苏人民出版社2003年版,第89页。

在 1898 年 3 月的一次讲话中，易卜生提到："我非常想利用更密切的交往来消除在很多方面对我来说成为绊脚石的误解。那就是：由于罕见的、奇异的命运使我驰名于许多国家，似乎我应该感觉到自己是个真正的幸运儿。可要知道……幸福不是捡来的，也不是命运的恩赐。它是用最昂贵的代价换取的，它经常使我感到很痛苦。"① 在同年 4 月的一次讲话中，易卜生更明确地提到："我的一生就像一个漫长漫长的受难周。"② 不仅如此，据保罗·约翰逊说："易卜生的个性最深处潜伏着一种无处不在的、未曾言说而又不可言说的恐惧。这可能是他身上最重要的特点。……直到他进入坟墓都带着对罪孽和惩罚的恐惧。"③ 这话虽然不可尽信，但如果换一个角度仍然可以设想：当易卜生独自一人沉思默想的时候，尤其隐隐感觉到宇宙间可能存在某种超验的规律或神灵时（易卜生并不完全否定宗教，尤其是在晚年），他内心可能是很不安的。

然而，那个刺心的疑问并没有真正消除。为什么要有所创造、有所作为就必然要付出代价甚至伤害他人呢？外部的、宏观的回答只能给人一种玄而又玄、朦胧模糊的感觉。更深层、也可能更让人信服的原因存在于人性、特别是创造者的个性之中。紧接着，索尔尼斯就向希尔达谈到了他在这方面的思考：

> 索尔尼斯：我一定得告诉你，交这种好运是什么滋味！这滋味好像我前胸有一块皮开肉绽的大伤口。我的助手和仆从不断地把别人身上的皮一块一块撕下来，给我补伤口！然而我的伤口并没有治好——永远不会好！唉，我简直无法告诉你，有时候伤口把我折磨得怎么痛苦。
>
> 希尔达：（凝神注视）索尔尼斯先生，你有病。……你的良心太软弱——本质太娇嫩——抓不住东西——举不起、禁不起重

---

① 《易卜生文集》第八卷，绿原译，第 231 页。

② 同上书，第 233 页。

③ [美] 保罗·约翰逊：《知识分子》，杨正润等译，江苏人民出版社 2003 年版，第 100、103 页。

分量。

　　索尔尼斯：（怒声）哼！那么，我要请问，一个人的良心究竟应该怎么样？

　　希尔达：我希望你有——有一个非常健全的良心。

　　索尔尼斯：哦？健全的？请问，你自己的良心健全不健全？

　　希尔达：我觉得是健全的。……我撇下父亲走出来，不是一桩很容易的事——你要知道，我非常爱父亲。……我心里有一股冲动力量逼迫我上这儿来——并且还引诱我往前走。

　　索尔尼斯：（兴奋地）现在我明白了！现在我明白了，希尔达！像我一样，你身上也有山精。是咱们内部的山精——是它在发动咱们身外的力量。这么一来，不由你不服从——不管你愿意不愿意。

　　希尔达：索尔尼斯先生，我几乎相信你的话是对的。

　　索尔尼斯：希尔达，世界上有数不尽的妖魔，我们却永远看不见他们。

　　希尔达：哦，还有妖魔？

　　索尔尼斯：（站住）好妖魔和坏妖魔，金黄头发妖魔和黑头发妖魔。只要你有法子知道控制你的是金黄头发还是黑头发妖魔！（又开始走动）嘿嘿！如果那样的话，事情就好办了！

　　希尔达：（眼睛盯着他）再不然，只要有一个真正坚强健康的良心——那么，心里想做什么就敢做什么了。①

　　这里既有对人性更深层的反思，也有两种价值观的激烈交锋（实质为一个人灵魂中两个互相反驳的声音）。也许是借着上帝的目光（或创作者易卜生的目光），索尔尼斯看清了自己体内的山精与妖魔，并看到它们既有创造性、建设性的一面，又有叛逆性、破坏性的一面。几乎一切创造行为都意味着破坏与重建，或者解构与重构。尼采在《权力意志——重估一切价值的尝试》中甚至说："最强者，即具有创造性的人，必定是极恶的人，因为他反对别人的一切理想，他在所有

---

① 《易卜生文集》第七卷，潘家洵译，第64页。

人身上贯彻自己的理想，并且按照自己的形象来改造他们。"① 这位
"超人"所言未必都对，但这里似乎说出了一部分真相。在索尔尼斯
的人生履历中，既有显明的恶迹，比如残酷地把老布罗维克踩在脚下，
又严厉地控制着他的儿子，还利用少女开雅拴住瑞格纳；也有隐在的
恶意，比如一心盼望艾琳家的老房子被大火烧掉，以便他的建筑事业
可以起步。他的事迹让人想起格瑞格斯对威利说的那句话："我一想
起你从前干过的事情，眼前就好像看见了一片战场，四面八方都是遍
体鳞伤的尸首。"② 也让人想起中国的一句古话："一将功成万骨枯。"
不过，从索尔尼斯日夜所受的精神折磨和他觉得"胸口有一块皮开肉
绽的大伤口"来看，他还是有着很强的对象意识与道德良心的。他的
痛苦，是一个良心未泯、精神高贵者的痛苦。但是，就人性的结构及
其运动规律来说，道德理性对人性的钳制越是强有力，给人心带来的
痛苦越是深重，人的原欲、人内在的魔性冲动就越是激烈地反抗，由
此人心中另一种声音、另一股势力必然要冒出来。而剧中的希尔达，
在一定意义上便正是代表着人类灵魂中的这种声音、这股势力。

　　　索尔尼斯：（认真地瞧她）希尔达——你像树林里的一只野鸟。

　　　希尔达：一点儿都不像。我并不躲在丛林里。

　　　索尔尼斯：对，对。你有点儿像猛禽。

　　　希尔达：这倒也许有几分像。（非常激动）凭什么我不该做
猛禽？凭什么我不该打猎——像别人一样？拣我喜欢的东西抢，
只要能抢到手的就由我摆布。

　　　索尔尼斯：希尔达，你知不知道你像什么？

　　　希尔达：知道，我大概像一只怪鸟。

　　　索尔尼斯：不。你像黎明的曙光。我一看你，就仿佛在等着
看日出。③

---

　　① ［德］尼采：《权力意志——重估一切价值的尝试》，张念东等译，商务印书馆1991年
版，第112页。
　　② 《易卜生文集》第六卷，潘家洵译，第26页。
　　③ 《易卜生文集》第七卷，潘家洵译，第65页。

希尔达在剧中是否象征着人性的曙光、人生的日出？索尔尼斯承认，她既是他心里"非常害怕的下一代人"，也是他心里"深切怀念的人"。也许，在索尔尼斯年富力强、意气风发的时候，他就是怀抱着像希尔达一样的信念，发扬海盗精神（或猛禽精神），一路勇猛精进，从而取得了今日事业上的辉煌成功。但如今垂垂老矣，创造力减退，忧惧心日增，看着眼前的希尔达便自然"忆往昔峥嵘岁月稠"。尤其是他现在处境不妙，事业上危机四伏，家庭生活也毫无乐趣可言（他想还债，特意参照艾琳家的老房子修建了一栋新房子，希望艾琳住进去后心情好一些，但艾琳觉得"无论你盖多少新房子，你永远不能再给我建立一个真正的家"，于是索尔尼斯心里绝望了，觉得自己已经是"活活地跟一个死的女人拴在一起"），因此希尔达身上旺盛的活力自然引起他的欣赏与恋慕。但希尔达果真值得认同吗？她让人再次想起尼采①——那个自诩为"太阳"的人——也让人想起莎乐美。也许，她跟尼采更像是灵魂上的兄妹："我们不怎么看重善良的人，因为他们是群畜。我们知道，在最坏的、最恶的、最冷酷的人中间，常常隐含着一滴无法估量的善的金汁，它胜过娇嫩灵魂的一切单纯的伪善。"② 因而她指责索尔尼斯的良心"太娇嫩"是不奇怪的。当索尔尼斯的良心谴责自己罪行累累的时候，他也许同时就怀疑自己的良心是不是"太娇嫩"——或许他只是让自己心中的另一个声音通过希尔达的嘴说出来。对于希尔达的"健全良心"论，索尔尼斯听后如逢故友般兴奋。对于这一切，剧作家只是站在一定的距离之外默然观望，现时谁也看不清他脸上的表情是什么。

---

① 尼采是勃兰兑斯的好友，易卜生可能从勃兰兑斯那儿了解到尼采的思想（在《易卜生评传》中，勃兰兑斯还把易卜生与尼采做了一番比较）。《海达·高布乐》和《建筑大师》都有尼采思想的影子，其中 Hedda（海达）与 Hilda（希尔达）不仅名字相近，而且在性格、心灵上颇有相通之处，可以说都是尼采的灵魂姐妹。尼采的思想后来被纳粹分子利用，最终导致了人类历史上一场惨绝人寰的大灾难，易卜生当时不可能看到那场灾难，但似已预见到尼采某些思想的巨大危害性，并在戏剧作品中做了深刻的反思。

② ［德］尼采:《权力意志——重估一切价值的尝试》，张念东等译，商务印书馆1991年版，第144页。

二　对艺术创作与艺术价值的深刻反思

在第三幕，索尔尼斯受到希尔达的鼓动（她现在一心想要得到她的王国，要看到索尔尼斯再次高高地站在教堂塔楼顶上，看到这位建筑大师爬得像他盖的房子那么高），很想"老夫聊发少年狂，亲登楼，叩上苍"，但他毕竟已饱经沧桑，心里很害怕"报应"趁机而入。希尔达不明白他为什么怕报应，于是索尔尼斯向她展示了他心灵中最深邃、最隐秘的一个角落：

> 索尔尼斯：你知道，开头时我盖的是教堂。……我生长在一个笃信宗教的乡下人家里，所以我以为盖教堂是我能做的最崇高的事业。……我敢说，盖那些小教堂的时候，我抱着这样的虔心诚意——照道理说，他应该喜欢我了。
>
> 希尔达：他？他是谁？
>
> 索尔尼斯：当然是指教堂盖好以后在里面受人供奉的那位人物。
>
> 希尔达：哦，原来如此！然而你确实知道——他不——喜欢你吗？
>
> 索尔尼斯：（轻蔑地）他会喜欢我！亏你说得出这句话，希尔达！他纵容我身上的山精作威作福！他还吩咐这批家伙日夜侍候我——这些——这些——
>
> 希尔达：这些妖魔——
>
> 索尔尼斯：对了，两种妖魔。啊，他使我明明白白地觉得他不喜欢我。（神秘地）你看，这就是他要烧掉那所老房子的神秘原因。……他要给我机会，使我成为本行的高手——为的是可以给他盖更壮丽的教堂。最初，我不懂得他的用意，后来我才恍然大悟。……在莱桑格那些新环境里，我时常沉思默想，那时候我才明白他为什么要把我两个孩子抢走。原来为的是不让我有别的牵挂。不许我有爱情和幸福这一类东西。只许我当一个建筑师——别的什么都不是。派定我一生一世给他盖东西。（大笑）老实告诉你，后来，他的心思完全白费了！

希尔达：后来你干了些什么事？

索尔尼斯：我在心里做了一番反省考察——后来我就做了那桩不可能的事。……从前我总不能爬上一个广阔自由的高处，然而那天我却上去了。……我站在高处，俯视一切，一边把花圈挂在风标上，一边对他说：伟大的主宰！听我告诉你。从今以后，我要当一个自由的建筑师——我干我的，你干你的，各有各的范围。我不再给你盖教堂了——我只给世间凡人盖住宅。

希尔达：（睁着两只闪闪有光的大眼睛）这就是那天我在空中听见的歌声！

索尔尼斯：然而后来还是他占了上风。……给世间凡人盖住宅——简直毫无价值，希尔达。……现在我明白了。人们用不着这种住宅——他们不能住在里面过快活日子。如果我有这样一所住宅，我也没有用处。（静静地苦笑）我想来想去，这是全部事情的结局。我并没有真正盖过什么房子，也没有为盖房子费过心血！完全是一场空！[1]

如果说在前两幕索尔尼斯（抑或易卜生）主要是从自我与他人、成就与代价、天意与人性这些方面来反省他的创业历程、艺术人生，那么在第三幕（特别是以上对话）里，他进一步对自己的艺术创作及其价值进行了深刻的反思。为了取得登峰造极的艺术成就，索尔尼斯付出了巨大的代价。然而，那些艺术成就本身到底有多大的价值呢？凭借这些艺术成就，他的一生是否就具有真实的意义呢？这是最让人揪心的问题，也是一个生死攸关的问题。

一些论者指出，索尔尼斯一生建筑历程中的几个阶段，隐喻着易卜生在戏剧创作上的几个阶段。比如，哈罗德·克勒曼就认为，索尔尼斯最初盖的庄严大厦好比是《布朗德》和《培尔·金特》，而后来盖的中产阶级人们的家屋好比是《社会支柱》、《玩偶之家》、《群鬼》、《人民公敌》，而现在准备"折回到"起点，再去盖像《布

---

[1] 《易卜生文集》第七卷，潘家洵译，第91页。

朗德》和《培尔·金特》一类的东西。① 我国学者茅于美先生认为：
"易卜生三个时期的创作，可以拿《建筑师》一剧中索尔尼斯的三
个阶段的建筑作比喻。最初他盖的是带有塔楼的教堂，犹如易卜生
之写历史传奇剧，富有古代宗教传说意味。第二期盖人间住宅，犹
如易卜生的'社会问题剧'，重点在反映社会问题，致力社会改革，
提高人物的精神道德品质。第三阶段盖空中楼阁，如他之写心理戏
剧，曲折细微，令人琢磨不定。这种心理剧对观众的号召力和吸引
力不如前两个阶段的剧作。"② 这些分析似乎不太确切。如果说索尔
尼斯在建筑上的三个阶段与易卜生在创作上的三个阶段确有某种喻
指关系，那么也许可以这样说：索尔尼斯最初盖的教堂，喻指易卜
生早期的浪漫主义历史剧、宗教剧，以《布朗德》为代表；索尔尼
斯后来盖的人间住宅，喻指易卜生中期的现实主义戏剧和晚期的部
分现实主义戏剧③，以《玩偶之家》和《海达·高布乐》为代表。
因为此时索尔尼斯（抑或易卜生）所反思的是他以前的全部创作，
其所谓第三阶段的"空中楼阁"还只是停留于胸中、准备着手去盖
呢，而易卜生的心理戏剧，至少从《群鬼》就开始了。此外更为紧
要的是，人们很少进一步去寻思，为什么索尔尼斯说："给世间凡人
盖住宅——简直毫无价值……人们用不着这种住宅——他们不能住
在里面过快活日子。如果我有这样一所住宅，我也没有用处。我想
来想去，这是全部事情的结局。我并没有真正盖过什么房子，也没
有为盖房子费过心血！完全是一场空！"表面看，就像哈罗德·克勒
曼所说，易卜生在这里似乎是"贬低了他主要赖以成名的那些有关

---

① ［美］哈罗德·克勒曼：《戏剧大师易卜生》，蒋嘉、蒋虹丁译，湖南人民出版社 1985
年版，第 221 页。

② 茅于美：《易卜生和他的戏剧》，北京出版社 1981 年版，第 133 页。

③ 美国学者布莱恩·约翰斯顿认为，易卜生的创作历程就是"从浪漫主义到现实主义"。
这跟我国学界一般把易卜生的戏剧创作分为三期（浪漫主义、现实主义、象征主义）是很不同
的。以笔者浅见，易卜生在《野鸭》之前的创作历程，的确是"从浪漫主义到现实主义"，但以
《野鸭》为发端的晚期戏剧，虽然以现实主义创作方法为主体，但体现出象征主义、表现主义、
存在主义、意识流、荒诞派、怪诞派、超现实主义等多种现代派戏剧的特点，可以说是融现实主
义、现代主义、先锋主义于一体，已经远远不是"现实主义"可以涵括了。

中产阶级的现实主义剧作"。但真是这样吗?索尔尼斯这段话究竟透露出他(以及易卜生)怎样的思想与心态?

易卜生对艺术存在价值的怀疑,实际上从《野鸭》就开始了。艺术家在创作时一般都力求揭示真实、真理,并把它作为艺术作品的生命力所在。约在1857年,易卜生就认为:"艺术的神圣而崇高的使命,不是追求对现实的拙劣的模仿,而是真理,是对生活的最高的、象征性的再现;那是艺术世界中唯一值得为之奋斗的东西,而目前还只被少数人所承认。"① 他也的确就像鲁迅所说"愤世俗之昏迷,悲真理之匿耀",创作了一系列揭示社会真相、探索人生真理的作品,也塑造了一系列自我觉醒、追求独立或死守真理、以拒庸愚的人物形象,但结果能怎么样呢?就拿易卜生最为著名的《玩偶之家》来说,该剧确实"把家庭的实在情形都写了出来,叫人看了动心,叫人看了觉得我们的家庭原来如此黑暗腐败(家庭里面,有四种恶德:一是自私自利;二是依赖性,奴隶性;三是假道德,装腔作戏;四是懦弱没有胆子)"(胡适语),也启发玩偶们勇敢地走出来,去社会上独立地谋求自我实现,但作品归作品,现实归现实。即便是那位"真娜拉"——易卜生以之为创作原型的劳拉·基勒——看了《玩偶之家》后,尽管她丈夫待她简直比海尔茂还要过分,但她并不想走出家庭,反而强烈要求易卜生公开声明娜拉不是她。② 在《野鸭》中,易卜生反省到,如果艺术家像格瑞格斯那样一厢情愿地把真相、真理强加给别人,反而有可能给他人带来灾难。③ 在现实生活中,人们多多少少都必须生活在自欺与梦想之中,而没有几个人能忍受绝对的真实。如果说易卜生的现实主义戏剧如探照灯般照出了社会、家庭和人性中的种种黑暗,从而在精神上为人们营建了一个个充满阳光(自由与真理)的家园,

———————

① 《易卜生文集》第八卷,绿原译,第186页。

② 刘大杰在《真娜拉》一文中说:"真的娜拉不曾脱离家庭的关系。那时的人不会那样做,伊仍旧留在家中。基勒夫人还守护着伊的职位,竭力的做工,赚钱来还伊所借的债,这条债终于是伊自己还的。"见刘大杰《易卜生研究》,商务印书馆1928年版,第157页。

③ 如果艺术家像瑞凌那样专门制造美丽的幻象或理想的诱饵,则难免不造出"瞒和骗的文学",实质上只能削弱人的生机与活力,甚至使人慢慢变成瞎子。因此,有追求的艺术家始终还是力求写出真实。

但现实中的人们并不愿意住进去。他们受不了艺术家射进的阳光，不能在那种光明的住宅里过快乐日子。即便是艺术家本人，他在现实生活中也往往达不到他在作品中所描写的光辉境界——他不能够爬得像他盖的房子那么高。①

此外，正如太阳必从黎明前的黑暗喷薄而出一样，艺术作品中的"真理之光"是离不开黑暗的，而且往往愈是黑暗，那种反向的光芒（negative illumination）便愈是耀眼。换言之，在作家看来光芒四射的作品，在读者看来很可能是阴暗晦涩的，甚至是"有毒素"的。这一点索尔尼斯不便明确说出来，但易卜生自己曾经说得很清楚："我将一只蝎子放进玻璃杯搁在桌上。这只虫子不时地焦躁起来，然后我将一片熟透了的水果丢进杯中，它立刻凶猛地刺进去，把它的毒汁射入水果中，然后它又恢复了常态。……难道这和写诗没有相似之处吗？"② 在前引对话中，索尔尼斯也抱怨"他纵容我身上的山精作威作福"、"他还吩咐两种妖魔日夜侍候我"，这就至少隐示了艺术创作过程中魔性因素的侵入或毒性因素的注入。但究其实，抱怨归抱怨，要是没有那些山精和妖魔的默契配合，索尔尼斯是造不了房子的。美国著名文学理论家哈罗德·布鲁姆曾明确地说："易卜生有一种基本的特质，即一种狡黠的诡异感令人不安地与他的创造力结合在一起，这就是纯粹的妖性。……他是位有意与山妖结盟的建筑大师。"③ 茨威格在《世界建筑师》中则推而广之，更明确地说："没有哪种伟大的艺术没有魔性。"④ 可能正是有感于独创性作品里隐含的魔性、妖性，美国另一位文学理论家韦恩·C.布思说："也许以后我们会认定我们跟隐含作者的某些融合是有害的，甚或是灾难性的，但必须持续不断地研究这种融合的问题，因为我们每天都遇到大量的建设

---

① 以上只是一种关联性分析，并不是笔者对易卜生现实主义戏剧的完整看法。
② 参见保罗·约翰逊《知识分子》，杨正润等译，江苏人民出版社 2003 年版，第 84 页，另可参见高中甫选编《易卜生评论集》，外语教学与研究出版社 1982 年版，第 344 页。
③ ［美］哈罗德·布鲁姆：《西方正典》，江宁康译，译林出版社 2005 年版，第 275、277 页。
④ ［奥］茨威格：《世界建筑师》，高中甫等译，北京燕山出版社 2004 年版，第 132 页。

性或破坏性的隐含作者。"① 这些话触及了艺术创作与艺术接受中的深层问题,让人不由得想起古希腊诗哲柏拉图的一些睿智见解。

柏拉图年轻时非常敬爱诗人荷马,但当他在 50 岁左右写作《理想国》时,却明确主张"诗的禁令必须严格执行",并对荷马进行了严厉的批评。在《理想国》卷十,有一段对话颇为发人深省:

> 苏格拉底:说句知心话,你可千万不要告诉悲剧诗人和其他摹仿者们,在我看来,凡是这类诗对于听众的心灵都是一种毒素,除非他们有消毒剂,这就是说,除非他们知道这类诗的本质真相。
>
> 格罗康:你为什么这样说?
>
> 苏格拉底:我的话不能不说,虽然我从小就对于荷马养成了一种敬爱,说出来倒有些于心不安。荷马的确是悲剧诗人的领袖。不过尊重人不应该甚于尊重真理,我要说的话还是不能不说。……人性中最好的部分让我们服从理性的指导,但最便于各种各样摹仿的是人性中无理性的部分,摹仿诗人要讨好观众显然也不会费心思来摹仿人性中理性的部分,他的艺术也就不求满足这个理性的部分了;他会看重容易激动情感的和容易变动的性格,因为它最便于摹仿。
>
> 格罗康:显然如此。
>
> 苏格拉底:我还没有数出摹仿的最大罪状咧。连好人们,除掉少数例外,也受它的坏影响。……诗人餍足人性中的自然倾向,如感伤癖、哀怜癖……再如性欲、忿恨,以及跟我们行动走的一切欲念,快感的或痛感的,你可以看出诗的摹仿对它们也发生同样的影响。它们都理应枯萎,而诗却灌溉它们,滋养它们。如果我们不想做坏人,过苦痛生活,而想做好人,过快乐生活,这些欲念都应受我们支配,诗却让它们支配着我们了。
>
> 格罗康:我不能不赞成你的话。②

---

① [美] 韦恩·C. 布思:《隐含作者的复活》,申丹译,《江苏社会科学》2007 年第 5 期。
② [古希腊] 柏拉图:《柏拉图文艺对话集》,朱光潜译,安徽教育出版社 2007 年版,第 76、91、93 页。为节省引用篇幅,上文省略了一些推理性的文字。

以上实为"戏剧诗人"柏拉图的灵魂对话，按学界的一般看法，苏格拉底所说的正是柏拉图的主要观点。他的话似乎特别适合批评热衷描写人的非理性黑暗王国的现代文学艺术。当然，也有人提出反对意见。柏拉图的学生亚里士多德就持有不同看法，他就觉得悲剧诗不是灌溉、滋养人性中的非理性部分或不良情绪，而是使那些情绪得到宣泄、净化。这里的实际情形可能万分复杂，不过笔者相信，凡是像柏拉图那样具有诗人气质、深深感受过诗的魔力的人，可能倾向于认同柏氏的观点；而凡是像亚里士多德那样特别冷静、客观的人，可能倾向于认同亚氏的观点。歌德大体属于前者，他年轻时非常推崇莎士比亚①，但到了晚年，他都不敢再去看莎士比亚的悲剧，说是"这会把我毁了"②。

在这方面，托尔斯泰晚年与歌德很相似，他不仅"完全像歌德那样，完全像柏拉图那样害怕音乐"③，而且更激烈地否定莎士比亚，认为他的作品是"巨大的祸害"。此外，托尔斯泰还几乎完全否定了自己创作的所有作品。在他 51 岁时写作的《忏悔录》中，托尔斯泰如是说：

> 我写作的动机是爱慕虚荣，追求名利，自以为可以抬高自己的身价。我在写作中的表现同生活中④一模一样。为了捞取名誉和金钱——我写作就是为了这两样东西——必须昧着良心，听任

---

① 在 1771 年 10 月 14 日（歌德当时 22 岁）所作的"莎士比亚演讲词"中，歌德说："莎士比亚的著作我读了第一页，就被他终生折服；读完他的第一个剧本，我仿佛像一个天生的盲人，瞬息间，有一只神奇的手给我送来了光明。我认识到，并且最强烈地感受到，我的生存向无限扩展；我感到一切都很新鲜，前所未闻，而那乎寻常的光亮把我的眼睛刺得疼痛难忍。"见《歌德文集》第 10 卷，范大灿等译，人民文学出版社 1999 年版，第 2 页。

② 参见茨威格《世界建筑师》，高中甫等译，北京燕山出版社 2004 年版，第 133 页。

③ 同上书，第 440 页。

④ 关于托尔斯泰的生活，他在《忏悔录》中是这么说的："回想起这些年的生活，我不能不感到恐怖、厌恶和痛心。我在战争中杀死过人，找过人决斗想送掉他的命，我打牌输了不少钱，挥霍农民的劳动成果，还惩办过他们。我生活腐化，对爱情不忠；我撒谎骗人，偷鸡摸狗，通奸，酗酒，斗殴，杀人……凡是犯法的事我都干过，而干了这些事我反而得到赞扬，我的同龄的人至今一直把我看成是正人君子。"见《托尔斯泰散文选》，百花文艺出版社 2005 年版，第 45 页。

邪念的支配。我就是这么干的。有多少次我在写作时巧妙地压制自己善良的愿望，这些善良的愿望本来是我生活的内容，我却表示冷淡，甚至对它们嗤之以鼻。结果我得到了赞扬。

对作家的信仰是否正确产生怀疑之后，我开始更加认真地观察奉行这一信仰的人，结果我认定几乎所有抱着这一信仰的人，即作家们，都是道德败坏分子，而且大多数是坏蛋，天生是卑劣的家伙，比起当年我醉生梦死或出生入死时见到的那些人，品行要卑下得多。但他们自以为了不起，洋洋得意，好像彻头彻尾都是圣人。①

托尔斯泰晚年真诚的"忏悔"是令人十分吃惊的，也是特别引人深思的。就像索尔尼斯，在功成名就之后，他不仅看清自己的"艺术家之路"罪行累累，也对艺术作品的价值产生了深深的疑虑。用他自己的话说，写作是"毫无裨益之事"、"是没有出息之举"，"艺术是生活的装饰品"、"完全是儿戏"；用索尔尼斯的话，也可以说"我并没有真正盖过什么房子，也没有为盖房子费过心血！完全是一场空！"这里无论是托尔斯泰还是索尔尼斯，其反省都是非常沉痛的，因为这意味着自己的一生只是"金玉其外，败絮其中"，并没有原先预想的价值与意义。

在托尔斯泰的忏悔中，特别引人深思的是"我必须昧着良心……结果我得到了赞扬"这一段。就易卜生的戏剧创作来说，也存在类似情形。易卜生的《培尔·金特》、《海达·高布乐》等"妖性"甚多的作品，被一些评论家认为是"审美时代的杰作"，是"易卜生最优秀的作品"，而像《社会支柱》、《海上夫人》等在主旨上表露出善良愿望的作品，则被认为是"灰溜溜的平庸之作"。由此，我们还可以对本剧第二幕索尔尼斯心底的那个"惊心动魄的大疑问"作出新的理解。索尔尼斯说"为了让我的事业获得一个大胜利，她的事业就不得不受

---

① ［俄］托尔斯泰：《忏悔录》，《托尔斯泰散文选》，刘季星译，百花文艺出版社 2005 年版，第 46、47 页。

挫折，被摧残、被破坏……艾琳也有建筑的才干……把孩子们的灵魂培养得平衡和谐、崇高优美，使它们昂扬上升，得到充分发展，这是艾琳的才干"，这究竟意味着什么？在隐喻层面上，艾琳正是索尔尼斯艺术灵魂中的一部分，是代表善良、和谐、优美、崇高的一部分，但为了在成人的世界里作品被欣赏、被承认，索尔尼斯更多的是纵容他体内的山精与妖魔兴风作浪，在非理性的黑暗王国里拍摄奇崛诡异的风景，而这对于不懂得如何"消毒"的孩子们可能是有害的。因此，小而言之，艺术创作究竟应如何在审美感通与人格重建之间取得一种恰到好处的平衡，这是个惊心动魄的大疑问；大而言之，从事创作这种阴暗的事业是否会产生"坏影响"，这也是个很大的疑问。

三　深感人生空虚后对神性真在的眺望

一个人，特别是一位艺术家反省到自我人生的罪孽与空虚之后，接着将会怎么样呢？托尔斯泰对自己说："不能欺骗自己了。一切皆空。没有生到世上的人是有福的，生不如死，应该从生活中解脱出来。"[1] 但他迁延着没有自杀，而是去努力"寻找上帝"。而我们这位索尔尼斯先生，在看清了"一切完全是一场空"之后，他的内在生命将如何运动？他的精神目光将转向何处呢？

在《建筑大师》的结尾处，隐藏着该剧最内在、最核心的光源。这个光源也正是索尔尼斯最后所眺望的地方：

索尔尼斯：我觉得只有一个地方可以容纳人生的幸福——

希尔达：（向他注视）索尔尼斯先生——你说的是咱们的空中楼阁？

索尔尼斯：对了，空中楼阁。

希尔达：我担心，咱们走不到一半，你就会头晕。

索尔尼斯：希尔达，如果我可以跟你手拉手地一同上去，我

---

① ［俄］托尔斯泰：《忏悔录》，《托尔斯泰散文选》，刘季星译，百花文艺出版社 2005 年版，第 74 页。

不会头晕。……如果我上得去的话，我要站在高处，像上次一样跟他说话。

希尔达：（越来越兴奋）你想对他说什么？

索尔尼斯：我要对他说：听我告诉你，伟大的上帝，你喜欢怎么裁判我，就怎么裁判我。然而，从今以后，别的东西我都不盖了，我只盖世上最可爱的东西——①

后来索尔尼斯登上新房塔楼的顶端，把花圈挂在风标上，随后一阵眩晕就从上面掉下来摔死了。对此，人们常以为这是一个恶有恶报、大快人心的结局。比约恩·海默尔就认为："收场可以被视作为一个凿凿明证，证实了苏尔纳斯有充分理由担心自己气数将尽，害怕报应的时刻将会来到。他那做贼心虚和眩晕的良心把他引向了最后归宿。他靠了牺牲别人达到一夜暴发，如今却丑行败露，自食恶果了。"② 玛莉·兰定也认为："正是这个老建筑总管逐步地认识到了自己在专业知识上的不足和在艺术上、科学上缺乏洞察力，才逼得他死路一条的。……由于他自身的许多性格缺陷，建筑总管苏尔纳斯不能以一个古典悲剧英雄的风格和美感跌落下去。那句令人震撼的顿悟'什么都没有，完全是一场空'，倒真是十足悲剧性和致命的，而正是有了这样的临终彻悟，所以在剧终建筑总管得以爬到一个他从未达到过的高度上摔落下来。"③ 这类评论忽略了很关键的一点，那就是：索尔尼斯在登楼之前，心里很清楚他必将当场殒命；也就是说，他是自觉自愿地选择这种结局的。

临近结尾时，希尔达问索尔尼斯："你真的不敢爬上去吗？"他回答"不敢"；但他明确表示愿意上到塔顶"站在公主旁边"，只是随即低声说："然而以后他永远不能再盖东西了。可怜的建筑师！"这表明索尔尼斯心里很清楚他一旦爬上去必死无疑。如果我们把索尔尼斯放

---

① 《易卜生文集》第七卷，潘家洵译，第92页。

② 《易卜生——艺术家之路》，第423页。

③ 参见《易卜生评论——来自挪威作家》，石琴娥译，挪威金谷出版社2006年版，第100页。

在世俗层面上理解，那么他至少会倾向于避险求安，而犯不着给别人留下一个"恶有恶报"的笑柄。换言之，如果他真是很害怕"报应"，那么他是绝对不会爬上塔楼顶端的。但索尔尼斯之为索尔尼斯，不是世俗思维能够框范的；在他的灵魂里，有着超越性的追求和形而上的冲动。①

从剧幕拉开不久，哈尔伐·索尔尼斯（Halvard Solness）②的个性中就显出非同凡俗的一面。撇开他的创造性和冷酷性不说，单从他日日夜夜所受的精神折磨来看，可见出他其实是一个经常与上帝进行隐秘交流的人，也就是说，他身上不仅有魔性，也有神性。正因为他身上有神性，他才常常以上帝的目光来审视自己，才有那种痛彻心扉的忏悔；也正因为他身上有魔性，他永远也不愿低头，不愿用事实在自己的额头刻上"不敢、不能"的字样。由于前者，他深信"运气一定会转变"、"报应是冷酷无情的"；由于后者，他决定"再做一次不可能的事"。而在更深层次上，他的心底已承认"还是他（上帝）占了上风"，即承认了上帝的优越性和全能性，流露出向上帝皈依、听任上帝裁判的倾向。因此，他最后迎向死亡的结局实质上是一次自觉的自我审判、自我裁决。而这一行为对他来说，主要还不是消极地接受报应③，而是要充分领略站在高空与上帝交流的那一个辉煌时刻。

索尔尼斯告诉上帝："从今以后，别的东西我都不盖了，我只盖世上最可爱的东西——"他这话旨在向上帝表明以后的心志。此心志从后文来看，就是要建造"具有坚实基础的空中楼阁"。这种空中楼

---

① 布莱恩·约翰斯顿曾提到《建筑大师》是一部"形而上学的戏剧"，但他只是点到为止，没有进一步阐发。

② 易卜生取 Halvard Solness 这个名字是有考虑的。Halvard 是一则传说中的主人公，相传他具有足以击败死亡的威武神力，而 Solness 是由 Sol（太阳）和 ness（伸入海洋的狭长陆地）两个词合成，大意是"照临海边陆地的太阳"，引申为"杰出的人"。易卜生常被一些评论家誉为"挪威的太阳"。

③ 假定真有上帝，那么上帝喜欢的并不是那种低头认命、逆来顺受的人，而恰好是那种具有顽强的变革力、创造力的人。在歌德的《浮士德》中，上帝就对魔鬼撒旦说："我从不曾憎恶过你的同类。人的行动太容易松弛，太容易爱上绝对的安息；因此我愿意给他一个伙伴，刺激他，影响他，还得像魔鬼一样，有创造的活力。"

阁不是童话,不是寓言,而是基于对世俗生活和人性人心的深刻洞察、出于"人类的深邃智慧"才能建造出来的"上帝之国"。"上帝之国并没有因为它的迟迟不能到来而失去其激发人类道德需求的力量,相反,正因为它超凡绝尘,它才能永远保持其纯粹的理想性而不为世俗所污染、所冒用。"① 正如魔性、兽性与人性难解难分一样,神性、形而上的冲动也永远存在于杰出的人们的灵魂里。它确实是空中楼阁,甚至只属于彼岸世界;但它确实也有坚实基础,这个基础就是人性,它植根于人性的深层需要。

从古至今,许多贤哲,即便不轻言神,但并不否定宗教境界。人生的终极真理,不一定显现于艺术,而存在于哲学与神学之间。在古希腊,苏格拉底坚信灵魂不灭,在受到诬告后不愿申辩,却听从自己灵魂守护神的指示,从容就义。他是很自觉地在追求另外一种生活。柏拉图在看清了诗人的种种罪状后,便改变志趣,转向研究哲学和神学了。在 19 世纪,艺术家托尔斯泰也经历了一场严重的精神危机,他也是深感艺术无用,人生空虚,生不如死,后来则通过研读种种宗教著作,特别是亲身去了解农民的生活与信仰,渐渐转到一条新道路来:"我开始明白,信仰所提供的答案,包含着人类的深邃的智慧,我没有权利根据理性的认识来加以否定……彼岸是上帝,方向是传统,船桨是授予我向彼岸行使即与上帝联结的自由。就这样,我的生命力得到了恢复,我重新开始了生活。"② 就这样,托尔斯泰转向了宗教,在宗教中寻求安顿灵魂的净地。到了 20 世纪中期,人类该摆脱宗教之"蒙昧"了吧,但伟大的科学家爱因斯坦却极言宗教之重要:"我不能设想真正的科学家会没有深挚的信仰。这情况可以用这样一个形象来比喻:科学没有宗教就像瘸子,宗教没有科学就像瞎子。"③ 由此可见,宗教信仰,慧莫大焉。它属于人类精神发展的一个高级阶段,越是伟大的灵魂,反而越是感觉到它的存

① 邓晓芒:《真理:在哲学与神学之间》,加拿大《维真学刊》2000 年第 3 期。
② [俄]托尔斯泰:《忏悔录》,《托尔斯泰散文选》,刘季星译,百花文艺出版社 2005 年版,第 100 页。
③ 《爱因斯坦文集》第三卷,许良英等译,商务印书馆 1999 年版,第 183 页。

在、它的召唤。如果说自然境界、功利境界是人生的低级境界，审美境界、道德境界是人生的中高级境界，那么天地境界、宗教境界则是人生的超高级境界。

人生境界的逐级递升，实为精神逐步发展的过程。人的精神有没有一个逐步发展、进化的过程呢？易卜生认为是有的。1887 年，易卜生在斯德哥尔摩说："我相信，自然科学中的进化论也同样适合于生命的精神方面。我想，当前时代的政治与社会概念要不了多久会终止存在，而新时代的政治与社会概念将发展为一个统一的整体，这一整体自身将包含着人类幸福的种种条件。我相信，诗歌、哲学和宗教将融合在一起，构成一个新的范畴，形成一种新的生命力，对此我们当代人还缺乏明确的概念。"[1]

从这段话可以见出易卜生的"精神进化论"。他确实认为，人的精神也是从低级到高级逐步进化的。而他所向往的高级精神——诗歌、哲学和宗教融合而成的新生命，很多时候是其作品的终极指向。其代表作《皇帝与加利利人》体现了这一指向，《建筑大师》的结尾也典型地体现了这一指向。

---

[1] 《易卜生书信演讲集》，第 374 页。

第六章 《小艾友夫》：深刻反省后的艺术转变

　　在《建筑大师》中，索尔尼斯提到艾琳——剧作家艺术灵魂的一部分——具有"培养孩子灵魂的才干"，能"把孩子们的灵魂培养得平衡和谐、崇高优美，使它们昂扬上升，得到充分发展"，然而为了能让他的事业获得一个大胜利，她的事业被摧残了。这事在索尔尼斯的心里留下了一个"惊心动魄的大疑问"。从剧作家的角度来说，这事意味着：自己那种与山精、妖魔结盟的阴暗事业是否对孩子们不利？也许，正是出于内心隐隐的疑虑和反思，易卜生在随后的这部剧作中，转向了对优美灵魂和培养孩子的关注。

　　如果再进一步猜测，《小艾友夫》的酝酿过程也许是这样的：先是感到有必要让艾琳的才能发挥出来，即写一部有利于"把孩子们的灵魂培养得平衡和谐、崇高优美"的剧本，或至少是转向关注孩子；但随着思考的深入，以前记忆里的印痕、生活中的体验、一度活跃但不久被压下去的意象又重新复活，同时心里那些人物的性格渐趋丰满，人物关系渐趋复杂……于是剧作探索的重心渐渐发生了转移。而在这过程中，易卜生很可能经历了"自己跟自己的斗争"，很可能在艺术审美与人学关怀、在天道人道与艺道之关系等方面审思了很久，以至于那种艰苦思考的痕迹比较明显地存留于作品当中。①

---

　　① 根据韦恩·C. 布思的理论，每个人阅读作品时都可以建构自己心目中的作者形象。在笔者看来，这种事必然伴随着阅读过程发生，而且在不同时段里建构的作者形象也不尽相同。

从最后的定稿看来，《小艾友夫》的重心在于"人性探索"，特别是探索人性"变化的规律"和人格转变的可能性。早在创作《海达·高布乐》的时候，易卜生在其《札记》（*Notes for Hedda Gabler*）中就说："人们谈到建筑铁路和公路以促进人类进步事业。但这并不是人们真正需要的。新的空间必须被清理出来以便人类的精神能够发生伟大的转变。因为它已经误入歧途。人类的精神已经误入歧途。"[①] 这一想法在《海达·高布乐》一剧中未能实现，但在随后的《建筑大师》中有所体现，并且准备了让人发生转变的思想资源。到了《小艾友夫》，剧中主要人物阿尔莫斯[②]和吕达从讨厌亲生儿子转为主动去照顾一大批贫困孩子，的确是发生了"伟大的转变"。

对于易卜生苦心孤诣创作的这部剧本，评论界的看法分歧极大。当时挪威的文坛新秀克努特·哈姆生认为"该剧充其量只是精神委靡、才思枯竭的小老头大发思古怀旧之幽情而已……浅薄沉闷，糟糕透顶，表明易卜生的创作才能已经枯竭殆尽"[③]；英国作家亨利·詹姆斯认为"该剧属于几乎莫名其妙的败笔，它的毫无生气已经到了奇怪和令人痛苦不堪的地步"[④]。但威廉·阿契尔认为："相比之下，该剧如果不是最好的，也是极为优秀的易卜生作品。……不过，它对灵魂的探索可能使剧场观众的忍耐力不能承受。"[⑤] 比约恩·海默尔也认为："该剧是易卜生呕心沥血地写出的一部思想内容最为严肃的戏剧。他致力于阐明人的责任究竟真正意味着什么；自私自利主义究竟如何阻碍个人去理解它；空虚的恶魔究竟怎样钻了空子从而盘踞在人的内心里。"[⑥] 凡此种种，不胜枚举。在众多评论中，贬之者最不能认同的是剧末的"转变"，认为它几乎使得整个剧本的情节结构"愚笨拙劣"。那么，究竟应该如何理解、评价该剧，特别是如何看待最后的

---

① Henrik Ibsen, *Notes for Hedda Gabler*, see *The Bedford Introduction to Drama*, Lee A. Jacobus, St. Martin's Press, New York, 1989, p. 446.

② 此名英文为 Allmers，潘家洵译为沃尔茂，石琴娥译为阿尔莫斯，这里从石译。

③ 参见《易卜生——艺术家之路》，第465页。

④ 参见王宁主编《易卜生与现代性：西方与中国》，百花文艺出版社2001年版，第291页。

⑤ 同上。

⑥ 《易卜生——艺术家之路》，第485页。

"转变"呢？这可能不只是一个单剧评价问题，也涉及一个戏剧理论问题。

一 他们为什么不能不硬着头皮咬酸苹果？

《小艾友夫》首先是一部描写人性、探索人性深层冲突的作品。马丁·艾思林认为："在《小艾友夫》中，主要冲突是在母亲身份与放荡不羁的女性性欲之间展开的。吕达是易卜生戏剧中在性欲上最为开放、最为强烈、最为贪婪的人物，她拒绝她的母亲身份是源于很不适当地专注于性活动的肉欲方面。她儿子的残废是由于她浸淫于性事而忽视了照顾他；小艾友夫最终的死，是因为他的妈妈希望他消失——对于她那种放荡不羁、放纵不止的性活动而言，他明显是个障碍。"① 这诚然是很有根据的，但该剧着重探索的不在这一层，而是更为深隐、也更为普遍的人性暗角，以及由此而来的人性冲突。正是由于这类暗角和冲突的存在，人的"转变"才显得异常艰难。

在剧幕拉开之前，阿尔莫斯和吕达之间已经埋藏有互相说不出口的怨恨，他们的关系远非表面看上去那么富有温情和诗意。他们已经结婚十年，儿子已九岁，家庭生活从外面看起来"又舒服又奢华"。诚如艾思林所说，吕达是一个在性欲上特别强烈、特别贪婪的女人，她一心想要独占丈夫，那种欲望有时竟强烈到忌恨亲生儿子小艾友夫的地步。阿尔莫斯对她既害怕又迷恋——毕竟，她是一个天生丽质、勾魂摄魄的美人儿。但是自从数年前那个夜晚——阿尔莫斯正在照看儿子睡觉，吕达把他引过去了，就在他们极亲密的时刻，小艾友夫从桌上摔下来，成了终生残废——他们之间的情感关系渐渐发生了变化。也许，这一意外事故应该能够促使他们反省自己，进而痛改前非，好好照顾小艾友夫。但正如萧伯纳所说："小艾友夫和他的拐杖从此就对他们构成一种刺心的谴责。他们恨他们自己，恨对方，并且讨厌小艾友夫。他们原先理想的夫妻生活现在结出了仇恨的苦果：憎恨伪装

---

① Martin Esslin, *Ibsen and modern dram*, *see Ibsen and the theatre*, edited by Errol Durbach, The Macmillan Press Ltd, 1980, p. 79.

成爱的纽带，并由于他们共同的不幸而拉得越来越紧。"① 在生活中，人们通常会喜欢自己悉心培养或出过力、行过善的人，而对于无意中伤害过的人，则避之唯恐不及。阿尔莫斯夫妇便正是这样，事故过后他们对小艾友夫的爱不增反减，他们"对他躲躲闪闪"、"不忍心瞧他成天挂着不离身的那件东西"。于是，小艾友夫便逐渐由艾斯达来照顾。可以设想，小艾友夫成天挂着不离身的那根拐杖就像一面镜子，照出他们灵魂中的"惨不忍睹"；而事故受害人的存在，（在其心态上）可能就像老鼠一样日日夜夜啃噬着他们的良心。但作为世俗中人，他们很难摆脱人性的桎梏、克服人性的弱点，很难勇敢地去面对自己造成的一切，而是逐渐选择了逃避——阿尔莫斯逃向书斋，试图完成《人的责任》这部大书；吕达则干脆抹掉自己的母亲身份，一心想要在纵欲贪欢中麻醉自己。

这中间最为尴尬的是阿尔莫斯。一个作家或许可以通过在创作中忏悔来求得心灵的安宁，可他却在写一部几乎天天在嘲讽他的书——这是注定没法写下去的。他不敢面对小艾友夫，又疲于应对吕达，坐在家里又写不出什么东西来，因此必然想出去换换空气。在高原上，在荒地里，他想了很多。或许，他反省到自己处境的荒谬性，而决心来一次脱胎换骨，就像他后来说的："我要在自己的生活中间实行我的'人的责任'。……我要把他童年心灵上正在萌芽的种子全部培养起来。我要培育他天性中的一切善良的幼芽——让它们开花，让它们结果。"带着这样的决心，他提前回家了。

阿尔莫斯回家的第二天早晨，剧幕拉开。而回家当天夜里发生的事情——吕达欲火难耐，完全没心思听他谈小艾友夫——无疑使他"决心的赤热的光彩被盖上了一层灰色"；加上早上听说海滩上那些孩子取笑艾友夫"永远不能当兵"，他的心情可能愈益沉重。就在这个时候，那个神秘而古怪的鼠婆子上场了：

---

① Bernard Shaw, *the Quintessence of Ibsenism*, Constable and Company Limited, Standard Edition, 1932, p. 99.

鼠婆子:真对不起——老爷们府上有没有爱啃东西的小动物?

阿尔莫斯:我们这儿?大概没有吧。

鼠婆子:往后我什么时候再来可就难说了。噢,我累死了!……为了照顾这些招人讨厌、受人欺负的小东西,我本不该说累。可是干这种事真能把人累得筋疲力尽。

吕达:你坐下歇会儿好不好?

鼠婆子:多谢太太。(坐下)我在外头逮了一夜老鼠,在那些小岛上。(咯咯一声笑)我告诉你,是他们打发人来找我去的。其实他们并不愿意我去,可是他们没办法,不能不硬着头皮咬这只酸苹果。(瞧瞧艾友夫,点点头)酸苹果,小少爷,酸苹果。

艾友夫:(不由自主地问,有点胆怯)他们为什么不能不咬酸苹果?

鼠婆子:小少爷,你要知道,那些大老鼠小老鼠把他们搅得过不成日子了。①

接着,鼠婆子和小艾友夫谈了老鼠们怎么跟她走的情形,之后就走了。"过不多时,艾友夫人不知鬼不觉地悄悄从右边溜出去。"再过一小段时间,从海滩那边传来消息说,一个孩子淹死了,"拐架还在水上漂"。

这是《小艾友夫》中最为莫名其妙的一段情节。鼠婆子那些话简直就像"天神的胡话",乍看完全不知所云;小艾友夫跟着她去海里淹死了,更是让人匪夷所思。哈罗德·克勒曼说:"鼠婆子的上门,我总感到是一种强行闯入。小艾友夫不会游泳,可能会自己淹死,或者被别人淹死,或者被别人用某种方式给他致命的伤害,但大可不必要鼠婆子介入。"② 那么这是不是"属于几乎莫名其妙的败笔"呢?

---

① 《易卜生文集》第七卷,潘家洵译,第109页。

② [美]哈罗德·克勒曼:《戏剧大师易卜生》,蒋嘉、蒋虹丁译,湖南人民出版社1985年版,第226页。

　　易卜生向来并不遵循严格的现实主义笔法，而是"灵境深处无虚实，艺到精时有神通"。在《海上夫人》和《建筑大师》中，随着作家艺术思维的运动，特别是出于表现人物深层灵魂的需要，陌生人就闯到画面中来了；在《小艾友夫》中亦复如此。在这里需要追问的主要不是事情发生的可信度，而是闯入者的艺术功能，以及作家借以表现的深层人性是什么。

　　据挪威学者尼娜·斯卡图姆·阿尔尼斯分析，性欲得不到满足的女性在挪威神话中被称作"魔鬼"，这些魔鬼"能够化成一个动物或者老处女，从事邪恶的活动，折磨或攻击阻碍她的人"[①]；肯尼斯·缪阿认为，鼠婆子"象征着吕达本人的邪恶意识"[②]。由此似乎可以认为，鼠婆子是吕达潜意识中那个压抑了很久的、以陌生化形象出现的自我（或自我的一部分）。但这样解释多少有些片面，因为根据鼠婆子本人的话来看，她对于人性、人的生存困境有着非常深刻的洞察力，几乎具有艺术家的眼光，她所透露的信息绝不只是反映吕达的内心。笔者认为，从人性上说，鼠婆子形象所表现的，并不限于吕达内心邪恶的意识，也包括阿尔莫斯乃至人群中许多人深隐的心理暗角；从艺术功能上说，鼠婆子的上门，是自然地顺应戏剧情境发展的需要，或者进一步说，是为了以一种最简洁的方式"清理出新的空间"、"以便人的精神能够发生伟大的转变"。在她上门之前，阿尔莫斯和吕达的良心都备受啃噬之苦（有时是在显意识层面，有时是在潜意识层面），但又无力改变现状；虽然阿尔莫斯旅行回来后决心悔改，但吕达依然故我，他们的困境几乎到了无法突破的地步。小艾友夫虽然只是个小孩子，但其实心里也很痛苦。他们家的日子几乎没法过下去了。吕达甚至把一切苦恼归咎于小艾友夫，狠心地说："我但愿没生这孩子。"正是在这种情境中，奇怪的事情发生，"称了她的心愿"[③]。

---

　　① Nina Schartum Alneas, *Little Eyolf's Mother——A Norwegian Medea?*, See Contemporary Approaches to Ibsen, Oslo: Norwegian University Press, 1991, Vol. 7, p. 222.

　　② Kenneth Muir, *Last Periods of Shakespeare, Racine and Ibsen*, Wayne State University Press, 1961, p. 102.

　　③ 小艾友夫是不是由于觉察到他母亲讨厌他，进而自绝于人世？这很难说。据笔者了解的一件真事（详情略）来看，这种事还是有一定现实可能性的。

在鼠婆子的话中,最耐人寻味的是这么一句:"其实他们并不愿意我去,可是他们没办法,不能不硬着头皮咬这只酸苹果。"的确,阿尔莫斯和吕达在理智上绝不愿意失去小艾友夫,可是他们没办法过日子,只能……他们为什么不能不硬着头皮咬这只酸苹果?为什么只能一次次去品味失去小艾友夫的苦涩与悲哀?为什么只能让"钻心刺骨的惨事折磨自己的精神"?这里涉及人性深处的暗角,恐怕谁也说不清道不明。萧伯纳主要从创作技巧的角度来解释这件事:"易卜生对待小艾友夫非常狠心,这是因为他要利用这个孩子的死来暴露他父母的罪孽。……该剧的戏剧性在于唤醒阿尔莫斯夫妇,让他们意识到他们从前自以为有福气有诗意的生活其实非常可鄙可憎。他们在幻想中陷溺太深,以至于只有强烈的震动才能警醒他们。这正是偶然事件唯一的戏剧用途。"① 这是有一定说服力的,但似乎轻轻滑过了易卜生在人性洞察、灵魂洞鉴方面所达到的超乎寻常的深隐之点。在《小艾友夫》中发生的这件惨事,并不是纯粹出于偶然或剧作家的"诗艺调遣",而是有其深刻的人性根据的。只是那个点隐得太深,只可意会,不易言明。其实在现实生活中也有这类事情:一对年轻夫妇生了一个孩子,可是由于少妇怀孕时双方的一次不慎,孩子生下来先天残疾,他们受不了每天面对孩子的痛苦,更无法想象孩子以后的苦难人生,就给了孩子一针"安乐",之后夫妻两个每日沉浸在无尽的自责与悲哀之中……

二 小艾友夫圆睁的大眼睛和他 "送来" 的睡莲

小艾友夫的死,更为彰明昭著地使得阿尔莫斯和吕达都成了罪人。这是一种他们以前在潜意识里暗暗呼唤过而被良心强烈拒斥的罪,现在一下子暴露于光天化日之下,暴露于他们夫妻俩互相的目光之中,尤其变得不敢正视、不可忍受。事后阿尔莫斯独自跑到海峡边,"一动不动地呆望着海水出神"。他是个学者,敏感,多思,感受痛苦的神经比常人更发达,但克服弱点的毅力未必比常人更强

① Bernard Shaw, *the Quintessence of Ibsenism*, Constable and Company Limited, Standard Edition, 1932, p. 143.

韧。他敢于"让这桩钻心刺骨的惨事折磨自己的精神"，但是不敢在吕达面前承担起自己的过失。也许在这种情境中自命清高的男人更容易选择逃避，避开那个像镜子一样照出自己无能（带好孩子）的女人，而转向另一个女人，希图在另一女人的温柔情意中建立起新生活。在剧中阿尔莫斯正是这样，事故发生后他很快转向艾斯达，告诉她"从你小时候起我一直都爱你"，并表示："我一定还得挨着你过日子——让你把我培养得纯洁高尚些。"而对于吕达，他只想回避，实在避不开时说话也没好声气。他讽刺吕达说："现在事情都称了你的心愿了。"还愤怒地骂她："你是这件事的罪魁祸首！"吕达则发狂地辩解："你也有份儿！要是照你的说法——你也有份儿！"阿尔莫斯何尝不知道自己有罪，说出狠话来也未尝不后悔，只是——悲哀把他变成了狠心的人。

在吕达这边，事后她的精神变得特别紧张，还经常出现幻觉。她老是看见小艾友夫在海底仰脸躺着，"睁着两只大眼睛"。她感觉那副可怕的形象会一辈子盯着她不放松。而且，就像麦克白夫人事后经常听到惊心动魄的敲门声一样，吕达也总是不得不颤抖不已地听到一种奇怪的声音："拐架还在——水上漂，拐架还在——水上漂……"这声音从早到晚，响个不停。从这一切可以看出，吕达的内心充满恐惧和罪感。孩子在的时候，她懒得去或不愿去照顾他，她的整个心眼也许只看得见阿尔莫斯；孩子不在了，巨大的空缺凸显出巨大的存在，尤其是想起自己的过失，她的整个心思就几乎无法摆脱孩子从海底深处射来的眼光。

再说阿尔莫斯希望跟艾斯达一起生活，与之共享一种"不受变化规律支配"的"兄妹的爱情"。艾斯达跟他一起长大，对他感情很深，但艾斯达从她母亲的信中了解到，她并不是阿尔莫斯的妹妹，这就意味着如果两人在一起生活要受"变化规律的支配"①。为了躲避阿尔莫

---

① 剧中多次提到"变化规律"，勃兰兑斯甚至认为《小艾友夫》就是易卜生关于"变形"、关于"变化规律"的诗篇。但这个概念究竟指什么，迄今无定论。它涉及多个方面：夫妻生活在岁月流逝中的变化，人性人心根于自身矛盾的嬗变，人的精神在特定情境中的转变，等等。易卜生似乎敏感到人的内在生命自有其变化发展的规律，而试图在此剧中加以探讨。

斯,也为了躲避她自己(对他的爱欲),她决心离开。临走前,艾斯达送给阿尔莫斯几朵睡莲,告诉他:"这些花儿是我从山上水潭里拔出来的……这些花儿——是小艾友夫送给你的最后一件礼物。"后又说明:"是我们俩合送的。"这究竟是什么意思呢?

"睡莲"是《小艾友夫》中一个非常重要的意象,它的根涉及本剧的核心。早在1863年,易卜生写过一首题为"一朵睡莲"的短诗:

> 亲爱的,看我给你送来,
> 一朵带白色羽翼的莲花。
> 它原浮在湖面徐徐摇曳,
> 犹如在梦境里迷离闲荡。
> 你可愿意把它捧在胸前,
> 而不再任由它心神恍恍;
> 在它每一片花瓣的下面,
> 流过静静的深深的波浪。
>
> 你就像摇篮里的宁馨儿,
> 可是千万不要坠入梦乡!
> 水妖伏在暗处佯装睡熟,
> 睡莲开在亮处享受春光。
> 你的胸脯就是一面池塘,
> 我不敢在那儿放任幻想!
> 睡莲开在亮处享受春光,
> 水妖伏在暗处伺机冲撞。①

"睡莲"在易卜生心目中究竟是一个怎样的意象呢?他让艾友夫——艾斯达和小艾友夫——送给阿尔莫斯几朵睡莲是想传达什么信息呢?比约恩·海默尔认为:"她给他带来了几枝她刚亲手摘下来的睡莲,她的这种

---

① 《易卜生文集》第八卷,第27页录有该诗,绿原译。此译与之稍有不同。

姿态本身就传递了要向阿尔莫斯表明心迹的那个信息。须知睡莲浮在水面上看起来是一朵美丽鲜艳的花，然而却从池塘深处最黑暗龌龊的污泥里汲取营养。当艾斯达给他这些花朵时，他俩之间早已不再有昔日污浊的渊源关系了。正是这个缘故，艾斯达也许是用这些花来比喻阿尔莫斯对她和小艾友夫两人的行为举止。就对待艾斯达和小艾友夫而言，阿尔莫斯的品行从表面上看来似乎是端庄纯洁的，然而在背后却隐藏着某种极其见不得人的暧昧行为。而艾斯达想要一刀两断就此了结的正是这种状况。"① 这一分析很有启发性，但似乎尚未"尽意"。

从易卜生的诗来看，睡莲是一个与人性、与"变化的规律"相关的意象。在诗人敏锐的目光看来，睡莲虽美，但底下有水妖窥伺；姑娘虽美，但其人性深处未必尽善；婚姻生活虽然有时值得向往，但他不敢"在那儿放任幻想"，因为他心里清楚日子长了就要受"变化规律的支配"。在剧中艾斯达正是在提到"变化规律"时忽然给阿尔莫斯看那些睡莲的。因此，艾斯达把睡莲从水潭里拔出来送给阿尔莫斯，是暗示他"断念"：我们曾经仿若并蒂莲花享受着美好的春光，但那份美好注定只能成为回忆了；告别以前那种暧昧的"兄妹爱情"吧，那种关系已经不可能持续下去了！但剧中说得很清楚，睡莲是艾斯达和小艾友夫合送的；那么小艾友夫送给阿尔莫斯睡莲是什么意思呢？或许，身在海底的小艾友夫希望——或者艾斯达代替他希望——阿尔莫斯真正从人性的暗角中摆脱出来，从他自造的心狱和无谓的狠心中走出来。

小艾友夫躺在水底"圆睁的大眼睛"，以及艾斯达与小艾友夫合送的"睡莲"，都在很大程度上促进了阿尔莫斯夫妇内心的反省，为他们后来的精神转变垫下了心理基础。

三 感通后一起朝着伟大肃静的地方走去

艾斯达走后，阿尔莫斯转向"他救"的希望破灭，只好回到自己空洞悲哀的生活中来。那几朵睡莲也许触动了他心灵深处的那根弦，

① 《易卜生——艺术家之路》，第472页。

但一时还只是隐隐发生作用。作为一个知识分子，他的自尊、清高、敏感可以在特殊情境下蜕变出狠心，也可以使他在一定情境下转向深入的自我反省。简言之，他的个性是有着双重性的，狠恶与善良，冲动与反省，常常是交替出现，构成他生命的律动。就在他痛骂吕达之后，他觉得自己也有罪：

> 阿尔莫斯：咱们俩都有罪孽。归根到底，艾友夫淹死，其中有报应。
>
> 吕达：报应？
>
> 阿尔莫斯：是报应。是你我两个人的报应。现在咱们受罪是活该，不能埋怨别人。他活着的时候，咱们对他躲躲闪闪，只是暗地里难受。咱们不忍心瞧他成天挂着不离身的那件东西——
>
> 吕达：（低声）那支拐架。
>
> 阿尔莫斯：对，正是那个。……从前咱们共同造孽，今后必须共同忏悔。①

这表明他心里至少有忏悔的意愿。阿尔莫斯甚至还谈到，他做了个梦，"梦见小艾友夫从码头上走上来，像别的孩子那样跑，好像什么事都没发生——他也没残废，也没淹死"，在那一刻，他真想感谢上帝，感谢那个他以前并不相信的人。由此可见，至少在潜意识里，他希望通过忏悔求得心灵的安宁，求得上帝的宽恕。② 这是阿尔莫斯心路历程中一个很重要的"点"。之后，特别是在艾斯达走后，想着她和小艾友夫送来的睡莲，阿尔莫斯的心念慢慢转了，他表示愿意跟吕达"在一块儿过日子"，并共同追求新生，"向高级生命过渡"。

但吕达暂时并不想过那种"共同忏悔"的日子，她也不想"向高

---

① 《易卜生文集》第七卷，潘家洵译，第146页。
② 如果说，对于中国人而言，"夫天者，人之始也；父母者，人之本也。人穷则返本，故劳苦倦极，未尝不呼天也；疾痛惨怛，未尝不呼父母也"（见《史记·屈原贾生列传》），即痛苦至极时往往呼天地、喊父母，那么在有着基督教传统的西方社会，人们在悲深惧极时往往想到上帝，希望那位最能宽容、博爱的天父能够收容他。

级生命过渡"。阿尔莫斯犹豫了，又想撇下吕达，"独自到高远僻静的地方去"。这样一来吕达便落入了必须"自救"的境地。她的内心于是继续一点点发生变化。本来，就她的本性而言，满足爱欲、情欲是第一重要的。但孩子不幸罹难，特别是他那双似乎永远盯着她的眼睛，使她深感恐惧，这就在她心理上造成了一种需要做点什么事来摆脱恐惧的情势；现在丈夫要弃她远去，等于在她心里挖空了一块地方，她也需要"想法子找点东西，找点性质有点像'爱'的东西把它填补起来"。因此，当吕达听到远处孩子们的叫喊声时，便心生一念，对阿尔莫斯说："从你离开我的那天起，我要把海滩上那些苦孩子都带到家里，当作我亲生儿女看待。"产生这种想法对吕达来说是自然而然的，这不是因为她一下子就变得多么伟大，而仅仅是出于她内在生命的需要。当她说出此话背后最内在的原因时，阿尔莫斯的心也渐渐受到感染：

> 吕达：我想跟那两只睁开的大眼睛讲和，你知道不知道。
>
> 阿尔莫斯：（打中心坎，眼睛盯着她）吕达，也许我可以跟你合做这件事，帮你一把忙，你看怎么样？
>
> 吕达：你愿意吗？
>
> 阿尔莫斯：我愿意，只要我确实知道我做得到。……
>
> 吕达：你瞧着吧——宁静安息的日子有时候也会落到咱们头上来。
>
> 阿尔莫斯：（感动，静静地）到那时候，咱们也许会知道，那些灵魂并没离开咱们。①

这里他们两个人的内心感觉终于融通了，其内在生命运动的节奏也终于合拍了。后来他们就一起"朝着山顶走，朝着星球走，朝着伟大肃静的地方走"。这当然主要是"象征性行为"，喻示着他们将朝向那些善良高贵的灵魂、朝向上帝而努力。

---

① 《易卜生文集》第七卷，潘家洵译，第172页。

由以上分析可以感知,在悲剧发生之后,阿尔莫斯的内心运动过程虽曲折反复,但完全真实可信。他最后的"转变",是由于吕达卓异的决定在某种程度上打中了他的心坎,契合了他内心转向"高级生命"的需要。而吕达的内心流程更有深刻的根据。在悲剧发生之后,吕达知道自己是有罪的,而且罪感比阿尔莫斯更深一些,但她浑身的"热血"与"活力"使她不会自隐或自沉,而是倾向于跟阿尔莫斯一起继续生活下去;当阿尔莫斯决绝地表示要走之后,她陷入了一个空前"无爱"的境地,但由于内心深沉的罪感和不泯的爱愿,她没有随便找个男人来"凑合",而是决定抚养一大帮穷孩子,释放内心之爱,同时与小艾友夫"圆睁的大眼睛"和解。柏拉图在《斐德罗篇》借苏格拉底之口说:"爱欲是一种普遍而又令人极为费解的力量,既能破坏又能寻求善。"① 诚如其言,不泯的爱欲、爱愿,正是使得吕达最终趋向于"善"的一个重要因素。

从更深的层次来说,阿尔莫斯夫妇最后的"转变"亦是"变化规律"使然。《小艾友夫》全剧共有 8 次提到"变化规律",这个概念在不同语境中所指不一样,可以说含有多重意蕴(有时是指夫妻生活在岁月的流逝中会从浪漫渐趋平淡,有时是指人的情感在特定境遇中会发生转变,有时是指人心自身可能经历从重肉欲到重精神的转变,等等),但有一点是确定的,那就是易卜生着重要探讨的"变化规律",乃是人的精神如何发生伟大转变的规律。从本剧(以及易卜生其他作品)可以发现,易卜生认为人的内心本身就蕴有种种矛盾,存在发展变化的动因;而人心如果遇到与之契合的外在因素,特别是与相异的精神(或心灵)融合、感通之后,会发生化合作用(内外交合,和实生物,产生跟以前不一样的新思想、新意志),最终引发精神的"新生"或"转变"。这一点,即便是我等一般人,通过自我反省也可以体验到。如果我们深入体会自我的人性,会发现人性、人心其实就像一个太极图一样,善良与邪恶、理智与情感、冲动与反省等都是相依并存的,或者如浮士德所说"在我的胸中住着两种精神,一个想要同

---

① [古希腊]柏拉图:《柏拉图全集》第二卷,王晓朝译,人民出版社 2003 年版,第 152 页。

另一个分离！一个沉溺在迷离的爱欲中，执拗地固执着这个尘世；另一个要猛烈地离去凡尘，向那崇高的灵的境界飞驰"，人性本身就包含一种两极运动的潜能。如果外界某种因素契合了其中一极，那一极就很有可能实现出来；如果外界某种因素完全堵死了其中一极实现的可能性，或者其中一极的能量已经耗尽，那么另外一极更有可能实现出来。就拿吕达来说，她的确在多数时候乐于"沉溺在迷离的爱欲"中，但这并不意味着她永远如此，也许就在她沉溺最深的时候她就萌生过"向那崇高的灵的境界飞驰"的念头。"反者道之动"，两极之间往往相通，这就是为什么比阿尔莫斯更迷恋肉体之欢的吕达在精神上的转变反而比阿尔莫斯更快、更彻底一些。

因此，笔者认为剧末人物的"转变"非但不是"败笔"，而是"点睛之笔"、"神来之笔"。这个结尾充分表明，易卜生并不是才思枯竭了，而是有着更为深沉的人学关怀和更为深刻的人性洞察。他创作此剧的旨趣本来并不是要展现一个家庭伦理悲剧，而是要探索人的精神如何发生伟大的转变。用家庭伦理悲剧的范式评判该剧是非常不合适的。在易卜生看来，一个人的内在生命具有无限丰富的可能性，并不是每个人都像伊阿古或爱德蒙那样至死守恶不改，也绝不是只有那样的人物才真实可信。毋宁说，写一个人无论在怎样的情境下都怙恶不悛，或者执意把邪恶进行到底，其实未必真实，也丢失了作家应有的人文关怀。

进而言之，从经典戏剧理论的角度看，戏剧艺术恰好既需要"转变"，也特别需要描写人的内在生命运动。亚氏《诗学》早就将"转变"视为戏剧性的一个重要源泉，卡西尔则进一步阐述了"转变"的艺术本体论根据。他说："我们在艺术中所感受到的不是哪种单纯的或单一的情感性质，而是生命本身的动态过程，是在相反的两极——欢乐与悲伤、希望与恐惧、狂喜与绝望——之间的持续摆动过程。……艺术必须始终给我们以运动而不只是情感。"① 事实上，在戏剧史上，真正具有持久生命力的往往是那些着力表现人的内在生命运动、显出人性的

---

① ［德］卡西尔：《人论》，甘阳译，上海译文出版社 1985 年版，第 189—190 页。

深层结构与变化规律的作品，而那些只是描写喜怒哀乐的作品多半会成为过眼烟云。

　　再进一步，既然戏剧艺术描写"人的内在生命运动"是合理而必要的，那么人的内在生命应该朝着怎样的方向运动？是变好还是变坏？真正有良知的艺术家，"应该揭示心灵和意志的较高远的旨趣，本身是人道的有力量的东西，内心的真正的深处"①，"应该善于在这个领域开掘出真、善、美的因素，开掘出有价值的东西"②，而没有必要压抑自己的善良愿望，一味去满足读者、观众的非理性喜好。而评论者，也需要有艺术家的反省精神，真正在"入乎其内"后再去激扬文字。谭霈生先生曾指出："人们常常把终极关怀作为戏剧的使命，实际上，我们也可以理解为：戏剧以人自身为目的，指的是要超越从属于政治和经济之类的短视的功利观，承担起重新塑造人的感觉方式与构成，人的情感方式与构成，也就是参与人格与素质的重建，以此达到对人的全面的人格与素质能力的培育。"③ 此论信然。因此，对于易卜生晚期这部努力参与人格重建的作品，我们应视为难得的艺术珍品，将其作为一个"标本"进行认真研究。

---

① ［德］黑格尔：《美学》第一卷，朱光潜译，商务印书馆 1979 年版，第 354 页。
② 《谭霈生文集》第四卷，中国戏剧出版社 2005 年版，第 130 页。
③ 谭霈生：《"以人为本"的戏剧使命》，《光明日报》2007 年 4 月 23 日。

第七章 《博克曼》：创造者之魂与艺术家的审判

　　易卜生在写完《建筑大师》和《小艾友夫》之后为什么写出《约翰·盖勃吕尔·博克曼》？根据易卜生自己的看法，从《建筑大师》到最后的戏剧收场白《咱们死人醒来时》构成他晚期创作的一个新序列。[①] 那么，作为这个序列之一环的《约翰·盖勃吕尔·博克曼》与它前面两个剧本有何内在联系呢？这也许是解读该剧的一个入口。

　　就初读感受而言，正如约翰·诺特阿姆所说："该剧讲述了一个诈骗犯，一个自我辩护、自我欺骗、自我粉饰的自负狂者最终走向疯狂的故事。"[②] 或如比约恩·海默尔所说："该剧充满了一种压抑忧闷而又阴郁沮丧的气氛，显示出以往财势鼎盛的富贵人家没落衰败后，旧日的高贵显赫风光不再，而挨日子过生活的人生本事也早已输得精光。……约翰·盖勃吕尔·博克曼可以被认为是在19世纪后半叶资本主义和工业化的令人瞩目的高潮时期的一个典型产物。"[③] 再读一遍，也许能认同彼得·斯丛狄的观点："《博克曼》一剧的重心并不在于艾勒的命运或是博克曼之死。主题也不是过去的某一个单个事件，比如博克曼放弃艾勒或者律师的报复，不是过去的事件，而是过去本身

---

　　① See *Ibsen's Selected Plays*, edited by Brain Johnston, w. w. Norton & Company, New York, 2004, p. 357.

　　② 参见王宁主编《易卜生与现代性：西方与中国》，百花文艺出版社2001年版，第301页。

　　③ 《易卜生——艺术家之路》，第487、500页。

成为主题，即反复提到的'漫长的岁月'和'被摧残和被糟蹋的一生'。"① 但由此都很难明白该剧何以能够厕身为易卜生晚期"新序列"中的一员。

通过再三细读，笔者越来越惊叹于该剧构思的精巧奇崛：在运用象征手法上，该剧较之《建筑大师》有过之而无不及，它戏中有戏，楼外有楼，是一座以鬼斧神工建成的多层复合型楼台。就其实质而言，该剧主要不是在演述一个银行家、诈骗犯的故事，而更多的是在剖露一类创造者或艺术家的灵魂风景；它是《小艾友夫》之"人性探索"主题和《建筑大师》之"双重自审"主题的融合、拓展与深化，而最后落脚于艺术家的忏悔与审判。也许这样说不合直观感受，也不合易卜生的一些"非象征"言论，但是，易卜生确曾说过："象征本来应该像矿藏中的银矿脉一样隐蔽地贯穿整个作品。"② 勃兰兑斯也曾敏锐地指出："虽然忠于现实是他的性格和他的诗歌的特点，但是易卜生这个诗人和思想家是完全能够经常在他所描绘的现实下面隐藏着一层更深的寓意的。他的所有主要形象都具有一种象征的倾向。"③ 此外，1894 年 7 月斯特林堡说过的一段话也可能对理解该剧很富有启发意义：

> 我的新艺术形式是一切艺术中最主观的，所以，只有画家本人能消受（＝忍受）其作品结晶。他知道作品讲的是什么，有选择的少数人稍许懂得画家的内心世界（＝外在表现）。也就是说，每幅画有着双重意义：一种是人人都能看出的神秘意义，尽管要费点气力；一种则是艺术家本人和有选择的少数人才懂的神秘意义。④

《博克曼》亦复如此，它具有多重意象世界，表层世界几乎人人

---

① ［德］彼得·斯丛狄：《现代戏剧理论》，王建译，北京大学出版社 2006 年版，第 21 页。
② 《易卜生文集》第八卷，绿原译，第 190 页。
③ 同上书，第 316 页。
④ ［瑞典］斯特林堡：《地狱·神秘日记抄》，范小松译，东方出版社 2003 年版，第 14 页。

能"懂",但深层世界玄奥难测。若以这种艺术思维引领鉴赏,那么《博克曼》一剧绝不像有些论者所说有着"出人意料的浅度",而是具有"令人惊叹的深度"。

一　心狱的形成与创造者冰火之魂

如果说,"易卜生晚年全部思想感情的汇聚似乎渐渐消失在淡绿的田野上了,各自的轮廓淡漠了,只留下纯净的氛氲。观众们不再置身于戏剧的天地里,似乎进入了一个神秘、太虚的境界。我们凝视着形象和情绪不断地转换变化,而我们看得最清楚的是这位年迈的作家静坐沉思忧郁孤独的身影"①,那么易卜生的这种身影在《博克曼》中较之在《小艾友夫》中显现得更为清晰,也驻留得更为长久。这种身影与剧中"陈旧而黯淡的瑞替姆府邸"、"在楼上走廊来回踱步的病狼"、"暗夜里微光反射的雪地"等一同印入我们的脑海,几乎给人一种凄神寒骨、忧伤不尽的感觉。

稍微类似于莫里哀的《答尔丢夫》,易卜生的这部剧作也采用了"侧面映衬与正面剖露"相结合的手法。在该剧第一幕,剧名主人公没有出场,而仅是被与他相关的人谈论到。在风华消逝、门可罗雀的瑞替姆府邸,两个过去饱受博克曼伤害、现已心灵滞硬头发染霜的老妇(孪生姐妹),谈着过去的伤心事,同时为了夺取暮年的救命稻草——儿子遏哈特——而钩心斗角。贡希尔德(Gunhild)作为遏哈特的亲生母亲,想起博克曼的入狱带给她、带给这个家族的耻辱就锥心痛恨,现在一心想把儿子培养成一个大人物,以期遮掉过去的丑事、挽救她的名誉和财产。而艾勒(Ella),作为博克曼过去最心爱的恋人、后又被他狠心遗弃的女人以及遏哈特的养母,现在重病缠身时日无多,希望遏哈特能伴她度过眼下荒凉空虚、痛苦寂寞的最后几个月时光。她们本是同根生,想必也曾是形影不离、非常亲热的好姐妹,现在则将对方视为仇敌,其内心之

---

① [美]哈罗德·克勒曼:《戏剧大师易卜生》,蒋嘉、蒋虹丁译,湖南人民出版社1985年版,第223页。

冷甚于冰霜。这种人生况味在《小艾友夫》中也一度弥漫于舞台空间——原本恩爱的夫妻俩因为一次意外事故而渐渐被无形的厚障壁隔开,而剧情则在对过去的回顾、反省和对未来的各自谋划中交错展开。

在《博克曼》中,眼前目标的争夺与过去事故的闪现同样交织在一起。早在20多年前,深爱艾勒的博克曼忽然转向,娶了贡希尔德,大概在那时两姐妹心里便埋下了仇恨的种子。16年前,博克曼东窗事发锒铛入狱,贡希尔德以之为奇耻大辱,恨得几乎昏了头,艾勒则将其子带去抚养;贡希尔德认为艾勒此举居心叵测,从而两人心理的障壁又加一层。八年前,博克曼出狱,贡希尔德觉得他的事迹"羞死人",在心理上拒而不纳,博克曼也不愿主动营求和解,结果两人同住一楼八年无语。艾勒醉心于培养遏哈特,也从不来他们家,直到贡希尔德把儿子要了回去。可以说,这二十多年的恩恩怨怨,已在她们姐妹俩及博克曼之间形成了一个冷似冰霜、固若黑铁的心狱,他们各自都成了这座心狱的囚徒,在自囚自禁并暗暗折磨对方的过程中消磨着漫长的岁月。

造成这座心狱的罪魁祸首是谁?毫无疑问,是那个大名鼎鼎的约翰·盖勃吕尔·博克曼。他害了艾勒这是显而易见的,他对于贡希尔德心灵的毒化也同样要负责任。易卜生曾对《哥本哈根晚报》的一个记者说:"贡希尔德归根到底还是爱她丈夫的,因而一直忍耐着在等待他迈出和解的第一步。但是她等来等去却只落得彻底的绝望,先是在爱情上的破灭,然后是对他的天才丧失掉尊敬。这就是造成她为人苛刻狠毒的根由。"[1] 可见剧作家对她亦持同情态度。那么,罪魁博克曼究竟是个什么人?

从第二幕开始,剧作家不时将探照灯扫向博克曼的灵魂。他并不是一个卑劣小人,他异乎寻常的地方首先在于他有着不断喷涌的挖掘冲动和创造欲念。出场伊始,他对小富吕达说:

---

[1] 转引自《易卜生——艺术家之路》,第493页。

博克曼：我是矿工的儿子，我父亲有时候带我下矿井，金属在矿里歌唱。

富吕达：哦？歌唱？

博克曼：（点头）在它被挖松的时候。挖松金属的斧锤声音正是解放它的夜半钟声，因此它就快活得唱起来了——它有它的唱法。

富吕达：它为什么要唱，博克曼先生？

博克曼：它想到地面上来为人类服务。①

由此，我们很容易联想起 1851 年易卜生写的诗歌《矿工》：

爆裂的岩石，带着吼叫和粉末
在我的重锤面前土崩瓦解。
我必须深砸深挖下去，
直到我听见煤矿在歌唱！

在山脉哑默的腹腔里
深埋着丰富的宝藏；
猫儿眼在引诱，祖母绿在呼唤，
还有金枝玉叶在闪光。
……
我最初下坑的时候，
还像孩子一样相信胜利，
相信深渊的精灵会解答
使我绞尽脑汁的哑谜。

但是在大山的活坟墓里
只有死寂，只有黑暗；

①《易卜生文集》第七卷，潘家洵译，第 205 页。

没有一个声音呼应我,

没有一点光照在我面前。

难道我误入歧途? 这条路

竟不通向顶头的光明?

但我一旦到了坑外去寻它,

我的眼睛会给晃得不敢睁。

不,还是向下砸吧,纵深处

有太古的寂静和安谧。

重锤向前开路

直达大山的心底!

一锤一锤地砸吧,

直到生命之灯熄灭。

即使没有一线希望的预兆,

即使永远是深沉的黑夜!①

这里,"矿工"象征"艺术家",而掘矿挖煤喻指"创作"。创作的过程便是向人类灵魂的黑暗王国不断掘进的过程。艺术家以心中的理想之光照亮人类灵魂中最黑暗、最隐秘的一个个角落②,其所开显的对象就好比深埋在地下的一块块矿石——在剧中博克曼就曾经暗示过:"她的心像我从前梦想从岩石里凿出来的金属那么硬。"把那些黑暗的"宝贝"挖出来,使之呈现于光天化日之下,便正是艺术家探索自我、认识自我的过程,也是他们促成精神解放、为人类服务的过程。保罗·约翰逊曾这样描述易卜生的工作性质:"他仇恨的探照灯系统地扫过人类社会的所有方面,它似乎是示爱般地不时停落在某些特别激起他憎恶的思想和制度上。"③ 茨威格进一步

---

① 《易卜生文集》第八卷,绿原译,第5—7页。译文略有修改。

② 易卜生:"我灵魂深处的微光,化作一道炫目的闪电,刺穿那死寂的黑夜。"转引自哈罗德·克勒曼《戏剧大师易卜生》,蒋嘉、蒋虹丁译,湖南人民出版社1985年版,第33页。

③ [美] 保罗·约翰逊:《知识分子》,杨正润等译,江苏人民出版社2003年版,第93页。

（推向一般本质）的描述则更为生动："他们（指艺术家）像米开朗其罗敲打成千上万的石块一样，怒气冲冲，火冒三丈，带着越来越狂热的激情，通过他们人生黑暗的坑道，把自己的身体撞向他们在梦境中触摸过的闪闪发光的岩石。"① 很多艺术家干的就是这类活儿，莎士比亚便是他们的典范，他挖出来的矿石成色之好、硬度之高至今让世界各地的学者们围着它们赞赏不已，易卜生踵继前贤继续前进，以无畏的勇气向着无边的黑暗年复一年挖掘不止。在1855年写的《羞明者》一诗中，易卜生甚至说："要是没有黑夜保护，我就将一筹莫展。是的，如果我有什么建树，那要归之于夜的才干。"② 但这种长年向着地心挖掘的工作是可能逐渐影响、熏染"矿工"们的心灵的。

继小富吕达走后，"悲剧诗人"威廉·佛尔达尔敲门走了进来。多少年来，只有他对博克曼不离不弃。或许，他看出了博克曼的"异禀"？剧作家让一个诗人与博克曼谈话，可能正是要透露出后者灵魂中的隐秘信息：

> 博克曼：我觉得像个初次出兵就受重创的拿破仑。
>
> 佛尔达尔：我也有同样的感慨。
>
> 博克曼：嗯，不用说，你是小规模的。
>
> 佛尔达尔：（静静地）我的小诗国，在我看来，也十分宝贵啊，约翰。
>
> 博克曼：（气愤愤地）可是你替我想想，我本是个可以创造千百万财富的人！所有的矿山本来都可以归我掌管！还有数不尽的新矿脉！还有瀑布！石矿！还有商业路线和密布全世界的轮船航线！我本来都可以把他们都组织起来——凭我一个人的力量！

---

① ［奥］茨威格：《世界建筑师》，高中甫等译，北京燕山出版社2004年版，第136页。
② 《易卜生文集》第八卷，绿原译，第13页。

佛尔达尔:是,我知道,我知道。世界上没有你不敢做的事。[①]

这里,既是一个卸任的银行总经理和他以前的职员谈话,也是两个艺术家在对话。艺术家各有自己的"诗国"——那是他们的战场,也是他们成其所是的本源。作为自己"诗国"的首脑,艺术家们的雄心和谋略因人而异。而我们这位博克曼先生,他自以为是出众特选的天才,他也经常陶醉在自己那些伟大的宏图中,几乎到了走火入魔的程度:"我心里觉得有一个无法抗拒的使命!全国各处,囚禁在地底下的几百万财富在高声叫我!它们高声喊叫,求我把它们放出来!别人都听不见它们喊叫——只有我一个人听得见。"这种过度膨胀的自我、唯我独尊的个性、四处蔓延的野心、神秘高蹈的倾向是他人格内核中最本质的一些要素。[②] 由此他走向绝对的自我中心主义,觉得实现他的理想才是最重要的,因为(以他的思维来看)只有这样才最能够为大众谋取福利。他觉得他的脑子最聪明,他的眼光最深远,一切都应该为实现他的理想服务,而凡是阻碍他实现计划的人或事都是错误的、应该扫开的。对于博克曼的这种人格,比约恩·海默尔评述说:"一种要创造的欲念冲动,那是想要占有尚未到手的一切的冲动,那是每一个具有特殊才干的个人都梦寐以求和渴望实现的。这类才干同艺术家、诗人墨客的才华是一脉相通的,因为他们都从事于创造并非现成的东西。……那些具有特殊才干的人,不论是艺术家还是实业家,都是迷信于自己的天才,并且自命不凡地把自己和自己的事业置于中心。……艺术家和实业家的共同之处在于对创造出尚不存在的东西具有欲念冲动,即那种属于梦想和乌托邦的性格特征,那种非要把子虚乌有的梦幻变为现实不可的追求。这就是为什么威廉·佛尔达尔不无道理地对约翰说他比自己表现得更像一个诗人的原因。"[③] 也许在剧中博克曼身兼艺术家和实业家两种身份,在他身上

---

① 《易卜生文集》第七卷,潘家洵译,第212页。
② 这些质素往往也可以在一些艺术家身上找到,比如罗丹、米开朗基罗、易卜生、奥尼尔。
③ 《易卜生——艺术家之路》,第511—512页。

所寓含的正是一个创造者的灵魂。这种灵魂既有热烈如火的一面，又有冰冷似铁的一面，而且尤为奇怪的是，里面的火烧得越旺，外面的冰越是坚硬如铁。

博克曼想要实现胸中蓝图的欲念越来越炽烈，但作为现实中人他无法超离"能力和愿望之间的矛盾、意志与可能性之间的矛盾"①。要开发那么多矿山，他个人的财力和人力资源都很有限。于是，为了得到一个要人（欣克尔）的帮助，他放弃了自己最心爱的女友艾勒（欣克尔爱慕艾勒），而娶了拥有大量财产的贡希尔德。后来艾勒问他为什么能做出这种事，他仍然振振有词："因为我胸中怀着大志，所以连这事我都能忍受。我想支配全国的资源。蕴藏在土地里、岩石里、森林里和海洋里的一切财富，我都想掌握在自己手里，都归我支配，为千千万万人谋幸福。"听起来真是像个圣徒似的又崇高又悲壮。坐上银行总经理的位置后，他觉得离自己的目标越来越近了，于是急不可耐地来了一次大跃进：他大着胆子挪用了其他人几百万产业——这可能隐喻着创造者或艺术家们为了自己事业的成功不可避免地要吸收其他人的能量、牺牲其他人的幸福（参见《建筑大师》）——试图以此为代价创造出远远超过几百万的福利。实质上他总是对待自己的理想、理念极端热忱，而对待亲人、大众极端冷酷。随后，正如易卜生曾经说过的："我在我自己脑海中见到了这一切，因为那里就是我的战场，而在那里我往往在行将获胜之际却马上遭到失败"②，博克曼也就在他眼看就要成功时被捕入狱了。

剧作家这次没有让博克曼像索尔尼斯那样爬到最高点就摔死了，而是给了他 16 年的时间，让他把自己的动机与经历——创造者的灵魂

---

① 易卜生在其《〈凯蒂林〉第二版自序》中说过："我后来的作品一直引以为中心的能力和愿望之间的矛盾、意志与可能性之间的矛盾，以及在人类和个人身上不时出现的悲剧和喜剧成分的交融等等——似乎都已在这里隐隐地有所表露。"《易卜生文集》第一卷，黄雨石等译，第 9 页。

② 转引自《易卜生——艺术家之路》，第 411 页。在艺术家的心灵中，野心、魔性越是活跃，道德、理性也越是强硬，因而那个魔性自我在行将获胜之际往往遭到失败。如果一个艺术家敏于反省，那么他也无法将一朵浸透了他人血泪的鲜花视为自己的荣誉，无法把一枚依靠众多士兵牺牲得来的勋章视为成功的标志。

与命运——反复地琢磨,自己当自己的法官对自己一遍又一遍、一年又一年地进行审察、审判。

二 博克曼的自审与易卜生的审判

博克曼所要审理的案件几乎可以说是人类社会中最古老、最永恒的难题之一。其实质乃是:有远见的创造者究竟能否以牺牲部分人的利益为代价来谋取伟大理想的实现?这种难题往往也是艺术家自身深感苦恼的问题。在歌德的《浮士德》中,作家默许了浮士德放纵魔鬼靡菲斯特烧毁民居以便移山填海的行为,虽然这导致了两个老人的死亡,但最后作家还是让浮士德的灵魂上了天堂。在易卜生的《罗斯莫庄》中,吕贝克为了让罗斯莫放手去推进他的事业,设法让阻碍因素碧爱特自动消失了,但易卜生还是让他们作了严厉的自审自裁。在《建筑大师》中,易卜生仍然让索尔尼斯做了崇高的自我裁决。但在《博克曼》中,情形发生了微妙的变化。

在琢磨、审思了16年之后,博克曼是这样谈到他的自审的:

> 博克曼:在监狱里那漫长的五年中间——并且在别处——我有的是细想的工夫。还有在楼上的八年,我更有工夫细想这件事。我把这案子整个儿复审了一遍——自己一个人审。审了一遍又一遍。我自己当原告,也当被告,并且还当审判官。我比任何人都公正——这句话我敢说。我在楼上走来走去,把我做过的事一件一件翻来覆去从头到尾地细想,像律师似的,丝毫不留情、一步不放松地从各方面审问。我得到的最后判决是这样:我对不起的只有一个人——那就是我自己。
>
> 贡希尔德:那么我呢?你儿子呢?
>
> 博克曼:我说我对不起自己的时候,你们俩也包括在内了。……
>
> 艾勒:啊,你能说这么有把握的话吗,博克曼?
>
> 博克曼:(点头)在这件事上头,我开脱了自己的罪名。然而后来我又严重地控诉了自己。……我在楼上躲着,糟蹋了八年的宝贵光阴!从我出狱那天起,我就应该迈步向前,走进那

> 生硬无情、没有幻梦的现实世界！我应该从头做起，重新爬上高峰——爬得比从前更高——不顾中途的一切阻碍。①

由此可见，他认为他的罪过不在于牺牲了他人，而在于没有像浮士德那样"自强不息"——把创造和破坏进行到底。他之所以这样判定，源于他认定人生的根本价值在于坚持自我、实现自我："我是约翰·盖勃吕尔·博克曼——我是我自己，不是别人。"这是一个自我中心主义者特有的逻辑和信念。这种逻辑和信念有时值得肯定②，有时又是非常可怕的。黑格尔曾说："即令是一个恶徒的犯罪思想，也要比天堂里的奇迹更伟大更崇高。"这种思想，以及尼采的类似思想，可能进入过易卜生的脑海，但易卜生始终对之保持距离。不过，是认同罗斯莫还是认同浮士德，很可能是易卜生内心的深层冲突之一。

对于博克曼及其自审，易卜生是持怎样的态度呢？

首先，从易卜生给他起的名字可以约略窥见一点信息。"约翰·盖勃吕尔·博克曼（John Gabriel Borkman）"这个名字在易剧中是最复杂的，也容易让人产生一些联想。在《圣经·新约》中，约翰（John）是先于耶稣降生并曾为耶稣施洗的耶稣十二使徒之一；盖勃吕尔（Gabriel）是奉神命到拿撒勒向玛利亚报喜、告诉她将会生出神子耶稣的天使，人称"报喜天使"。这里 John 和 Gabriel 共同烘托出 Jesus

---

① 《易卜生文集》第七卷，潘家洵译，第 235 页。

② 易卜生是否认同博克曼这种信念，确实是个问题。对于罗斯莫、索尔尼斯的自审与罪感，吕贝克、希尔达并不认同，她们觉得他们缺乏"健全的良心"。若是遵照希尔达的"健全良心论"，则抢劫掳掠、忘恩负义皆为正当。但奇怪的是，易卜生 1893 年 2 月 13 日致信奥古斯特·林德伯格说："在我的剧本《建筑大师》中，希尔达在所有方面都是绝对正确的，而且对于这个作品具有本质上的重要性。"（见《易卜生书信演讲集》，第 325 页）易卜生的思维经常在两极之间活动，他几乎从不认为某种思想、某个人是绝对正确的（他的名言是"恰恰相反！"），可他为什么偏偏认为希尔达在所有方面都是绝对正确的呢？难道易卜生非常认同希尔达的"健全良心论"？如果索尔尼斯自认有罪是良心脆弱的表现，那么博克曼死不认罪反而表明他具有健全的良心？易卜生究竟具有怎样的良心观？这些问题非常耐人深思。笔者认为，易卜生很可能一度受过尼采道德思想的影响，但他后来对于尼采思想是有反思的，并且有意识地与之保持距离。即便他在某一时刻认为希尔达在所有方面都是正确的，这也并不妨碍他后来并不认同希尔达的思想。

（耶稣）的形象。这三个形象又往往与天堂、地狱、光明、黑暗、忏悔、殉道等意象连在一起。《圣经·新约》中说："太初有道，道与神同在，道就是神。……有一个人，是从神那里差来的，名叫约翰。这人来，为要作见证，就是为光作见证，叫众人因他可以信。他不是那光，乃是要为光作见证。那光是真光，照亮一切生在世上的人。……我们在世上的人若说自己无罪，便是自欺，真理不在我们心里了。我们若认自己的罪，神是信实的，是公义的，必要赦免我们的罪，洗净我们一切的不义。"这些往往在艺术作品中作为原型或主题反复出现，甚至与艺术创作的深层原理是相通的。艺术家，在很大程度上便是"为光作见证"的人，为着"洗净罪恶"而努力工作的人。而博克曼（Borkman），却与"银行家"（Bankman）的发音很相似，令人联想到与圣徒、天使迥然相异的一类世俗形象。比约恩·海默尔说："易卜生自己给他选择姓名时谅必是经过深思熟虑的。'约翰'用以表明他是一个精明干练的实干家，'盖勃吕尔'显示他是'天纵英才的一代豪杰'。"[①] 在笔者看来，易卜生的考虑可能不尽在于此。这个姓名的组合是颇为奇怪的：最神圣、最空灵的与最世俗、最实在的联在一起，殉道者形象与实业家形象融为一体。由此最容易让人产生的联想便是一类艺术家形象。这类艺术家往往自比为耶稣或殉道者，他们像矿工一样拿着探照灯扫遍人类生活特别是人类灵魂的各个领域，"要把光亮注入人心深处"，并自以为这样做是"为千千万万人谋幸福"。但在他们心里究竟有没有自欺呢？如果诚实一点，再诚实一点，也许就会像托尔斯泰那样说出真言："我们藏在心底的真正的算计是想要得到尽量多的金钱和荣誉。"[②] 这就是为什么 John Gabriel 与 Borkman 联系在了一起。真正具有自我意识的艺术家看出了博克曼言语的自欺性：他口口声声说自己做的事是"为千千万万人谋幸福"，但实质上是为他自己，是为了得到尽量

---

① 《易卜生——艺术家之路》，第 515 页。
② ［俄］托尔斯泰：《忏悔录》，《托尔斯泰散文选》，刘季星译，百花文艺出版社 2005 年版，第 49 页。

多的金钱和荣誉。① 正如贡希尔德后来对他说的："你从来没爱过自身以外的东西；你的秘诀都在这里面。" 由此，博克曼赋予其事业的崇高性便消解了，他为了推进个人事业而牺牲他人利益的行为也失去了冠冕堂皇的辩护理由。

其次，通过艾勒形象，易卜生着力凸显了博克曼的罪行。易卜生很少严厉谴责哪个人物形象，即便是对吕贝克·维斯特、海达·高布乐等所谓的邪恶女性仍抱有同情的理解。但对于博克曼，似乎不能不给予一定的谴责。其所以谴责他，主要不是因为他违犯了法律，而是因为他犯了那桩最最万恶不赦的大罪：

> 艾勒：你杀害了我心里的恋爱生活！你懂不懂这句话的意思？《圣经》里说过一桩神秘而不可饶恕的罪恶。我一直不懂那是怎么回事，可是现在我明白了。那桩不可饶恕的大罪就是杀害一个人的恋爱生活。
>
> 博克曼：你说我犯了这桩大罪？
>
> 艾勒：是。到了今天晚上，我才确实了解我的真正遭遇。你把我甩掉，去找贡希尔德——这件事我从前以为只是你的三心二意——像平常男人一样——和她的无耻诡计的结果。不管怎么样，那时候我几乎有点瞧不起你。可是现在我看清楚了！你甩掉了你爱的女人！那个女人就是我，我，我！你愿意用你世界上最宝贵的东西去换取利益。你犯的是双重谋杀罪！你残害了自己的灵魂，还残害了我的灵魂！②

虽然艾勒的声音不一定代表易卜生的观点，但结合易卜生的剧作

---

① 易卜生1866年4月在写给挪威国王查尔斯十五世的申请书中说："我并不是想生活得无忧无虑，而是为我所坚信的上帝召唤我去做的事业而奋斗。"但在现实生活中，据保罗·约翰逊说："很可能没有哪位作家像易卜生那样把个人收益中如此大的部分用于投资。……易卜生一生都热衷于奖牌和勋章。"保罗·约翰逊这些话是符合实际的，《易卜生书信演讲集》可提供大量的事实来证明。另外，法国学者朱迪特·本哈姆·于埃用了整整一本书"揭开了艺术家作为商人的神秘面纱"，论证了"艺术家也爱金钱"。

② 《易卜生文集》第七卷，潘家洵译，第224页。

整体及其私人书信来看，他很可能是认同艾勒的看法的。F. L. 卢卡斯认为，"扼杀一个人心中的爱情生活是唯一不可饶恕的罪恶"是易卜生"至死坚持的原则"之一。[①] 易卜生不一定真正坚持了这项原则，但他的确可能有这样的思想。[②] 换言之，艾勒对于博克曼的控诉，很可能正是从易卜生的心窝里说出来的。从表层来看，艾勒那些话是指责博克曼为了攀到权力与金钱的高峰，牺牲爱情去换取利益，害人又害己；而从深层来理解，则是艺术家易卜生从心底里不能不感到：艺术家为了取得艺术上的光辉成就，撇开爱人，专心致志钻进那个黑暗王国中探掘不已，这样做既可能残害自己的灵魂，也可能残害他人的灵魂。1884 年 9 月 23 日，易卜生致信卡洛琳·比昂松说："我担心由于长期沉迷于戏剧创作——在此过程中作者必须在一定程度上消隐或扼杀自己的人格——我很可能已经丧失了大部分我最珍视的、作为一个通信者的品质。"[③] 这也许可以看作是艺术家感到自己灵魂被创作所害的一种自白。1895 年 7 月 31 日，易卜生致信约纳斯·科林说："成为一个国际名人当然会有一定的满足感，但却不能给我任何幸福感。这值吗——真的值吗？我一时也想不清。"[④] 这也许透露了易卜生一种很悲哀的心境。真正的幸福感必然源于给他人带来幸福的事实，如果不能给他人带来真正的幸福（或残害了爱人的灵魂），那么这个人是

---

① 参见高中甫选编《易卜生评论集》，外语教学与研究出版社 1982 年版，第 366 页。

② 要论证这一点需要占很大篇幅，这里略述几点。从正面来看，易卜生在 1889 年写给爱米丽·巴尔达的信中说过："创作是美的，但生活在现实中往往更美。"他甚至提到"很想试验一次犯傻的滋味"，抛开一切冲到爱米丽面前，拉着她的手去世界各地旅游，去为真情活一次。但他最终没做到，在给她写了 12 封信后突然中断，再无联系，事实上等于扼杀了爱米丽心中的爱情生活。这个姑娘后来就像艾勒一样终身未嫁，孤独凄凉地活到暮年死去。从反面来看，易卜生"早年的生活和奋斗在他心中留下了巨大的无法平息的怨恨；他的自我终生都带有伤痕，结果变成了一个以自我为中心的怪物"（保罗·约翰逊语），这事实上反映出他内心渴求真爱而无法去实现。即便有很多姑娘爱慕他，但他跟她们的关系都总是被一层什么东西隔着，时间一久就慢慢熄火了。至于他跟妻子苏珊娜，根据一些学者的著述，他们的婚姻"没有爱情"（至少后来是那样，易卜生曾自述"两个人彼此不适合，而且不能在一起幸福地生活"）。综上，易卜生在情感上的缺失与忏悔，有可能使他认为真爱是人生的最高价值，而为了事业放弃真爱就等于放弃了生命中最重要、最宝贵的东西，是最不可饶恕的罪行。

③ 《易卜生书信演讲集》，第 248 页。

④ 同上书，第 238 页。

不可能感到幸福的。对于大多数现实中人来说，只有爱才是其在世生存的根据和意义，或者说人们只能在爱中确证自我的价值、在爱中感受到生命的意义。① 尤其是对于陷身爱河的姑娘们来说，爱是她们生命的全部，而一旦破坏了她们心中的爱，或扼杀了她们心中的爱情生活，就几乎等于杀害了她们的生命。在剧中艾勒就指责博克曼："你是个杀人的凶犯！"之所以严重到这种程度，不只是由于"扼杀"的行为本身，而是由于这种行为所带来的创伤是几乎永远无法弥合的，其后遗症可能毁了一个人一生。就像剧中艾勒所说："你毁灭了一个女人的全部生趣。自从你的形象在我心里逐渐模糊以后，我就好像在黑影子底下过日子。这些年来，要我爱一件活的东西，越来越不容易了——最后，简直做不到了。……你在我心里——并且在我周围——铺设了一片空旷荒凉的沙漠！"由此来看，博克曼的行为等于抽空了艾勒人生中全部的内容与意义，使之异化成了另一个人（或者非人）。如果跳出现实经验层面，则可看到，博克曼的行为之所以特别不可饶恕，还在于他把人生中最宝贵的价值——他和艾勒两个互爱的灵魂——拿去换取人生中最低俗的东西，从而侮辱了人性最基本的尊严。

易卜生对博克曼灵魂的剖露与审判最集中地体现于本剧末尾。博克曼后悔在楼上糟蹋了八年光阴，要走出去，要"试试能不能再找着自由、生命和人类"。在一个乌云暗渡、路雪寸厚的夜晚，他出走了。艾勒陪着他。在一个林中空地，他们坐在当年恋爱时坐过的椅子上。长椅旁边的一棵枞树已经枯死，这也许象征着博克曼的生命之树行将衰朽。在这种时候，他仍然思绪飞舞浮想联翩：

博克曼：你看得见海峡里大轮船冒烟吗？

---

① 理智可以消解一切意义，但情感可以成为意义的源泉。这里的"情感"包括：其一，亲情、爱情、友情；其二，对工作或创造性活动的激情，一个热爱工作、善于创造的人通常可以过得很充实，并觉得自己的生命有意义；其三，对智慧、真理的热爱，一个爱智慧、爱真理的人通常也可以活得生气勃勃，除非他对原先所信持的智慧或真理发生了怀疑；其四，对上帝或佛祖的信仰。信仰本质上是一种极深厚的情感，否则很容易消散。克尔凯郭尔就认为："信仰就是激情。"有信仰的人通常认为肉体易朽，灵魂不灭，从而努力铸就自身发光的灵魂。这一切都说明情感、爱是生命意义的源泉。

艾勒:看不见。

博克曼:我看得见。那些轮船来来往往,在全世界织成一个友谊网。它们把光明和温暖倾注在千万人的心灵里。……艾勒,你看见远处那些山脉没有?它们冲霄直上,高耸入云,一层比一曾高。那就是我的广大无边、开发不尽的王国!

艾勒:啊,可是从那王国里吹来了一阵冰冷的狂风,约翰!

博克曼:那阵狂风正是我的生命的呼吸。它好像我手下的精灵对我敬礼。我好像摸着了埋藏在地下的几百万财富,我看见金属矿脉向我伸开它们的曲折、蔓延、招引的手臂。……(伸开两手)现在夜深人静,我要悄悄告诉你们:我爱你们这些被困在黑暗世界的宝贝!我爱你们这些想见天日、还没出世的宝藏!我爱你们的辉煌的权力和荣华!我爱你们,我爱你们,我爱你们!①

这的确是一个至死忠于自我、固守自我的灵魂。即便在他身边"有一颗活泼泼、热腾腾的活人的心"为他跳动、为他燃烧,他也仍然无动于衷;他只爱自己那个开发不尽的王国——那个王国可以给他带来"辉煌的权力和荣华",那正是他真心想要的。在对待他人上,他的心仍然像铁矿石一样冷硬。他也不再自欺欺人地说什么要为"千千万万人谋幸福"。在这里,也许最赤裸也最真诚地暴露出了一类创造者——艺术家的内在灵魂(或灵魂的一部分)。

此时,艺术家灵魂的另一个声音响起了:"约翰·盖勃吕尔·博克曼,你休想享受杀人的酬劳。你休想胜利地走进你那冰冷、漆黑的王国!"这是正道审判的凌厉之声,也是易卜生艺术良心的光辉闪现。

随后,博克曼感觉一只冰手、一只铁手抓他的心口,大叫一声,倒地而亡。这也许真正是冰冻三尺,铁硬十倍;毒被毒攻,恶受恶治。他冰冷的心害了他自己,也把艾勒和贡希尔德两个女人变成了影子;最后,冥冥中的力量给了他致命的审判。博克曼死后,她们姐妹两终于握手和解了。

---

① 《易卜生文集》第七卷,潘家洵译,第260页。

对此结局，艾罗尔·德巴奇评论说："既没有给人留下明显的希望，也没有留下彻底的绝望，易卜生以一种很有限度的热情为这部几乎是最冰冷的剧作结了尾。最后两姐妹无奈地意识到她俩面对的共同处境，在经历了持续一生的互相仇恨之后尝试着达成和解。……以后，即使她们不能从活死人的状态中摆脱出来，至少不会孤单单地死去了。"① 哈罗德·克勒曼则认为："不论是被什么意愿所驱遣，也不论是否追求灵魂圣洁、艺术完美，还是什么显赫的地位，反正是心里的冷气伤害了人命。在这个结论和忏悔中，易卜生宣布了他最深刻的服罪之感。"②

这两种评论，前者基于对该剧表层意象世界的感知而得出，后者则隐约触及到了该剧的深层意象世界。不过，易卜生"最深刻的服罪之感"，未必是由于他反省到了"心里的冷气"，而是由于他心里笼罩着"双重谋杀罪"的阴影。由此，在《博克曼》的深层意象世界中，弥漫着一种浓重的罪感意识和忏悔意识，而这也恰好折射出剧本深处的光辉。质言之，那个深隐的世界，是一个用天堂之光照见的黑暗世界，一个浸润着艺术自审的氛围与意境的世界。

综上可知，《博克曼》表面上是演述一个银行家、诈骗犯的故事，而内质是在展露一类艺术家的灵魂风景。通过演现主人公博克曼的自我审判和艺术家对博克曼的终极审判，该剧呈示出一种罕见的复象景观：其表层关乎现实生活中的人物及其纠葛冲突，是现实主义的，深层则关涉艺术创造的机制与艺术家的自审，是现代主义的，具有"元艺术"品格。这两者相关但殊异，形成一种颇有戏剧性的张力场；这一"张力场"构成该剧的"审美场"，其给人的审美感受、艺术启迪非常丰富，留给后人的人生启悟亦是非常深远的。

---

① Errol Durbach，*Ibsen The Romantic*，London：The Macmillan Press Ltd，1982，p. 68.
② ［美］哈罗德·克勒曼：《戏剧大师易卜生》，蒋嘉、蒋虹丁译，湖南人民出版社1985年版，第236页。

第八章 《复活日》：艺术家如何
走进"第三境界"

　　1899 年，易卜生出版了他的最后一部剧作。该剧原题为《复活日》，后改为《当我们死人醒来时——戏剧收场白》①。这也许是易剧中最神秘难解的一部，里面似乎有一个跨越幽明两界、风景不断流动、让人琢磨不透的奇异世界，对不同的读者、观众呈现出不同的景象，即使对同一个观赏者也仍然是"横看成岭侧成峰，远近高低各不同"。

　　挪威学者丽莎白丝·瓦帕认为："死亡与生命之间的运动或过渡是该剧的主题，即使死亡的面孔继续漂浮在生命的面孔之上。死亡不是一个持续的状态，也不是伴随真正的死亡就走到尽头的生中之死。死亡本身代表从一个隐喻的生命开始向另一个的过渡，向另一个不能说比前者更真实的生命的过渡。这表明，没有理由认为或假定一种生命形式或类型比另一种更自由、更真实。"② 比约恩·海默尔认为："该剧所提出的令人困惑不解的深层次问题是探讨想成为一个艺术家究竟要付出多少人性的代价，并且普遍性地探讨了这两者之间的关系：一方面是要在本行业里实现自我，另一方面是在一个充满爱情和做人幸福的人生中生活，而后者对于选择实现自我的道路的创造者来说似

---

　　① 本章标题选用《复活日》而不用《当我们死人醒来时——戏剧收场白》，只是为了减少字数起见，并无他意。在正文中以《当我们死人醒来时》为该剧题目。
　　② 参见王宁主编《易卜生与现代性：西方与中国》，百花文艺出版社 2001 年版，第 340 页。

乎是可望不可即的。"① 艾罗尔·德巴奇力求从作品的结构来窥探其内蕴:"《当我们死人醒来时》的基本结构是一个高度形式化的四重奏:为了突破已经陷入的婚姻困境,减轻对死亡与性欲、孤独与缺失、空虚与绝望所带来的恐惧与痛苦,剧中人(鲁贝克、爱吕尼、乌尔费姆、玛雅)两两重新结合。从中可见出婚姻这种最传统的'二人世界',成了一个充满疏离与不幸的矿区,里面的人在精神上彼此矛盾不可调和,谁也不能满足谁的需要。"② 艾里纳·福克斯则从《圣经旧约·但以理书》和《圣经新约·启示录》中发现了本剧的宗教意蕴:"在《当我们死人醒来时》中,易卜生提供给我们的是一种奥古斯丁式的视野;在此视野下,兽性被视为每个人心里皆有的世俗与圣洁、肉欲与精神之永恒斗争中的一股力量。易卜生是在两个具有代表性的层面——鲁贝克的雕像'复活日',以及鲁贝克与爱吕尼、乌尔费姆与玛雅所组成的四重奏——展开这一视野的。"③ 也许,每个读者都有自己的阅读视野,与作品接触后所发生的"视域融合"也必将各各不同,而易卜生则似乎在不同的"看"中永远保持着"蒙娜丽莎的微笑"。

联系到《建筑大师》、《小艾友夫》和《博克曼》这三部剧作,笔者认为该剧把"艺术自审"和"灵魂自审"的主题再向前推进了一步:在存在主义的视野下,易卜生让他笔下的艺术家集中深入地探讨艺术家与艺术、艺术家与虚无的关系,并从"人性"进展到"人生",在生与死之间展开了艺术家的人生之思。这里面隐含了多重否定,最终走进了某种神秘玄奥的"第三境界"。

一 存在之根: 在生活与艺术之间漂泊不定

据美国存在主义哲学家威廉·巴雷特记述:"克尔凯郭尔曾讲到这样一个故事,说的是一个对自己的生命心不在焉的人,直到他在

---

① 《易卜生——艺术家之路》,第 522 页。

② Errol Durbach, *Ibsen The Romantic*, London: The Macmillan Press Ltd, 1982, p.145.

③ Elinor Fuchs, *The Apocalyptic Ibsen*: *When We Dead Awaken*, Twentieth Century Literature, Vol. 46, No. 4, Literature and Apocalypse (winter, 2000), p.398.

一个阳光明媚的早晨一觉醒来发觉自己已经死了,才知道他自己的存在。这个故事今天讲来有特别的意义,因为我们时代的文明终究掌握了一些武器,凭借这些武器,可以轻而易举地使它自身陷入克尔凯郭尔故事主人公的命运:我们明早醒来发觉自己死了,却从来不曾触及我们自己的存在之根。"[①] 据比约恩·海默尔说:"在1890年前后的那几年里,易卜生曾与年轻的海伦·拉雯有过多次谈话,她在日记里将这些谈话留下了记录。有一天他对她说道,有一多半人死了却从来不曾活过。"[②] 这里且不论易卜生是否受过克尔凯郭尔影响(很多学者认为受过),有一点是确定无疑的:像很多艺术家一样,暮年的易卜生不能不面对并思考自己人生中那个最根本、最重要的问题。

从《建筑大师》和《博克曼》中,我们可以感觉到,易卜生对自己的艺术人生似乎抱有一种很矛盾的态度:在艺术上取得了极大的成功,然而并非没有缺憾。观其一生,易卜生差不多是以极为坚定的意志,把自己的时间和精力都献给了艺术事业,可谓"以惺惺之事得赫赫之功"。但到了老年,他似乎觉得生活比艺术更美好。[③]在《博克曼》中,博克曼曾试图说服儿子跟他"一块儿工作",但遏哈特完全没兴趣:"我不愿意工作!我只想生活,生活,生活!"他后来就跟着那位"肌肤丰腴,美艳动人"的威尔敦太太快活逍遥去了。对于年轻人的这种选择,易卜生以内心"同情之理解"描写得非常生动,以至于勃兰兑斯、哈罗德·克勒曼对这段情节都非常赞赏。在本剧中,雕塑家鲁贝克(Rubek)在功成名就之后,开始觉得"艺术家的任务、艺术家的使命这一套说法都是空空洞洞、毫无意义的",而"在充满阳光和美丽的世界上过生活,难道不比一辈子钻在阴冷潮湿的洞里耗尽精力跟泥团石块拼命打交道,胜过百倍吗?"于是他从艺术转向了生活:盖别墅,建公馆,娶美人,以及诸

---

① [美]威廉·巴雷特:《非理性的人》,段德智译,上海译文出版社2007年版,第3页。
② 《易卜生——艺术家之路》,第518页。
③ 易卜生在1889年写给爱米丽·巴尔达的信中说过:"创作是美的,但生活在现实中往往更美。"

如此类的事情。他所选择的女子玛雅（Maja）聪慧活泼，漂亮性感，贪图享受，对艺术毫无兴趣。然而，在"快乐逍遥的生活"中，他似乎并不能把握到自己的"存在之根"，而是越过越腻烦，"精神疲倦、烦躁、衰弱到了难以忍受的程度"。不到五年，他觉得这种日子没法过下去了，而内心里，时常想念以前艰苦创作的日子。①就在他和玛雅两人互相厌倦、婚姻危机一触即发的潜在情境下，本剧开幕了。

幕启不久，在海滨浴场休闲的鲁贝克意外地见到了一位神秘的"白衣女客"。他一见她，第一句话是："我跟你很熟，爱吕尼。"这不像是多年未见的老朋友重逢时的招呼语，倒似乎是易卜生提醒读者注意这位女客的特殊身份。后来，爱吕尼谈起这些年来她在全世界走过很多地方、颠倒过各种各样的男人、杀死了两个丈夫、弄死了很多孩子②，鲁贝克听后感觉很凄惨：

> 鲁贝克：（凄惨而恳切）你的话里每句都暗藏着意思。
> 爱吕尼：叫我自己怎么做得了主呢？我说的话句句都是别人凑在我耳朵上告诉我的。
> 鲁贝克：我想，只有我一个人猜得透你的意思。
> 爱吕尼：当然应该只有你一个人。③

由此，我们可能会觉得：爱吕尼在剧中不是一个客观存在的活人，

---

① 也许，易卜生心里很清楚"生活的限度"，因而有时虽向往"生活"但并不愿意去"尽情活一回"。

② 爱吕尼这些话容易让人联想起《浮士德》中的魔鬼靡菲斯特——那个"作恶造善的力之一体"。他可以说是浮士德体内的艺术家、魔术师。在本剧中，爱吕尼或许也是鲁贝克体内的艺术家，或者说是在不同艺术家（包括鲁贝克）体内来回往返的一个精灵。这种精灵只有意志超强的艺术家（如歌德、易卜生）能够控制，而意志稍弱的（如塔索、克莱斯特）则可能被其玩弄于股掌之中，就像茨威格所说"被折磨、被追逐、被驱赶、被拖曳着在世界上四处游荡"。在易卜生晚期戏剧中，罗斯莫、索尔尼斯这两位丈夫死去了，海特维格、艾琳的两个孩子、艾梨达的孩子、海达的孩子、小艾友夫等多个孩子死去了。

③ 《易卜生文集》第七卷，潘家洵译，第288页。

而是鲁贝克脑海里的一个特殊形象①;鲁贝克跟爱吕尼对话,就像易卜生跟他构想出来的艺术形象对话一样。按照爱吕尼自己的说法,她"已经是隔世的人",而且她的死是鲁贝克的罪过("我不能不死,这是你的罪过"),这就像吕贝克、海达的死是易卜生的"罪过"一样。不过,现在她"又渐渐地从死人堆里爬起来了"。这里一切都好像是暧昧不清的:爱吕尼到底是活的还是死的?她是在艺术家(易卜生或鲁贝克)手下死去又复活的人吗?她在剧中是作为一个活人存在,还是作为一个幽灵存在?抑或只是作为鲁贝克心造的一个幻象而存在?

往下继续看。接下来爱吕尼回述当年她答应做鲁贝克"艺术上的模特儿",说着说着她开始控诉鲁贝克:

> 爱吕尼:我用年轻时期跳动的血液为你出过力!然而你,你,你——!……你损害了我内在的本性。
>
> 鲁贝克:(惊退)我——!
>
> 爱吕尼:可不是你吗!我毫无遮掩地光着全身,让你细看——(压低声音)你却从来没碰我一碰。
>
> 鲁贝克:爱吕尼,难道你不知道,看了你的迷人的美丽丰姿,有好几次我几乎发疯?
>
> 爱吕尼:然而——如果你碰了我,我想我会当场把你弄死,因为我经常带着一支尖针——藏在头发里——然而终究——终究——你居然——
>
> 鲁贝克:(意味深长地瞧着她)我是个艺术家呀,爱吕尼。……那时候我一心希望完成我的生平杰作。(回忆往事)我那作品应该取名《复活日》——是一座少女雕像,正在从死一般的睡眠中觉醒过来——
>
> 爱吕尼:对了,那是咱们的孩子。

---

① 这里的情形也许类似于皮兰德娄的《六个寻找剧作家的角色》,都有剧中剧,但不同之处在于:皮剧中的父亲、继女等角色主要是活动在剧作家皮兰德娄的脑海里(而不是活在剧中舞台监督或经理的脑海里),而易剧中的这位爱吕尼首先是活在剧中人鲁贝克的脑海里,进而他们一起活在易卜生的脑海里。

　　鲁贝克：它应该代表世上最崇高、最纯洁、最理想的女人的觉醒。后来，我就找着了你。……我渐渐把你当作一件神圣的东西看待，只许在心里供养，不许触犯。爱吕尼，那时我还年轻。我还抱着一种迷信：如果我触犯了你的身体，如果我对你发生了感官欲望，我就会亵渎自己的灵魂，因此就不能完成我的事业。至今我还觉得这种想法颇有道理。

　　爱吕尼：（带点嘲弄地点点头）第一是艺术作品——其次才是人。①

　　这里，爱吕尼对鲁贝克的控诉，很容易让人想起艾勒对博克曼的控诉。她们都特别痛恨男人以事业为本，而非"以人为本"。那么，在这里爱吕尼像艾勒一样是一个活人了？抑或她只是鲁贝克臆想出来的一个控诉自己的心象？也许在本剧里力求弄清虚实并无意义，重要的是领会这些对话究竟要传达出什么信息。

　　笔者认为，这里开显出的是艺术家的"第一境界"，即把艺术看成是至高无上的存在，艺术第一，生活第二。如果说爱吕尼在剧中扮演的乃是一个"艺术、情人、虚无"三位一体的角色，那么此时她主要是作为艺术家的情人来控诉艺术家不珍惜生活。很多艺术家的确是把艺术放在第一位、把生活放在第二位的（至少在其人生的某个阶段是这样）。在此阶段，他们往往觉得自己肩负有神授的特殊使命，把全部生命都投入到艺术创作中，所谓"焚膏继晷，通宵达旦"乃是常事。而且，在此阶段，他们通常会经历"从浪漫主义到现实主义"的艺术历程。剧中两个版本的"复活日"生动地表明了这一点。

　　雕像"复活日"是剧中最核心、最重要的意象。创作前期，鲁贝克与爱吕尼合作完成了理想版《复活日》（之后爱吕尼就走了），但到后来，鲁贝克不断修改，使之成了现实版《复活日》。这一过程差不多构成了鲁贝克人生的主体：

———————————
　　① 《易卜生文集》第七卷，潘家洵译，第290页。

鲁贝克:当初我一找着你,我就马上盘算怎么利用你,成就我的终身事业。

爱吕尼:你把《复活日》叫作你的终身事业。我把它叫作"咱们的孩子"。

鲁贝克:那时我还年轻——不懂世情。我以为这座《复活日》的形象应该是一个极美丽、极精致、一尘不染的少女,不沾一丝咱们尘世的经验,醒来的时候光明荣耀,不必涤除什么丑恶污秽。

爱吕尼:对——在咱们的作品里,我就是这形象,是不是?……

鲁贝克:(不答复)爱吕尼,后来那几年,我懂了点世情,在我心目中,《复活日》变得复杂了,内容不那么简单了。在你的塑像昂然独立的小圆座上,已经没有余地容纳我想添上去的形象了。

爱吕尼:(摸索刀子,却又住手)你添了些什么形象?快说!

鲁贝克:我把亲眼看见的人物世态用形象表现出来。我不能不把这些现象包括进去——我不得不如此,爱吕尼。我把底座放大了——放得又宽又大。在底座上,我加了一块曲折破裂的地面。从地面裂缝里,钻出一大群男男女女,带着依稀隐约的畜生嘴脸。那些男女都是我在生活中亲眼见过的。

在某种意义上,艺术家一生的创作最终都是为了"复活"——自己和他人的"复活",为了沐浴在天堂般光明圣洁的意境里。年轻时,他们可能倾向于最美丽地表现理想;若干年后,则更多地描写活死人或非人、群鬼、妖魔等,而让"复活"作为一个意象从血污的现实中冉冉升起。即便他们每一时期的创作都是"现实主义与理想主义的融合",但在基调上会有一定的差异,就像剧中雕像的底座前后发生了变化一样。如果把艺术家的创作历程视为一个整体,进而观照艺术家与艺术的关系,那么尤为耐人寻味的是:艺术家一生为"复活"而不断创作,可是他们自己在现实人生中"活"过了吗?或者说,艺术家与他的艺术品之间处于什么样的关系?

也许，在多数情况下，艺术品嘲笑、讽刺艺术家，与之构成一种反讽关系。在剧中爱吕尼就一再嘲讽、控诉鲁贝克："我最恨你这个艺术家。我脱光衣服，在你面前站着的时候，我就恨你……你只是艺术家，不是人！"① 对此，比约恩·海默尔分析说："爱吕尼是鲁贝克天造地设的匹配者，是他自己的镜中图像。她代表着艺术家本人的精粹本质部分，也就是他内心生活和思路开展的另一部分。她对这个艺术家的仇恨，也正是他对早先支配他行动的情愫以及他自己为此而感到罪咎的良心谴责。"② 爱吕尼的话也许可以映射出艺术家的自我谴责，但爱吕尼未必代表着"艺术家本人的精粹本质部分"。在我看来，"艺术家本人的精粹本质部分"体现于他对自我与人类之罪咎的反省与承担：

> 鲁贝克：让我告诉你，我把自己怎么安置在群像里。在前方，在一股泉水旁边——就像在这里一样——坐着一个人，身子被罪孽压住，不能完全离开地皮。我把那人叫作为了生活被断送而忏悔的人。他坐在水声潺潺的溪边，手指头浸在水里——打算把它们洗净——想起了他的事业永无成功之日，心里煎熬得好生难受。即使到了地老天荒的年代，他也休想获得自由和新生活。他只能永久幽禁在自己的地狱里。③

一个艺术家，只要他的心灵足够敏感与博大，他就不能不感受、反省到自我与他人的种种罪咎；而他的事业——洗净罪恶，让所有人获得真正的解放，作为真正的人自由地生活——相对于他个人的力量来说是永无成功之日的。由于现实与理想之间那永远无法弥合的距离，"即使到了地老天荒的年代，他也休想获得自由和新生活。他只能永久幽禁在自己的地狱里"。但自觉地把自己幽禁在地狱里的人，也往

---

① 这里很容易让人联想起比昂松的一句话："易卜生是一支笔，不是人！"易卜生最痛恨比昂松这句话。

② 《易卜生——艺术家之路》，第533页。

③ 《易卜生文集》第七卷，潘家洵译，第313页。

往是离天堂最近的人。因为在那里，可以看到人生中最真最美的风景。那种风景是艺术所能给予艺术家的最好酬劳之一。如果一个艺术家足够真诚，也足够勇敢、有耐力，他将持久地在那里辛勤劳作，"一锤一锤地砸向大山的心底，直到生命之灯熄灭。即使没有一线希望的预兆，即使永远是深沉的黑夜！"① 也许，就在这样的过程中，他能够触及自己的存在之根。但这样的人生犹如"一个漫长漫长的受难周"，是没有多少人能够理解的；没有人理解，其作品的意义就很难实现。这时，艺术家势必落入一个"山卡"，一种两难困境：若不继续前进，则是对理想的亵渎，也无法把握到自己的存在之根；若是继续前进，则高处不胜寒，无人知其意，其创作的意义无从实现。尤其是当他看到人们对他的种种"误读"时，他难免不感到沮丧。

鲁贝克在呕心沥血地创作出他的《复活日》之后，获得了世界性的声誉。人们交口称赞他，把他奉为伟大的艺术家。但他看得很清楚，"大家什么都不知道，什么都不懂！"由此很容易产生一个疑问："为了这些群众——为了'大众'，把自己累死，究竟有什么好处？"此后他就为赚钱制作一些"惟妙惟肖"的半身人像。这种"制作"生涯意味着艺术家进入了他的"第二境界"。此境界是对"第一境界"的否定，也可以说是从"艺术"走向了"非艺术"。即便鲁贝克在"惟妙惟肖"的表面下隐含了些"神气十足的马面，顽固倔强的驴嘴，长耳低额的狗头，臃肿痴肥的猪脸"，他所制作的那些东西也仍然只是赝品。这种日复一日制作赝品的生活究竟没有多大意义，过久了鲁贝克便颇有厌世情绪。

在爱吕尼——艺术家的缪斯——走后，鲁贝克犹如陷入灵知缺席的沉沦状态，存在的意义也从他身边滑过去很远了。

二 第三境界：在审美与信仰之间若隐若现

在世俗中沉沦越深，艺术家的失落感、厌烦感也便越强。鲁贝克觉得他原本有一只"安着勃拉墨锁的小匣子"，里面装着他的梦想，可是

① 《矿工》，《易卜生文集》第八卷，绿原译，第7页。

爱吕尼失踪之后，"匣子的锁吧嗒一声就扣上了"，"她把钥匙带走了"。"光阴一年一年地过去"，而他"没法子取用匣子里的珍宝"。这也许隐喻着鲁贝克离开艺术灵知数年后内心的贫乏、空虚与痛苦。正是这种状态使他在潜意识里呼唤着爱吕尼。"他一年一年地等她——自己却不知道"，等到他终于意识到了，爱吕尼便出现在他面前了。与旧日"情人"见面后，鲁贝克更清醒地意识到："我这人绝不宜于在懒散的享受中求快乐。这种方式的生活不是为我和类似我的人安排的。我必须不停地工作——创作一件又一件作品——到死才罢休。"从这里，他似乎表现出向"第一境界"回归的苗头。但此时，他跟艺术——爱吕尼——的关系已经不可能恢复到从前那样了：

> 鲁贝克：（恳切地）跟我同住——像咱们从前创作时一样。你把我心里锁着的东西全部打开。你愿不愿意，爱吕尼？
>
> 爱吕尼：（摇头）我现在没有开你的钥匙了。
>
> 鲁贝克：你有钥匙！只是你一个人有！（央告）帮我一把忙吧——让我可以再过从前的日子！
>
> 爱吕尼：（拒绝）空虚的梦想！无聊、僵死的梦想。你和我从前过的日子没法复活了。
>
> 鲁贝克：那么，咱们继续玩吧。[①]

艺术家经历了一番沧桑岁月后也许都怀念年轻时纯真执着、灵感喷涌的创作状态，但自然的规律没有人能够抗拒。此时出现在鲁贝克眼前的爱吕尼还特别带来了一个忽隐忽现的伙伴——穿黑衣的教会女护士。她长着一双"锐利的褐色眼睛"，一直不远不近地跟着爱吕尼，就像是爱吕尼的影子一样。这个女护士其实跟爱吕尼是一而二、二而一的，她象征着死亡或虚无。艺术与虚无原本有着难解难分的亲缘关系，艺术家从事艺术活动在终极意义上都是跟虚无打交道——或反抗虚无，或谨慎地与虚无保持距离，或与虚无隐秘地

---

① 《易卜生文集》第七卷，潘家洵译，第318页。

爱恋。没有人能真正摆脱那双眼睛的监视，与其逃避、反抗，还不如迎面走过去，凝视，体味。而直面虚无，可能让人警醒，看清一直以来没看到的真相。

接着，正当鲁贝克与爱吕尼约好去高原上过夜时，黑衣女护士突然出现了，这使得爱吕尼猛然间意识到了自己的"死"，而"意识"本身又表明她从死亡状态中醒过来了。惊醒之际，她发现：

> 爱吕尼：咱们看出无可挽回的事情的时候只是在——（把话截住）
>
> 鲁贝克：（向她注视追问）在什么时候？
>
> 爱吕尼：在咱们死人醒来的时候。
>
> 鲁贝克：（伤心，摇头）到那时候，咱们会看出什么？
>
> 爱吕尼：咱们会看出咱们从来没做过活人。[1]

究竟怎样才是"做过活人"呢？看出自己没活过又将怎样呢？玛雅的选择也许是一个答案，她完全听从于自身动物性的需求，跟着一个粗鲁强悍、活力十足的猎人上山"体验生活"去了。但正如比约恩·海默尔所说："玛雅嘴里所歌唱的自由，其含义与其说是令人信服的，倒不如说是暧昧得不可告人的。乌尔费姆说得再明白不过：当他们俩相互玩腻、彼此厌烦的时候，他们可以自由地、随心所欲地各奔东西。"[2] 这种生活只可能成为人生中一支短暂的插曲，由于不触及"灵魂的成长"，因而最多只是片面的"活"，不是真正的"活"。鲁贝克早就经历过这种生活，也早就厌倦了。

于是，最能体现剧作家"人生之思"的在于后面鲁贝克与爱吕尼的选择。他们在剧末也结成一对，也要上山去"体验生活"。虽然山上暴风呼啸、乌云翻滚，山上的人拼命往下跑，但他们毫无畏惧，一个劲儿往上攀登。在高高的山顶上，他们兴奋起来了：

---

① 《易卜生文集》第七卷，潘家洵译，第 320 页。
② 《易卜生——艺术家之路》，第 550 页。

鲁贝克：（热情地）你知道不知道，现在我心里像从前一样
燃烧沸腾的正是这种爱情？

爱吕尼：那么，我呢？你是不是忘了我现在是谁？

鲁贝克：你是什么人，或是什么东西，我都不在乎！在我眼
里，你还是我梦想中的女人。……

爱吕尼：在我心里，生活愿望已经死亡了。我已经站起来了。
我来找你，把你找着了。可是我发现你死了，生活也死了——正
如我从前是个死人一样。

鲁贝克：噢，你完全看错了！在咱们身上和咱们周围，生活
依然像从前一样热烈地沸腾跳跃！

爱吕尼：（含笑摇头）你的《复活日》少女看见生活已经装
在柩车上了。

鲁贝克：（使劲搂住她）既然如此，这一回，让咱们两个死
人——在重新走进坟墓之前——把生活滋味尝个彻底痛快吧！①

随后，爱吕尼深受感染，他们就手挽手再往上走，要走上"乐土
的尖峰"，走上"朝阳照耀的塔尖"，并在那儿举行婚礼。但不久，他
们就像布朗德一样葬身于雪崩了。

对此，比约恩·海默尔分析说："从形而上的借喻手法上来说，
鲁贝克和爱吕尼象征着虽生犹死的那类活死人，他们在短暂的片刻里
从梦幻或沉睡中觉醒过来，重新经历了'人生'和自我认识，却又立
即遭受到生存的破坏性力量的荼毒。他们义无反顾地选择了艺术的虚
妄世界及其'自由'，从而赢得了短时的重拾旧欢。他们的选择可以
被理解为逃避现实，一切都已表明，鲁贝克和爱吕尼心里有数他们俩
所走上的是什么道路。他们选择了自己版本的收场白，尽管他们明明
知道这只能是一支短促的'插曲'。"② 这就是本剧结尾的"形而上"
意义吗？

---

① 《易卜生文集》第七卷，潘家洵译，第 332 页。
② 《易卜生——艺术家之路》，第 558 页。

值得注意的是，无论是在"第一境界"里还是在"第二境界"里，鲁贝克都在很大程度上实现了自己的愿望——可以说他是生活的幸运儿。但最后无论是在爱吕尼看来还是在他自己看来，他并没有好好活过。那么其最深的缺憾是不是在于没有获得灵与肉高度和谐的幸福呢？或者其缺憾在于没有实现"责任与幸福的和谐"①？从根本上说，人生总是有很多缺憾的，在现实中并无圆满的人生；一个凡人所能企及的，乃是在审美与信仰中走向某种"第三境界"。而这，正是剧中的艺术家所选择的最后归宿。

审美在很大程度上是一种"有意识的自欺"（康拉德语）。鲁贝克明知爱吕尼已经不是当年那个"最纯洁、最理想的女人"了，但仍然把她看成是"梦想中的女人"，他甚至明知对方已经"死"了，但仍然认为她有"自由"，"生活依然像从前一样热烈地沸腾跳跃"。他这种倾向让人联想起皮格马利翁的神话——一个雕塑家雕出一个美少女后，把它当成活人日夜与之卿卿我我，久而久之它便获得了生命，成了一个活泼动人的"她"。这里鲁贝克显然颇有"皮格马利翁精神"，他的热情也终于感动了爱吕尼，于是才有后面"携子之手共效于飞"的行动。

进而言之，审美本质上是放飞内心的情思以实现对现实的超越，对自由与无限的期盼。尽管"超越"本身带有自欺的性质，但超越现实、超越有限仍然是必需的，是人生活在世的绝对需要。在剧中，鲁贝克无论是在艺术创作方面，还是现实生活方面都取得了很大的成功与满足，但他为什么还是厌烦得要死呢？为什么还要把一个冰凉的躯壳看成是"梦想中的女人"呢？人只要活在有限的现实中，那么他就一定会向往无限，就像哈姆雷特说"即便把我关在一个果壳里，我也会把自己当作一个拥有无限空间的君王"②一样。人向往自由与无限的天性，决定了人必然趋向于审美，或在某个时刻成为"审美的人"。

---

① 1896 年 4 月 28 日，易卜生致信希尔德·安德森的小侄女："祝愿你的一生像一首完美的诗歌那样，表现出责任与幸福的和谐。"据此也许可以推断，易卜生所理想的人生是"像一首完美的诗歌那样表现出责任与幸福的和谐"——既完成了使命，也获得了幸福。

② ［英］莎士比亚：《哈姆雷特》，朱生豪译，人民文学出版社 1978 年版，第 39 页。

而充分地、尽可能长久地实现自我、体验自由感，则是审美者必然的追求。易卜生在1882年8月4日给比昂松的信中说："在我看来，最重要、最有意义的事情是把你整个强大而真诚的人格投入到将人生艺术化的实践中来。"① 这透露出易卜生很早就有将人生艺术化、审美化的思想，而在最后这部剧作中他直接让笔下人物的生命变成了一首诗，让其人生充分审美化了。

而信仰，本质上是一种非理性的激情。最后鲁贝克与爱吕尼携手同行，主要倒不是要"重拾旧欢"，而是要弃绝一切向着他们心中"朝阳照耀的塔尖"靠近；他们明知这样做必然殒命，但恰恰是要通过一起殒命来证明他们的信仰。克尔凯郭尔曾提出人类的生存有三个层面——审美层面、伦理层面和宗教层面，其中宗教层面的生活核心要义在于信仰。而"信仰的最后阶段是无限的弃绝，没有进行这一行动的人就没有信仰；因为，只有在无限的弃绝中，我才能意识到自己的永恒合法性，从而只有藉着信仰，一个人才可以说把握到了生存"②。换句话说，在克尔凯郭尔看来，一个人只有"藉着信仰"，才能真正触及"存在之根"。不管易卜生有没有受过克尔凯郭尔的影响，他心目中的"第三境界"（或"第三王国"）也是带有宗教性的。在1887年的一次讲话中易卜生提出："我想，诗歌、哲学和宗教将融合在一起，并构成一个新的范畴和新的生命力，对此我们当代人还无法形成一个明确的概念。有人不止一次宣称我是个悲观主义者。好吧，我是悲观主义者，因为我不相信人类种种理想的永恒性。但我也是一个乐观主义者，因为我相信理想的能力会增长起来。我特别相信，我们时代的理想已经老化，正显示出明显的倾向——要在我的剧本《皇

---

① 《易卜生书信演讲集》，第209页。

② ［丹］克尔凯郭尔：《恐惧与颤栗》，刘继译，贵州人民出版社1994年版，第22页。克氏认为，即便在涉及爱情时，也需要"无限的弃绝"。他举例说："一个乡村小伙子爱上了一位公主，这爱构成了他生命的全部内容，但是，这种爱情是不可能成为现实的……藉着无限的弃绝，他与生存和解。对于他来说，对那位公主的爱成为了一种对永恒之爱的表达，这种永恒之爱具有宗教性，并且被转化为一种对永恒存在的爱；这种爱的确不允许他实现对公主的爱，但是，这种爱藉着永恒合法性的永恒意识与他重新和好，而且，这次和好是任何现实性都不能剥夺的。"见苏珊·李·安德森《克尔恺郭尔》，瞿旭彤译，中华书局2004年版，第68页。

帝与加利利人》中的'第三境界'所指的概念中得到复兴。"① 在《皇帝与加利利人》② 中,"第三境界"是一种扬弃了基督教与希腊多神教的乌托邦,具体指什么每个人只能去"意会"。在本剧里,实际上也有两种信念、两种生活理想被否定了,而剧末所隐示出的"第三境界"到底是什么,也只能由每个人去"意会"。

在笔者看来,最后鲁贝克与爱吕尼的选择并不是要"逃避现实",而是体现出一种否定既有种种理想的倾向;他们借着审美与信仰走上"朝阳照耀的塔尖",乃是要显现出一种新的理想、新的境界。这种理想境界,基于对整个人生与艺术的哲学美学反思,同时又融入了宗教的因素,将"构成一个新的范畴和新的生命力"。这也许是易卜生的"戏剧收场白"想要给予我们的启示吧!

---

① 《易卜生文集》第八卷,绿原译,第 228 页。

② 1871 年 7 月 12 日,易卜生在给出版商海格尔的信中写道:"这部作品(指《皇帝与利利人》)将成为我的代表作,它包含了我一生中的全部思想。批评家们可以发现内中有他们长期以来向我索取的那种积极的世界观。……该剧既对付上天也对付入地。"或许这后两句也适用于《当我们死人醒来时》。这两个剧本都是易卜生的"告白",遥相呼应,互相发明。

第九章 易卜生晚期戏剧的内在
精神与艺术启示

以上我们缓步徐行，逐一鉴赏了易卜生晚期精心构筑的八座楼台。但这远远未达目标。谭霈生先生提出："在今天，纪念这位'现代戏剧之父'的最好的方式就是继承他的艺术精神和戏剧传统。"① 那么，易卜生的艺术精神究竟是什么呢？如果说易卜生一生创作的最高成就在其晚期作品，那么易卜生戏剧的真精神应该体现于他这"八宝楼台"之中。事实上，为了理解易卜生戏剧、特别是其晚期戏剧的内在精神，中外戏剧界一代代的学者已经作出了很多努力，也提出了不少具有启发性的见解。

在西方，早在1891年，萧伯纳就出版了《易卜生主义的精华》一书。他仔细分析了易卜生的19部剧作后，指出易卜生戏剧的精髓主要在于：干预现实，在剧中提出有普遍性的社会问题来加以讨论；把戏剧和讨论合而为一；在人物理想之间的冲突中取得强烈的戏剧性；等等。但他最后说明："易卜生主义的精华就在于'没有公式'。"② 他似乎认为易卜生的艺术精神主要体现于其剧作对社会现实的干预、批判，以及对各种创作规范的扬弃、革新上。美国著名易卜生研究专家布莱恩·约翰斯顿认为，易卜生非常善于"对同时代人进行遥远的历

---

① 谭霈生：《消除误读，走进易卜生》，《剧院》2007年第3期。

② Bernard Shaw, *the Quintessence of Ibsenism*, Constable and Company Limited, Standard Edition, 1932, p. 125.

史透视"，"超越连神明也无法透视的现在去寻找一种方向"，其"回溯艺术是现代主义的卓越成就"①，由此似可推知他认为易卜生的艺术精神体现于回溯与透视。1994 年，美国的哈罗德·布鲁姆抛出奇论："易卜生主义的精髓就是山妖。无论它在挪威民间传说中意味着什么，易卜生笔下的山妖代表了他自己的原创性，代表了其精神的印记。山妖对易卜生而言意义至为重大，因为想要把它们同人们区分开来十分困难，易卜生后期的剧作进一步增加了这种困难。"② 在他看来，易卜生晚期戏剧的内在精神是一种魔性精神。2003 年，挪威学者比约恩·海默尔在其大作《易卜生——艺术家之路》一书中着重建构了一个"深谙批判现实主义和自我解剖学"的易卜生形象，他似乎认为易卜生的艺术精神在于批判与自剖。在我国，胡适先生于 1918 年发表了那篇著名的《易卜生主义》，在文中他分析了易卜生晚期多部剧作，最终结论是："易卜生的文学，易卜生的人生观，只是一个写实主义。……把家庭社会的实在情形都写了出来，叫人看了动心，叫人看了觉得我们家庭社会原来如此黑暗腐败，叫人看了觉得家庭社会真正不得不维新革命——这就是'易卜生主义'。"③ 据此，在胡适看来，易卜生戏剧（含晚期戏剧）的内在精神便是批判社会现实。王忠祥先生也对于"易卜生主义"进行了"再思考"："易卜生主义是一种易卜生式的人道主义，充满审美的乌托邦伦理道德理想。在易卜生的戏剧创作过程中，无论是题材的选择、主题的表现、人物的塑造，还是细节的描绘，都凸显了积极的人道主义理想的光辉和强烈的社会批判锋芒。"④ 也许在他看来，易卜生晚期戏剧的内在精神是人道主义精神和批判现实主义精神的融合。

　　基于前面对易卜生晚期八剧的细致解读以及前辈学者的启发，笔

---

　　① ［美］布莱恩·约翰斯顿：《易卜生创造的挪威》，王宁主编《易卜生与现代性：西方与中国》，百花文艺出版社 2001 年版，第 18 页。

　　② ［美］哈罗德·布鲁姆：《西方正典》，江宁康译，译林出版社 2005 年版，第 275、277、286 页。

　　③ 参见《胡适经典文存》，上海大学出版社 2004 年版，第 111、121 页。原载《新青年》1918 年 6 月 15 日。

　　④ 参见聂珍钊主编《易卜生戏剧的自由观念》，外语教学与研究出版社 2007 年版，第 35 页。

者认为可以从以下四个方面来接近易卜生晚期戏剧的内在精神。在此过程中，每阐明一点，笔者将从中引申出它带来的艺术启示。

一　内省精神：　返身内视向渊底，　忍与妖魔共徘徊

从创作主体方面来说，易卜生晚期戏剧最突出的一个特点就是从社会批判转向自我反省与人性探索；相应地，其晚期戏剧所体现的精神首先是内省精神。这一精神在易卜生前期和中期戏剧都有所体现，但在其晚期戏剧中体现得最强烈、最深沉。

正如比约恩·海默尔所说："一种特定的反躬自省——他称之为'自我解剖学'——已使得易卜生痛心疾首地明白过来，他自己身上原来也带着那个时代的维多利亚式社会的必然性特征"①，易卜生确是一位自觉地反省自我、解剖自我的剧作家。如果说他的中期戏剧主要是"解剖他人"，那么其晚期戏剧则更多的是"解剖自我"。他敏于体验，深于洞鉴，其目光似乎总在凝视自我及他人灵魂的深渊，这使他发现了当时人们很少意识到的人性秘密，以至有人称他为"戏剧领域中的弗洛伊德"。他晚期戏剧对于人的非理性（特别是魔性、妖性）和潜意识、对于人们日常行为背后的复杂动机的深入探掘与隐晦表现至今仍然是令人惊叹不已的。比如在《罗斯莫庄》中，他对吕贝克的潜意识的层层剖析、对其非理性冲动的生动展示、对其两次拒婚背后深层动机的隐晦表现，给人留下了非常深刻的印象，而尤为难得的是，他通过营构特定情境、描写情境流变中罗斯莫与吕贝克内在灵魂的层层递进与交错发展，把自我内心所体验到的人性深层冲突——精神与欲望、自欺与自省、他救与自救、负罪前进与自我惩罚等之间的冲突——精细入微地表现出来了。又如在《海上夫人》和《海达·高布乐》中，易卜生把女主人公内心多种多样的魔性冲动表现得很有分寸，也很美。哈罗德·布鲁姆甚至说："易卜生最好的散文体戏剧也是表现妖性最充分的几部，尤其是《海达·高布乐》。"② 而易卜生之所以能够描绘出

---

① 《易卜生——艺术家之路》，第20页。
② ［美］哈罗德·布鲁姆：《西方正典》，江宁康译，译林出版社2005年版，第286页。

这些灵魂深层的奇异风景，跟他敏于内省是密切相关的。易卜生自己也曾说，他经常和海达·高布乐在一起散步，他对她的了解，就像对最知心的朋友的了解一样，能够"把握到她灵魂的最后一条波纹"。总之，就像挪威诗人 D. M. 托马斯所说："易卜生不但善于洞察外部世界，而且在他的每部戏剧作品中，以一种非常深入、非常微妙的方式，洞察人物的内心世界。他对人性弱点和矛盾的认识极为深刻，他堪称第一个这样的戏剧家，如此洞悉人类个体之间阴暗复杂的关系以至让人惊奇惶惑。他说在罗马时，他对梵蒂冈宫外的一座雕像十分倾慕，那是缪斯女神的雕像；他说缪斯女神的眼睛似乎既能洞察自己的内心世界，同时又能洞察身外的世界。易卜生自己就是这样，这也就是易卜生之所以现代和永恒的缘故。"① 这位戏剧界的建筑大师确是具有"缪斯女神的眼睛"，他那种"看"的本领，特别是"返身内视"的本领，是他取得巨大艺术成就的秘密之一。

在易卜生晚期戏剧的内向反省中，最为值得注意的是他对人的内在生命运动之形式与规律的探索与表现。有些著作提到易卜生晚期戏剧的心理现实主义特征，但没有进一步去探究他用力最深的点在哪儿。卡西尔说："伟大的戏剧家向我们显示我们内部生活的各种形式。戏剧艺术从一种新的广度和深度上揭示了生活：它传达了对人类的事业和人类的命运、人类的伟大和人类的痛苦的一种认识，与之相比我们日常的存在显得极为无聊和琐碎。我们所有的人都模糊而朦胧地感到生活具有的无限的潜在的可能，它们默默地等待着被从蛰伏状态中唤起而进入意识的明亮而强烈的光照之中。不是感染力的程度而是强化和照亮的程度才是艺术之优劣的尺度。"② 这话用在晚期易卜生身上是特别合适的，因为易卜生晚期悉心研究的乃是"我们内部生活的各种形式"，以及人类内在生命运动的某些具有普遍性的规律。他差不多每两年写一个戏，这期间他用力最深的可能就是琢磨在一定情境中人

---

① 见国家教育部科教文专题片、中国国际电视总公司指定权威产品之《世界文学大师·易卜生》，2005 年。

② ［德］卡西尔：《人论》，甘阳译，上海译文出版社 1985 年版，第 188 页。

物的内在生命如何一步步运动，如何运动才接近最真最美。写戏可能并不是聚焦于人的非理性或潜意识就"深刻"了，就"现代"了，不是那么回事，而是必须对特定情境中人的内在生命运动的形式与规律有深入的研究，进而在这个领域有自己独到的感悟与发现。[①] 这可能是检验剧作家功力深浅的一把重要标尺。在这方面，易卜生晚期戏剧是真正的典范。从这些作品中我们看到，易卜生对人性的结构及其内在矛盾的洞察是非常深入的，从中他发现了人类内在生命运动的多种形式，这些形式既有螺旋上升式的（如罗斯莫与鲁贝克），也有抛物线式的（如索尔尼斯），既有如大海般潮起潮落式的（如艾梨达），也有太极图式的（如吕达），等等。如果说人性人心中种种要素之间"反复出现的本质联系"即人类内在生命运动的规律，那么易卜生对此是非常自觉地去加以探讨的。他曾说，他的作品"一直引以为中心的是能力和愿望之间的矛盾、意志与可能性之间的矛盾，以及在人类和个人身上不时出现的悲剧和喜剧成分的交融等等"[②]；他的《小艾友夫》，就显然是在剖示人性种种矛盾的过程中探索人类生命"变化的规律"。此外，《罗斯莫庄》、《海上夫人》、《海达·高布乐》、《建筑大师》、《博克曼》、《复活日》等杰作对人类内在生命运动的规律都进行了深入的探索：它们不仅展示了人类内在生命运动过程中具有普遍性的一些形式，也揭示了推动其运动的人性人生之根——精神与欲望（灵与肉）、理智与情感、生命与意识（或冲动与反省）、理想与现实、存在与虚无等内在的矛盾。易卜生在这个方面的功力与探索还远远没有得到学界的重视，也还需要进一步去探讨。

---

① 如果说"文学是人学"，那么文学创作并不能满足于描绘出人类生活中的种种现象，而是需要在人性、人情、人心、人生等方面揭示出深层的"真理"，揭示出本质与规律来，让读者真正能够在深层次上认识自己。歌德虽然说过"艺术并不打算揭示事物的奥秘之处，而仅仅只停留在自然现象的表面"，但他绝不是随便停留在某些自然现象的表面，而是有高度选择性和构造性的，他写进作品中的"现象"也往往是特殊的、隐喻性的现象。其代表作《浮士德》写的都是现象，但同时"一点一点都是纯金"（歌德自述），是对人类内在生命之深层结构与运动规律的精妙表现。

② 《易卜生文集》第一卷，黄雨石等译，第9页。

二　自否精神：　几番弄潮蜕前身，　数度迷茫入暮霭

从易卜生晚期戏剧中的艺术自审来看，个中体现的除了内省精神，还有弥可珍视的自否精神。正是自否精神，使得易卜生在取得中期剧作的辉煌成功之后没有跌落下来，而是愈老愈精，在登上高峰后又攀上了一座又一座插入云霄的险峰。

易卜生的自否精神是其主体人格的精魂。他是个天生的怀疑派，怀疑、否定既有的一切道德规范、社会秩序、艺术法则等，也怀疑、否定他自己。他内心有一团"火"，永远要否定自身，永远要向着更高更美的境界跳跃上升。他曾说："我认为，为自由而战应该是一种持续稳定的重要积累以及对真正自由概念的追求。那些自以为已经拥有自由的人们所拥有的不过是僵死的自由和迟钝的自由，因为自由理念的精髓指的是在人类持之以恒的追求过程中不断发展的自由。"[①] 从这里我们可以看到他人格中那种永不满足、不断否定以求不断发展的韧性精神。

如果说"自否定是人在每一瞬间历史地自我创造、自我发展的方式，它永远是一个经验的综合过程，永远是一个有待完成的开放系统。……自否定是一种感性的创造性力量，它是对痛苦的隐忍，对死亡的承担，对自己世界永无止境的冒险开拓，它是一切真善美和自由感的最终源泉"[②]，那么易卜生的整个艺术人生的确是一个自否定的过程。自否定，是其内在生命的深处一团燃烧不息的"活火"，是其创造力始终活跃的标志。特别是在晚年，他的自我否定从《野鸭》开始，到《建筑大师》，到《博克曼》，到《复活日》，逐步递升，达到了登峰造极的高度。

大体说来，易卜生晚期戏剧内在的自否精神主要体现在两个方面，一是人物对自我信念、自我灵魂的反思与否定；二是人物对自己作品

---

①　转引自布莱恩·约翰斯顿《易卜生创造的挪威》，王宁主编《易卜生与现代性：西方与中国》，百花文艺出版社 2001 年版，第 7 页。

②　邓晓芒：《"自否定"哲学原理》，《江海学刊》1997 年第 4 期。

的反思与否定。而这些人物的反思与否定，在一定程度上也折射出易卜生内在的自否精神。

在《野鸭》和《罗斯莫庄》中，易卜生着重反思、否定了他原有的"布朗德情结"和他中期剧作的局限。他原本想把真理与自由的阳光照射进人心深处，"去唤醒整个民族，引导它去思考伟大的事业"，但在现实中，很多人事往往跟他所理想的逆向而行，这使他看到人性与人生的高度复杂性，进而不能不反思到以前的信念与作品有很大局限性。可以设想，他也曾心魂茫茫，如陷身海雾中努力寻找前进的方向。此后他转向了对人性与人生越来越深的探索。而在这种探索过程中，他对自我与他人灵魂中的那些各有深刻合理性的信念一一进行审视，并最终否弃了。他不会认同现有的一切观念，甚至"不相信人类种种理想的永恒性"。这使他必定以"自否定"作为其生命运动、艺术创作的贯穿主线。

在《建筑大师》和《博克曼》中，易卜生让其笔下人物对自己的"艺术家之路"进行了深刻的反思，并流露出否定以前所有作品，甚至否定"创造者之魂"的倾向。索尔尼斯说："我并没有真正盖过什么房子，也没有为盖房子费过心血！完全是一场空！"这里索尔尼斯的话明显体现了一种自否定。他分明已经盖造了一大批房子，并不是真的没有盖过"房子"，但相对于现实来说，他盖的"房子"没有起到他所理想的作用。而尤为令他感到痛苦不安的是，为了盖那些房子，或开发一座座"矿山"、挖出一块块"矿石"，他牺牲了自己和他人的幸福，付出了太大的代价。这一切使得他深深怀疑自己人生的价值与意义。其他如罗斯莫、吕贝克、海达、阿尔莫斯、鲁贝克等人物身上均体现了自否精神。如果说"自否是为了把一切可能存在的障碍加以清除，清除的方式常常是在艺术创作之时直接对创造加以否定"①，那么这种自否定仍然体现了可贵的创造性——它所创造的乃是一种更完善、更完美的境界，一种更符合人性与天人之道的理念。

---

① 朱青生：《没有人是艺术家，也没有人不是艺术家》，商务印书馆 2000 年版，第 216 页。

　　即便到了暮年重病缠身的时候，易卜生仍然具有强韧的自否精神。其戏剧收场白《咱们死人醒来时》便是一个明显例证。站在人生边上，他并没有荣登顶峰、赏尽荣华的满足感，而是充满了"对岁月无情的惋惜和对人生幸福镜花水月的唏嘘"（海默尔语）。在此剧里，他让爱吕尼说："咱们看出无可挽回的事情的时候，只是在咱们死人醒来的时候……到那时候咱们会看出咱们从来没做过活人。"这不一定是易卜生的现身说法，但足以让人警醒。即便在写完这个"收场白"之后，易卜生仍然想超越自我，另辟新路。1899 年 12 月 12 日，他对《世界前进报》的一个记者说："'收场白'这个措辞从我这方面来说并无任何想法。至于我是否还会写出点另外的东西，那纯系我自己的事情。……我今后如果要再写点东西，那么将会是完全另外一类的精神关系，或许也还是另外一类的表现形式。"① 可见他真是生命不息，自否不止，也创造不止。只是"月有阴晴圆缺，人有生老病死，此事古难全"，他的遗愿也只能由后人去完成了。

　　与易卜生的自否精神密切相关，他晚期戏剧所隐含的"否定性的艺术辩证法"是特别值得我们体会和学习的。比约恩·海默尔曾指出"易卜生在其最后 15 年的写作中，把辩证法发挥得淋漓尽致"②，但准确地说，他晚期戏剧所发挥的"辩证法"不完全是黑格尔式的辩证法，而是"否定性的艺术辩证法"——它体现的是易卜生出于自否精神的艺术思维和智慧形式。对此要"一言以蔽之"非常困难，如果强言之，其实质乃是否弃现有于极处求真、无化定在于无中求新、以诗性智慧说不可说。易卜生的《罗斯莫庄》、《海达·高布乐》、《建筑大师》、《博克曼》、《复活日》均体现了这种"否定性的艺术辩证法"。虽然在艺术上"至法无法"，任何能够明确说出来的法度或规律都难免有局限，但易卜生晚期戏剧作为一个丰富的宝藏，它在这方面所隐含的智慧还是很值得我们进一步去探讨的。

---

① 《易卜生——艺术家之路》，第 557 页。

② See *Ibsen Research Papers*, edited by Astrid Saether, Chinese Literature Press, 1995, p.361.

三 贯通精神: 灵境深处无虚实, 艺道精时有神通

从表现手法上说,易卜生晚期戏剧鲜明地体现了一种贯通精神。从勃兰兑斯开始,人们开始注意到在易卜生晚期戏剧里"现实主义与象征主义共同繁荣"①。布莱恩·约翰斯顿虽然认为易卜生的整个戏剧艺术历程是"从浪漫主义到现实主义",但他也曾指出:"易卜生晚期这四个戏剧(指《野鸭》、《建筑大师》、《博克曼》、《我们死人醒来时》)显然创造了一种整体的象征主义。索尔尼斯、艾琳、希尔达都既是象征性的存在也是现实的人物。"② 因而现在恐怕不会有学者像胡适那样说易卜生戏剧"只是一个写实主义"。在这里笔者想指出:易卜生晚期戏剧除了存在"写实与象征的融合",还具有高度的写意性与表现性,并最终体现出"写实、写意与象征、表现的融会贯通"。

常见"中国戏曲重写意,西方话剧重写实"之类说法,而"西方写实戏剧的光辉典范"之类美誉又往往加在易卜生头上。这是不太符合实际的。如果说"写意"是指作家创作时"不求客观再现,而注重表现人物的神态、情感、个性和隐示创作主体的情趣意旨",那么易卜生晚期戏剧其实是高度写意性的。易卜生笔下的人物,很多时候说的并不是日常生活中的口语,而更多的是听从剧作家的心意,说一些隐喻性的、诗意的语言。比如在《野鸭》中,格瑞格斯对雅尔玛说:"我要做一条十分机灵的狗,野鸭扎到水底啃住海藻海带的时候,我就钻下去从淤泥里把它们叼上来。"这话怪诞离奇,明显是隐喻性的,它既表现了格瑞格斯那种敏感多梦、不谙实务的诗人性格,也透露出剧作家的艺术思维。又如在高度写实的《海达·高布乐》中,海达跟勃拉克关于坐火车的那些对话都暗藏着"言外之意,韵外之致",她跟乐务博格的对话也常是如此。海达烧手稿时说的话则更具写意性:

---

① 勃兰兑斯:"就易卜生的情况而言,现实主义和象征主义已经共同繁荣了十几年之久。他性格中相互间的种种不同使得他既倾向于逼真和实情,又倾向于神秘主义。"见《易卜生文集》第八卷,第316页。

② See Brian Johnston, *On The Plays of the Last Group*, www.ibsenvoyages.com/e-texts.

现在我在烧你的孩子，泰遏！你，还有你卷曲的头发！（又把一两叠稿纸扔到火炉里）你的孩子和乐务博格的孩子。（把剩下的稿纸一齐扔到火炉）现在我就在烧——我就在烧这个孩子。①

这种含有多重比喻的话多半是易卜生凑在海达的耳边让她说的。它既充分体现了海达内心的魔性，也流露出易卜生个人的审美情趣。这类例子不胜枚举，就此打住。需要指出的是，易卜生晚期戏剧中那些写意性的语言，也往往是象征性的——写意与象征融为一体。

此外，易卜生晚期戏剧具有高度的表现性，甚至可以说它开创了表现主义戏剧的先河。如果说"表现主义戏剧的特点在于它不重在表现人物行动的外部过程，而要把人物处在各种情境中隐秘的内心活动，用各种手段直接外化和再现在观众面前"②，那么易卜生晚期的几部剧作至少具有表现主义的一些重要质素。撇开隐喻、象征、抒情表白等表现手段，易卜生式表现主义的一个显著特点是以一个人物表现（或打开）另一个人物的内心隐秘。比如在《海上夫人》中，艾梨达内心的魔性冲动很大程度上是靠那个"像大海一样"的陌生人表现出来的；在《建筑大师》中，索尔尼斯的内在灵魂是依托小魔女希尔达表现出来的。正如比约恩·海默尔所说："在《海上夫人》和《建筑大师》这两部剧本里，都以一个人物形象来代表主人公的过去和内心生活，并且再次扮演同样的角色。这一个人物形象首先是将主人公的内心矛盾用形体来具体化了。"③ 而且，易卜生在需要表现主人公的内在灵魂时，可以完全不顾现实界限，情势一到就让一个陌生人或神

---

① 《易卜生文集》第六卷，潘家洵译，第419页。
② 参见周红兴主编《外国戏剧名篇选读》，作家出版社1986年版，第706页。另，托勒认为，表现主义戏剧的特点是"拨掉人的外衣，以便看到他们深藏在内部的灵魂"；岩崎昶认为，表现主义戏剧是"企图把人的思想意识中的世界，或者索性把人的潜意识，以象征的手法整个搬上舞台"；R. S. 弗内斯认为"对表现主义来说，隐喻是一个中心问题"；赫尔曼·巴尔认为"表现主义是指：是否能通过一次奇迹，使得丧失灵魂的、堕落的、被埋葬的人类重新复活"；赫尔曼·黑塞认为"个人同世界进行的抒情对话，以任何比喻方式进行的自我表白和自我经历，都是表现主义"；埃德施密特认为表现主义是"描写本质的艺术"；等等。这些看法与正文中的概括并不矛盾。
③ 《易卜生——艺术家之路》，第433页。

秘客出场，而这个陌生人或神秘客往往正是照出主人公灵魂本质的镜像人物。比如在《小艾友夫》中，为了表现阿尔莫斯和吕达灵魂深处的隐秘，很突兀地就让那个神秘古怪的鼠婆子上场了，然后让她说一通充满隐喻的疯话，接着就走了。这个鼠婆子不一定象征"无常"，其艺术功能在于以其语言侧映出阿尔莫斯和吕达灵魂的黑洞。在《复活日》中，情形亦复如此。就在鲁贝克深感无聊、需要重新认识自己走出困境的时候，爱吕尼出现了，而爱吕尼其实正是他体内原有的那个艺术家，"是他自己的镜中图像"（海默尔语），只是这个艺术家现在已经历了幽明两界，比鲁贝克更清醒、也更有智慧。值得注意的是，易卜生用以表现主人公内在灵魂的镜像人物，也往往具有自己的个性特点，完全可以视为一个独立的人物形象。他（她）们很像"现实中人"，但又带有一些"天外来客"般的神秘气息，成了一个个永远猜不透、说不尽的"精灵"。这使得整个作品更具审美价值。

易卜生的这种表现主义，往往和他的现实描写、诗意隐喻、多重象征是融会在一起的。他自己首先把人物的灵魂琢磨透了，以至精细到"能了解人物灵魂的最后一条波纹"——先"通神"，而后创作时便如有"神通"。每当他要深入剖露人物的内在灵魂时，他就常常让主人公与其镜像人物使用一些在象征、隐喻与白话之间来回流动的语言，比如在《建筑大师》中：

索尔尼斯：从前我总不能爬上一个广阔自由的高处，然而那天我却上去了。

希尔达：（跳起来）不错，不错，你上去了！

索尔尼斯：我站在高处，俯视一切，一边把花圈挂在风标上，一边对他说：伟大的主宰！听我告诉你。从今以后，我要当一个自由的建筑师——我干我的，你干你的，各有各的范围。我不再给你盖教堂了——我只给世间凡人盖住宅。

希尔达：（睁着两只闪闪有光的大眼睛）这就是那天我在空中听见的歌声！

　　索尔尼斯：然而后来还是他占了上风。……给世间凡人盖住宅——简直毫无价值，希尔达。人们用不着这种住宅——他们不能住在里面过快活日子。如果我有这样一所住宅，我也没有用处。我想来想去，这是全部事情的结局。①

　　这些话既深刻地表现了索尔尼斯"所感受到的一个世界的真理"② ——艺术品对于世间凡人简直毫无价值，也表现了他此时内心最深处的郁愤与悲哀。而他与希尔达所使用的语言既是现实的，也是隐喻的、象征的，且永远蒙着一层乳白色的薄雾，永远是无法彻底洞明的。这种语言既有排斥性（排斥完全进入），又有吸引性（引人不断琢磨），因而具有特别的艺术魅力。

　　马丁·艾思林说："易卜生戏剧所具有的持久影响，在很大程度上是由于其作品中那些深隐的、神秘的力量与现实主义的、但背后隐含有潜意识幻想和梦幻成分的表层生活和谐共存：《野鸭》中那个阁楼里仿造的森林荒野，《罗斯莫庄》中的白马，《群鬼》中在阿尔文夫人心里萦回不散的群鬼，《海上夫人》中神秘的陌生人，《小艾友夫》中古怪的鼠婆子，《博克曼》中博克曼自造的监狱，《海达·高布乐》中乐务博格的、被海达视为孩子的手稿，《建筑大师》中有着撩人心魂的外貌、既具诱惑性又有破坏性的希尔达，以及该剧中艾琳的九个玩偶娃娃，这一切既是有力的诗性隐喻、幻想意象，同时也是可以冷静而实际地感知到的真实的物体与力量。"③

　　此诚为精辟之论，在很大程度上也点明了易卜生晚期戏剧写实、象征与表现融会贯通的特点。

---

　　①　《易卜生文集》第七卷，潘家洵译，第90—91页。

　　②　杜夫海纳："表现并不揭示科学所认识的那种客观化的宇宙，而是主体性所感受到的一个世界的真理。它所说的是一个为了人的世界，一个从内部看到的世界，那种不能复制的世界。"见杜夫海纳《美学与哲学》，中国社会科学出版社1985年版，第224页。

　　③　Martin Esslin, *Ibsen and modern dram*, see *Ibsen and the theatre*, edited by Errol Durbach, The Macmillan Press Ltd, 1980, p. 81.

易卜生的这种贯通精神真正是一种活泼泼的艺术精神，他打破了现实主义美学原则的种种束缚，无分虚实不论真假，只要有利于表现人物的内在灵魂皆可为我所用。这对于我们在艺术上大胆拓新，解放艺术生产力，是很有启示意义的。

四　超越精神：　无边落木萧萧下，　不尽阳光滚滚来

如果着眼于易卜生晚期戏剧的艺术整体，可以发现其作品大都具有一种内在的超越精神——超越现实、超越有限、超越时代，甚至超越人们现有的种种理想。指出这一点很有必要，因为易卜生曾多次被打上"毒素散布者"的标签，也曾为被视为"难以忍受的悲观主义者和神秘主义者"，遭到过种种的诋毁与误解。易卜生确有"忍与妖魔共徘徊"的一面，也揭示了人类灵魂中诸多的黑点与暗角，但这只是他艺术灵魂与作品整体中的一部分。如果我们愿意理解他的艺术思维，会发现他恰恰是一个执着地寻求以审美感通参与人格重建的剧作家，一位伟大的以人为本的艺术家。

哈罗德·布鲁姆认为："易卜生有一种基本的特质，即一种狡黠的诡异感令人不安地与他的创造力结合在一起，这就是纯粹的妖性。……易卜生不是道德家，他更像一只凶狠的毒蝎。"[①] 不过他并不由此认为易卜生散布毒素，而是认为易卜生作品中的妖性构成了他的原创性，并成就了其作品的审美价值。[②] 这种见解是令人耳目一新的，但又似乎隐含有不妥之处。笔者认为，写出人内心的妖性、魔性，并不是易卜生的目的，也未必是要以此制造审美价值。

就拿布鲁姆认为"表现妖性最充分"的《海达·高布乐》来说，易卜生的确着力写出了海达内心的妖性、魔性，但她并不是伊阿古或爱德蒙的后代。她并不像他们那样守恶不改冷酷到底，她做的一切既出于她的本能，也出于她对人生底蕴过于敏慧的洞见。她最后在不必

---

① ［美］哈罗德·布鲁姆：《西方正典》，江宁康译，译林出版社 2005 年版，第 275、283 页。

② 哈罗德·布鲁姆认为"易卜生作为一个剧作家，更类似于他自己笔下的蛇形山妖，即那个隐身的大妖"，而"我们最感兴趣的是那些人物何时显露妖性"。他觉得这特别能给人审美的满足，其结论是"易卜生代表着审美时代剧作家的典范"。

自杀的情况下优美地自杀了，也毕竟透出一种高贵的气度。而易卜生之所以塑造海达·高布乐这个人物形象，很大程度是启示人重新思考人性、生死以及生存的意义究竟何在等根本问题。因而易卜生与海达是有距离的，他塑造这个形象体现了双重的超越性——以海达形象超越她周围平庸乏味的现实，让观照海达形象的人反思、超越海达。再拿布鲁姆很欣赏的《建筑大师》来说，索尔尼斯这个人物的审美价值主要不是来自他心中的魔性，而在于他对自己的创作历程、自我人性、作品价值等的深刻反省，在于他反省后仍然具有的超越性追求和形而上冲动。索尔尼斯最后从高楼上摔下来，与剧作家是否悲观是毫无关系的，而更多的是体现了一种超越精神——超越整个现世生活，与上帝对话，趋向宇宙中的神性真在。如果抽调了"反思"、"反省"，就几乎谈不上"审美"①——无论对于鉴赏者还是对于创作者来说都是如此。

　　如果说以上二剧内在的超越精神还不够明显的话，那么可以再看一下《罗斯莫庄》和《复活日》。在《罗斯莫庄》中，罗斯莫和吕贝克最后跳桥自杀，不是向传统回归，也不是向罗斯莫庄的"白马"投降，更不是流露了作家的悲观情绪，而是对一种更合理的、更真更美的生存境界的极致追求。他们最终的选择是远远超越现实、超越基督教人生观和自由主义人生观的，因而对于我们思考重建什么样的人格是具有启发意义的。在《复活日》中，易卜生精细地演绎了艺术家鲁贝克如何否弃已经历过的两种生存境界，而最后走进了"第三境界"——在审美与信仰中显现的纯美境界。其他剧作如《小艾友夫》、《博克曼》等都体现了易卜生内心对于现实人性、现实人生的高度超越性，以及易卜生关于重建人格、重铸心魂的一些思考。总之，正如比约恩·海默尔所说："在易卜生戏剧所有的台词背后，一方面可以令人隽永地品味出由几种晦暗不明的力量构成的一股汹涌猛烈的潜流，那是一

---

　　① 康德认为审美判断力是一种"反思性的判断力"，这是很耐人寻味的。艺术创作通常只是描写现象，但创作者与作品往往构成反思关系，而绝非同一关系。因而读者鉴赏时绝对需要反思，最好能反思到写出这一切的本源——作家的艺术灵魂，才初步完成一个审美过程。易卜生对于艺术创作内在的反思性是有敏觉的，他不仅自己反思，也让他笔下的人物反思，这样其笔下的人物有不少都成了内省性的艺术家。

股隐晦地驱使人们走向无底深渊的冲动……但另一方面，人们从这种虚妄空幻之中孕育滋长出一股热烈激昂的渴望，想要去追求某种冥茫之中的不可知的前景、一股破晓的曙光，它也许能赋予生命以意义、凝聚力甚至欢悦。而这恰恰正是易卜生的世界里对阳光和自由的追求。"① 那种对"冥茫之中的不可知的前景"、对"阳光和自由"的追求，正是易卜生晚期戏剧中内在超越精神的生动体现。这种超越性的追求比布鲁姆所谓"妖性"更内在，也更强韧，是易剧审美价值的重要源泉。

黄雨石先生在其译著《青年艺术家的画像》的"前言"中，曾提到一个有趣的谜语：

> 我国过去曾有人用一句杜诗"无边落木萧萧下"打一字谜，谜底是个"日"字。这谜语据说是这样破的：我国南北朝时期，南朝有一个梁代，仅有两代皇帝，一是萧渊明，一是萧方智，因此"萧萧"便可以等于"梁"。而"梁"又为陈（陈）所灭，所以"萧萧下"之后则为"陳（陈）"；"陳（陈）"无边则是"東（东）"，"東（东）"字去"木"岂不就是"日"字了？这一谜语安排得不可谓不巧，其中所包含的知识学问也非同一般。②

笔者认为，这里所包含的"知识学问"不止有历史的知识，更有艺术的奥秘。尤其是在看易卜生戏剧时，笔者屡屡想到这个谜语。易卜生之所以敏于描写人类灵魂中的种种黑暗，不正是因为他心中有一轮光明的太阳吗？就像海德格尔所说："太大的光亮把诗人置入黑暗中。"③ 他写出种种阴暗景象，并不是要散布毒素，而是让人们认清自我、反省自我，进而解放自我、更新自我。易卜生之所以常常写悲剧，让人物或"萧萧下"，或"遽遽崩"，或"悄悄殁"，不正是因为他向往着像太阳一般崇高灿烂的境界吗？我国著名作家残雪说："正因为

---

① 《易卜生——艺术家之路》，第 22 页。

② ［爱尔兰］詹姆斯·乔伊斯：《青年艺术家的画像》，黄雨石译，外国文学出版社 1998 年版，第 6 页。

③ ［德］海德格尔：《荷尔德林诗的阐释》，孙周兴译，商务印书馆 2004 年版，第 48 页。

心中有光明，黑暗才成其为黑暗，正因为有天堂，才会有对地狱的刻骨体验，正因为充满了博爱，人才能在艺术的境界里超脱、升华。"①可以说，正是因为艺术家心中有"太阳"（日），有超越性的崇高理想，他才能写出"无边落木萧萧下"的内外现实，而我们从作品所描写的种种肃杀黑暗的景象里，本应看到的是作家内心超越性的理想，看到那滔滔不尽的"阳光"。

易卜生曾说："谁要想了解我，必须了解挪威。那雄伟而严峻的北方自然环境，那种与世隔绝的孤独生活——农场之间相隔几英里之遥——迫使他们只能局限于自己的小天地里。这就是为什么他们变得内向而严肃，忧虑而多疑，并且往往丧失信仰。但人们又都是哲学家！在那里一旦漫长、黑暗的冬天来临，房屋就会终日被笼罩在浓浓的雾霭之中。啊，他们是多么渴望太阳！"② 也许正因为内心渴望太阳，易卜生内心里始终悬有一轮不落的太阳，其作品即便在剖露最黑暗的灵魂时也仍然从深处透出光亮（如《博克曼》）。这可能是易卜生晚期戏剧具有超越时代、历久弥深的艺术力量的一个重要原因，也是很值得我们去深入体会与探讨的。

综上可以说，易卜生晚期戏剧的内在精神主要是内省精神、自否精神、贯通精神和超越精神。这四种精神实质上是一致的，也是很难截然分清的，以上只是为了论述的需要才分开一一加以阐析。与此相应，易卜生晚期对人内在生命运动之形式与规律的深入探索，对"否定性的艺术辩证法"的巧妙运用，将写实、写意与象征、表现融会贯通的大胆革新，以及求真不息求美不止的向日情怀，对于我们的艺术创作是颇具启发意义的。

---

① 残雪：《残雪访谈录》，湖南文艺出版社 2003 年版，第 292 页。

② See *Ibsen Research Papers*, edited by Astrid Saether, Chinese Literature Press, 1995, p. 375.

结语　双重自审与复象诗学：易卜 戏剧的内核与贡献

　　把握了易卜戏剧的内在精神，并不意味着把握到了易卜戏剧的内核。易卜戏剧的内核，是易卜戏剧内在精神与基本形式融合为一的结晶体，仿若易卜戏剧的 DNA 结构。① 如果说 DNA 结构内含的基因决定着生命体的成长与特征，那么也正是这个 DNA 结构，构成易卜戏剧之"怎是"，并决定了易卜戏剧之所以呈现出如此这般的骨骼与样貌。② 抽绎出这个 DNA 结构，才算是掌握了易卜戏剧的"密码"。那么易卜戏剧的 DNA 结构究竟是什么呢？

　　如果说易卜戏剧的 DNA 结构指的是决定易卜戏剧之所以如此这般之"怎是"，那么笔者认为这一结构就是由"灵魂自审"与"艺

---

　　① 因发现 DNA 双螺旋结构而获得 1962 年诺贝尔生理学奖的美国生物学家詹姆斯·沃森说："DNA 双螺旋结构是由两条糖和磷酸骨架在外周缠绕在一起、由氢键维系着的碱基对平置在内部而成；这样，DNA 结构很像一个螺旋形楼梯，而平面碱基对则是一个个台阶。"（见詹姆斯·沃森《双螺旋：发现 DNA 结构的故事》，刘望夷译，上海译文出版社 2016 年版，第 119 页）需要注意的是，在 DNA 结构中，除了有两条螺旋链（脱氧核糖和磷酸）缠绕在一起，还有两对碱基（腺嘌呤与胸腺嘧啶结对，鸟嘌呤与胞嘧啶结对）搭在一起，像螺旋上升的楼梯一般，这样一个立体结构，才是承载生物基因与遗传密码的物质。其研究成果开启了分子生物学时代，使人类基因密码的破译和"生命之谜"的揭开逐步成为现实。本章借用"DNA 结构"一词，是在借喻的意义上使用，指代决定易卜生晚期戏剧之所以呈现如此状貌的内质、本因，而之所以不直接言"内质、本因"，是试图克服线性思维，立体地、结构性地去把握个中内质。

　　② 亚氏《诗学》借用生物学的"有机整体"观念研究戏剧，开启了从生物学角度研究艺术的先河。现代生物学较之古典生物学已经有了很大的发展，借鉴现代生物学的新成果研究艺术也许值得尝试。审美感通学批评要求把艺术作品当作活的生命去感受，故而自然会从生命学的角度看待艺术作品。

术自审"这两种基质扭结而成的双螺旋结构;而且,在此结构内部,内省意识、自否意识、贯通意识、超越意识两两结对,让这一结构内部各要素连接得非常紧密,近于完美。① 这样有机构成的双螺旋结构,在本章语境中姑且简称为"双重自审"。它内在地渗透于易卜生晚期八剧之中,既决定着那些作品的内容,也决定着那些作品的形式。它可以幻化出种种形态,变戏法似的表现出多种样貌,但万变不离其宗。而且,易翁戏剧的独创性、现代性与先锋性,与易卜生晚期越来越深邃的"双重自审"也是密不可分的。正是"双重自审",使易卜生晚期戏剧呈现出"复象景观"和"元戏剧"特征,在审美方面达到了非常精微高妙的境界。如果要描述易卜生晚期戏剧所达到的审美境界,或可谓曰:楼外有楼,象外有象;景深无穷,境界层深。如果要概括易卜生晚期戏剧所凝聚的艺术智慧,或可谓曰:复象诗学。由复象诗学所标识的艺术智慧,与巴赫金所说的复调思维有很大的差异,可以说是易翁戏剧的一个独到贡献。下面试详论之。

一　双重自审:　易卜生晚期戏剧的基本内核

正如布莱恩·约翰斯顿所说,易卜生非常善于对其同时代人"进行遥远的历史透视";而研究易翁戏剧的内核,同样需要一种深邃而细腻的透视能力。经过反复感悟、透视,可以发现,易卜生晚期戏剧最内在、最初的"胚芽"是由"灵魂自审"与"艺术自审"所构成的双螺旋结构("双重自审")。所谓"灵魂自审",首先是指易卜生晚期戏剧中的主要人物往往具有一种内向自省、自审灵魂的性格倾向,其次是指剧作家通过塑造自审性的人物,对自我以及本民族的文化心理结构以至人类的本性、人性的深层结构进行探掘、剖析、审视、批

---

① 在易卜生晚期戏剧中,"内省意识"与"贯通意识"是相接的,着重体现易卜生的"灵魂自审";"自否意识"与"超越意识"是相接的,着重体现易卜生的"艺术自审"。它们在本质上是统一的,共同构成一个双螺旋结构,并维持着这一结构的有机性。当然,所有这些都是在借喻、类比的意义上讲的,不是严格意义上的科学描述。这种类比也许稍显牵强,但有助于立体而深入地把握易翁戏剧的内核。

判。而所谓"艺术自审",既可以理解为剧中人物对自己的艺术人生、艺术创作以及艺术的本质与功能进行反省、审思,也可以理解为剧作家通过创作来回顾、反思自己的艺术人生,表达对艺术本质与价值的新思考,还可以理解为"艺术"通过易卜生的创作来自己审自己。①这后一种"自审",也许匪夷所思,但在易卜生晚期戏剧中确实是存在的。下面就结合易卜生晚期的《野鸭》、《建筑大师》、《博克曼》等优秀剧作来进一步透视其中的"双重自审"。

《野鸭》是易卜生晚期"开辟新道路"的首部作品。关于此剧,易卜生一方面说它"在总体上与政治的、社会的问题无关,也不涉及公共事务"②,另一方面又说"我已经把我想写的一切都放进去了……它的构思与方法有多处与我以前的剧作不同……《野鸭》很可能把我们中间一些年轻剧作家引上一条新的创作道路"③。这里,特别迷人的地方在于,易卜生究竟是怎样构思、创作这部剧作的呢?此问无从实证,但不妨根据易卜生已经完成的剧本作一番想象。在年近花甲之际,易卜生对人生、对自我、对艺术的感受与思考是非常驳杂而深邃的,他想要表达的东西确有太多太多。他的亲身经历——尤其是创作引起的种种风波,人们对"真理与阳光"的种种拒斥④——尤为令他痛心,于是珠胎暗结,让他如鲠在喉,不吐不快。但作为一个真诚的、以"生活就是与心中魔鬼搏斗,写作就是对自我进行审判"为座右铭的

---

① 这种理解借鉴了黑格尔式"以客体为主体"的思维方式,把"艺术"视为可以自我认识的主体。

② 《易卜生书信演讲集》,第 237 页。

③ 同上书,第 244—245 页。

④ 比如,易卜生曾从挪威特隆姆瑟郡的劳拉(她年少时曾将自己写的小说《布朗德的女儿》寄给易卜生)的亲身经历得到灵感,创作出了《玩偶之家》。该剧发表后,当时挪威、瑞典、丹麦的人都认为娜拉就是劳拉·基勒,且对劳拉多有非议;劳拉觉得很难受,希望易卜生公开声明娜拉不是劳拉。当时北欧著名女作家卡米拉·科莱特为了让劳拉免受指责,也要求易卜生更正。易卜生保持沉默,未如其愿。后来劳拉便和易卜生断交了。直到过去了二十多年,劳拉才和易卜生恢复交往(详见刘大杰《易卜生研究》,商务印书馆 1928 年版,第 162—166 页)。又如,易卜生写出《群鬼》后,又遭到铺天盖地的攻击,一些论者认为此剧是个"令人恶心的阴沟洞",剧作者是在"用毒药毒化现代舞台"。关于此剧的评论几乎构成一部《咒语大全》,详见高中甫选编《易卜生评论集》,外语教学与研究出版社 1982 年版,第 47—48 页。

艺术家，如今易卜生首先想要做的是反思自我与艺术（或审视自我的灵魂与艺术），而不仅仅是泄愤。[①] 如何将自己在亲身经历中深化的人性之思、存在之思与艺术之思融渗到创作中去，很可能是易卜生需要解决的一个重要问题。

从最终成形的作品来看，易卜生的解决办法是：以一种复合性的、双管齐下的方式在一部戏剧中套另一部戏剧，在一个现实性的、描写普通人矛盾纠葛的戏剧故事中上演另一部以艺术家为主人公的、表现艺术家内在焦虑与自我怀疑的戏剧。而他实现这一点的关键，则是赋予剧中主要人物、场景、动作乃至情节以多重象征意味和某种可转换性，从而使得整部作品"横看成岭侧成峰"，包蕴着多重意象世界。而要使得剧中主要人物、场景、动作具有可转换性，关键在于要在这些人物、场景、动作中渗入"双重自审"的因子。于是，我们看到，易卜生通过塑造格瑞格斯、瑞凌、雅尔玛、海特维格等人物形象，一方面反省了心中的布朗德情结，另一方面也凸显了艺术的限度；一方面引起人们对生存复杂性、人性多面性的沉思，另一方面也引起人们对艺术、艺术家作用的反思（详见本书第一章分析）。单以格瑞格斯而言，他在剧中是资本家老威利的儿子，一个痛恨父亲虚伪奸诈、玩弄女人、巧取豪夺的年轻人，用现在的话说，他是个跟老爸关系有点紧张的"富二代"。但对于这个"富二代"，易卜生又赋予他一种诗人的气质，一份想要启蒙、拯救他人的心志，这就让格瑞格斯跟艺术家形象有重合之处了。他不想着继承、管理父亲的产业，却偏偏要跑到雅尔玛家，要把雅尔玛"从有毒的泥塘里救出来"，这就让他的行动跟艺术家的事业有相似之处。他跟雅尔玛、海特维格的那些谈话，既像是谈些日常琐事，又隐含深意。其拯救的最终结果（雅尔玛家破人亡），一方面让人看到格瑞格斯灵魂中理念的狂热与情感的冷缩，另一方面也的确让人感悟到艺术作为

---

① 易卜生在《野鸭》之前创作的《人民公敌》，虽寓意深广，但多少带有一点"泄愤"的意味。此后易卜生不希望再写这类剧作了，他要和以前不同，要穿越政治、社会问题进入更深广的领域。

一把"双刃剑"的性质与作用。格瑞格斯的所作所为,在很大程度上就跟易卜生创作的《布朗德》、《玩偶之家》等作品一样,其初衷确实是想提高人们的心智,让大家睁开眼睛认识自我、解放自我、实现自我,但现实生活中的人对于"理想的要求"不但不欢迎,反而很排斥,以致客观上那些作品很难起到预想的作用。甚至有人认为易卜生的那些作品是邪恶的、败坏人心的,连当时北欧的学生都受这种谬论影响,以至于易卜生不得不告知"艺术和诗歌并非在根本上是邪恶的"[①]。现实如此,艺术何为?这确实是一个引人深思的问题。所有这些,既在易卜生心里留下了创伤记忆,也刺激着他做出更进一步的反思与回应。

紧接着,在《罗斯莫庄》中,易卜生对自我的灵魂与艺术的出路做了非常深切的洞鉴与探索。[②] 在《建筑大师》中,易卜生的"双重自审"更是达到了一个前所未有的顶峰。易卜生创作此剧,几乎是非常自觉地要对自我的心魂与艺术创作进行一番透彻的审视与审判。在该剧中我们看到,主人公索尔尼斯身上的魔性一方面使他不由自主地向着心目中的目标驰骛不止,另一方面又使他不由自主地倾向于控制和压迫他人。作为创造者之魂,索尔尼斯体内的山精与妖魔既有创造性、建设性的一面,又有叛逆性、破坏性的一面。在索尔尼斯的人生履历中,既有显明的恶迹,比如残酷地把老布罗维克踩在脚下,又严厉地控制着他的儿子,使之按照自己的意愿行事;也有隐在的恶意,比如一心盼望艾琳家的老房子被大火烧掉,以便他的建筑事业可以起步。最后,索尔尼斯在希尔达的鼓动下登上塔楼,终于把持不住掉下来摔死了。这一结局,表面上看是"恶有恶报",但其实也可以看作是索尔尼斯的自审自裁。他虽然恶迹斑斑,但良心不泯;他为自己过去的行为感到痛苦,但又深知自己体内的魔性是自己把握不了的——只要还活着,就免不了要操控他人。最后,他明知必

---

① 《易卜生书信演讲集》,第 93 页。
② 汪余礼:《〈罗斯莫庄〉:奔腾的白马与夜半的太阳——兼析该剧对戏剧艺术本质与潜能的探掘》,《艺术百家》2008 年第 3 期。

死而登上塔楼,在某种意义上是他自身的神性对魔性的超越,是有限者向无限者的皈依。

《建筑大师》同时也是易卜生在"艺术自审"方面成就最突出的一部作品。透过剧本,我们分明看到一个孤独的老艺术家,坐在自家的客厅里,没有一个人可以说说话,于是只好跟自己心造的小姑娘希尔达聊天。在剧中,索尔尼斯跟希尔达的谈话表面上看是关于他的家庭内务的反思,但其实更多的是关于艺术创作本身的反思。作为一个艺术家,他很清楚如何使自己的事业获得一个大胜利,但令人寒心的是,要取得"胜利"不但要牺牲自己的幸福,而且要摧残自己另一半的事业——把孩子们的灵魂培养得平衡和谐、崇高优美的事业! 为什么会这样? 这里触及艺术领域一个骇人听闻的秘密,而这样的秘密只有极少数严于自审的艺术家才会说出来。这就是:索尔尼斯内心里虽然绝对认同艾琳所代表的善良、和谐、优美、崇高等精神价值,但为了自己的作品在成人的世界里被欣赏、被承认,他有时候压抑了自己善良的愿望,而倾向于纵容体内的山精与妖魔兴风作浪。他也确实"发动过体内的山精",暗暗盼望大火烧了艾琳家的老房子,结果大火夺去了他的两个孩子。易卜生虽然不一定是为了捞取名誉和金钱而写作,但从其创作实际来看,他确实也写过一些魔性浓郁的作品,如《布朗德》、《海达·高布乐》。如果说艺术创作在一定程度上离不开魔性的发挥或山精的合作①,那么究竟该如何看待艺术创作的意义呢? 易卜生对此的态度似乎是双重的:既坚信艺术的积极意义,又有所怀疑、不安。他早年曾立下雄心壮志要以艺术创作引发人类精神的革命,但对于观众究竟能不能透过作品表层的邪恶现象而感悟到作品深层的真与美则没有把握。如果作家与接受者之间没有深层次的感通,那就完全是一场空。在该剧第三幕,索尔尼斯对希尔达说:"我想来想去,这是全部事情的结局。我并没有真正盖过什么房子,也没有为盖房子

---

① 哈罗德·布鲁姆说:"易卜生是一位有意与山妖结盟的建筑大师。"(见其《西方正典》,第27页)茨威格说:"没有哪种伟大的艺术没有魔性。"(见其《世界建筑师》,第132页)这些话值得深思。

费过心血！完全是一场空！"据此虽然不能推出易卜生否定了自己以前创作的所有作品，却可以猜想：首先，易卜生可能是要借此为自己、也为一类聪明的艺术家进行反省；其次，他感到应该"真正为盖房子费心血"。这也就是说，艺术创作要真正有助于"把人的灵魂培养得平衡和谐、崇高优美，使它们昂扬上升，得到充分发展"。在后来的《小艾友夫》中，易卜生明显朝着这一目标在努力。在随后的《博克曼》、《复活日》等剧中，"灵魂自审"与"艺术自审"仍然如两条红线贯穿其中，既体现着剧作的内在张力与艺术魅力，也体现着易卜生思想的深度与高度。

综观易卜生一生的戏剧创作，其最精粹处在于"灵魂自审"和"艺术自审"。易卜生的灵魂自审，不仅对自我人性的内在矛盾与深层结构进行了深入的发掘，而且对积淀在现代欧洲人灵魂深处的传统道德观念进行了极为深刻的反思；易卜生的艺术自审，创造了一种在戏剧中反思艺术家身份、艺术家活动、艺术品价值的"元戏剧"形式，拓展了戏剧艺术的潜能，也深化了人们对艺术的认识。当然，这一切和易卜生的内省意识、自否意识、贯通意识、超越意识是密切联系在一起的，它们共同构成了易翁戏剧的基本内核。这一内核仿佛一个DNA双螺旋结构，内在地溶渗于易卜生晚期每一部剧作中，是打开其内在艺术世界的密码。而尤为值得注意的是，这一结构内蕴了促使易卜生不断自我反思、自我超越的"基因"，使得易卜生不仅在灵魂洞鉴、人性探索方面愈发深邃，也使得他在形式拓新、艺境营构方面取得更大成就。

二　复象诗学：易卜生晚期戏剧的独到贡献

源于"双重自审"，易卜生晚期戏剧呈现出独特的复象景观，在世界戏剧史上展现了一片片罕见的奇景。易翁似乎具有一种异乎寻常、难以想象的天赋，使他能够在单个剧本中营构出一个"境界层深"的意象世界的同时，又隐蕴了另一个"境界层深"的意象世界。而且，这后一个意象世界往往出人意表、深隐不显，如果不具备敏锐的眼光几乎是看不出来的。从创作学兼审美学的角度来看，可以说易卜生晚期戏剧隐含了一种独特的"复象诗学"。

如果说"艺术的本体是审美意象,即一个完整的、有意蕴的感性世界"①,那么戏剧作品的意象世界,即是由戏剧人物、戏剧场景、戏剧动作、戏剧情节等感性要素所合成的感性世界。经过前面对易卜生晚期八剧的分析,可以看到,易卜生晚期戏剧的意象世界是多重的,而且同一剧中不同的意象世界差异很大,构成了复杂微妙的张力关系。比如《野鸭》,表层意象世界是在林业老板威利家和照相师雅尔玛家展开的,格瑞格斯是连接这两个家庭的纽带,他既把这两个家庭过去的纠葛带出来,又导致了这两个家庭现在的灾难。如果格瑞格斯不是那么执着地要向平常人宣讲"理想的要求",不是一厢情愿地要去拯救他人,那么悲剧是不会发生的。光看表象,我们几乎完全可以认同萧伯纳的判断——该剧是"向那些把自身理想化的不可救药的理想主义者开刀"②。但如果悟入该剧深隐的意象世界,则可看到一组艺术家群像:矢志提高他人、过于理想主义而同情感较欠缺的疯子艺术家格瑞格斯,深谙人性弱点、用瞒和骗来制造幻梦的骗子艺术家瑞凌,单纯善良仁爱、富于自我牺牲精神的圣子艺术家海特维格,以及自欺欺人、逐渐陷入泥塘深处的戏子艺术家雅尔玛。他们展现了艺术发展的种种路向,但哪一种真能提高人的精神呢?易卜生在人们心里刻下了一个个巨大的问号,催人警醒而又发人深思。

《建筑大师》亦然。其卓绝之处,不仅在于它在内容上含有双重自审,更在于它在形式上展开了两重(甚至多重)意象世界。当我们直接去感受剧中的场景、人物与情节,把建筑大师索尔尼斯看作是一个行业领袖,那么以此领袖为核心,我们对剧中其他人物相应作出切实的读解,那么会逐渐感知到一个触及领袖心魂、建筑行规和宇宙秩序的意象世界。然而,当我们把索尔尼斯看作是一个艺术家,进而对

---

① 叶朗:《美在意象——美学基本原理提要》,《北京大学学报》2009 年第 3 期。

② Shaw, Bernard, *The Quintessence of Ibsenism*, London: Constable and Company Limited, 1932, p. 75.

他那些双关性的语言作出全新的理解，那么又会逐渐感知到一个关涉艺术创造的隐秘机制和艺术活动之价值意义的意象世界。可以说，《建筑大师》中具有两重意象世界，一重围绕索尔尼斯、艾琳、瑞格纳之间的矛盾关系伸展开来，是一个关涉领袖心魂、怨偶隔阂、老少对立、人生沧桑的意象世界；另一重则主要在索尔尼斯与希尔达之间展开，它呈现的是艺术家灵魂内部的风景，是一个关涉艺术创造之秘境、艺术价值之限度、艺术与神性之遇合的意象世界。这两重意象世界，各自都可以构成一个景深无穷的世界，都可以给人无限的品味与遐思。

如果说《建筑大师》中的深层意象世界可以顺着剧作家的暗示逐步索隐出来，那么《博克曼》中的深层意象世界则几乎是"羚羊挂角，无迹可求"的。就初读感受而言，正如约翰·诺特阿姆所说，"该剧讲述了一个诈骗犯，一个自我辩护、自我欺骗、自我粉饰的自负狂者最终走向疯狂的故事。"① 从现实主义美学的视角来看，《博克曼》确乎呈现了 19 世纪后半叶一位红极一时的金融家博克曼从犯罪入狱到自我审判的过程，同时也反映了人与人之间无法沟通的生存困境。② 看罢该剧，其中"陈旧而黯淡的瑞替姆府邸"、"在楼上走廊来回踱步的病狼"、"暗夜里微光反射的雪地"等意象久久驻留脑海，几乎给人一种凄神寒骨、忧伤不尽的感觉。这些意象与作品深处的"心狱"意象连成一片，以其深厚的人性内涵、哲理意蕴打动我们的心灵，让人想说什么，但又只能沉默。这是《博克曼》呈现出来的第一重意象世界。但如果我们反复细读作品，用心体悟剧中人说话的言外之意、戏剧情境深处的核心意象，那么会逐渐发现，《博克曼》实在是一座以鬼斧神工建成的多层复合型楼台。它表面上是演述一个银行家、诈骗犯的故事，而内质是在展露一类艺术家的灵魂风景，是表现剧作家的心象世界。这个心象世界是由一系列隐喻、象征和双关

---

① 参见王宁主编《易卜生与现代性：西方与中国》，百花文艺出版社 2001 年版，第 301 页。

② 参见刘明厚《读易卜生的〈约翰·盖勃吕尔·博克曼〉》，《外国文学评论》1994 年第 2 期；刘明厚《博克曼：自由生存困境的囚徒》，《戏剧艺术》2007 年第 5 期。

语构成的意象世界，也是一个关涉艺术创造之本质、机制与局限的艺术世界。在这个世界里，易卜生着重反思、探索的是艺术（家）是否在根本上就是邪恶而有罪的？艺术家为了完成自以为天赋的崇高使命而牺牲掉世间种种幸福（其典型代价是犯下"双重谋杀罪"）究竟是对还是错？这种疑问对易卜生来说可谓刻骨铭心，一直延伸到《复活日》的创作之中。

通过以上的分析可知，易卜生晚期优秀剧作的意象世界是双重的甚或多重的，而且其中深隐的意象世界往往关涉艺术自身，关涉艺术家及其创作活动本身。这构成易卜生晚期戏剧的复象世界。如果我们进一步"沿波而讨源"，体悟出易卜生创作复象戏剧的诗性智慧、艺术手法，以及他创作这种戏剧背后的艺术理念，则可以总结、提炼出其"复象诗学"的主要内涵。

从作品来看，易卜生主要是通过富有张力的情境、具有多重身份的人物、象征性的场景、双关性的语言、复合型的结构，以及间离、隐喻等手法来创构这些复象戏剧的。尤需指出的是，易卜生晚期的戏剧思维，已经进入了真正的"复象思维"，而不限于"象征思维"[①]。"复象"可以包容"象征"，但比"象征"更复杂。易卜生并不只是以某种具体事物来象征抽象观念或超验之物，而是在表层具象本身隐喻着同样具体的深层意象（其笔下具象可以转换或变幻出新的形象或意象），其表层意象连成一片可以构成一个意象世界，其深层意象连成一片也能构成一个意象世界，这些意象世界各有其象征意蕴，故而"象外有象，境界层深"。

从学理上看，易卜生晚期戏剧的复象诗学，既和易卜生独特的戏剧观、艺术观密不可分，也有着深刻的艺术本体论根据。在戏剧艺术观念上，易卜生自述："我的戏剧力求让人在欣赏时真实地体验一段

[①]　易卜生在1857年说过"象征本来应该像矿藏中的银矿脉一样隐蔽地贯穿整个作品"，但在1890年易卜生却说："人们硬加给我的什么奥秘和象征一类的东西真是千奇百怪的……难道他们不能好好地去阅读我所写的作品吗？"由此可以推知，第一，易卜生的戏剧思维绝非局限于"象征"；第二，易卜生希望人们通过更细致地阅读作品理解其艺术上的革新。

真实的生命历程。"① 到了晚年，他仍然认为，"戏剧效果的产生，在很大程度上取决于让观众感到他好像是实实在在地坐着、听着和看着发生在真实生活中的事情"②。正是基于这种观念，易卜生很重视给观众"真实感"，而不玩特别玄虚、飘忽、迷离的"花活"。这使易卜生晚期戏剧仍然具有现实主义的表象。但易卜生绝不停留于此。他的眼睛几乎天生地倾向于透过表象看到深一层的隐象。假如一位可爱的小姑娘站在眼前，他会觉得隐藏在对方"外貌里面的一定是一位玄奥神秘的小公主"；要是对方佩戴着珍珠，他又觉得对方"对珍珠的酷爱中，一定隐藏着某种神秘的意义"③。这种思维倾向，使他在创构一个人物形象时往往把另一人物形象置入其中，造成某种复象感、重影感；而对于每一道具、每一场景，他都不会随便设置，而是赋予其隐秘的意义，使之与人物的象外之象一起构成另一个意象世界。而且，易卜生深知，"每个读者都基于自己的人格重新创作诗人的作品，按自己的个性去美化和修饰它。写作品的人和读作品的人都是诗人，他们是合作者"④，由此，他很注意赋予笔下人物、情节等以某种不确定性，或在某些方面留下空白，给读者以无尽的遐想空间、创作空间。简而言之，易卜生晚期的戏剧思维与艺术智慧，一方面使其作品的深层意象隐蔽地贯穿整个作品，另一方面也使作品言有尽而意无穷，给人捉摸不透、品味不尽的感觉。

此外，更重要的是，易卜生晚年有一种很独特的艺术理念，即认为"写作是对自我进行审判"，这是其"复象戏剧"得以产生的一个重要原因，也是其"复象诗学"的一个重要内涵。1880 年 6 月 16 日，易卜生写信给路德维格·帕萨奇说："我曾在我的一本书上题写了以下诗句作为我的座右铭：生活就是与心中魔鬼搏斗；写作就是对自我进行审判。"⑤ 这种理念既跟古希腊以来的模仿论艺术观判然有别，也

① 《易卜生书信演讲集》，第 218 页。
② 同上书，第 229 页。
③ 同上书，第 301 页。
④ 同上书，第 385 页。
⑤ 同上书，第 190 页。

和北欧一度流行的表现论艺术观迥然不同，它兼有内向探索、纵深透视、客观审思三重维度，是一种把个人性与社会性、主观性与客观性、特殊性与普遍性高度结合起来的艺术观。在此艺术观影响下，易卜生的戏剧创作从早期的灵魂自审发展到晚期的"双重自审"——既对自我的灵魂进行审视、审判，也对自我的艺术进行审视、审判。正是"双重自审"，使易卜生晚期戏剧不仅令人吃惊地写出了"灵魂的深"，也空前深刻地探索了艺术创作之奥秘、艺术本质与功能、艺术家身份与作用等问题，达到了"元艺术"的境界。

　　从艺术本体论的角度看，易卜生晚期戏剧的复象世界及其"诗学意图"是有其深刻的根据的。根据易卜生的文艺评论来看，他并不认为艺术作品是现实生活的真实反映，对于那些真实客观地反映现实生活原态的作品尤其不欣赏，在他看来，艺术作品（尤其是戏剧作品）是现实生活、作家自我与审美形式三维耦合的结晶。[①] 当作家着力于客观地再现"现实生活"时，其作品的形象主要是"实象"（现实存在的人、事、物）；当作家发挥主体的能动性，以自己的情感、思想、体验与想象选择、归顺、同化现实生活的材料，创造出艺术的"第二自然"，那么其作品除了有生活的"实象"，还会有一些比较虚幻的意象（"虚象"）；当作家把艺术观照的视角对准自我的灵魂，并在作品中以陌生化方式（分裂自我，把自我的一部分投注到陌生化的人物形象中）传达其自审体验时，那么其作品除了"实象"、"虚象"，还存在带有一定具象性的"隐象"（其中一部分为"隐性艺术家形象"）；如果这位作家审视自我的艺术灵魂时，特别注重反思审美形式的创造过程或艺术创造的机制本身，那么其作品中还可能存在"艺象"——艺术创造本身的形象。正是艺术创作本身的多维性、复杂性，使得艺

---

　　① 易卜生向来反对现实反映论，他充分注意到了现实生活、作家自我、形式规范之于艺术创作的重要意义。他说："原封不动的现实无权进入艺术领域，但是不包含现实内容的作品同样无权进入艺术领域。……民族艺术是不能靠毫不足道地复制日常生活中的场面推向前进的，只有那些把从祖国的山川河流、沟壑岸边并且首先是从我们自己的心灵深处传来的基音赋予自己的作品的人，才是民族的作家。"（《易卜生文集》第八卷，绿原译，第173、180页）此外，易卜生强调，每一门艺术有其自身的"创作原则"与"特殊要求"（即"形式规范"），无论创作和评论都需要给予充分尊重。

术作品中的"复象"——实象、虚象、隐象、艺象的有机复合成为可能。当然，要把可能性转化为现实性，即真正创造出境界层深的"复象世界"来，除了创作者要有强烈的主体意识、自审意识之外，还要有在艺术创作中探究艺术难题的勇气与技巧。而易卜生恰好是具备这些条件的。①

易卜生晚期的复象戏剧及其复象诗学，特别契合现代主义艺术的精神，开拓出了现代艺术的新境界，在欧洲戏剧史上具有重要的革新意义。在欧洲戏剧史上，戏剧家探索、表现的对象，主要包括诸神、英雄、社会生活、人物性格、人类的本性与命运、宇宙秩序、伦理道德与宗教问题等，而极少把艺术家的艺术灵魂、创造活动、存在价值等作为质疑、反思、表现的对象。莎士比亚在这方面隐约有所探索（《哈姆雷特》、《暴风雨》等作品隐含有艺术之思），易卜生在这方面显然走得更远，其反思的力度、表现的深度都已远远超过莎翁。而且，易卜生的艺术反思，绝不是把艺术问题明确拿出来讨论，而是极为巧妙地将其隐喻在一个精心建构的意象世界之中，并使之随着剧情发展逐渐生长、衍化，发展出另一个意蕴丰厚、境界层深的意象世界。这完全可以看作是对西方古代和近代艺术境界的拓展，可以看作是具有现代性的新艺境。

宗白华先生在《艺境》中说："艺境不是一个单层的平面的自然的再现，而是一个境界层深的创构。从直观感相的模写，活跃生命的传达，到最高灵境的启示，可以有三个层次。"② 在宗先生眼里，最高灵境主要是"禅境"。这样一来，他所说的有着三个层次的艺境，仍然是古典性的艺境。而在易卜生晚期戏剧中，艺境的内蕴从社会生活、个体灵魂、宇宙秩序返归到艺术自身，返归到艺术灵魂内部的风景，隐示出一个自我返照的艺术世界，体现出了浓厚的现代意识。这与古典艺境和近代艺境是很不一样的，在中外艺术史上可以说都是独树一

---

① 易卜生强烈的自审精神与先锋意识，以及透视主义、自审主义艺术观，使其特别有可能创作出复象戏剧。

② 宗白华：《艺境》，北京大学出版社1999年版，第144页。

帜的。①

易卜生晚期戏剧的复象诗学,较之陀思妥耶夫斯基小说的复调诗学,自有其独特的现代性内涵,对于现代艺术创作亦颇具启发意义。从理论上讲,"复象"比"复调"更具有艺术性,或者说在艺术审美上更具有本体意义。"复调"关涉多种思想的对话,但思想并不构成艺术的本体②;而"复象"关涉形式,关涉虚的意象世界,这才是艺术的本体。就事实而言,易卜生早期诗剧也有"复调",但远不如其晚期戏剧的"复象"更耐人寻味,更有艺术魅力。进而言之,易卜生晚期戏剧的复象诗学,隐含有艺术学之维,在艺术自律的道路上走向了艺术的自我反思,这是颇具现代性的。而且,易卜生晚期戏剧潜隐的复象诗学,实实在在地影响了 20 世纪一大批艺术家,如契诃夫、皮兰德娄、乔伊斯、奥尼尔、贝克特、斯托帕德等,他们未必用清晰的语言说出了复象诗学的内涵,但他们以自己的艺术创造,无形中承继了复象诗学的谱系,为世人奉献了一部又一部兼具复象景观和"元艺术"品格的精品。在中国当代,有些作家(如残雪)仍在致力于创作具有复象特质和"元艺术"品格的作品。可以说,易卜生晚期戏剧的复象诗学,作为易卜生晚期戏剧的独到贡献,不

---

① 易卜生晚期戏剧中的"复象",与中国古代戏曲、诗歌、绘画中的"象外之象"有相似之处,但在内质上差异很大。其主要的差异在于,易卜生晚期戏剧中的"复象"除了隐蕴有某种宇宙意识,而且指向艺术本身,指向艺术创造的秘境,因而具有"元艺术"品格,而中国古代戏曲、诗歌、绘画中的"象外之象"很少具有"元艺术"品格。此外,易卜生晚期戏剧中的"复象",与西班牙画家萨尔瓦多·达利作品中的"双重意象"也有相似之处,但后者的"双重意象"是达利运用"偏执狂批判法"创作的结果,倾向于"把人类经验色情化",有的甚至流于"肤浅的视觉诡计",在艺术境界上不及前者高远、深邃。See Finkelstein Haim, "Salvador Dalí: Double and Multiple Images", American Imago 4 (1983): 311。

② 巴赫金的复调理论在国内外都颇受质疑,应该给予理性的审视。详见张晓玥《复调诗学与中国当代文学》,中国社会科学出版社 2012 年版,第 10—35 页。笔者认为巴赫金的复调理论确有价值,但需要进一步完善。关于复调诗学与复象诗学的差异,可简述如下:第一,美学基础不同:前者认为艺术本体在思想,后者认为艺术本体在意象(情象、意境);第二,张力结构不同:前者强调不同思想之间的张力关系,其张力结构是在不同思想、不同声部之间形成,后者强调不同意象世界之间的张力关系,其张力结构是在有差异的意象世界之间形成;第三,核心指向不同:前者主要指向人的大脑,引人深思,后者主要指向人的心灵,以情感重塑人心,催人自新。

仅对现代艺术创作产生了重要影响，而且对当代艺术创作仍然具有启发意义。

以上对易卜生晚期戏剧的内核与贡献进行了一番梳理。严格来说，"双重自审"作为易卜生晚期戏剧的 DNA 结构，其孕育、发展的结果便是易卜生晚期戏剧的复象景观，而渗透在这一切之中的作家的艺术智慧，便是复象诗学。换言之，"复象诗学"是把"双重自审"作为基因包含在内的，它天然地带有批判色彩（尤重自我批判与艺术批判）。"复象诗学"尤其关注的是，在社会人生的复杂性充分显现、现代艺术的危机愈益明显的时代，艺术家如何进一步去拓展艺术的潜能？如何重新思考艺术家的身份与作用？艺术创作、艺术家要达到真正的自觉，就需要对自己的限度进行批判。因此从本质上讲，复象诗学既是一种艺术智慧，也是一种批判理论。作为一种从作家创作中提炼出来的文本诗学，复象诗学固然脱胎于易翁戏剧，跟易卜生晚期的艺术理念、创作思维、诗性智慧等密切相关，但也可以独立生长，发展为一种适合于阐释某些文艺作品的文艺理论。①

---

① 至于"复象诗学"以后的生长与发展，不在本书讨论范围内。这里仅谈一点初步的思考。"复象"可以有狭义与广义之分。广义的复象是指文艺作品中实象与虚象或隐象的融合，狭义的复象是指实象、虚象、隐象与艺象的融合。通常，优秀艺术作品中都存在广义的复象，但单是实象与虚象或隐象的融合不足以构成多重意象世界（有多重意象，但不一定构成多重世界）；而狭义的、严格意义上的"复象"，不是指作品中有多重意象，而是指在常人可见的表层意象世界背后还隐蕴着一重或多重境界层深的意象世界。具有复象特征的作品，绝非"语语皆在目前，妙处唯在不隔"，而是隔而不隔，景深无穷，象外有象，境界层深，且往往具有元艺术品格。在创作实践领域，不同作品的蕴涵、境界不同，有的作品存在广义的复象，有的作品则存在狭义的复象，客观上需要有一定弹性的理论才能阐释。从复象诗学视角解读作品，可着重分析作品中的虚象、隐象、艺象与作家创作意图、作品主旨的关系，以及作品中多重意象世界之间的张力关系。此外，分析作品中的隐性艺术家形象，可以为解读、评论作品提供一个很好的切入点。

参考文献

一　易卜生作品及西方易卜生研究论著

1. Henrik Ibsen, *The Collected Works of Henrik Ibsen* (Ⅰ－Ⅻ), translated by William Archer and A. G. Chater, New York: Charles Scribner's Sons, 1911.

2. Henrik Ibsen, *Letters of Henrik Ibsen*, translated by John Nilsen Laurvik and Mary Morison, New York: The Premier Press, 1908.

3. Henrik Ibsen, *Speeches and New Letters of Henrik Ibsen*, translated by Arne Kildal, Boston: The Borham Press, 1910.

4. Henrik Ibsen, *Letters and Speeches*, edited by Evert Sprinchorn, Clinton: The Colonial Press Inc, 1964.

5. Henrik Ibsen, *Ibsen's Selected Plays*, edited by Brain Johnston, New York: w. w. Norton & Company, 2004.

6. Bernard Shaw, *The Quintessence of Ibsenism.* London: Constable and Company Limited, Standard Edition, 1932.

7. Kenneth Muir, *Last Periods of Shakespeare and Ibsen*, Detroit: Wayne State University Press, 1961.

8. Michael Meyer, *Henrik Ibsen: En biograft*, Oslo: Gyldendal Norsk Forlag, 1966.

9. Holtan Orley I, *Mythic Patterns in Ibsen's Last Plays*, Minneapolis: The University of Minnesta Press, 1970.

10. Frederick Lumley, *New Trends in 20th Century Drama：A Survey since Ibsen and Shaw*, New York：Oxford University Press, 1972.

11. Harold Clurman, *Ibsen*, London：The Macmillan Press Ltd, 1978.

12. Einar Haugen, *Ibsen's Drama：Author to Audience*, Minneapolis：University of Minnesota Press, 1979.

13. Errol Durbach ed. , *Ibsen and the Theatre*, London：The Macmillan Press Ltd, 1980.

14. Errol Durbach, *Ibsen The Romantic*, London：The Macmillan Press Ltd, 1982.

15. Elisabeth Eide, *China's Ibsen：From Ibsen to Ibsenism*, London：Curzon Press, 1987.

16. Bjorn Hemmer ed. , *Contemporary Approaches to Ibsen*, Scandinavian University Press, 1994.

17. James McFarlane ed. , *Cambridge Companion to Ibsen*, Cambridge：Cambridge UP, 1994.

18. Constantine Theoharis, *Ibsen's Drama：Right Action and Tragic Joy*, New York：NSt. Martin's Press, 1996.

19. John Templeton, *Ibsen's Women*, Cambridge：Cambridge University Press, 1997.

20. Richard Gilman, *the Making of Modern Drama*, New Haven：Yale UP, 1999.

21. Kristen Shepherd-Barr, *Ibsen and Early Modernist Theatre：1890 - 1900*, London：Greenwood Press, 1997.

22. Frederick J. Marker, *Ibsen's Lively Art：A Performance Study of the Major Plays*, Cambridge：Cambridge University Press, 2005.

23. Toril Mol, *Henrik Ibsen and the Birth of Modernism：Art, Theater, Philosophy*, London：Oxford University Press, 2006.

24. Trausti ólafsson, *Ibsen's Theatre of Ritualistic Visions：An Interdisciplinary Study of Ten Plays*, New York：p. Lang, 2008.

25. ［挪］易卜生：《易卜生文集》（八卷本），潘家洵等译，人民文学出版社 1995 年版。

26. ［挪］易卜生：《易卜生戏剧选》，王忠祥选编，人民文学出版社
1997 年版。

27. ［挪］易卜生：《易卜生戏剧全集》，吕健忠译，台北左岸文化公
司 2004 年版。

28. ［挪］易卜生：《易卜生戏剧集》（三卷本），人民文学出版社 2006
年版。

29. ［挪］易卜生：《易卜生精选集》，王忠祥编选，北京燕山出版社
2010 年版。

30. ［丹］勃兰兑斯：《易卜生评传》，林语堂译，上海大东书局 1940
年版。

31. ［俄］杰尔查文：《易卜生论》，李相崇等译，作家出版社 1956
年版。

32. ［德］恩格斯等：《易卜生评论集》，高中甫选编，外语教学与研
究出版社 1982 年版。

33. ［美］哈罗德·克勒曼：《戏剧大师易卜生》，蒋嘉等译，湖南人
民出版社 1985 年版。

34. 孟胜德、萨瑟主编：《易卜生研究论文集》，中国文学出版社 1995
年版。

35. ［俄］明斯基：《易卜生》，翁本泽译，海燕出版社 2005 年版。

36. ［德］莎乐美：《阁楼里的女人》，马振骋译，华东师范大学出版
社 2005 年版。

37. ［挪］玛莉·兰定等：《易卜生评论》，石琴娥译，挪威金谷出版
社 2006 年版。

38. ［挪］比约恩·海默尔：《易卜生——艺术家之路》，石琴娥译，
商务印书馆 2007 年版。

39. ［挪］易卜生：《易卜生书信演讲集》，汪余礼、戴丹妮译，人民
文学出版社 2012 年版。

40. ［挪］易卜生：《易卜生的工作坊》，汪余礼、朱姝等译，武汉大
学出版社 2016 年版。

二 中国易卜生研究论著

1. 胡适:《易卜生主义》,《新青年》1918 年第 4 卷第 6 期。

2. 刘大杰:《易卜生研究》,商务印书馆 1928 年版。

3. 焦菊隐:《论易卜生》,《晨报》副刊 1928 年 3 月 20—28 日。

4. 余上沅:《伊卜生的艺术》,《新月》1928 年第 1 卷第 3 号。

5. 陈西滢:《易卜生的戏剧艺术》,"国立"武汉大学《文哲季刊》
   1930 年第 1 期。

6. 茅盾:《西洋文学通论》,上海世界书局 1930 年版。

7. 李长之:《北欧文学》,商务印书馆 1945 年版。

8. 洪深:《论者谓易卜生非思想家》,《文讯》1948 年第 9 卷第 1 期。

9. 阿英:《易卜生的作品在中国》,《文艺报》1956 年第 17 期。

10. 陈瘦竹:《易卜生〈玩偶之家〉研究》,新文艺出版社 1958 年版。

11. 茅于美:《易卜生和他的戏剧》,北京出版社 1981 年版。

12. 刘明厚:《易卜生后期象征主义戏剧》,同济大学出版社 1994 年版。

13. 王宁编:《易卜生与现代性:西方与中国》,百花文艺出版社 2001
    年版。

14. Kwok-kan Tam, *Ibsen in China* 1908 – 1997: *A Critical-Annotated Bib-
    liography of Criticism, Translation and Performance*, HK: The Chi-
    nese University of HK, 2001.

15. 王忠祥:《易卜生》,华夏出版社 2002 年版。

16. 王宁、孙建编:《易卜生与中国:走向一种美学建构》,天津人民
    出版社 2004 年版。

17. He Chengzhou, *Henrik Ibsen and Modern Chinese Drama*, Oslo Aca-
    demic Press, 2004.

18. 石琴娥:《北欧文学史》,译林出版社 2005 年版。

19. 聂珍钊、陈智平主编:《易卜生戏剧的自由观念》,外语教学与研
    究出版社 2007 年版。

20. 萌萌:《萌萌文集》,张志扬编,上海译文出版社 2007 年版。

21. 刘明厚主编:《百年易卜生国际研讨会论文集》,中国戏剧出版社

2008 年版。

22. 陈惇、刘洪涛编：《现实主义批判：易卜生在中国》，江西高校出版社 2009 年版。

23. 王忠祥：《王忠祥自选集》，华中师范大学出版社 2009 年版。

24. 何成洲：《对话北欧经典》，北京大学出版社 2009 年版。

25. 李兵：《易卜生心理现实主义剧作研究》，四川大学出版社 2009 年版。

26. 聂珍钊主编：《绿色易卜生国际学术研讨会论文集》，华中师范大学出版社 2011 年版。

27. 孙建、弗洛德·赫兰德主编：《跨文化的易卜生》，复旦大学出版社 2012 年版。

28. 邹建军主编：《易卜生诗剧研究》，世界图书出版社公司 2012 年版。

29. 石琴娥：《北欧文学论》，上海社会科学院出版社 2015 年版。

三　戏剧理论与戏剧史著作

1. ［英］马丁·艾思林：《戏剧剖析》，中国戏剧出版社 1981 年版。

2. ［波］耶日·格洛托夫斯基：《迈向质朴戏剧》，中国戏剧出版社 1984 年版。

3. 罗晓风选编：《编剧艺术》，文化艺术出版社 1986 年版。

4. ［美］埃格里：《编剧艺术》，朱角译，中国戏剧出版社 1987 年版。

5. ［英］彼得·布鲁克：《空的空间》，中国戏剧出版社 1988 年版。

6. ［美］劳逊：《戏剧与电影的剧作理论与技巧》，邵牧君译，中国电影出版社 1989 年版。

7. 黄佐临：《我与写意戏剧观》，中国戏剧出版社 1990 年版。

8. ［加］诺思罗普·弗莱等：《喜剧：春天的神话》，中国戏剧出版社 1992 年版。

9. ［丹］克尔凯郭尔等：《悲剧：秋天的神话》，中国戏剧出版社 1992 年版。

10. ［美］凯瑟琳·乔治：《戏剧节奏》，中国戏剧出版社 1992 年版。

11. ［英］马丁·艾思林：《荒诞派戏剧》，中国戏剧出版社 1993 年版。

12. ［英］斯泰恩：《现代戏剧理论与实践》，刘国彬译，中国戏剧出版社 2002 年版。

13. 廖可兑：《西欧戏剧史》，中国戏剧出版社 2002 年版。

14. ［德］曼弗雷德·普菲斯特：《戏剧理论与戏剧分析》，周靖波等译，北京广播学院出版社 2004 年版。

15. ［英］威廉·阿契尔：《剧作法》，吴钧燮等译，中国戏剧出版社 2004 年版。

16. ［美］乔治·贝克：《戏剧技巧》，余上沅译，中国戏剧出版社 2004 年版。

17. 谭霈生：《谭霈生文集》（六卷本），中国戏剧出版社 2005 年版。

18. 刘彦君、廖奔：《中外戏剧史》，广西师范大学出版社 2005 年版。

19. ［德］彼得·斯丛狄：《现代戏剧理论》，王建译，北京大学出版社 2006 年版。

20. ［英］雷蒙·威廉斯：《现代悲剧》，丁尔苏译，译林出版社 2007 年版。

四 现代主义与现代性理论著作

1. ［德］考夫曼编：《存在主义》，陈鼓应等译，商务印书馆 1987 年版。

2. 袁可嘉编选：《现代主义文学研究》，中国社会科学出版社 1989 年版。

3. ［英］詹姆斯·麦克法兰等编：《现代主义》，胡家峦等译，上海外语教育出版社 1992 年版。

4. 张黎选编：《表现主义论争》，华东师范大学出版社 1992 年版。

5. ［加］雷内特·本森：《德国表现主义戏剧》，汪义群译，中国戏剧出版社 1992 年版。

6. 刘小枫：《人类困境中的审美精神》，知识出版社 1994 年版。

7. ［丹］克尔凯郭尔：《非此即彼》，封宗信等译，中国工人出版社 1997 年版。

8. 刘小枫：《现代性中的审美精神》，东方出版社 1998 年版。

9. 张辉：《审美现代性批判》，北京大学出版社 1999 年版。

10. 佘碧平：《现代性的意义与局限》，上海三联书店 2000 年版。

11. ［美］马泰·卡林内斯库：《现代性的五副面孔》，顾爱彬、李瑞华译，商务印书馆 2002 年版。

12. 〔德〕彼得·比格尔：《先锋派理论》，高建平译，商务印书馆 2002 年版。

13. 袁可嘉：《欧美现代派文学概论》，广西师范大学出版社 2003 年版。

14. 〔德〕哈贝马斯：《现代性的哲学话语》，曹卫东等译，译林出版社 2004 年版。

15. 〔美〕弗雷德里克·卡尔：《现代与现代主义》，陈永国等译，中国人民大学出版社 2004 年版。

16. 周宪：《审美现代性批判》，商务印书馆 2005 年版。

17. 〔加〕查尔斯·泰勒：《自我的根源：现代认同的形成》，韩震等译，译林出版社 2006 年版。

18. 〔美〕威廉·巴雷特：《非理性的人》，段德智译，上海译文出版社 2007 年版。

19. 陈嘉明：《现代性与后现代性十五讲》，北京大学出版社 2007 年版。

20. 〔英〕安东尼·吉登斯：《现代性与自我认同》，夏璐译，中国人民大学出版社 2016 年版。

五　艺术学、美学著作

1. 朱光潜：《西方美学史》，人民文学出版社 1963 年版。

2. 〔德〕黑格尔：《美学》，朱光潜译，商务印书馆 1981 年版。

3. 〔美〕苏珊·朗格：《艺术问题》，中国社会科学出版社 1983 年版。

4. 〔德〕卡西尔：《人论》，甘阳译，上海译文出版社 1985 年版。

5. 叶朗：《中国美学史大纲》，上海人民出版社 1985 年版。

6. 〔美〕苏珊·朗格：《情感与形式》，刘大基译，中国社会科学出版社 1986 年版。

7. 〔古希腊〕亚里士多德：《诗学》，陈中梅译注，商务印书馆 1996 年版。

8. 〔德〕海德格尔：《海德格尔选集》，孙周兴编译，上海三联书店 1996 年版。

9. 〔德〕阿多诺：《美学理论》，王柯平译，四川人民出版社 1998 年版。

10. 朱光潜：《诗论》，生活·读书·新知三联书店 1998 年版。

11. 宗白华：《艺境》，北京大学出版社 1999 年版。

12. 李泽厚、刘纲纪：《中国美学史》，安徽文艺出版社 1999 年版。

13. 邓晓芒：《黄与蓝的交响》，人民文学出版社 1999 年版。

14. 陈中梅：《柏拉图诗学和艺术思想研究》，商务印书馆 1999 年版。

15. ［德］伽达默尔：《真理与方法》，洪汉鼎译，上海译文出版社 1999 年版。

16. ［法］托多洛夫：《巴赫金、对话理论及其他》，百花文艺出版社 2001 年版。

17. 徐复观：《中国艺术精神》，华东师范大学出版社 2001 年版。

18. 董志强：《艺术作品的本质》，人民出版社 2002 年版。

19. ［德］康德：《判断力批判》，邓晓芒译，人民出版社 2002 年版。

20. ［德］马丁·海德格尔：《荷尔德林诗的阐释》，商务印书馆 2004 年版。

21. ［德］伽达默尔：《哲学诠释学》，洪汉鼎译，上海译文出版社 2004 年版。

22. ［德］马丁·海德格尔：《海德格尔演讲与论文集》，生活·读书·新知三联书店 2005 年版。

23. ［法］马克·默里斯：《海德格尔诗学》，冯尚译，上海译文出版社 2005 年版。

24. ［英］克莱夫·贝尔：《艺术》，薛华译，江苏教育出版社 2005 年版。

25. ［德］伽达默尔：《解释学·美学·实践哲学》，金惠敏译，商务印书馆 2005 年版。

26. ［古希腊］柏拉图：《柏拉图文艺对话集》，朱光潜译，安徽教育出版社 2007 年版。

27. ［俄］巴赫金：《巴赫金全集》，钱中文主编，河北教育出版社 2009 年版。

28. ［美］苏珊·桑塔格：《反对阐释》，程巍译，上海译文出版社 2011 年版。

29. 王运熙：《文心雕龙译注》，上海古籍出版社 2012 年版。

30. 黄侃：《文心雕龙札记》，中华书局 2014 年版。

附　　录

易卜生与现代戏剧[①]

马丁·艾思林著

汪余礼译，朱姝校

在今天的英语世界中，易卜生已成为最重要的三位经典剧作家之一。莎士比亚、契诃夫和易卜生的戏剧已成为各大剧院经典保留剧目的中心；而且，除非已扮演过这三位大师作品中的一些主要角色，没有哪个演员能够跻身于一流演员的行列。在这三位大师中，易卜生占据核心的位置，其作品标示着传统戏剧向现代戏剧的转型。正如易卜生大大受惠于莎士比亚一样，易卜生之后的剧作家则深受易卜生的影响，比如契诃夫就认为易卜生是其"最喜爱的作家"[②]，并已经在他的影响下创作。易卜生因而可以被视为整个现代戏剧运动的首创者和源头之一。他的作品对现代戏剧各流派（它们互相之间可能处于矛盾对抗的状态）的发展都有所贡献——无论是传达意识形态的、政治性的戏剧，还是表现人的内在真实的、内省性的戏剧，都莫不承

---

① 译自 *Ibsen and the theatre*，edited by Errol Durbach，The Macmillan Press Ltd，1980，pp. 71 - 82. 后发表于《戏剧》2008 年第 1 期。

② 参见 1903 年 11 月 7 日契诃夫写给 A. L. Vishnevski 的信："您知道，易卜生是我最喜爱的作家……"载于 Koteliansky 和 Tomlinson 编辑的《契诃夫的生活与书信》一书，伦敦 1925 年版，第 293 页。

其恩泽。

易卜生最初的和最显著的影响是社会性、政治性的影响。易卜生努力把当时主要的社会问题和政治问题通过话剧和剧场暴露于光天化日之下，这种做法大大震惊了当时只是把剧场视为低级娱乐场所的社会民众。当时易卜生的影响逐渐扩散，在英国、德国及其他地方都有一大批易卜生的崇拜者，他们在当时的文学活动中古怪地扮演着社会改革家或政治革新者的角色，在作品中倡导社会主义，拥护妇女权利，提倡两性新道德，比如在"易卜生俱乐部"，在萧伯纳的《挑逗女性者》等作品中就是如此。这批人几乎形成一个派别，一个带有明显政治色彩的团体，而易卜生则被视为这一团体的中心人物。在戏剧史上，易卜生也许是唯一一位成为政治性团体核心人物的剧作家，这使得他的地位显得很独特。在当时的文学作品里，人们还经常发现，忧心忡忡的父亲总要询问女儿其未婚夫是否看过易卜生或尼采的作品，如果看过，则被视为潜在的危险分子。易卜生几乎成了反文化运动的象征和首领，这一事实极大地影响了他身后名望的波动，以及批评家和公众对其剧作的欣赏。

尽管易卜生自己并不喜欢他人的阐扬，但那时还是有很多批评家、崇拜者和追随者——萧伯纳、阿契尔、勃兰兑斯、葛斯，以及其他人——大力阐发了"易卜生主义"。这类学说持续了很长时间，并且至今仍在继续，尤其是在萧伯纳的《易卜生主义的精华》一书中，该书仍被作为萧伯纳式的论辩作品的杰作来阅读。受此影响，易卜生在很长时间内被认为主要是一个谈论特定社会问题和道德问题的政治性剧作家。结果，当人们认定是易卜生最关心的那些社会问题——比如妇女选举权问题，宽容对待性行为的问题，宗教信仰自由问题——被解决之后，一种认为易卜生已经过时的观点就散布开来。在1928年，当布莱希特宣称易卜生的《群鬼》已经陈旧不堪（当时治疗梅毒的特效剂"撒尔佛散"已被发明出来）时，他就表达过这种观点。① 但是，一个剧作家的作品能引起公众意见和社会倾向

_____

① ［德］布莱希特：《布莱希特全集》第七卷，第143页。

的变化，这一事实对于戏剧（它可以作为表达的媒介，也可以作为社会思想和社会变革的实验室）的地位还是有很大影响的。同是布莱希特，在 1939 年写道："易卜生、托尔斯泰、斯特林堡、高尔基、契诃夫、豪普特曼、萧伯纳、凯泽和奥尼尔的戏剧都是实验戏剧，都是赋予时代问题以戏剧形式的伟大尝试。"① 值得注意的是，在布莱希特列出的这个创作新型严肃实验戏剧的大师名单中，易卜生居于首位。同样值得注意的是，是易卜生确立了那种新型戏剧的传统，并证明了剧场可以成为一个严肃地讨论各种时代问题的论坛。他因此是整个现代政治剧和思想剧的奠基者与源头。布莱希特自己虽然发展出一种激烈反对易卜生式戏剧惯例的戏剧创作风格，但这恰好可以看作是他踏上了一条被易卜生（从反向）照亮的道路。而且，布莱希特也确实承认他曾直接受惠于萧伯纳，而萧伯纳是易卜生公开的追随者。

　　以上所述是我们可以清晰地抽绎出来的易卜生影响现当代戏剧发展的一条线索。这条线索简单说来，就是易卜生以其显著的成就和革命性的影响表明了，戏剧可以远不止是肤浅的笑料或打动多愁善感者的琐碎刺激品。而戏剧在整个 19 世纪，至少在英语世界中，基本上就是那么回事儿。

　　通常人们认为，易卜生所带来的这场革命性的震动，以及他早期剧作所激起的一些狂暴的敌意反应，是由于其作品中那种政治性、社会性的颠覆性。但这只涉及了真相的一部分。使观众和批评家产生敌意反应的另一个重要原因，在于易卜生戏剧手法与技巧的革新性本质。这一点对于我们今天已完全适应他那种"革新"的读者或观众来说尤为难以理解。当时指向易卜生的愤怒情绪很大程度上跟他作品的所谓"淫秽"、"亵渎神明"、"破坏社会"无关。他首先遭到指责的是其作品的模糊性与难解性。他一次又一次地被说成是一个故意在作品中制造模糊以掩盖其思想浅薄的神秘主义者，人们总是指责他不肯消除剧中那些隐晦的暗示与神秘的原典。这一观点在克莱门·斯科特（Clement Scott）所写的一则关于《罗斯莫庄》的笔记（载于 1891 年 2 月 19

---

　　① ［德］布莱希特：《布莱希特全集》第七卷，第 288 页。

日的伦敦《每日快报》）中表达得非常清晰：

> 过去的剧作理论强调把一个故事尽可能简单直接地表达清楚。迄今为止能被接受的舞台剧写作方案是在人物塑造上尽量不留下任何可疑的阴影。但易卜生喜欢搞神秘化。他就像司芬克斯之谜一样不可思议。那些想要充分理解他的人不得不总是对自己说：即使承认这些人物是自我主义者，是无神论者，或不可知论者，或已被解放者，或者相反，可我还是不能理解他为什么要做这个、她为什么要做那个。

这种情形不可能被表述得更清晰了：在那时，传统的写戏惯例（这种惯例自剧作产生以来的确一直存在）不仅是给每个人物贴上"恶棍"或者"英雄"的标签，而且常常通过独白、旁白、对心腹知己坦白等方式告诉观众人物最主要的私密动机。观众因此不需要从人物的动作去推测他们的动机，他们在人物发出动作之前就已经知道其动机了。观众习惯于这种戏剧惯例达几个世纪之久。直到现实主义——后期易卜生戏剧是其典型代表——关闭了通向人物内心世界的这些窗户（指独白、旁白等）之后，观众才不得不自己动脑弄清楚人物行动背后隐藏的动机可能是什么。因此，毫不奇怪，在观众还没有准备好欣赏那种虽然将自身限于模仿普通的日常谈话、但谈话中隐示了人物深藏的欲望或深层动机的戏剧表现方式时，他们看戏时常常不知道舞台上可能要发生什么。此外，戏剧领域向人物深层心理的这种拓展，与心理学领域对人内心无意识的发现是大体同步的——那时心理学认识到，在多数情况下，人们并不知道他们自己的动机是什么，因此即使在条件允许的情况下也不能将其表达出来。相应地，现代戏剧对话的规则，与古典戏剧对话的规则是直接相反的。现在，戏剧的艺术性就在于通过最琐碎的日常谈话的裂隙，去开显人物自身无意识的深层动机与潜隐情感。

尽管易卜生绝不是唯一的，也不是最早采用这种技巧的自然主义剧作家，但他被认为是最有代表性的，并且在运用这种技巧时是走得最远的——在他自己的时代里，他已远远不止是实践这种技法的最伟大的大师。将不确定性原则引进戏剧领域，无疑代表着戏剧手法上的根本性革新，这场革新至今与我们同在，而且仍将在各种戏剧写作[①]（包括那些先锋派电影，比如在 Robert Altman 和 John Cassavetes 的作品中，人物对话常常是各说各话，互不相关，以致观众不再能从中感知到一个大体的意思）中占主导地位。这种手法现在已被发展得那么远，以至于在今天看来，易卜生在发掘人物动机时显得过于小心翼翼和明朗化，尽管他当年在开创超出同代人视野的新局面时非常勇敢。但毫无疑问的是，这条发展线索直接从易卜生延伸到了契诃夫，再延至魏特金德。其中，契诃夫把间接对话的技巧高度提炼了，同时也大大发展了人物对话背后的潜台词，而魏特金德则是第一个故意写非沟通式对话的剧作家，其笔下人物过于专注自身以至不去听对方在说什么，这样人物对话事实上成了平行的、没有相交点的独白。而且，从契诃夫、魏特金德再到当代运用非沟通式对话的大师，比如哈罗德·品特和尤金·尤涅斯库，可以说都是从易卜生那儿一脉相承下来的。

为了更清晰地阐明这条线索，有必要指出一个很重要的作家——詹姆斯·乔伊斯。他年轻时不仅是易卜生的热烈崇拜者，而且还写过一个很有易卜生风格的剧本，这个至今被忽视的、远远没有得到充分评价的剧本叫《流亡者》，它充分体现了动机的不确定性原则。而《罗斯莫庄》里罗斯莫与吕贝克的最后谈话体现的也正是这样一个主题：一个人永远没法确切知道另一个人的真实动机。在易卜生笔下，罗斯莫与吕贝克由于不能充分而确凿地知道对方的爱是不是纯粹的，最后只好通过为爱而死的意志行动来证明自己能够为对方献身；而乔伊斯笔下的理查德·罗万，这个乔伊斯剧中高度自传性的英雄就承认："在这个世界上，我无法知道什么。我也不希望知道或者相信什么。我并不关心（那个真相）。你对我仍有吸引力，并不是因为我能够盲目地信任你，而是因为我心里那道永远无法消弭的怀疑的伤口……"

---

① 马丁·艾思林在《戏剧剖析》一书中曾提出戏剧有舞台剧、电视剧、广播剧、电影四种基本形式，因此毫不奇怪，他所说的"戏剧"包括"那些先锋派电影"。——译者注

这里，剧中人物深层的心理动机和情感状态，不仅对观众来说是不确定的，而且对人物自身来说也是不确定的，事实上，他们的爱恰好源于某种不确定性——如果互相充分理解了、完全放心了，那也许意味着一个终点，意味着爱的停滞与死亡，因为爱本质上是必须不断地从危险和不确定性中更新自己的。由此很容易理解，哈罗德·品特为什么看中了这个剧本并且两次把它搬上舞台。品特自己就是一个对"不确定性"深有体会的剧作家，在其剧作《回家》、《旧日时光》、《无人地带》中，他几乎是故意不给人物行动提供任何动机。这种做法可以认为是承继于乔伊斯，从而最终在根源上是师法于易卜生。

易卜生、乔伊斯、品特三人戏剧技巧上的这种相似性和有机相联性，也凸显了他们作品在形式技巧与主题意蕴之间的密切关联。写作对话的方法本身暗示了人类沟通、动机中的深层问题，以及人格的本质——自我问题。在这个方面又是易卜生站在现代文学之源的位置上。即使是那些在技巧上与易卜生鲜有相同之处的作家，也仍然与他有机地相联。詹姆斯·乔伊斯，这位忠诚的易卜生崇拜者，把易卜生与我们时代的另一位伟大作家——萨缪尔·贝克特联系在一起，尽管贝克特的反幻觉主义和非现实主义是直接反对易卜生戏剧中的那些幻觉因素与现实描写的。在此，笔者认为，贝克特和易卜生的作品在终极层次上都涉及一个带有根本现代性的主题：存在的问题，自我本性的问题，以及当一个人运用代词"我"意指为何的问题。自我是如何被确定的？人们在谈论一个人的自我时，能是谈论一个自身和谐一致的实体吗？这些问题对笔者来说，就是潜于易卜生全部作品深层的基本主题，这种根本性的主题被易卜生的同时代人掩盖了，被他作品表层那些显见的社会问题和政治问题遮蔽了。而且，正是这一基本主题，把易卜生的早期诗剧与后期散文剧连接起来，构成一个血脉贯通的整体。

在这一层次，易卜生反映时代思潮主要趋势的奇特才能又一次出现了。人的身份问题，自我的本质问题，看来都是直接生发于宗教信仰的衰落，这种衰落正是智性崛起和19世纪社会变革的主要原因，而易卜生的全部作品都是对19世纪的社会变革与深层问题作出的回应。只要人们相信人具有一个永恒的本质，即上帝特为他创造的、以后注定会在天堂或地狱中持久存在的灵魂，那么人对其人格的本质是没什么疑问的。每个人都被认为具有特殊的个性与潜能，可以充分发挥自己的潜能，使之得到最大程度的实现，也可以不这样做，但最终都能进入永恒。在 18 世纪的《天堂与地狱》一书中，斯韦登伯格①甚至还看到每个人承负着与其最深层本质相一致的外在形式与特征。正是在关于人类本质的先验信仰失落之后，人的身份（或自我认同）才成为一个问题。人们不能不开始发问：人是基因遗传或周围环境的偶然产物吗？如果是这样，那么其自我的真正内核是什么？其人格中那种能够对抗各种矛盾冲动（这些冲动随时可能将其推向这个或那个方向）的恒久成分是什么？

易卜生，尽管他坚持说自己很少看书、只限于看看报纸瞧瞧广告之类，也不管他了解、感应时代思潮的可能途径与方式是什么，他对于那个时代所有这些哲学问题确实作出了极为敏锐的反思。《觊觎王位的人》和《皇帝与加利利人》二剧，已经反思了自我的问题，体现出寻求自我真正内核的需要，并意识到实现一个人的本真自我是一个人生存在世的最高目标。在《布朗德》中，主角布朗德人格的分裂——他一方面强制自己完全献身于信仰，另一方面强行压抑着对于妻儿的本能冲动——把自我的同一性问题推到了一个极为尖锐的焦点。在《培尔·金特》中自我问题也同样很尖锐。培尔·金特，这个认为充分实现自我就是仅仅听凭矛盾的、瞬间的、本能的感性冲动而生活的浪子，事实上最终并没有发展出一个自我。剧中的"无心洋葱"意象是非常"贝克特式"的，而所谓"贝克特式"是言说"存在主义"的另一种方式。

依据克尔凯郭尔②（关于此人，易卜生即便没有看过他的著作，也必定从当时讨论他的热烈氛围中直觉地感知过他）和萨特的学说，我们在审视自我时所感受到的内心的虚无恰好就是人的自由的实现。

---

① 斯韦登伯格（Swedenborg, 1688—1772），瑞典科学家，神秘主义者和宗教哲学家。——译者注
② 克尔凯郭尔（Kierkegaard, 1813—1855），丹麦宗教哲学家，现代存在主义哲学的先驱，其重要著作有《或此或彼》、《恐惧与颤栗》、《十八训导书》、《爱的劳作》等。——译者注

在易卜生《海上夫人》的结尾，艾梨达在决定是否委身于汪格尔大夫之前处于空无依傍、自由自决的境地，这一幕在笔者看来就是存在主义思想在戏剧中的完美表达（只有更早的、伟大的第一个存在主义戏剧，即德国剧作家克莱斯特的《戴汉堡帽的王子》可以与之媲美）。这里，艾梨达是通过一个自由意志的选择行为初步找到了真实的自我。作为从虚无——各种直觉冲动的汹涌——中创造出一个完整自我的自我实现，是通过上帝中心论与前定自我观的消失来造成的。在艾梨达这个例子中，她与那个陌生人的相遇，几乎是魔法般地在她心里造成了一种错误的自我意象，这个自我意象受制于那个陌生人对她的动物性吸引。在这里，我们又一次进入一个非常现代的思想领域，即"错误的自我意识"——一种很可能产生破坏性的自我意象（或自我感觉），其破坏性往往是由于人的潜能综合被阻止了，或人心内部各种矛盾的冲动与需要没有达到一种和谐的平衡，比如布朗德和朱利安错误的自我意象就最终导致了他们的失败，培尔·金特不能调和自身的种种感性冲动也最终使他归于失败（在剧末他回到索尔薇格的怀抱仅仅是一个幻象，一个白日梦的意象）。艾梨达最后在充分的自由中决定委身于汪格尔，看似实现了一个真实合法、和谐完整的自我，但这个自我仍然是不稳定的、有问题的。

有意思的是，在易卜生的另一剧本《建筑大师》中，给予艾梨达错误的、危险的自我意象的那个陌生人的角色，由艾梨达自己的继女希尔达·汪格尔来扮演了。在该剧中，索尔尼斯把他由于自欺而造成的错误的自我意象传达给希尔达，而希尔达将其当真，若干年后心里带着那个意象来找索尔尼斯，要求他以行动来实现那个伟大美好的幻象。这里，人类自我有疑问的本质以一种非常精彩的戏剧形式展现出来了：索尔尼斯现在面对着他过去自我观念的映像，那种自我观念即使在他十年前植入希尔达的脑海时也明显是个谎言，他现在是通过回忆往事来面对过去的自我，就像贝克特《克拉普的最后一盘录音带》中的克拉普一样，通过回忆往事重新回到以前那个错误而浪漫的自我。这两个剧本的戏剧技巧表面看来是殊为相异的，但在实质上是非常接近的——在易剧中希尔达的回忆所具有的角色功能，在贝剧中是由录音机来承担的，只是后者的戏剧情境经过贝克特的再创造显得更为简约。

错误的自我意识，自欺性的自我意象，将非我作为自我来体验，这些对于 20 世纪问题群的表达，在易卜生那儿有他自己独特的术语：他把这类综合征叫作"生活的谎言"或"理想的诱饵"。在此语境中，培尔·金特的自我放纵与雅尔玛·艾克达尔的自欺自足是相似的，格瑞格斯·威利献身于一个抽象理想的破坏性与布朗德遵从抽象信仰之绝对命令的严酷性是相似的。约翰·盖勃吕尔·博克曼，这个不惜牺牲爱的能力和感性同情以紧紧抓住一个拿破仑式的自我意象（在失去全部现实性很久以后仍然如此）的偏执狂，使得自我问题愈显严重并常常被提出讨论；鲁贝克形象，这个因选择追求世界性的成功和巨大财富而双重背叛——既背叛了爱情也背叛了作为一名艺术家的伟大天职——的人，也是同样如此。通常，在一个人的自我中存在着诸多矛盾的、不可调和的因素，而人们往往失败于将这些因素整合进一个和谐的、健全的整体。

如果一个人以这种方式看待易卜生全部作品的潜在主题，那么他的占主导性的阅读敏感将会有很大变化。比如对于《玩偶之家》，过去常常是敏感于剧中的女权问题，而现在就会注意到，易卜生自己曾反复强调他在写作《玩偶之家》时并不了解女权主义，而只是关心娜拉作为一个人的自我实现问题。如果说希尔达·汪格尔是通过将一个无畏地攀登高塔最顶端的神威英雄般的自我形象强加给索尔尼斯从而毁灭了他，那么海尔茂是通过将一个很不体面的、作为玩偶的自我形象强加给娜拉从而（尽管完全是出乎意料地）促使她走出婚姻和家庭，声称自己具有重塑自我形象的人权，并竭力去创造她自己的完整的自我——这似乎正是易卜生所关注的核心。

相反地，在笔者认为是易卜生最现代的剧作《海达·高布乐》中，我们所看到的主角是这样一个人物：她的自我实现，由于许多外在的、超出她控制能力的因素，而悲剧性地成为不可能。海达基本上是一个创造性的人物，但在一个不允许妇女作为独立个人而生活的社会，她无法实现她的潜能。由于她严格的自我控制，她对于乐务博格的性冲动并不能结出果实；由于出生在将军之家所养成的、作为一名上流社会贵夫人所应有的自制力，使她不可能像泰遏那样反抗社会习俗去做乐务博格的情妇（泰遏远远不像她那样为环境和教养所制约）。因此海达是陷进了一个真正悲剧性的困境之中。她的表面上的邪恶，是由于其自我意象内部的混乱与矛盾，这种混乱与矛盾在于：一方面，她拒绝融入其个人教养和社会习俗要求她进去的角色（即做一个顺从本分的中产阶级家庭主妇，以及准备好做一个称职的妈妈）之中；另一方面，公众舆论的压力和她的自制力又使她抗拒不下去。她的破坏性，因而仅仅是她的误入歧途的创造性，以及真我未达身先死的悲剧性失败。

性欲，特别是女性的性要求，对于维多利亚时代①的人来说是并不体面的、不太合法的存在；在易卜生看来，在其深受社会要求压制之时是一种危险的本能，因为社会要求可能迫使个人形成一种错误的、不完善的自我整合。《群鬼》中的阿尔文太太没有能够冲出不幸婚姻的牢笼，预示着海达·高布乐没有能力委身于乐务博格，并在易卜生笔下产生了一个相似的悲剧性结果。在《小艾友夫》中，主要冲突是在母亲身份与放荡不羁的女性性欲之间展开。吕达·沃尔茂是易卜生戏剧中在性欲上最为开放、最为强烈、最为贪婪的人物，她拒绝她的母亲身份是源于很不适当地专注于性活动的肉欲方面。她儿子的残废是由于她浸淫于性事而忽视了照顾他；小艾友夫最终的死，是因为他的妈妈希望他消失——对于她那种放荡不羁、放纵不止的性活动而言，他明显是个障碍。不过，吕达的过度欲望完全可以有理由说是其丈夫一手造成的，其身为哲学家的丈夫过于沉浸在自己的理想和工作之中，完全忽略了妻子的性欲需求和孩子在情感上、教育上的需要。

最终，自我问题还是体现在洋葱没有实心，个体人格内心的虚无，以及能够自动协调各种矛盾冲动与本能（这些冲动与本能促使个体朝各种离心的、分裂的方向迸发）的先验综合原则的缺乏。这就是为什

---

① 维多利亚时代，指英国维多利亚女王在位的时代（1837—1901），当时的价值观念和社会准则强调节俭、自制、勤勉等，性道德观则强调克己、贞洁、忠于家庭等。——译者注

么自我实现，以及通过意志行为创造出一种整合原则，是摆在易卜生
笔下所有英雄人物面前的首要任务。以此视角来观照《罗斯莫庄》，
罪感问题就能被一种新的、更为现代的眼光所照亮。在剧中，过去所
作出的错误决定和已经造出来的错误的自我意象，汇集于人物意欲最
终实现真我的时刻，使之陷于极为艰难的处境。一方面，罗斯莫庄的
传统教义就像高布乐将军的家教一样沉闷而严格；另一方面，吕贝克
有着正如她自己所承认的自私的、汹涌的情欲，这就必然造成一种毫
无出路的情境。吕贝克小姐，不管是像弗洛伊德所说在"俄狄浦斯的
诅咒"下感到一种罪恶感（在其得知与其父亲有乱伦关系后），还是
在感觉达到了一种非常纯粹的精神爱情之后不能再去企图实现性生活
的圆满（在维多利亚式道德观念的压力之下），总之她是陷进了一个
充满错误意识的真正迷宫之中。

　　以上这些是易卜生全部作品的主题性要素。在笔者看来，这些要
素不仅把他与当代戏剧的主要问题联系了起来，而且与我们这个时代
的主要焦虑持续相关。

　　然而，易卜生作品中还有一个方面使他与我们时代的戏剧文学特
别紧密地相关。当代戏剧，不管它是布莱希特所创造的史诗体戏剧，
还是以贝克特、热内、尤涅斯库和品特为代表的荒诞派戏剧，还是那
些应时纪实性的政治性戏剧，在本质上都是反幻觉主义、反现实主义
的（如果现实主义被理解为对现象世界的外在表象进行准照相式的复
制的话）。易卜生通常被认为是这些现代戏剧的对立面，作为一个现
实主义、甚至是自然主义剧作家，他在其戏剧活动影响最大的阶段追
求的是照相式的逼真性——一个没有第四堵墙的室内世界。

　　对于易卜生的这种看法在一定程度上是正确的。但易卜生本质上
的诗的天才使他远离了照相式的现实主义。在易卜生的早期戏剧如
《布朗德》和《培尔·金特》中，存在着一些类似于白日梦的因素、
在内心回忆中展开一个荒诞的幻想世界的因素，以及一些辽阔的史诗
性剪影的场面（这些场面超越了《觊觎王位的人》和《皇帝与加利利
人》中所有的现实主义），这些现代性因素是极为明显的。在这些作
品中，主角的戏剧动作一次又一次地从外部世界转向内在的梦想或幻

觉：《布朗德》中从雪崩里传出的声音，《培尔·金特》中的山精场面，培尔·金特的船只罹难场面，纽扣铸造匠出现的系列场面，以及最后出现的索尔薇格的幻影，都是剧中人物内在心象的梦幻般投射。当易卜生决定致力于创作现实主义散文剧时，这些梦想和幻觉的因素表面上被压下去了。但它们仍然持续在场。它们首先融入易卜生用得越来越多的象征上。在告别了使用"戏剧中的诗"（poetry in the theatre）之后，易卜生越来越多地运用"戏剧性的诗"（poetry of the theatre），后者表现在从一个真实的物体突然转变到某种象征上，比如入口和出口，开门和关门，眼神的一瞥，扬起的眉毛，闪烁的烛光等隐喻的意象上。

笔者主张并确信，易卜生戏剧历久弥深的力量与影响恰好是源于它的诗性品格。如果我们能接受这样一种观点，即所有小说（不管其形式是多么现实主义）最终都是作家的想象、幻想生活和白日梦的产物，那么即使是最现实主义的戏剧最终都可以被视为是幻想，是白日梦。作家的想象越有创造性、越复杂、越新颖、越有诗性，那么其作品的想象成分就越了不起。这是我们当代一流作家的一流作品的重要特征之一，而他们也明显了解这一点并有意识地运用它。仅就爱德华·邦德和哈罗德·品特的作品来说，它们就是这种趋向的极好范例：它们既被认为是以极现实主义的方法创作出来的，同时又被认为是幻想与白日梦的产物。在这个方面，他们显然是学步于易卜生。依笔者之见，易卜生戏剧（包括那些表面看起来极具政治性的作品）所具有的持久影响，在很大程度上是由于其作品中那些深隐的、神秘的力量与现实主义的、但背后隐含有潜意识幻想和梦幻成分的表层生活和谐共存：《野鸭》中那个阁楼里仿造的森林荒野，《罗斯莫庄》中的白马，《群鬼》中在阿尔文夫人心里萦回不散的群鬼，《海上夫人》中神秘的陌生人，《小艾友夫》中古怪的鼠婆子，《博克曼》中博克曼自造的监狱，《海达·高布乐》中乐务博格的、被海达视为孩子的手稿，《建筑大师》中有着撩人心魂的外貌、既具诱惑性又有破坏性的希尔达·汪格尔，以及该剧中艾琳的九个玩偶娃娃，这一切既是有力的诗性隐喻、幻想意象，同时也是可以冷静而实际地感知到的真实的物体与力量。

由于所有戏剧作品的力量最终都是源于它作为现实隐喻的、最内在的诗性本质，因此对于整个现实的艺术显现，既必须表现内心世界、精神世界（包含意识与潜意识）的内在现实，同时也需要再现诸如房间、家具和茶杯之类的外在现实。外在的实体只要一出现在舞台上，那么根据剧场现象的本质，它就会变成一个意象，一个隐喻，变成一种精神性、幻象性的存在。正如歌德在《浮士德》的末场所说的"一切暂时的东西都只不过是隐喻"，我们所有短暂的、易逝的现实最终都只是隐喻、象征。

就易卜生后期戏剧而言，正是潜隐在表层现实背后的隐喻力量和诗性视野，使其具有真正的伟大性和持久的影响力。具体说来，正是那些意象，那些对人类生存的某些神秘方面的隐晦表现，那些对于隐藏在散漫的日常谈话背后的深层问题的间接表现，使其影响深远。所有这些，准确地说，是易卜生戏剧中既非常传统又非常现代并与时俱进的重要因素。

论易卜生晚期戏剧①

布莱恩·约翰斯顿著

汪余礼译

笔者年复一年地研究易卜生戏剧，是出于这样一个信念：尽管易卜生的戏剧被近 100 年来的学者一再评论，但易卜生想象力的深广程度还远远没有被充分领会。对于一个学者来说，如果看到他的研究对象还没有被世人充分理解，他不免深感遗憾。正是这一点，促使我们放弃娱乐，而从事艰苦的研究工作。我们看到世人给予我们的研究对象如此这般的评价，再把它与自己的评价相比，于是我们全身燃起一股热情去努力纠正错误。

易卜生的现实主义手法，正如乔伊斯所说，是从个人最内在的思想情感扩展到人类普遍的"重大问题"和"根本冲突"之中。至于他具体是怎样以小见大、在特殊中揭出一般，则不只是一个解释或翻译的问题，个中奥秘恰好就是领悟易剧上演后所产生的巨大力量的关键。

中产阶级那种平凡、丑陋、庸常的生活正是易卜生戏剧的表现对象，其不变的表现方式则是透过日常生活的表象揭示出被我们的文化认同所抑制或遗忘了的那些方面。这种艺术程序，即通过创造一种透视法来充分地看清对象，正是笔者所说的易卜生戏剧中的"超文本"。

笔者在《野鸭》、《建筑师》、《博克曼》、《我们死人醒来时》这四个剧本中所看到的是现实主义文本与隐喻性超文本的更为紧密的融合：剧中人物直接在隐喻性地说。比如，在《野鸭》中，格瑞格斯说自己就是一条钻到海底把野鸭救起来的机灵狗，他这话听上去很古怪，而实质上他是直接把隐喻性的话插入普通的日常谈话中了。可以说，易卜生在提升现实主义戏剧，他的戏剧语言比以前更少模仿性而具有更多的诗性诗意了。易卜生晚期这四个戏剧显然创造了一种整体的象征主义。索尔

---

① 译自 Brian Johnston, *On The Plays of the Last Group*, www.ibsenvoyages.com/e-texts。

尼斯、艾琳、希尔达都既是象征性的存在，又是现实的人物。

在易卜生晚期戏剧中，主要的人物，比如希尔达、索尔尼斯，以及《我们死人醒来时》中的四个人物，都是直接说隐喻性的话语，而且直接实施隐喻性的行动。特别是在最后一个剧本中，他们神话般地行动，就像把他们诗意的言说原本地付诸行动一样。尽管易卜生没有完全转向象征主义手法，但他为现代戏剧开拓了一个神话般的表现领域。在他同时及之后，梅特林克、斯特林堡的象征主义以及德国表现主义兴起；而后者在一定程度上是起源于斯特林堡和《当我们死人醒来时》。……因而，我们可以把易卜生的《当我们死人醒来时》看作欧洲戏剧的一个转折点，在这个转折点上，戏剧告别了现实主义，因为易卜生已将其内在能量发挥殆尽，在此之后，萧伯纳的除外，所有最重要的非主流戏剧将是非现实主义的。魏特金德、皮兰德娄、布莱希特、贝克特、热内、彼得·韩德克和海纳·米勒等人的作品莫不如此，它们不是主流戏剧，但都在戏剧史上占有极为重要的位置。可以说，《当我们死人醒来时》是由现实主义作家易卜生的最伟大作品所发出的一个信号，预示着现实主义者的戏剧革命已经结束，而人们要想创作出重要的戏剧就必须另辟新路。易卜生自己就说过，在他这个剧本之后写出的任何东西都必定是处于另一种语境、置于另一种文体风格之中。

易卜生戏剧的超文本与现代世界构成了一种深刻的对立与矛盾。叶芝说他与易卜生没有相同的朋友，但有相同的敌人，这表明在现代主义传统内部，人们即便在某些方面存有诸多分歧，但有一点是一致的，即对主流文化（现代性）的反叛。

当易卜生开始运用现实主义方法时，他极少忠实地模仿这个令人鄙薄的现代性，而更多的是反过来改造这个现代性，即走向否定之否定（"现代性"是对古典性的否定，而易卜生要进一步否定现代性），这样易卜生的艺术想象中所渗透的原始神话内容，使其戏剧成了对现代世界之虚伪话语的对抗性话语。在易卜生晚期的艺术世界中，小神女似的希尔达从山上走下来回应索尔尼斯充满了恐惧的召唤，鼠婆子和她的黑狗从海上冒出来把一个母亲不想要的孩子诱走，博克曼向山脉致辞抒发其内在的精神，穿白衣的艾琳从坟墓里冒出来与她的艺术家兼背叛者相遇……这是一个对宇宙间的神秘因素作出回应的世界，而其神秘性在现代日常生活中往往是被遗忘的。在易卜生这里，现实被重塑，以符合来源于过去的人类自我的尺度；当代世界被重制，以呈现出一个更适当的、合人心意的世界。

笔者从迈克尔·福柯那里借来"对抗性话语"这个词；他认为席勒式的理性姿态是现代文学的本质性模态："整个十九世纪，直到我们今天，从荷尔德林到马拉美再到安东尼·阿尔托，文学实现了一种自主自律的存在，将其自身从所有其他话语中深刻地分离了出来。通过构造一种对于现时代的对抗性话语，文学补偿了（而不是巩固了）语言的表意功能。"

日常生活世界仅仅在它能被转换为更富有想象力的形式时才是适合于艺术的。易剧现实主义循环中的动作细节、人物、对话、场面等，仅在它们能够呈现剧本所隐示的原型本体与原型行动时才被选用到舞台上。在神话王国与现代现实之间存在着持续的相互影响；尽管现代现实抵制神话的重现，但最终原型——神话之维声称了自己的合法性，并赋予现代现实以形式和意义，而这种意义恰好是现代世界的世俗意识所竭力逃避的。

"过去"，在易卜生这里是暧昧不明的。一方面，正如易卜生在关于《群鬼》的笔记中所写的，"过去"乃是使现今人类走在错误轨道上的历史过程；另一方面，"过去"又被看作是一个被忽视的、但隐含有种种力量和可能性的智慧仓库，其中一些力量与可能性如果获得发展的权利，就大大有益于从布朗德所谓"碎片的人"中建设出一种新人类。极而言之，这种视野把未觉醒的人看作是行尸走肉，就像爱德华·蒙克的画《卡尔约翰街之夜》（*Evening on Karl Johan Street*）所描绘的那样。

犹太人、基督徒或穆斯林的个人身份与命运得以从一种无政府、无意义状态中拯救出来，是通过理解和看待世界的传统方式——通过那种方式他们转变了自己的现代性体验——达到的。而像易卜生、乔伊斯那样的艺术家，或像黑格尔、尼采那样的哲学家，则从那种正统信仰中摆脱出来，而寻求重建能与之等价的想象世界。真正赋予易卜生、叶芝、乔伊斯、庞德或贝克特的作品以永恒价值的是：不管他们作品中所带进的学科资源是什么，他们从未安于现行体制或认同一般教条，更不会认可既定的思维方式与价值观念。他们可能利用某种构架作为自己所事工程的"脚手架"，就像笔者所说的易卜生起用黑格尔一样，但那些构架仅仅是他们进一步大胆探索、勇猛精进的跳板。

在易卜生的现实主义戏剧里，关于人的自我迷失与潜在人性的意象通过原型的出场得以惊鸿一现。就像布朗德所看到的残缺的躯体一样，它们暗示了我们潜在本性的边界与力量，以及我们迷失的程度。现代日常世界是一个劣等的或糟糕的艺术品，因为它没有达到对自身的自觉，不知道自己牺牲了什么，也看不清自己是残废的。黑格尔曾说，我们最为熟知的东西，正因为它是众所周知的，而往往是我们最不了解的东西。也就是说，我们已经安之若素的、关于现实生活的常识，遮蔽了生活自身的难以置信的陌生性。而易卜生正是希望把我们从熟知之物中疏离出来，通过否定之否定让我们看清生活中的种种矛盾，以及那些被忽视的精神性存在。也许，这就是布莱希特所谓"陌生化效果"的易卜生版本。

易翁戏剧对人类精神生态的洞鉴与审思

如果说，"要真正解决生态问题，不仅仅是要解决自然生态问题，更为根本的还在于要解决社会生态和精神生态方面的问题"①，那么易卜生晚期确已敏感到这一点②，并在戏剧中持续而深入地探讨人类"社会生态和精神生态方面的问题"。作为一位以"描写人类"为己任、以"实现我们每个人真正的自由和高贵"为使命③的艺术家，易卜生晚期尤其注重对人类精神生态的洞鉴与审思；而且，他在剧作中所做的探索具有鲜明而强烈的现代性，足以引起当代人的共鸣、警醒与深思。因此，本文拟从精神生态学的角度观照易卜生晚期戏剧，发掘其中所内蕴的洞识与智慧，以期为我们今天从根基处反思生态危机、建构生态文明提供思想触媒与智力资源。

综观易卜生晚期八部戏剧，每部作品对人类精神生态的洞鉴与审思各有其特殊性，不便概而言之，因此下面拟本着宏观与微观、普遍与特殊相结合的原则，尽量准确扼要地加以论述。

一 群鬼的纠缠与蛮性的遗留

在易卜生晚期戏剧中，最经常出现、最令人触目惊心的是"鬼魂"或"死人"意象，与之对应反复出现的是"阳光"或"日出"

---

① 刘文良：《范畴与方法：生态批评论》，人民出版社 2009 年版，第 46 页。

② 易卜生在 1882 年发表的《人民公敌》一剧，即深刻反映了人们在精神上的病态不仅会造成严重的环境污染，而且会顽固地阻碍先觉者净化环境的努力。质言之，要解决环境问题、生态问题，关键在于人们精神的觉醒、精神的变革。

③ 1898 年 5 月 26 日，易卜生对挪威妇女权益保护协会的会员说："我的任务一直是描写人类。"1885 年 6 月 14 日，易卜生在对特隆赫姆市工人演讲时说："实现我们每个人真正的自由和高贵，就是我所希望、我所期待的未来图景；为此我一直在尽力工作，并将继续付出我整个的一生。"（见《易卜生书信演讲集》，第 371 页）这充分表明，易卜生是非常自觉地关注人的精神状态、关注人类的性格与命运，并力求以自己的艺术创作去推动人类的精神解放与自由发展的。

意象，由此可以切入易卜生晚期戏剧的核心关注。

首先不能不提到的是《群鬼》。这部发表于 1881 年的作品，虽然不属于易卜生晚期剧作，却在很大程度上预示了易卜生晚期探索的一个重要方向。该剧对于当时人们所受的精神禁锢作了极为深刻的揭示，直至今天仍有很大的启示意义。剧中海伦由母亲和姑姑做主嫁给阿尔文中尉，不久后发现丈夫是个荒淫无度的酒鬼，她难以忍受那种可耻的生活，希望借助曼德牧师的帮助跳出苦海。但曼德牧师告诉她"你的义务是低声下气地忍受上帝在你身上安排的苦难"、"心甘情愿地忍受束缚"。此后海伦忍辱负重，一面为丈夫做善事撑面子，一面为儿子挣学费铺前程。但她丈夫阿尔文并不因此有所收敛，反而"索性把丑事闹到家里来了"——引诱女佣乔安娜并致其怀孕。就在曼德牧师一再把她"深恶痛绝的事情说成正确、合理的事情"之后，海伦开始了自己的反思：

> 因为有一大群鬼把我死缠着，所以我的胆子就给吓小了。……我几乎觉得咱们都是鬼，曼德牧师。不但咱们从祖宗手里承受下来的东西在咱们身上又出现，并且各式各样陈旧腐朽的思想和信仰也在咱们心里作怪。那些老东西早已失去了力量，可还是死缠着咱们不放手。我只要拿起一张报纸，就好像看见字的夹缝儿里有鬼乱爬。世界上一定到处都是鬼，像河里的沙粒那么多。咱们都怕看见光明。①

这里阿尔文夫人的反省是相当深刻的，她已经清醒地意识到死鬼和活鬼们——各式各样陈旧腐朽的思想和信仰以及信守这些死东西的人——如何死缠着自己，令她几近窒息而无力反抗。具体说来，在剧中，对她毒害最深的"死鬼"是基督教会的那些道德与信念，如"做老婆的不是她丈夫的裁判人"、"人生在世不应该追求幸福，而应自觉忍受苦难以求赎罪"、"女人嫁后应从一而终，绝不应该希求改嫁"、

---

① 《易卜生文集》第五卷，第 253 页。

"女人应始终牢记为妻为母的义务，而不应追求个人的快乐"，等等；对她钳制最狠的"活鬼"则先后有阿尔文和曼德牧师，后者在海伦想走出鬼窟时不但不理解她合理的愿望，反而用基督教会的那些律条，把她说成是"罪孽深重的人"，并多次要她自觉忍受苦难。作为一个比较胆小的女人，海伦半信半疑地守着传统的教条、牧师的劝告。为了那残存的一点希望（把儿子培养成人），她包容着最难包容的丑事，忍受着最难忍受的痛苦，但最后那点希望还是破灭了。她儿子欧士华遗传了阿尔文的梅毒病，在一个黑夜里突然发作，肌肉松弛，眼神呆滞，嘴里平板地重复着"太阳，太阳"，庶几成了白痴。海伦、欧士华的悲剧有力地映现出在"覆盆不照太阳晖"的环境中"群鬼"是如何戕害人的精神与生命。

在人类的潜意识深处，比宗教律条更古老、更普遍、也更制约人健康发展的是各种各样的"蛮性"。所谓"蛮性"，是指人在进化过程中没有蜕掉的动物性、野性、兽性。最初，原始人类在弱肉强食的生存竞争中打败其他动物，顽强地活了下来，而他们在求生过程中所积累的竞争经验则代代相传，化为后人心灵深处的集体潜意识，并在后人生存竞争的过程中得到丰富、强化和深化。于是我们看到，在历史上多数人自觉不自觉地遵循弱肉强食的丛林法则，演绎了一幕幕恃强凌弱、互相残杀的悲剧。而只有极少数目光深邃、智慧超群的人，看出这种"蛮性"最终可能使人类走向毁灭，于是便以种种形式点拨、警醒"愚昧的世人"。易卜生正是这样一位深切关怀人类命运而又极富远见卓识的艺术家，其后期戏剧对人类心灵深处的"蛮性"所做的洞鉴与解剖，尤为发人深省。

在《群鬼》出版后第三年（1884年），易卜生发表了《野鸭》，此剧艺术视野远超前作，在易卜生戏剧生涯中具有开拓新境、承前启后的关键意义。大体而言，《野鸭》对人类精神生态的揭示是在四个向度上展开的：以威利形象刻画出社会上那些信奉丛林法则的"强者"的性格与命运；以艾克达尔、雅尔玛形象剖露出被损害的"弱者"的生态与心态；以格瑞格斯和瑞凌形象展现出"拯救者"的思维与行径；以海特维格形象呈示出符合未来发展方向的"生态人"的性情与观念。① 在剧中，威利是个非常精明狡诈的木材商，多年前他欺骗了合办林业公司的朋友艾克达尔，致使后者锒铛入狱，从此跌入人生的低谷。而且他骗过的人不在少数。他儿子格瑞格斯对父亲骗人害人的行径极为不满，曾当面指责他："我一想起你从前干过的事情，眼前就好像看见了一片战场，四面八方都是遍体鳞伤的尸首。"这暗示出：威利骨子里是个信奉"丛林法则"的家伙，或者说在他身上有着非常浓厚的"蛮性的遗留"。就事实而言，他过去的斑斑劣迹不仅导致很多人倾家荡产，也给他人的精神心理带来了严重的创伤。被他蒙骗过的老艾克达尔，从监狱里出来后就像一只挨了子弹的"野鸭"，"一个猛子扎到水底里，再也冒不起来了"。其子雅尔玛·艾克达尔虽然并不显得颓唐消沉，但其精神也在虚幻的梦想中渐趋麻木——就像那只养在水槽里的野鸭，年深月久后，翅膀再也飞不起来了。而威利在害人后日子过得也并不逍遥——他的眼睛快要瞎了，亲生的儿子又坚决反对他，拒绝跟他合作，这样他几乎是走到穷途末路了。易卜生写到威利的眼睛快要"瞎"了，在一定意义上是对其内在本质与命运的一种隐喻。质言之，威利也是一只扎在水底看不见广阔前景的"野鸭"。

到了《罗斯莫庄》（1886 年出版），易卜生对人心深处"蛮性的遗留"探掘得更为深入了，同时也对之进行了更为严厉的审视。这种探掘与审视主要是通过吕贝克和罗斯莫形象来实现的。在该剧中，吕贝克是一个蔑视传统习俗、崇尚自由解放、热情大胆、意志坚强、思想新锐的女性。她就像"北方山头峭壁上的一只鹰隼"，目光炯炯，行动果敢，比男人更具有攻击性。来到罗斯莫庄后，她很快拿定主意要除掉罗斯莫的妻子碧爱特，并得到罗斯莫的爱情。她一面以她的漂亮、性感、热情以及一套套的自由观念、解放思想感染、

———————————

① 海特维格对人对物有着天然的同情感与爱心。在她的世界里，动物与人一样是有情感的生命，值得像对待朋友、对待亲人那样去爱护，而且互相之间可以友爱相处，共同生活在一个温馨的大家庭里。她的人与自然和谐相处的朴素观念、敬生爱物的柔性情怀，是人类进一步发展所必需的素质。详见拙文《易卜生晚期戏剧中的生态智慧》（《外国文学评论》2009 年第 3 期），此处不再展开。

影响罗斯莫，另一面则设法取得碧爱特的信任，以致几乎可以牵着她的鼻子走。在吕贝克的影响下，罗斯莫的思想情感发生了很大的变化：先是背叛了祖宗信仰，继而希望"挨家挨户去做一个思想解放的传达者"，"在本地撒播一点光明和欢乐"，同时内心越来越爱慕吕贝克，对妻子碧爱特则越来越冷淡。后来碧爱特得了精神病，最后跳进水车沟自杀了。

碧爱特死后，罗斯莫准备向吕贝克求婚。但就在他们互相爱慕、离幸福越来越近的时候，过去的秘密被揭发出来。随着克罗尔、摩腾斯果的来访，罗斯莫发现碧爱特并非因为不能自控的疯狂症而死，而是因他的移情别恋而绝望并为了成全他和吕贝克而自杀。由此，他不能不承认自己对妻子的死负有责任，并陷入一种自责、悲哀的心境中。出于对罗斯莫的爱，吕贝克终于承认："罗斯莫，这事跟你不相干。你没有罪过。引诱碧爱特，并且终于把她引上迷惑的道路的人是我。"这大体属实，当初吕贝克为了得到罗斯莫，虽然不忍心施害于善良的碧爱特，但她逐渐被不能自已的内在冲动（占有与排斥的狂暴热情）所驱使，最后终于间接地把碧爱特"卷进了水车沟"。

这是一桩无法回避的罪孽。吕贝克虽然希望能顶着罪感继续前进，但她不能不悲哀地承认"我的历史把我的路挡住了"。质言之，正是她以前"蛮性的发挥"挡住了她现在通往幸福的道路。罗斯莫为吕贝克的良心发现、心智提升而高兴，但坚持认为："没有人裁判咱们，所以我们必须自己裁判自己。"——这接近于康德的自由观。最后，罗斯莫与吕贝克在内省中灵魂相通，在相爱中一起走向了自惩自裁——互相搂抱着跳进了水车沟。这一结尾隐示了易卜生关于重铸心魂、重建人格的睿思与理想。罗斯莫与吕贝克的自杀，不是向传统的回归（基督教不允许自杀），也不是向罗斯莫庄的"白马"投降，而是通过舍弃有罪的肉身，洗刷掉原先灵魂中那些幽暗的、邪恶的因素，而把那些光明的、优美的因素结合在一起，成为"一个人"。从总体来看，易卜生是倾向于认同罗斯莫最后达致的"新型人生观"的，即为自己的自由负责的"解放人生观"。易卜生固然说过"自由是生活首要的和最高的条件"，但他所理解的"自由"是自律的自由，而不是任性的、把自己的快乐建立在别人痛苦基础上的自由。对于现实生活中的"自由派"、"自由主义者"，他往往持保留、怀疑态度。在1872年4月4日致乔治·勃兰兑斯的信中，易卜生说："亲爱的朋友，自由主义者恰恰是自由的最坏敌人。"①

由此也可以看出易卜生并不赞同吕贝克式的自由主义。进而言之，"早期吕贝克"们意气风发、到处横行的世界，将是一个弱肉强食的世界，他（她）们以损害他人为发展自我的手段，这终将把人类拖向彼此构陷、互相攻伐、杀戮不断、灾难频仍的深渊。易卜生以深邃的目光看到了他们黯淡的前途，也隐示了人类精神发展的正确方向，这是我们不能不"睁眼看清楚"的。

从根本上说，人若任性耍蛮、依循丛林法则行事，实质就像"野鸭"一样盲目，像"吕贝克"一样自己挡自己的路。人类如果不能走出弱肉强食的丛林法则，则不但不可能进化、实现可持续发展，还有可能发生"退化"。正如聂珍钊先生所说："丛林法则是动物界维护秩序的自然伦理，它只适用于没有理性的动物界。……如果我们人类接受了丛林法则，我们就会变为野兽，不再为人。"② 这是关于人类命运的睿智之思，在当代尤其应该引起人们的警醒。

二　魔性的涌动与酷烈的自审

与"蛮性"紧密相关的是"魔性"。"蛮性"主要具有破坏性，"魔性"则既有破坏性，又有创造性；"蛮性"存在于几乎每个人潜意识的深处，"魔性"则主要存在于那些天赋优厚、才华杰出者心灵的深处。不过，它们两者有时会混合在一起，互相推助，兴风作浪，产生出极为可怕的破坏力量。易卜生晚期戏剧对此亦多有探索，并以立象反照、艺术自审等形式对其进行了极为深邃的反思。

在《罗斯莫庄》出版后的第四年（1890年），易卜生写出了《海达·高布乐》。这年12月4日，易卜生写信给莫里兹·普罗佐尔说："这部

---

① 《易卜生书信演讲集》，第120页。
② 聂珍钊：《〈老人与海〉与丛林法则》，《外国文学评论》2009年第3期。

新剧的题名是《海达·高布乐》。我给它取这个名字意在表明，海达作为一个人与其说是她丈夫的妻子，不如说是她父亲高布乐将军的女儿。"① 这一点对于理解海达的性格非常重要。在剧中，海达年少时就喜欢"骑着大马，跟着将军在大路上飞跑"；出嫁时，带着两把手枪来到泰斯曼的新家。这隐示出，她从小所接受的熏陶，乃是"征服者"的人生观和贵族的荣誉观。作为高布乐将军的女儿，她一度过着养尊处优、众星捧月的生活；作为泰斯曼的妻子，她心高气傲且颇受尊崇，但心里也很有些无奈——虽然不喜欢泰斯曼，但她已经把青春挥霍殆尽，现在只好下嫁了。她曾经热恋过才华出众、放荡不羁的乐务博格，但因他声名狼藉而不敢嫁给他。嫁给一心钻研学问的泰斯曼后，她百无聊赖，在心里梦想着艾勒·乐务博格，但又不敢有所行动。正如易卜生在札记中所说："海达是处于她那种境遇、带有她那种性格的女人的典型。她嫁给了泰斯曼，却把她内心的想象系在另一个男人艾勒·乐务博格身上。她斜靠在椅子上，闭上眼睛，梦想他的冒险活动……但海达只把他作为在内心里怯懦地做种种白日梦的对象。在现实中海达完全没有勇气去碰那一类事情。"② 而她原先很瞧不起的泰遏（即爱尔务斯泰太太）反而比她开放、勇敢得多，后者成功地使乐务博格改邪归正，与他合作完成了一本书，并且还敢于走出无爱的家庭，追随乐务博格一起生活。这一切使得海达又嫉妒又恼恨，便设法烧掉了乐务博格的书稿，接着又激励他去自杀。这就显露出海达性格中另一重要因素——魔性。

易卜生说："海达身上的魔性因素在于：她想要把她的影响力施加到某个人身上，而一旦这种愿望实现，她就会鄙视他。"③ 从剧本实际来看，这只是点明了海达身上魔性因素的一个方面。除了平日里不可遏制地涌出一些恶意冲动之外，她还"对于毁灭有大欢喜"。"对于海达来说，自杀宛如一幅完整的英雄主义图画，一幅'完美'的图

---

① 《易卜生书信演讲集》，第 313 页。
② 同上书，第 415 页。
③ 同上书，第 417 页。

画。出于这个原因，她给了乐务博格一把自己的手枪，仿佛这是记忆的信物，要求他保证让自杀'完美地'发生。"① 同样出于这个原因，海达最后用剩下的一支手枪对准自己的太阳穴，把乐务博格没有做好的事情"完美地"做到了。对此，马丁·艾思林认为："海达的自我实现，由于许多外在的、超出她控制能力的因素，而悲剧性地成为不可能。……由于她严格的自我控制，她对于乐务博格的性冲动并不能结出果实；由于出生在将军之家所养成的、作为一名上流社会贵夫人所应有的自制力，使她不可能像泰遏那样反抗社会习俗去做乐务博格的情妇（泰遏远远不像她那样为环境和教养所制约）。因此海达是陷进了一个真正悲剧性的困境之中。她的表面上的邪恶，是由于其自我意象内部的混乱与矛盾；……她的破坏性，因而仅仅是她的误入歧途的创造性，以及真我未达身先死的悲剧性失败。"② 这里，艾思林的分析大体是中肯的，但他忽略了海达内心的魔性——这一点易卜生自己在札记和书信中曾反复提到。③ 正是由于海达自己也说不清道不明的魔性冲动，使她害死了别人，也走向了自戕。茨威格说："魔性在一些人身上就像发酵素，这种不断膨胀、令人痛苦、使人紧张的酵素把原本宁静的存在迫向毫无节制、意乱神迷、自暴自弃、自我毁灭的境地。"④ 这话用在海达身上，可谓一语中的。而易卜生之所以着力刻画出海达身上的"魔性特质"，正是为了"从身上刷掉它们"，以便实现"净化"和"新生"。

紧接着，易卜生在《建筑大师》（1892 年出版）中对艺术家——创造者心魂中的"魔性"进行了更为深入的洞鉴与审思。在该剧中，一方面是深受索尔尼斯压迫的布罗维克父子，不时发出切齿痛恨的怨言，并谋划着出头的机会；另一方面是作为建筑总管的索尔尼斯，虽

---

① ［德］莎乐美：《阁楼里的女人》，马振骋译，华东师范大学出版社 2005 年版，第 150 页。

② ［英］马丁·艾思林：《易卜生与现代戏剧》，汪余礼译，《戏剧》2008 年第 1 期。

③ 在 1890 年 12 月 27 日致汉斯·斯罗德尔的信中，易卜生说："海达无疑应该由布鲁恩小姐来扮演，我相信她能够花费心力将海达性格中的魔性特质表现出来。"在《〈海达·高布乐〉创作札记》中，易卜生两次提到海达身上的魔性因素，除了文中引用的那一句，易卜生还说："海达感到自己着魔似地被时代的潮流所吸引。"（见《易卜生书信演讲集》，第 414 页）

④ ［奥］茨威格：《世界建筑师》，高中甫等译，北京燕山出版社 2004 年版，第 130 页。

然对下属说话时很霸道，但内心害怕"下一代人来敲门"，同时又怀疑自己的成功是以亲人的牺牲与痛苦为代价的，因而常常心神不宁。他惊异于自己过去几乎总是能够"心想事成"，但又觉得"仿佛有一笔千斤重债压得我透不过气来"。随着反省的深入，索尔尼斯逐步意识到了自己内心的魔性：

> 索尔尼斯：现在我明白了，希尔达！像我一样，你身上也有山精。是咱们内部的山精——是它在发动咱们身外的力量。这么一来，不由你不服从——不管你愿意不愿意。
>
> 希尔达：索尔尼斯先生，我几乎相信你的话是对的。
>
> 索尔尼斯：希尔达，世界上有数不尽的妖魔，我们却永远看不见他们。
>
> 希尔达：哦，还有妖魔？
>
> 索尔尼斯：（站住）好妖魔和坏妖魔，金黄头发妖魔和黑头发妖魔。只要你有法子知道控制你的是金黄头发还是黑头发妖魔！

正是他身上的魔性，使他不由自主地向着心目中的目标驰骛不止，同时也不由自主地倾向于控制和压迫他人。作为创造者之魂，索尔尼斯体内的山精与妖魔既有创造性、建设性的一面，又有叛逆性、破坏性的一面。尼采在《权力意志》中说："最强者，即具有创造性的人，必定是极恶的人，因为他反对别人的一切理想，他在所有人身上贯彻自己的理想，并且按照自己的形象来改造他们。"① 这位影响过希特勒的"超人"所言未必是真理，但似乎说出了一部分真相。确实，在索尔尼斯的人生履历中，既有显明的恶迹，比如残酷地把老布罗维克踩在脚下，又严厉地控制着他的儿子，还利用少女开雅拴住瑞格纳；也有隐在的恶意，比如一心盼望艾琳家的老房子被大火烧掉，以便他的建筑事业可以起步。不过，从索尔尼斯日夜所受的精神折磨来看，他还是有着很强的道德良心与反省意识的。他的痛苦，是一个良心未泯、

----

① ［德］威廉·尼采：《权力意志》，张念东等译，商务印书馆1991年版，第112页。

精神高贵者的痛苦——他一面不由自主地顺着本性去压制他人，一面又以上帝的目光不断审视自己。

最后，索尔尼斯登上塔楼，在底下众人的欢呼声中掉下来摔死了。对此，比约恩·海默尔认为："收场可以被视为一个凿凿明证，证实了苏尔纳斯有充分理由担心自己气数将尽，害怕报应的时刻将会来到。他那做贼心虚和眩晕的良心把他引向了最后归宿。他靠了牺牲别人达到一夜暴发，如今却丑行败露，自食恶果了。"[①] 这有一定道理，但在本剧中有一点必须注意，那就是：索尔尼斯在登楼之前，心里很清楚他必将当场殒命，也就是说，他是自觉自愿地选择这种结局的。临近结尾时，希尔达问索尔尼斯："你真的不敢爬上去吗？"他回答："不敢。"但他明确表示愿意登上塔顶，只是随即低声说："然而以后他永远不能再盖东西了。可怜的建筑师！"这表明索尔尼斯心里很清楚他一旦爬上去必死无疑。因此，他最后迎向死亡的结局实质上是一次自觉的自我审判、自我裁决。当然，索尔尼斯最后走到这一步，既是他精神个性的发展倾向使然（把自身的超越性冲动发挥到极致），也是作家艺术良知的内向指引使然。作家创作的过程，在某种意义上也是"与魔鬼搏斗"的过程，他最终要让人的神性驯服魔性，以此达到有限者与无限者的和解。

此后第四年（1896 年），易卜生在《约翰·盖勃吕尔·博克曼》一剧中再次探索、审判了创造者潜藏有魔性的灵魂。但与索尔尼斯不同的是，银行家博克曼在挪用银行巨额存款、杀害女友爱情生命后被捕入狱，在随后漫长的 13 年里他一遍又一遍地审查自己的动机与行为，"自己当原告，也当被告，并且还当审判官"，但得出的结论是："我没有任何罪，只是对不住我自己。"他觉得自己唯一的错误在于出狱后没有"从头做起，重新爬上高峰"，"铲除中途的一切阻碍，爬得比以前更高"——像浮士德那样"自强不息"，把创造和破坏进行到底。这是一个至死忠于自我野心、顽固地以自我为中心的人，他心中的"魔性"较之索尔尼斯有过之而无不及。他曾经叱咤风云，是"天

---

① 《易卜生——艺术家之路》，第 423 页。

才英纵的一代豪杰",但他无限制的自我扩张分明给很多人的生活带来了无可挽回的灾难。最后他在雪夜里被一只"冰冷的铁手"击中而死。哈罗德·克勒曼认为:"在这个结论和忏悔中,易卜生宣布了他最深刻的服罪之感。"① 不论这是否隐示了易卜生本人的"忏悔"与"服罪",但至少表明了艺术家对魔性灵魂的严肃审判。

魔性虽然看不见摸不着,但确属我们人类必须正视的一个问题。歌德曾说过:"具有魔性的人物往往会发挥出令人不可置信的力量,在一切事物上面甚至在天地间都具有无与伦比的威力,影响之大,简直没法形容。即使是集结起所有的道德力量,也不是他的对手。"② 这暗示出魔性力量与道德力量往往是对立的,或至少是交错的。一般而言,魔性如能得到理性有效的调控,可能转为创造性的力量;如果冲破理性的控制,不能自已地爆发出来,轻则伤人伤己,重则可能对人类的自然生态、精神生态和社会生态造成极大的伤害——就在《海达·高布乐》发表前一年,希特勒出生,40 年后他便以巨大的魔性力量不仅给人类社会带来了空前的灾难,也毁灭了他自己。③ 在此笔者不能不惊叹易卜生高度的敏慧,他对于时代潮流中那股阴冷的暗流仿佛已感到丝丝凉意,便预先表现了出来。惜乎知音少,弦断有谁听?

三 精神的变革与新生的曙光

如果说人类要是放纵自身的"蛮性"和"魔性",最终很可能导致自我毁灭的话,那么人类必须在深刻反省的基础上调整、改造自我,并寻求新生之道。易卜生在《〈海达·高布乐〉创作札记》中已经提

---

① [美]哈罗德·克勒曼:《戏剧大师易卜生》,蒋嘉等译,湖南人民出版社 1995 年版,第 236 页。

② [德]约翰·沃尔夫冈·冯·歌德:《诗与真》,李咸菊译,团结出版社 2004 年版,第 515 页。

③ 希特勒是典型的由"蛮性"而"魔性"、把"蛮性"和"魔性"都发挥到极致、最后给世界带来巨大灾难的魔鬼。他坚信"历史总是在军刀上前进,这个世界就是弱肉强食的世界",因而不断扩张、杀戮。从希特勒这一案例还可看出,人类如果都信奉丛林法则,最终很可能导致自相残杀、自我毁灭的结局。

到："新的空间必须被清理出来，以便人类的精神能够发生伟大的转变，因为它已经误入歧途。人类的精神已经误入歧途。"① 在 1897 年夏致米莱夫斯基伯爵的信中易卜生再次说："人类的发展从一开始就脱离了正确的轨道。"② 那么，在易卜生看来，人类的精神应该发生怎样的变革，才能走上正确的轨道，实现永续健康发展呢？

易卜生晚期戏剧在透视、剖析人类精神中种种病态的同时，对这一问题有着越来越深入的思考。在《野鸭》中，易卜生对"拯救者"格瑞格斯已隐隐有所批评。格瑞格斯的"拯救"计划之所以失败，不只是由于他行事鲁莽，更主要的是他的内心被"理想的要求"所充满，对人对物缺乏真挚的爱心，换言之，他的理念是热的，而情感是冷的。即便在海特维格自杀后他也没有感到震惊与痛苦，而只是急于为自己开脱罪责。如果他心里对人对物有同情的理解，能设身处地为对方着想，那么他就不会对雅尔玛说出那个致命的真相，也不会劝海特维格"牺牲掉自己最心爱的东西"。可能正是基于对格瑞格斯型人物的反思，易卜生随后在《罗斯莫庄》中把灵魂拯救的希望寄托在"真爱"上，隐示出"如果真情、真爱的确能提高人的心智，那倒是人间一桩最光荣的事情"的思想。到了《海上夫人》，他在这方面的探索更集中，认识也更鲜明了。

《海上夫人》（1888 年出版）不只是一部探索女性心理的戏剧，更是一部探讨人类命运与前途的戏剧。易卜生在 1897 年曾表达过一种奇怪的观点："人类在幼儿时应该从海洋生物开始进化。"③ 而在此剧中，海上夫人艾梨达表达过类似的想法："假使人类一起头就学会在海面上——或者甚至于在海底——过日子，那么，到这时候咱们会比现在完善得多——比现在善良些、快活些。"怎么理解这种观点呢？从第二幕来看，海上夫人曾常常观赏"鲸鱼、海豚、海豹什么的在赤日当空的时候趴在礁石上取暖"，她可能由此认为海洋生物性情温和

---

① 《易卜生书信演讲集》，第 413 页。
② 同上书，第 347 页。
③ 同上。

善良，不像陆地生物那样依循丛林法则生活，养成了种种劣根性。而从全剧整体来看，房格尔大夫具有大海般开阔的心胸，待人热诚，对妻子艾梨达更是爱护有加；陌生人则像某些陆地动物一样性狠好斗（他杀过船长），对艾梨达也并无真挚感情。虽然陌生人的神秘、冷酷、强硬一度对艾梨达产生了一种不可思议的吸引力，但他的意志最后还是败给了房格尔的真情。最后让艾梨达心意发生转变的，正是房格尔大夫的真爱。可以说，只有真情感以及随之而来的真道德（"爱"与"善"），才能给人带来更长久的幸福与快乐，因而也是更有力量、更有前途的。由此也就可以理解，艾梨达（以至易卜生）那种奇怪观点的实质在于：以善良之心与周围生命和谐相处，才是人类进化的正确轨道。

在《建筑大师》中，索尔尼斯曾痛悔自己压制了艾琳的才能——"把孩子们的灵魂培养得平衡和谐、崇高优美，使它们昂扬上升，得到充分发展"；到了《小艾友夫》，易卜生就把关注的焦点转到"培养孩子"了。剧中男主人公阿尔莫斯在经过一番反省之后，意识到自己以前的过失造成了儿子小艾友夫的残疾，决定不再埋头写作《人的责任》，而"要在自己的生活中间实行'人的责任'。……我要培育他天性中的一切善良的幼芽——让它们开花，让它们结果"。但妻子吕达贪图欢爱，讨厌儿子，狠心地说"我但愿没生这孩子"。后来，感到自己多余的小艾友夫跟随着鼠婆子，落到海里溺死了。孩子死后，吕达的精神变得特别紧张，还经常出现幻觉。她老是看见小艾友夫在海底仰脸躺着，"睁着两只大眼睛"；她还经常听到一种奇怪的声音："拐架还在——水上漂，拐架还在——水上漂……"这声音从早到晚响个不停，可见吕达的内心充满了恐惧和罪感。但她的精神最后没有崩溃，而是逐渐发生了变化：为了赎罪（"跟那两只大眼睛讲和"），也为了填补爱的对象失去后留下的空缺（她丈夫要离开她），她决定"把海滩上那些苦孩子都带到家里，当作我亲生儿女看待"。阿尔莫斯听后受到感染，最终决定和吕达一起，好好培养那些苦孩子。从总体来看，该剧是易卜生探索"人的精神如何向善转变"或"变化的规律"的一个尝试。正如柏拉图在《斐德罗篇》借苏格拉底之口所说的那样，

"爱欲是一种普遍又令人极为费解的力量，既能破坏又能寻求善"①，吕达强烈的爱欲虽有破坏性，但最终促使她走向了善道。作为一个浑身散发着活力的女人，吕达把爱欲的满足视为生活第一要义，多年前"她儿子的残废是由于她浸淫于性事而忽视了照顾他；小艾友夫最终的死，是因为他的妈妈希望他消失——对于她那种放荡不羁、放纵不止的性活动而言，他明显是个障碍"②。但也正是由于强烈的爱欲，她在丈夫要离开之时感到需要"想法子找点东西，找点性质有点像'爱'的东西把内心填补起来"，这使她最终走出了恐惧，走向了充实，也可以期冀"宁静安息的日子"了。如果说歌德认为"凡自强不息者终究会得救"，那么易卜生很可能认为"凡爱欲不泯者终究会得救"。

最后，易卜生在其戏剧收场白《当我们死人醒来时》反省了我们中间种种"活死人"的荒谬性，肯定了爱情对于生命的根本意义，并进而暗示了走向新生的可能性。该剧在某种意义上属于易卜生的集大成之作，它对人类精神生态的描写至少包含五个层次。第一个层次，由鲁贝克创作的半身人像（里面隐含了好些"神气十足的马面，顽固倔强的驴嘴，长耳低额的狗头，臃肿痴肥的猪脸"）和"复活日"雕像的底座（"从地面裂缝里，钻出一大群男男女女，带着依稀隐约的畜生嘴脸"）来体现，这些形象凸显了人心中的"蛮性"；第二个层次，由鲁贝克艺术灵感的源泉爱吕尼来体现，她在配合鲁贝克完成"复活日"之后，就毅然出走，"在全世界走过很多地方、颠倒过各种各样的男人、杀死了两个丈夫、弄死了很多孩子"，这隐喻着艺术家或创造者心中的"魔性"；第三个层次，由鲁贝克早年的艺术追求、创作状态来体现，那时他感觉自己肩负有神圣的使命，把全部生命都投入艺术创作中，而竭力克制自己的欲望，像圣徒一样生活，这种境界跟他所雕塑的美丽圣洁的少女在本质上是一致的；第四个层次，指鲁贝克由精神走向肉体，由圣洁走向世俗，盖别墅，建公馆，娶美人，

---

① ［古希腊］柏拉图：《柏拉图全集》第二卷，王晓朝译，人民出版社 2003 年版，第 152 页。
② ［英］马丁·艾思林：《易卜生与现代戏剧》，汪余礼译，《戏剧》2008 年第 1 期。

过起富裕奢华、轻松愉快的生活，但在"快乐逍遥的生活"中，他感到越来越空虚，"精神疲倦、烦躁、衰弱到了难以忍受的程度"；第五个层次，指鲁贝克和爱吕尼醒悟到自己已经成了活死人后，开始追求新生，追求某种既接近艺术又接近宗教的生活，这是对人的完整而自由的新生命的隐喻。

在该剧末尾，鲁贝克和爱吕尼手挽手攀上山顶，要走上"乐土的尖峰"，走上"朝阳照耀的塔尖"，并在那儿举行婚礼。但不久，他们就像布朗德一样葬身于雪崩了。这个结局并非要表明鲁贝克和爱吕尼最后的抉择是错误的，而是要反衬出一种新的人生理想。这种理想的实质在于，肯定爱对于人生的根本意义，并在审美与信仰中走向"第三境界"。现实生活有太多缺憾，这使得审美成为必需。审美在很大程度上是一种特殊的"有意识的自欺"（康拉德语）。鲁贝克明知爱吕尼已经不是当年那个"最纯洁、最理想的女人"了，但仍然把她看成是"梦想中的女人"；他甚至明知对方已经"死"了，但仍然认为她是"自由鲜活"的，"生活依然像从前一样热烈地沸腾跳跃"。易卜生在 1882 年 8 月 4 日给比昂松的信中说："在我看来，最重要、最有意义的事情是把你整个强大而真诚的人格投入到将人生艺术化的实践中来。"[1] 这透露出易卜生很早就有将人生艺术化、审美化的思想，而在最后这部剧作中他倾尽心力让笔下人物的生命真正变成了一首诗。而信仰，本质上是一种超越性的情感。最后，鲁贝克与爱吕尼携手同行，弃绝一切向着他们心中"朝阳照耀的塔尖"靠近，正是在两心相爱相悦的过程中复活"信仰"：信仰真爱，信仰某种超越性的生命境界。他们明知这样做必然殒命，但恰恰是要通过这种行为来证成他们的信仰。在 1887 年的一次讲话中易卜生指出："诗歌、哲学和宗教将融合在一起，并构成一个新的范畴和新的生命力，对此我们当代人还无法形成一个明确的概念。……我特别相信，我们时代的理想已经老化，正显示出明显的倾向——要在我的剧本《皇帝与加利利人》中的'第

---

① 《易卜生书信演讲集》，第 216 页。

三境界'所指的概念中得到复兴。"① 由此来看，最后鲁贝克与爱吕尼的选择并不是要"逃避现实"，而是体现出一种否定既有种种理想的倾向；他们借着审美与信仰走上"朝阳照耀的塔尖"，乃是要显现出一种新的理想、新的境界。这种理想境界，基于对整个人生与艺术的哲学美学反思，同时又融入了宗教的因素（易卜生反教会但并不反宗教），将"构成一个新的范畴和新的生命力"。

　　综上，易卜生晚期戏剧对人类精神生态的洞鉴与审思大体是沿着两条路线进行的：一是多方位、多层次地揭示人类灵魂中的病毒与痼疾，其中既包括过去的种种旧思想旧道德及其信守者（"群鬼"）对于现代人的纠缠与钳制，也包括人类本性中潜伏的具有破坏性的"蛮性"与"魔性"；二是在"人类精神误入歧途"之后努力探索人类精神发生变革和走向新生的可能性，这主要是发掘人类灵魂中"一切善良的幼芽"和隐隐存在的"神性"，并暗示一条基于"善"和"爱"，通过"审美"与"信仰"走向"第三境界"的新道路。毋庸置疑，易卜生后期的这些探索对于我们从根基处反思生态危机、建构生态文明具有极大的启发意义。简言之，过去社会通行的崇尚强悍、肯定霸道的价值观念，弱肉强食、成王败寇的"丛林法则"，容易诱发人类的蛮性与魔性，在很大程度上损害了人类的精神生态、自然生态和社会生态，若要走出歧途，必须重新确立善良、爱愿、审美与信仰的根本性、奠基性价值，让人类本性中一切健康美好的因素发挥出来，这样才有望迎来高度和谐、持续发展的生态文明社会。

---

① 《易卜生文集》第八卷，第228页。

论比昂逊中期戏剧的现代性策略

挪威奥斯陆大学的爱德华·贝尔教授曾指出："比昂逊对于文学的意义不仅体现在他作品的内在价值上，也体现在他的抒情诗歌、叙事小说和戏剧创作的先锋作用上。"① 诚如其言，比昂逊不愧是挪威现代文学的一位开路先锋。特别是在戏剧领域，他不仅在早期首创了挪威现代历史剧②，而且在中期创造了一系列现代社会剧和问题剧，并对易卜生、萧伯纳及其他一些剧作家产生了重要影响③，从而推动了挪威戏剧乃至欧洲戏剧的现代化进程。较之其早期戏剧而言，比昂逊中期戏剧④显然影响更大，也更为重要。而比昂逊中期戏剧之所以具有很大影响和现代意义，跟其中隐含的现代性策略是密不可分的。这里所谓的"现代性策略"，是指作家为了在作品中传达主体的现代意识和现代情感、实现其创作意图和文学理想所运用的智慧。深入探讨比昂逊中期戏剧隐含的现代性策略，不仅有助于从创作主体的视角看待比昂逊中期戏剧的现代性，也有助于我们从一个比较开阔的文化视野把握它们的重要意义。

一　预流而动：《新婚夫妇》的诞生及其现代性

比昂逊写成第一部现实主义散文剧（《新婚夫妇》）是在 1865 年，这个时候，易卜生在埋头写作诗剧《布朗德》，勃兰兑斯还在西欧游

---

① Edvard Beyer, *The Dramatist Bjørnstjerne Bjørnson*, http://www.norway.org.cn/en/arkiv/Embassy/1/bjornson.

② 爱德华·贝尔教授认为："比昂逊是挪威现代历史剧的首创者，易卜生的《觊觎王位的人》则是这个剧种的典型范例。" See http://www.norway.org.cn/en/arkiv/Embassy/1/bjornson。

③ 比昂逊对易卜生的影响将在后文论述；比昂逊对萧伯纳的影响，详见 Brain W. Downs, "Anglo-Norwegian Literary Relations 1867–1900", *The Modern Language Review*, Vol. 47, No. 4, 1952, pp. 449–494。

④ 本文所谓"比昂逊中期戏剧"，是指比昂逊从 1865 年到 1885 年这 20 年创作的剧本，主要包括《新婚夫妇》、《破产》、《报纸主笔》、《国王》、《新制度》、《黎昂娜达》、《挑战的手套》、《人力难及》、《爱与地理》等 10 个剧本。

学（6年后他才开始在哥本哈根做"十九世纪文学主流"的系列演讲），整个北欧文坛依然弥漫着宗教道德的种种说教和浪漫主义、唯美主义的氛围。然而，新时代的气息已经在萌动，孔德的实证主义哲学和达尔文的进化论学说开始在北欧传播，挪威的乡土语言文学也逐渐登上文坛，亨利克·韦格朗、卡米拉·科莱特的诗歌与小说在挪威文坛吹起了要求民族独立、自由与解放的号角①，一种新的文学潮流几乎呼之欲出了。但在挪威戏剧领域，占主导地位的还是浪漫历史剧。对此局面，比昂逊是心存不满的（他在大学阶段就希望写出反映当代市民生活的现代剧），对当代挪威人精神状况的关注也在驱动着他寻求突破；而他个人独特的"轮作法"（轮流写作反映当代挪威人生活的小说和古代北欧人生活的历史剧），也促使他较快地撇开成规，转向写作当代市民生活剧。就这样，比昂逊写出《新婚夫妇》，悄悄宣告了一个新的戏剧时代的到来。②

《新婚夫妇》（*The Newly Married Couple*）以口语化、个性化的散文体语言描写了当时挪威社会中比较普遍的代际冲突——富于独立开创精神的年轻人与保守现状唯我独尊的长辈之间的精神冲突；而通过写出年轻人的精神突围，比昂逊实际上传达出了一代青年人的"独立宣言"。在该剧中，富有理想、才华出众的阿克尔与贵族世家的"小宝贝"罗拉结婚后，不久就感到"不快活"，因为在这个贵族之家他几乎发不出自己的声音，他的要求也得不到妻子和岳父的尊重。他感觉自己"对这样不合理的状态低头，简直是诚心自找苦吃"。在独自一人的时候，他唱道："打破一切的圈套，敲断身上的锁铐；提剑在手冲出去，冲向那战争的——"③ 这是从一颗压抑的心灵中流出的衷

---

① 参见石琴娥《北欧文学史》，译林出版社 2005 年版，第 214—217 页。

② 彼得·斯丛迪认为，易卜生的《社会支柱》（1877 年）是现代戏剧的起点（见《现代戏剧理论》，北京大学出版社 2006 年版，第 16 页）；斯泰恩认为，左拉的《戴莱丝·拉甘》（1867 年）是现代戏剧的起点（见《现代戏剧理论与实践》第 1 卷，中国戏剧出版社 2002 年版，第 10 页）。而在此之前，比昂逊的现代散文剧《新婚夫妇》（1865 年）已经在北欧演出，并产生了较大影响（尤其对易卜生转向现代散文剧创作有直接影响）。

③ 参见《比昂逊戏剧集》，茅盾等译，人民文学出版社 1960 年版，第 15 页。下引该书仅注书名和页码。

曲，但在他岳父岳母听来是怪诞可笑的，他妻子也疑心他是不是"神经失常"。在大家一再地讥讽和盘问下，他索性把心里话抖了出来：

> 阿克尔：在这里，一切事情都替我安排得太顺当了。我的才能没有磨炼的余地；我不能满足自己对活动和战斗的向往——更不能满足我的雄心。
>
> 父　亲：好家伙！你到底要什么呢，请问？
>
> 阿克尔：我要自食其力，要靠自己的努力在生活中占一席之地——要有所成就。
>
> 父　亲：当真？——你这念头好呆！（走出去）[①]

显然，阿克尔的内心里涌动着一股想要独立开创事业的生命冲动，而这一点是他周围的亲人既不愿理解也不能理解的。在他岳父看来，阿克尔应该自觉融入贵族世家中来，尊重这个世家的家风，待在家里像前辈那样坐拥采地，等着名誉、官爵自动送上门来，但这在阿克尔看来只是一种"懒散、空虚的生活"。尤其让他忧心的是，新婚妻子罗拉不但自觉地做父母的娃娃，也把他当成一个"好玩的洋娃娃"，还希望他永远和她一起待在家里愉悦父母。这种情形使他决心要把"小宝贝"罗拉从一个孩子变成一个懂得爱情的成熟女人，而要实现这一点就必须让罗拉走出父母的家庭，和他一起另立门户同甘共苦。在这种情境下，冲突无法避免，但正如春天终究会越过冬天来临一样，阿克尔最后说服了岳父岳母，带着罗拉离开了那个"贵族—娃娃之家"。

自立门户是第一步，但要让一个孩子的精神成长、成熟起来，还得克服更大的困难。罗拉被阿克尔从娘家的温床拔出来后，一直很不适应新的生活环境，对丈夫为她做的一切都无动于衷，就像"一个早晨被人惊醒太早而发脾气的孩子，不管谁来拍她哄她，她都又打又踢"[②]。在那些艰辛的日子里，罗拉的朋友麦希尔德——她其实是剧中

---

① 《比昂逊戏剧集》，第16—17页。
② 同上书，第28页。

隐蔽的青年艺术家——多方感化，巧妙斡旋，终于唤醒了罗拉心中的爱情，并让他们消除隔阂，真正成了一对相爱的夫妻。正是麦希尔德这个形象的塑造，透露了该剧深处的光源，也隐示了比昂逊以后的创作方向。如果说莎剧《奥赛罗》中的艺术家伊阿古乐于捏造事端巧构情境让人心暴露出最黑暗、最残忍的一面，那么比昂逊笔下的这位艺术家则是苦心孤诣促进他人的成长与幸福。她怀着对人深深的爱——而不是像某些艺术家那样怀着对人类的蔑视与绝望，不惜牺牲自我也要促使他人朝着成熟、幸福的方向迈进。她惯于做"代人受过的小羊"（耶稣基督是其原型），渴望"用光辉的景色来填满我的灵魂"①，而这正是理想主义艺术家才有的追求，也许恰好正是比昂逊在艺术创作上的追求。

　　如果说"现代性就是信奉他性（otherness）和变化，它的整个策略是由一种基于差异（difference）概念的'反传统之传统'形成的"②，那么《新婚夫妇》是颇具现代性的。这部剧作至少在两个方面是反传统并预示了现代戏剧的新方向的：一是在语言形式上以口语化、个性化的语言写作反映当代生活的散文剧，反叛了当时在欧洲占有正统地位的诗剧；二是在创作旨趣上倾向于促进人心的成长和人生的幸福，这与偏爱撕开地狱的帷幕、让人看清人之邪恶本性的传统戏剧大异其趣。而这两点，对易卜生的戏剧创作产生了直接影响。1866年3月4日，易卜生致信比昂逊说："我们在罗马已经收到了你最美好的新年问候，那就是你的新戏《新婚夫妇》。诗人安德烈亚斯·蒙克在家里把这部戏读给一群斯堪的纳维亚人听后，他们全都向你表示了衷心的感谢。是的，这部戏正是现代戏剧必须要给我们展现的形式。你也许不会觉得奇怪，我们似乎看到：在那北方，新的一天开始了，太阳正放出光芒，鸟儿在歌唱，人们获得了最强有力而又美好的生活方式，任何我们其他同时代人都得不到的生活方式。"③ 可见易卜生既敏锐地

①　《比昂逊戏剧集》，第39页。
②　[美] 马泰·卡林内斯库：《现代性的五副面孔》，顾爱斌、李瑞华译，商务印书馆2004年版，第74页。
③　Henrik Ibsen, *Letters and Speeches* (Clinton: The Colonial Press Inc., 1964), p.53.

看到了这部戏剧的新质，也对它非常赞赏。易卜生后来创作的《社会支柱》、《玩偶之家》，在形式、精神上与《新婚夫妇》多有相似相通之处。特别是《玩偶之家》，尽管其成功度和影响力远远超出《新婚夫妇》，但对后者明显有借鉴之处。比如，林丹太太——她在一定程度上是《玩偶之家》中的隐性艺术家——这个人物的设置，她在全剧中的独特作用，与麦希尔德在《新婚夫妇》中的作用非常相似，她们就好比是一对精神姐妹。此外，在价值取向、创作旨趣上，这两个作品也是一致的，可以说都是从不同的角度促进人们（特别是女性）人格的独立、精神的成长和幸福的实现。

二　趋光而行：以审美感通参与现代人格的塑造

在整个 19 世纪 60 年代，比昂逊的生活丰富多彩，担任过剧院经理、报社编辑，并参加了很多政治活动。这些经历无疑开阔了他的视野，使他对社会生活的多个层面有了深刻的体验与认识。但他宏伟的抱负以及越来越频繁的政治活动，使他跟易卜生逐渐产生了分歧与隔膜。易卜生认为"参与政治、参加政党是败坏人心的"，并写信劝他："好好想想吧，亲爱的比昂逊！写作的天赋不是一种特权，而是一种责任。去国外吧，这是最合适的！因为距离不仅可以扩展一个人的视野，而且远离公众的视线也自有其益处。"① 但比昂逊不为所动。后来易卜生创作了《青年同盟》，讽刺了一些自由主义政治活动家。比昂逊认为自己在这部戏里受到了攻击，并于 1869 年 12 月公开表达对此剧的愤慨："此剧显然是企图在缪斯女神的丛林里实施暗杀。"② 朋友的误解，理想的抑郁难舒，再加上以前在报社工作的经历，促成比昂逊写出了一部优秀的现代剧《报纸主笔》（*The Editor*）。③

----

① Henrik Ibsen, *Letters and Speeches* (Clinton：The Colonial Press Inc., 1964), p. 71. 此信写于 1867 年 12 月 28 日。

② 转引自 Evert Sprinchorn 对易卜生 1869 年 12 月 14 日致出版商海格尔的信的注释，详见 Henrik Ibsen, *Letters and Speeches* (Clinton：The Colonial Press Inc., 1964), p. 88。

③ 关于该剧发表时间，L. C. 威尔科斯认为是 1872 年，爱德华·贝尔认为是 1875 年，英若诚认为是 1874 年。

　　《报纸主笔》初看像是比昂逊的"自辩"——告诉朋友他为什么明知政治很黑暗、很肮脏、很危险但还是要参与政治活动，但细读之后会发现，该剧的核心旨趣并不在于辩白作家参与政治的理由，也不在于"鞭挞资产阶级政客的卑劣灵魂，揭露资产阶级报刊的卖淫式的性质"①，而在于探索"在邪恶之外"的人性真相，以及如何达致理想的现代人格。可以说，它是比昂逊投入全部情感与慧识创造的一部杰作，其动人的力量不在于理性的雄辩，而在于深厚的人道情怀和对"人性之光"的发现。在该剧第一幕，制酒商埃夫叶、埃夫叶太太及其家庭医生都纷纷劝说哈若德（埃夫叶女儿格楚尔德的未婚夫）放弃政治活动，他们都认为政治是灭绝人性的东西，"只有那些铁石心肠的人才适合搞政治"，而那样的人绝不可能给人带来幸福；哈若德则认为要改变目前人们的痛苦处境就必须将斗争进行到底。这似乎折射出比昂逊内心的某种声音，但随着剧情的进展，剧作的重心和底蕴逐渐显示出来。在第二幕、第三幕，一方面是操纵舆论的报纸主笔为了打击哈若德，对埃夫叶一家实施越来越残忍的迫害，逼得埃夫叶不得不从苟且偷安转向勇敢反抗；另一方面是格楚尔德对哈若德热烈的信仰与真挚的爱情，使得他对未来的信心越来越坚定了。格楚尔德仿佛是剧作家特别偏爱的一个人物，她的情感与思想，跟农民民主运动领导人哈勒夫丹、哈若德的思想与意志融会贯通，在大家心里立起了一面无形的人格之镜，也在很大程度上引导着剧情的发展。在她看来，穷凶极恶的报纸主笔也不会毫无心肝："我常常觉得好像可以听见从他内心发出渴求和失望的呼声——而且就是在他说那些最恶毒的话的时候。"② 因此她要求哈若德始终宽容、仁慈，并给他戴上一枚戒指来提醒他："如果你在所有这些可怕的迫害之下，能够宽容、仁慈，那你从头到尾都会胜利！所以我才要你戴着这个戒指来提醒你。"③ 哈若德也同样从《报纸主笔》的恶毒言行中看到了他的不幸，因而对格楚

---

① 《比昂逊戏剧集》，第6页。
② 同上书，第101页。
③ 同上书，第102页。

尔德的话深以为然，并表示："我一定戴着这枚戒指！它纯洁的光芒将要是我的生命中的一线光明！"① 正是在这种光芒的照耀下，剧中人看到了邪恶人物内心的另一面，剧作家也让我们看到了人性的另一种真相。

在该剧第三幕、第四幕，当报纸主笔发现自己的恶毒攻击害死了哈勒夫丹之后，内心不由得充满了罪感：

> 我手上沾上血了吗？可不是！（用手绢擦手）现在血又跑到我的手绢上去了！（把手绢扔掉）不行，手绢上有我的名字。（又捡起来）谁也不能说这件事怪我。（坐下，又站起来，不知不觉地用手绢去擦前额）啊，我希望我没有把血弄到脑门上吧？我好像觉得那儿粘上了血！……噢，但愿有一个人能结束它——结束它，结束它！噢，但愿能过一天真正安心的日子！②

这种恐惧心理虽然与麦克白夫妇杀人后的罪感心理有相似之处，但也有不同之处。在莎翁笔下，麦克白夫妇杀死邓肯王之后，尽管感到自己罪孽深重，但绝无悔改之心，并决计将罪恶进行到底："以不义开始的事情，必须用罪恶使它巩固。"特别是麦克白，一再告诫自己要继续"涉血前进"，于是在绝望的顽抗中杀死了更多的无辜生灵。但是，这真的是人性运动的必然规律吗？对此比昂逊是怀有疑问的。在他笔下，犯了罪的恶人虽有继续作恶的冲动，但内心深处，却希望能卸下盔甲，得到宽恕，从此过上平静的生活。那个报纸主笔正是这样，在犯下累累罪行后，从心底发出了渴求的呼声："请你们饶恕我吧！"开始埃夫叶及其太太不愿饶恕他，但哈勒夫丹在临死前劝人"饶恕他"，格楚尔德也提醒哈若德饶恕他，于是这部戏剧在恶人得恕后落下了帷幕。宽恕一个屡屡作恶的人诚然是非常痛苦的，但是从长远来看，这样做是最高贵也最有力量的。基督教兴起的历史表明，

---

① 《比昂逊戏剧集》，第103页。
② 同上书，第122页。

博爱与宽恕具有不可思议的力量，它可以让一个人的精神更有深度和韧度，可以让成千上万的人弃恶从善，甚至可以让蛮荒之地开出文明的花朵。比昂逊虽然并不完全信奉基督教教义，但在他关于现代人格的构想中，显然保留着一些基督教道德的成分。在该剧中，哈勒夫丹似以耶稣基督为原型，格楚尔德几乎是仁爱精神的化身，他们身上都散发着基督教道德的光芒。也许，在比昂逊看来，传统基督教道德完全可以通过现代转化，成为现代人塑造人格时必要的精神资源。

在随后发表的《破产》（The Bankrupt）中，比昂逊以更为细腻的笔触和更为丰沛的情感，依托现代社会中比较常见的"破产"题材，刻画了一群性格生动鲜明的人物形象，探讨了在不同情境中人性的种种变化，尤其是非常动人地写出了人们的心灵从隔膜、猜忌、敌对转变为互相理解、爱护、融通的过程。全剧情节依三条线索展开：以酒厂厂主悌尔德从挣扎、破产再走向复兴的过程为主线，以大女儿华宝格与秘书桑尼斯之间的恋爱、小女儿西妮与副官哈玛之间的纠葛为两条副线，主副交织，曲折有致。在第一幕，悌尔德面临即将破产的危局，掩饰着内心的恐慌，在危险的悬崖边继续独力挣扎，不敢以真实的心态与妻子儿女交流，他的女儿女婿养尊处优，无所事事，华宝格高傲地嘲笑桑尼斯怎么胆敢用一双红手来纠缠她，哈玛觊觎着悌尔德的一匹骏马而对未婚妻西妮的心情浑然不察——这些构成了一幅悲喜混杂、明暗映衬的画面。在第二幕，悌尔德为了贷款大宴宾客，以礼炮声声营造欢乐气氛，但很快，他的贷款希望破灭，不得不接受破产的事实。尽管在走投无路时他非理性地要与银行律师伯伦特同归于尽，但最终还是接受了现实。在悌尔德一贫如洗、负债累累的时候，他曾经帮助过的雅柯伯逊骂他是"坏蛋"；女婿哈玛一枪打死了那匹骏马，然后就离开了这个落败之家；但他妻子不但没有责怪他，还给了他慈母般的安慰；一向羞怯寡言的秘书桑尼斯献出了自己多年的积蓄，此举也改变了华宝格对待父亲的态度。正如大浪淘沙，金子在关键时刻闪出了光芒。由于这份光芒，破产的危机反而促使这个家庭走向互相关爱，心心相通。华宝格原先怨恨父亲，现在却对父亲说："我们将要第一次过真正的生活！……现在我们都要走上自己的岗位——都紧密地团结在一起，做您从前独自一个人做的工作！"① 妻女和秘书的理解与支持，使得悌尔德感动不已，决心以后通过诚实经营给她们带来幸福。在最后一幕，华宝格与桑尼斯在几经曲折后喜结连理，更为该剧增添了趣味和亮色。

比昂逊的《破产》很容易让人联想到易卜生的《约翰·盖勃吕尔·博克曼》。博克曼与悌尔德有相似的地方，他们可以说都是"生活在梦想之中的诗人，但也可能是真正的天才，看得见前头别人谁也没料到的大陆"②，他们也都非法攫取他人钱财搞冒险投资，最后也都失败了。但不同的是，博克曼失败后坚决不肯认错，即便坐了八年监狱还是认为自己"只对不起自己一个人"，出狱后他宁可一个人在楼上独居八年，也不愿意请求妻子谅解。他妻子认为丈夫玷污了自己的名誉，也无法原谅他。就这样，他们在隔膜、怨恨中苦熬着漫长的岁月，直到最后博克曼在一个阴寒的雪夜里去世也没有和解。相比之下，《破产》的启示意义是非常明显的：一个人，即便是一个犯下大罪的坏蛋，如果处在有爱心的环境里，那么他仍然是有可能做一个好人的。换言之，人性本质上是自由的，既有作恶的可能也有向善的潜能，在有的情境下即便一个德高望重的圣人也可能做出坏事，而在有的情境下即便一个恶行累累的棍徒也可能矢志行善，因此关键问题并不在于设置一些奇特情境试验人性有多邪恶（不少作家喜欢这样干），而在于创造条件让人性中美好的一面得以显现、发挥出来。如果作家愿意在这方面发挥才情智慧，那么他至少可以开显出另一种生命景观（比昂逊正是这样做的，他在这方面的探索弥足珍贵）；如果现代人愿意这样思与行，那么必将更有利和谐人格、和谐社会的建构。

以上两剧，延续了《新婚夫妇》的创作方向，是作家基于深厚的体验和真挚的情感创作出来的，其中的主要人物性格鲜明内蕴深

① 《比昂逊戏剧集》，第227页。
② 同上书，第156页。

厚，很有感染力，人物对话、场面转换与情节演进体现出高超的艺术技巧，很有戏剧性，全剧似乎还氤氲着深邃的诗意和动人的情调，颇具审美性。而更为重要的是，它们能有效地感通欣赏者的心灵，使之逐渐发生变化，最后不知不觉地接近作家的心灵，与之发生共鸣，并逐渐接受作家所传达的思想情感与人格理想。这就是"审美感通"。审美基源于情感，作家能否以深挚的情感创造出鲜明生动、情韵丰厚的审美意象（在戏剧中主要就是人物形象），是其作品能否感通人心的关键。显然，比昂逊以上两剧做到了这点，他也似乎是有意识地以审美感通参与现代人格的塑造。在1903年的诺贝尔文学奖"受奖答词"中，比昂逊说："为什么有些人主张创作可以不顾及道德良心，不顾及善恶？如果那样，不就是让我们的心灵像照相机一样，机械地看见景物就照，不分美丑善恶吗？……我们在文学中追求的是有意义的生命……我提倡作家要担当更大的责任，因为作家是带领人们前进的舵手。"[1] 对于作家身份的这种定位，使他在创作中带有一种把人心与生命向"善"与"美"引导的意识；再加上他健康的艺术本能，使他很自然地走上了以审美感通参与人格塑造的道路。

三　迎症而上：　以理性启蒙推动文化现代性进程

在1875年以后，比昂逊的戏剧创作发生了很大变化。如果说比昂逊在1865—1875年的重要剧作是注重人物塑造和审美感通的"社会剧"，那么他在1875—1885年的重要剧作则主要是注重讨论问题和理性启蒙的"问题剧"[2]。发生这种变化的原因，至少有两点：第一，比昂逊越来越坚定地投身于挪威的民族独立与复兴运动，演讲与创作双管齐

---

① 参见比昂逊《挑战的手套》，常力、裴显亚译，漓江出版社1996年版，第388—390页。

② 关于"社会剧"和"问题剧"的区别，可参考谭霈生《谈中国的问题剧与社会剧》一文（载《艺术研究》1994年第4期）。在本文语境中，"社会剧"指贴近当代人的生态与心态，聚焦于特定社会环境中某些个体的性格、情感与命运，基源于情感而创作的戏剧，它们往往具有丰厚的情感内容和较高的审美价值；"问题剧"指瞄准当代社会的某种问题，让不同观点的人在舞台上展开讨论或辩论，基源于理性而创作的戏剧，在其中"个别人物只是社会矛盾的参与者和政治原则、道德原则或其他某种观念的载体"（谭霈生语）。

下，皆特别注重"启迪宣传"的实际效果①；第二，比昂逊与勃兰兑斯关系日密，后者关于在文学作品中"提出当代社会问题进行讨论"的主张对他产生了较大影响。② 内因与外因契合一体，使得比昂逊的创作基点逐渐从"情感"转移到"理性"，塑造人物形象的兴趣逐渐让位于对社会问题、时代征候的探讨，戏剧创作于是成为他进行理性启蒙的一种重要形式。在这方面，他的代表作是《挑战的手套》和《人力难及》。

《挑战的手套》（*A Gauntlet*）主要讨论男人婚前的贞洁（或放荡）问题。在该剧中，斯瓦娃（Svava）与"富二代"阿尔弗订婚后，发现对方以前与少妇玛仑有染，于是对他的信任轰然倒塌，拒绝与他来往，随后她的妈妈、爸爸、叔叔轮番做她的思想工作，劝她三思而后行。但斯瓦娃的反驳让人不能不意识到问题的严重性："好多年来我跟妈妈观察了这个规律，我们共同得到了一致的唯一的结论，那就是破坏婚姻的正是男人婚前的放荡生活。……我宁可永远不结婚——哪怕我得离开这儿也行！"③ 后来当阿尔弗谈出关于男人女人的双重道德标准后，她向他扔出了"挑战的手套"。斯瓦娃的挑战性问题是：如果男人婚前随心所欲、放荡不羁，那么凭什么相信他婚后必定对妻子忠诚？矛盾激发后，双方家长转换阵地，展开激烈的舌战。阿尔弗的爸爸克里斯登生是典型的男权论者，他以势在必胜的神气，搬出滔滔宏论为儿子辩护；斯瓦娃的妈妈李斯太太则声称要"打倒男人在婚前可以随心所欲生活的特权"。然而，具有反讽意味的是，痛恨男人放荡、宣称要打倒男人特权的李斯太太，却不敢也不愿与放荡丈夫离婚，而且承认："一个女人跟一个男人共同生活久了，会逐渐沉陷，变得

---

① 在1885年为剧本《国王》所写的序言中，比昂逊谈道："在自由言论条件下，进行强有力的启迪宣传对我们是非常重要的。……假如一部潜心的作品在挪威的条件下问世，并要站在伦理的审判席前——那就让它表现得充分一些吧，不然就产生不了应有的反应。"见常力、裴显亚译《挑战的手套》之"译本前言"，漓江出版社1996年版，第11—12页。由此可见出比昂逊的峻急心态，他似乎是自觉牺牲作品的艺术性来追求实际的宣传效果。

② 比昂逊起初对勃兰兑斯非常敌视，直到他的《报纸主笔》和《破产》发表，受到勃兰兑斯的高度评价，他们的关系才好起来。详见 Henrik Ibsen, *Letters and Speeches*, edited byEvert Sprinchorn, Clinton：The Colonial Press Inc., 1964, pp.85, 121。

③ 《比昂逊戏剧集》，第285页。

没有出息。"① 这就触及了《玩偶之家》所忽略的问题：女性在生理心理和现实生活上的依赖性，使她们即便有独立的意识和解放的要求，也多半只能停留在口头上。这一点使得问题再次变得复杂化，也更需要彻底地讨论。李斯太太深知女性解放的困境，因而进一步提出："把这个问题公开拿出来彻底讨论一下吧！这样也许才会点起一个火种——也才会打动我们的良心！必须使这个问题成为每个家庭里最重大的问题。现在需要的就是这个！"② 这分明已经是剧作家在越位说话了。听了双方辩论的阿尔弗，也许良心真的被打动了，他逐渐转向李斯太太的立场，决定洗心革面，以实际行动重获斯瓦娃的信任。最后斯瓦娃向他伸出双手，"给了他一点希望"。由此冲突缓解了，但问题依然存在：斯瓦娃以后能过上她想要的幸福生活吗？她会重蹈她母亲的覆辙吗？她对男人女人婚前同样纯洁的要求究竟是不是合理的？女性该如何克服自身的困境，走向真正的解放？尤其是最后一个问题，在当今仍然无可回避，很值得提出来公开地、彻底地讨论一下。

　　尽管《挑战的手套》在谋篇布局、营构情境、塑造人物等方面远远不如《玩偶之家》，但它确有尖锐和深刻之处。至少，该剧有力地揭露了上流社会中一些体面婚姻的腐败本质，冲击了公子哥们波西米亚式的生活方式，揭示了男人特权的不合理性和女性解放的内在困境，也为忍辱生存的女性发出了心底的呼声。它提出的问题在当时的斯堪的纳维亚地区引起了广泛持久的讨论③，至今也仍然是引人深思的。1903年诺贝尔文学奖评委会主席高度评价了这部剧作，认为它"表现了高度的理想主义，对人的生活和追求作了精彩的描绘"④。而就客观效果而言，这部作品与科莱特、易卜生等作家的相关作品

① 《比昂逊戏剧集》，第320页。
② 同上书，第321页。
③ 爱德华·贝尔提到："《挑战的手套》使比昂逊遭到来自宗教人士和激进分子、恋爱自由支持者双方的交叉攻击，并标志着80年代后期一场有关道德的激烈辩论的开始。在这场大辩论中，比昂逊与奥古斯特·斯特林堡和乔治·勃兰兑斯展开了激烈的较量。"见http://www.norway.org.cn/en/arkiv/Embassy/1/bjornson。
④ 参见比昂逊《挑战的手套》之"译本前言"，常力、裴显亚译，漓江出版社1996年版，第34页。

一起促进了北欧地区的女性解放运动，尤其是促发了挪威女性的现代意识，因而从一个方面推动了挪威社会的文化现代性进程。①

《人力难及》（*Beyond Human Strength*）着重探讨基督教中的奇迹问题。这个问题在基督教社会中具有极端重要性，比昂逊也深知它牵动着几乎每个欧洲人的神经。在该剧中，桑牧师是个笃信上帝、可以为信仰牺牲一切、全心全意为教区百姓服务的"圣人"。眼下他妻子克莱拉病得奄奄一息，他决心通过向上帝祈祷让妻子恢复健康。外地十几个牧师也纷纷聚拢来，七嘴八舌地讨论这件事，并都希望亲眼看见奇迹。但最后，不仅克莱拉没救活，桑牧师也在绝望中死去。此剧似乎是在形象地告诉人们：人应该具备基本的现实感，不应该相信超自然的神灵会救民于病厄之中；人首先要珍重生命，而不应该以生命为试验品去求证奇迹。② 这就意味着消解基督教中的虚妄信条对人精神的桎梏，而真正体现出对个体生命的关爱。在后来创作的《上帝之道》中，比昂逊借一位牧师之口再次表达了同一主题："从今天起，我再也不会寻求什么上帝或上帝的意志了。……基督对我们最高的教义是精神，我们对他最崇拜的就是对生命的爱。"这既意味着"世界的祛魅"，也意味着对生命的爱护与解放。如果说"世界的祛魅是现代文化的重要表征"③，"现代性一贯是生命的解放，现代性起源于生命的解放冲动"④，那么该剧正是在"世界祛魅"与"生命解放"的意义上体现出鲜明的文化现代性。

以上两剧都有非常热烈的辩论场面，其中的主要人物几乎都是善

---

① 挪威以至北欧妇女的解放程度，在欧洲是处于领先地位的，这与易卜生、比昂逊等作家的戏剧创作与实际推动是密不可分的。在《挑战的手套》发表后五年，挪威妇女获得法定的财产权，这为挪威女性实现人格独立与精神解放提供了重要保障。而一个民族妇女解放的程度，直接反映其社会文化的现代化程度。马克思就认为："社会的进步可以用女性的社会地位来精确地衡量。"见《马克思恩格斯全集》第 32 卷，人民出版社 1998 年版，第 571 页。

② 该剧并不表明比昂逊全盘否定基督教。针对人们的误解，比昂逊说："在基督教中有我热爱的朋友，我从来没有想到要攻击他们的信仰。我最大的愿望是能看见他们在这个教的帮助下，把我们这个社会的某些方面改革到严肃的地步。"见比昂逊《挑战的手套》之"译本前言"，常力、裴显亚译，漓江出版社 1996 年版，第 11 页。

③ 陈嘉明：《现代性与后现代性》，北京大学出版社 2006 年版，第 104 页。

④ 唐文明：《何谓现代性?》，《哲学研究》2000 年第 8 期。

于辩论或演讲的高手。它们的感染力都不太强，但其揭示的当代社会生活中的深刻矛盾和尖锐问题，却足以对现实中人构成一种冲击力，并无形中刺激着他们的思维，影响着他们的精神世界。这种服务于社会学目的的问题剧，确实算不上"自律的艺术"，但其现实意义是非常明显的。它们与前述社会剧，各有优点，综合起来可以更有效地推动社会文化的现代性进程。

总体来看，比昂逊的中期戏剧，无论是注重审美感通的社会剧，还是注重理性启蒙的问题剧，都带有戏剧之外的目的，都体现出剧作家强烈的主体意识；换言之，比昂逊就像运筹帷幄的将军指挥打仗一样驾驭着他的题材和人物，其创作是带有一定的策略性的。他曾说过："对莎士比亚来说，世界是一个大战场。他凭着诗人的正义感，凭着无限的生命力和自己崇高的信念，来引导这场战争。"① 这话用在莎翁身上并不合适，但无疑透露了比昂逊自己的文学信念。基于这种信念，其创作必然最大限度地追求社会意义。这种"为社会、为人生"的文学，也许恰好可以跟自律的文学一起构成"文学的生态平衡"。而且，在当代哲学家哈贝马斯看来，前者更有意义："艺术离生活越远，它就越深地退缩到完全审美自主的不受侵扰的幽闭中去，和解的缺席就越是痛苦地呈现给意识的注意。"② 在此视野下，致力于干预社会生活，让人们的心灵从隔膜、敌对、蒙昧走向融通、和解、澄明的比昂逊中期戏剧，尤其具有不可替代的重要价值和不可忽视的启示意义。

---

① 引自比昂逊 1903 年的获奖答词，见常力、裴显亚译《挑战的手套》，漓江出版社 1996 年版，第 388 页。

② Jürgen Habermas, "Modernity—An Unfinished Project", *The Anti-Aesthetic*：*Aesthetics on Postmodern Culture*, ed. Hal Foster（Washington：Bay Press, 1995）, p. 12.

审美感通学批评的萌生与内涵

　　近年来，我国文艺学界关于"重建中国文论话语"的呼声渐高，探讨渐多①。学者们对于重建中国文论话语的必要性、重要性有高度的共识，但在重建中国文论的基础、路径、方法等问题上有较大的分歧。有的学者主张大力推动"中国古代文论的现代转换"，有的学者主张切实推进"西方文论的中国化"，有的学者主张"从当下实践出发建立文学研究的中国话语"，有的学者主张建立"世界诗学"，有的学者主张走"立足国学、融合创新"之路，等等。这些主张与努力各有很大的合理性，从不同路向深化、拓展了对"重建中国文论话语"这一课题的研讨，对笔者亦深有启发。在学习前辈时贤的过程中，笔者基于自身体验形成了关于"审美感通学批评"的一些想法。下面略陈拙见，以求教于大方之家。

一　"审美感通学批评"的问题情境

　　"审美感通学批评"赖以萌生的问题情境②，首要一点是当今社会所遭遇的现代性危机。现代性危机看似与文艺批评关系不大，但它却是促使笔者立意探索"审美感通学批评"的直接动因。笔者脑中最初

────────────

　　① 《中国社会科学》杂志自 2012 年第 5 期发表孙绍振先生的《文论危机与文学文本的有效解读》、2014 年第 5 期发表张江先生的《当代西方文论若干问题辨识——兼及中国文论重建》之后，又于 2015 年第 4 期特设"当代中国文论的反思与重建"专栏，刊发了高建平、周宪、南帆、朱立元、王宁、姚文放六位著名学者的文章，从多种视角、多个侧面对此问题展开深入研讨。此外，《文学评论》、《文艺研究》、《外国文学评论》、《外国文学研究》等名刊近年来亦发表了大量与"重建中国文论"相关的论文。近年出版的、旨在"重建中国文论"的著作也比较多。可以说，"重建中国文论话语"乃是近年来中国学术界最为重视、研讨规模最大的学术课题之一。

　　② 习近平同志指出："坚持问题导向是马克思主义的鲜明特点。问题是创新的起点，也是创新的动力源。只有聆听时代的声音，回应时代的呼唤，认真研究解决重大而紧迫的问题，才能真正把握住历史脉络、找到发展规律，推动理论创新。"（参见习近平《在哲学社会科学工作座谈会上的讲话》，人民出版社 2016 年版，第 14 页）"问题"即根也，根深方能叶茂。

（十年前）萌生"审美感通"这一概念，一是缘于深感人与人沟通之难，二是缘于痛感人在现代社会中的物化、异化。现代社会风行的"个人主义"思想，在很大程度上加剧了人的"隔离感"、"碎片化"，而人的物化、异化，正如马克思、海德格尔、吉登斯所批判过的，正是现代性的一种后果。此外，当今社会日趋严重的生态危机、信仰危机，作为现代性危机的重要表征，亦尤其使人感到沟通天人、再植灵根的必要性。从宏观上讲，我们每个人其实都已经陷入现代性危机中，只是人们通常安于眼前之境，而很少真正放远目光看清自己的处境与命运。① 那么，有没有可能找到一种恢复人的自由生命、促进人际和谐共通的方法呢？根据经验，审美鉴赏可增强人的同情感、自由感。而康德、席勒、托尔斯泰的有关思想，更让笔者认为"审美感通"是非常值得探索的一条路径。② 康德认为，审美鉴赏的先天原则即"共通感"，它既是保障知识与鉴赏判断普遍有效的先验根基，也是引导人类趋向道德自律并最终走向和谐共生的先天根据。③ 基于"共通

----

① "现代性危机"是当前国际学界研讨甚多的一个话题。现代性批判理论与后现代文化理论均与此话题相关。英国学者安东尼·吉登斯在《现代性的后果》一书指出现代性的"风险景象"与"危险后果"有：威胁全球所有人类生存的核战争与生态危机；影响千百万人生活的社会突发事件与制度化风险；由于专业知识局限性带来的"失控"情况，等等（参见吉登斯《现代性的后果》，田禾译，译林出版社2011年版，第109—111页）。捷克斯洛伐克哲学家卡莱尔·科西克在《现代性的危机》一书指出无论是现代资本主义社会还是现代社会主义社会，在其运作系统背后都存在着"无名的黑暗势力"，它们使人类陷入一种不可避免的钳制——"要么一切是普遍可交换的，要么一切是普遍可操纵的"，而这已经导致"人性在现代被迫远离中心"。他还着重分析了工具理性、世俗欲望与现代性危机的深层关联（详见科西克《现代性的危机》，管小其译，黑龙江大学出版社2014年版）。我国学者叶舒宪的《现代性危机与文化寻根》（山东教育出版社2009年版）和史忠义的《现代性的辉煌与危机：走向新现代性》（社会科学文献出版社2012年版）对"现代性危机"的表征与根源都有非常深入的探讨，兹不赘述。

② "审美感通"是笔者造的一个新词，后面会详细解释，在此先说明启用该词的一点缘由。周宪教授认为："在历史上，文学理论常常担负着创造新观念、传播新思想的功能，它关注人类生存的意义，提倡普遍价值，其批判性功能远胜于刻板的技术操作。"而"学科化和专业化的学术体制"逐渐将文学研究"转化为越来越技术化的操作"，使得"文学理论的批判功能正在衰微"。鉴于此，周宪教授提倡以"业余性抵抗文学理论日益学科化和专业化的局限"（参见周宪《文学理论的创新问题》，《中国社会科学》2015年第4期）。对于此论笔者深为赞同。正是出于批判现实、解决问题的需要，笔者才想出"审美感通"一词。笔者关于"审美感通学批评"的思考可能是"业余的"，但正因为"业余"，其核心关注才远远超出文艺理论的范围，并终究要从理论层面走向实践领域。

③ 康德甚至认为，发现"共通感"的审美判断批判是"一切哲学的入门"（见康德《判断力批判》，邓晓芒译，人民出版社2002年版，第30页）。在他看来，审美判断既是理论哲学与实践哲学的"桥梁"，也是进入理论哲学与实践哲学的"门径"。由此可以理解，为什么美学可以被视为"第一哲学"。

感"，人不仅能够普遍有效地传达知识和做出审美判断，而且能把自己从个人偏见和狭隘情绪中解放出来。在康德看来，"人是通过审美经验意识到自己的普遍性自由的存在"①，正是审美经验，使人类的自由与共通变得真实可感，也使人逐步从"现象的人"向"作为本体的人"过渡。因此毫不奇怪，受到康德思想影响的席勒认为，"只有各种精神力量的协调一致才能够造就幸福而完美的人"②，而最能够让各种精神力量协调一致的乃是审美活动，因此"只有审美鉴赏才能够把和谐带入社会之中"，才能"使人成为一个整体"③。如果说康德、席勒的审美思想富于思辨色彩，那么托尔斯泰的相关看法则很接地气。在托翁看来，人首先是一种感性动物，凡是不合其心性、利益的理性劝导，无论多么富有逻辑力量都难以渗入其心，而只有发乎真情诚意的语言或行为，才能感发其意、感化其心，因此，托翁认为："艺术的本质在于以作者的情感去感染作品的接受者。而如果作者对他所描写的没有切身感受，则接受者就得不到作者情感的感染，体验不到任何情感，于是这作品也就不能归属为艺术品。"④ 显然，托翁特别看重的是感通人心、把不同的人团结起来，而艺术审美正是团结人的一种手段。总之，现代性有风险，而审美可将人引入自由之境与共通之体；审美的力量主要不在于思想启发，而在于真情感通。唯有感通，能调和人心而致大同。⑤ 如果说"审美共通感"作为"孵育现代社会共同

---

① [德]康德：《判断力批判》，邓晓芒译，人民出版社 2002 年版，第 396 页。邓晓芒先生认为这是康德对"人是什么?"这一问题的回答。

② [德]席勒：《审美教育书简》，张玉能译，译林出版社 2009 年版，第 18 页。

③ 同上书，第 96 页。

④ [俄]托尔斯泰：《托尔斯泰读书随笔》，王志耕等译，上海三联书店 1999 年版，第 101 页。

⑤ 著名学者梁燕城甚至提出："化解全球冲突的危机，不可能单靠军事力量，必须有一个深度的文化处理，培育一种富有道德性与艺术性的多元沟通精神，谋求感通的全球伦理。"在他看来，全球伦理需建基于感通："只有感通，人才会走出自我中心的世界，而投入和感应他人的体验，才能使人尊敬他人，承认他人的价值，而一切非暴力要求才有道德基础。这就是中国哲学的精神资源，由此而建立'己所不欲，勿施于人'及'己欲立而立人，己欲达而达人'的道德，为全球伦理奠定一个精神基础。"他还提出要建立"感通美学"，其基础也仍然是"感通"。见梁燕城《天下观念：中国哲学对全球化危机的深度处理》，《上海交通大学学报》（哲学社会科学版）2005 年第 4 期。

体的人文素质与普泛天然的公共心理纽带"，趋向于"在根本上整合分裂的现代精神"，"代表着后宗教—伦理时代更为重大而稀缺的整合功能"①，那么研究如何传达、体验、拓展"审美共通感"的"审美感通学"②确实具有莫大的意义。其次，近年来学界关于"失语症"、"文论危机"、"国家文化安全"、"重建中国文论话语"的种种讨论，让笔者深感重建中国文论话语确实非常重要而紧迫。再次，目前国际文论的发展趋势也促使笔者坚定了探索"审美感通学批评"的信念。美国著名文学理论家卡勒曾指出当今文艺理论发展的一个重要趋势就是"回归审美学"③。我国著名学者周宪在《审美论回归之路》一文中提出："近些年，在'理论终结'和'理论之后'的背景下，审美论异军突起，重返文学理论、艺术理论和美学知识生产场的前沿。通过重新规定文学艺术的独特性以及审美的重新合法化、新形式主义和重归审美体验式的研究，当代审美论正在悄然改变文学艺术和美学研究的地形图。"④这都说明审美批评在文艺研究领域具有很大的发展空间，而且目前大有逐步进入主流之势。可以说，正是社会现实与文化

---

　　①　参见尤西林《审美共通感与现代社会》，《文艺研究》2008 年第 3 期。

　　②　"审美感通学"主要研究审美感通的基础、过程、机理、类型、规律、技巧、功能等问题，其核心问题即如何传达、体验、拓展"审美共通感"。从创作者的角度来说，审美感通学主要研究如何以审美的（感性的）方式感通人心、重建人格、创造文化，与叙事学、修辞学有交叉之处；从欣赏者的角度来说，审美感通学主要研究如何真正进入文本、读懂作品、获得共通感，与阅读学、阐释学有交叉之处。严格地说，审美感通学研究古已有之，只是还没有进入高度自觉的状态，亦未产生贯通性的成果。

　　③　参见乔纳森·卡勒《当今文学理论》（英文版），《文艺理论研究》2012 年第 4 期。在此文中，卡勒梳理了当今文艺理论界叙事学、解构主义、生态批评、人—动物间互研究、理论伦理学、后人类理论的新进展后，重申对于文学本体的美学研究，并明确指出："当今文艺理论界确实存在一种回归审美学的发展趋势。"

　　④　周宪：《审美论回归之路》，《文艺研究》2016 年第 1 期。周宪教授指出："也许是厌倦了文化政治的讨论，也许是人们需要重新思索文学艺术，时至今日，审美论重又崛起，再次回归理论场域的中心。……而审美论回归之所以值得关注，首先是它作为理论生态某种缺失的必要补充，经过后结构（解构）主义、新历史主义、后现代主义、文化研究、女性主义、后殖民主义等新理论的轮番冲击，文学艺术研究的地形图早已面目全非，文化政治的争议沸沸扬扬，文学范畴被扭曲和夸大了，而文学艺术自身的问题和特性完全被忽略了，理论家和批评家们争相扮演政治批评家的角色，文学艺术的知识生产变成了政治辩论。文学艺术自身独特问题的缺场导致了反向作用力的出现，于是审美论再次回到了知识场域的前台。"笔者极为认同。凭直觉，素以在文艺研究领域，文化政治论无法切入文艺本体，必将逐步让位于审美论。

语境这两方面的因素，促生了"审美感通学批评"之思，也正是这一问题情境，在很大程度上决定了"审美感通学批评"的探索路向与理论旨趣。

二 "审美感通学批评" 的思想来源

"审美感通学批评"赖以萌生的思想资源，除了康德哲学中的共通感思想，更多地在于中国古代哲学（含美学）中的感通思想。如果说上述社会现实与文化语境决定了"审美感通学批评"产生的必要性，那么中国哲学中的感通思想则在一定程度上提供了"审美感通学批评"存在的合法性。

中国古代的感通思想，源于《周易》，发于《论语》、《大学》、《中庸》，阐于《乐记》，在魏晋南北朝美学中大大深化，在宋明理学和现代新儒学中得到进一步拓展。可以说，"感通论"潜伏在"言志说"、"缘情说"、"载道说"、"意境论"等学说底下，是中华古学中极具活力且源远流长的一种思想。《周易·系辞》曰："《易》无思也，无为也，寂然不动，感而遂通天下之故。"这里虽然在讲《易》之特征与功能，但开出了一条通过"感"来"通天下"的思路。《周易·咸卦》进一步说："二气感应以相与。……天地（交）感而万物化生，圣人感人心而天下和平。观其所感，而天下万物之情可见矣。"[1] 这就明确凸显了"感人心"与"天下和平"的关联。那么如何感人心呢？《周易·系辞》曰："圣人立象以尽意，设卦以尽情伪，系辞焉以尽其言，变而通之以尽利，鼓之舞之以尽神。"[2] 这里提到的"立象"、"设卦"、"系辞"、"变通"、"鼓舞"，都是"尽意"、"感人心"的方式与手段。在《周易》作者看来，要"感人心"，不仅需要"立象以尽意"，还要尽情、尽言、尽利、尽神，这可以说是全方位的"感通"。质言之，《周易》中的感通思想，由交感论、意象论、传神论等综合构成，虽然从根本上讲是一种生命哲学，但也论及艺术创作之本源、

---

[1] 参见周振甫《周易译注》，中华书局 1991 年版，第 110 页。
[2] 同上书，第 249 页。

手段与功用，带有很强的生命美学色彩。① 而且，作为我国古代生命美学之源头，《周易》中的感通思想契合美学原理又颇具人学关怀，弥足珍视。在《论语》中，孔子提出："诗，可以兴，可以观，可以群，可以怨。"② 此论看似平常，但正如陈伯海先生所说，"诗兴的功效在于借助情意的感发以促成生命的感通，并由此感通以推进人们之间的相互了解与齐心协力，进而造成和谐、合作的社会群体与整全、充实的人类生活"③，而"生命与生命的感通，一方面表现为作者与读者、表演者与观赏者相互间的情意沟通，另一方面又体现出每个人的个性生命与他所属的群体生命乃至宇宙生命'大化流行'之间的渗合交会……并最终指向与'天地元气'相周游的境界"④。可见，《论语》中的感通思想与《周易》中的感通思想是一致的，只是前者更切近艺术审美活动，也许，孔子意识到天地间最能产生感通作用的乃是艺术。⑤ 《大学》则干脆大量引用《诗经》来讲如何正心诚意修身治国平天下。《中庸》曰："唯天下至诚，为能尽其性。能尽其性，则能尽人之性；能尽人之性，则能尽物之性；能尽物之性，则可以赞天地之化育；可以赞天地之化育，则可以与天地参矣。"⑥ 这是另辟蹊径，主张以"至诚"来达到感通天人之境界。后世儒家"至诚感通"的思想盖源于此。《乐记》曰："乐者，音之所由生也，其本在人心之感于物也。……乐者，通伦理者也。……夫礼乐极乎天而蟠乎地，行乎阴阳而通乎鬼神，穷高极远而测深厚。……乐者所以象德也，可以善民心。……（君子）奋至德之光，动四气之和，以著万物之理。是故清明象天，广大象地，终始象四时，周还象风雨。五色成文而不乱，八风从律而不奸，百度得

---

① 尽管《周易》并非针对美学、艺术立论，但正如刘纲纪先生所说，《周易》的有关论述是"中国美学关于艺术本质理论和艺术创造理论的哲学、美学前提"，"对中国美学产生了巨大影响"。参见刘纲纪《〈周易〉美学》，武汉大学出版社 2006 年版，第 12 页。

② （春秋）孔丘：《论语》，杨伯峻译注，中华书局 2006 年版，第 208 页。

③ 陈伯海：《中国诗学之现代观》，上海古籍出版社 2006 年版，第 142 页。

④ 同上书，第 138 页。

⑤ 夏可君教授的《〈论语〉传习录》（黄山书社 2009 年版）亦着重阐发了《论语》中的感通思想。他认为"感通思想是汉语思想的核心"（见该书第 74 页），而仁爱、好学力行诗艺则是感通的关键。

⑥ （战国）子思：《中庸》，徐儒宗译注，中华书局 2011 年版，第 335 页。

数而有常，小大相成，终始相生。倡和清浊，迭相为经。故乐行而伦清，耳目聪明，血气和平，移风易俗，天下皆宁。"① 这里的思维进路，是根据乐能感人之特质，阐发其通伦理、善民心、兴和乐、宁天下之功能。② 这一思想对中国古代文艺美学的发展有极为深远的影响。

至南朝，深受《周易》与《乐记》影响的刘勰说："诗人感物，联翩不穷；流连万象之际，沉吟视听之区。写气图貌，既随物以宛转；属采附声，亦与心而徘徊。……古来辞人，异代接武，莫不参伍以相变，因革以为功，物色尽而情有余者，晓会通也。"③ 这里更进一步，从创作的角度讲了"感"与"通"的重要性。其感通者何？焕发者何？刘勰说："日月叠璧，以垂丽天之象；山川焕绮，以铺理地之形；此盖道之文也。仰观吐曜，俯察含章，高卑定位，故两仪既生矣。惟人参之，性灵所钟，是谓三才。为五行之秀，实天地之心。心生而言立，言立而文明，自然之道也。……故知道沿圣以垂文，圣因文而明道，旁通而无滞，日用而不匮。《易》曰'鼓天下之动者存乎辞'。辞之所以能鼓天下者，道之文也。"④ 拂去其神秘色彩，其意即创作者先感通天地之心，敏锐地把握自然之道，然后发而为文辞；复因"文"是"天地之心"的焕发，感通者众，故能"鼓天下"⑤。深研《文心雕龙》的著名学者李丰楙先生说："从感通关系可理解刘勰所揭举的'道—圣—经（含纬、骚）'这个文化系统。……其在创作关系上以感应或感通分别与天地自然发生关联，而在'写天地之辉光'的表现过

---

① （战国）公孙尼子：《乐记》，滕一圣译注，商务印书馆 2015 年版，第 158、161、171、179 页。

② 《汉书·礼乐志》将这一思想概括得既显豁又精辟："乐者，圣人之所以感天地、通神明、安万民、成性类者也。"用今天的话说，音乐（艺术）是可以感通天地神明，使万民安定，使个体成己成类的。

③ （南朝）刘勰：《文心雕龙》，周振甫译注，中华书局 1986 年版，第 415、417 页。

④ 同上书，第 10、14 页。

⑤ 刘勰举例说："人文之元，肇自太极，幽赞神明，《易》象惟先。庖牺画其始，仲尼翼其终。而乾坤两位，独制《文言》。言之文也，天地之心哉。……夫子继圣，独秀前哲，熔钧六经，必金声而玉振；雕琢情性，组织辞令，木铎起而千里应，席珍流而万世响，写天地之辉光，晓生民之耳目矣。"即是说，真正的文章，显天地之心（当然前提是作者能感通天地之心）而晓生民之耳目。

程，就关涉媒介符号的运用问题……因其综合阐述了儒、道与释之间的文化资源，针对创作上的言意关系，在实践上深化了感动、感应与感通、冥通，才能创造文学上的经典。"① 此论颇得《文心》三昧，于今也深具启发意义。一般来说，"情动于衷、发而为文"亦可感人，但未必能造就经典。必先感通天地之心，也就是在心灵体验上达到极深的层次，复又能"雕琢情性，组织辞令"，很好地运用媒介符号，立象以尽意，方可能创制经典。

至宋，二程曰："心所感通者，只是理也。……感而遂通，感只是自内感，不是外面将一件物来感于此也。……至诚感通之道，惟知道者识之。"② 这是将"外感"引向"内感"，恰可促成感通的深化（自内感通于天理）。然则如何自内感？二程曰："君臣不相遇，则政治不兴；圣贤不相遇，则道德不亨；事物不相遇。则功用不成。遇之道，大矣哉！"③ 这里提出一个很重要的概念——"相遇"：相遇则能自内感发诚心，则能入于至诚之境，内至诚而后能感通。也许，一个人是否能感通天地之心、万物神理，不只是取决于其个人是否"至诚"，还需要"机缘"，需要"相遇"。"相遇"的情形无限多样，而那些天才，其"遇"往往异于常人，带来的"感通"也往往发明常人未知之境域，故有千姿百态之作品。

至明清，王船山不仅提出"唯人所感，皆可类通"④ 的观点，而

① 参见李丰楙《感动、感应与感通、冥通：经、文创典与圣人、文人的译写》，《长庚人文社会学报》2008 年第 2 期。李丰楙先生此文充分注意到刘勰既是文论家也是佛教中人的身份，重温刘勰吸收过的文化滋养，着力发掘《文心雕龙》中的"感通"经验，证其"在文心、人心上成就了一个具足而创新的心灵世界"而终蕴化出一伟大的文化创造，在双重意义上揭示了伟大作品创生的原理。

② （宋）程颢、程颐：《二程集》，王孝鱼点校，中华书局 1981 年版，第 56、154、1171 页。

③ 同上书，第 1172 页。

④ （清）王夫之：《姜斋诗话》，戴鸿森笺注，上海古籍出版社 2012 年版，第 129 页。王夫之认为"唯人所感，皆可类通"，即认为人具有感通能力（或共感能力），实已触及一个非常现代的人学问题。人们凭经验可以感受他人所感，进而假设人类具有"共通感"，但新近神经科学的研究表明，人的"镜像神经元系统"在某种程度上可以促进人类的共感能力，"共通感"是有可能被证实的。当代哲学家、心理学家们也很关注"共感"问题，详见艾米·科普兰等编《共感——哲学和心理学的观点》，牛津大学出版社 2011 年版。

且在评诗时曰:"唯此窅窅摇摇之中,有一切真情在内,可兴可观,可群可怨,是以有取于诗。然因此而诗,则又往往缘景缘事,缘已往缘未来,终年苦吟而不能自道。以追光摄影之笔,写通天尽人之怀,是诗家正法眼藏。"[1] 此语显然融会了前人多种灵思慧悟,被宗白华先生认为"表出了中国艺术的最后的理想和最高的成就"[2],也可以说道出了审美感通的要义。

至现代,新儒家唐君毅深感现代世界有毁灭之可能,穷其毕生精力完成了皇皇巨著《生命存在与心灵境界》,创立了系统的感通哲学(含美学、伦理学)。其思以"感通"为基点,内接周易、孔孟与程朱,外接康德、黑格尔与怀特海,批判了西方古典精神衰落之后颠倒价值、混杂神魔之乱象,而以"感通"融摄直觉体悟、知识思辨、道德实践与形上境界,开显出一种颇具理想主义色彩的世界观与人生观。他说:"善充于内而与人交接,亦感而能通,以表现合理之行于其身体,以睟面盎背,即孟子之所谓'充实之谓美'也。以己之合理之行,感发他人之合理之行,使之生起,则此行之光辉之照及于人,孟子所谓'充实而有光辉之谓大'也。求美与求大,即通内外之事也。光辉既及人,而己与人之生命之阻隔,一齐俱化,以成人我之心灵生命之全幅感通,即'大而化之之谓圣'。"[3] 此论备矣,达到了中国儒学感通思想之巅峰[4]。尤其是他的"全幅感通论",可谓中国古代感通论发展的一种"憧憬",在活人物化、异化、区隔化、碎片化有增无减的当代社会尤其具有重要的启示意义。

以上对中国古今"感通"思想的扼要梳理,不是要考镜源流,而仅仅是要阐明:"感通"作为中华文化中的一种重要基因,它在现代被激活是一件非常自然的事;换言之,从中国本土的感通思想中,生长出"审美感通学批评"是一件非常自然的事。我们今天完全可

---

① (清)王夫之:《古诗评选》,上海古籍出版社 2011 年版,第 161 页。

② 参见宗白华《艺境》,北京大学出版社 2004 年版,第 151 页。

③ 唐君毅:《生命存在与心灵境界》,河北教育出版社 1996 年版,第 897 页。

④ 关于唐君毅感通哲学(或感通形上学)的详细阐释,可参考黄冠闵先生的《唐君毅的境界感通论:一个场所论的线索》一文,该文载台湾《清华学报》2012 年第 41 卷第 2 期。

以从古代的思想资源中生发出新的观念，或者接着前人"继续讲"。在中国古人看来，"感通"的对象与内容可包括四类：感通人心人情，感通世情伦理，感通天地神明，感通宇宙秩序；感通的方式则有外感、内感、横通、纵通、顺通、反通等；感通的方向与旨趣则是通天地神理、奋至德之光、亲万邦之民。这些均可延展至今天，得到重新阐释并发挥力量。进而言之，中国传统的感通思想，与作为感性学的美学最为接近，尤与"情本体"人类学美学颇有相通之处，但由于它更强调"通"，在求"通"中蕴含、催化出大智慧，故其不只是感性学，还可发展为一门与"爱智慧"密切相关的学问，因此较之中国古代的"感兴"、"感发"思想，"感通"思想更吸引人、更具活力。①

三　审美感通学批评的基本内涵

那么，究竟何为"审美感通学批评"？其基本内涵是什么？经过长时间探索，笔者认为，审美感通学批评是一种立足于中国传统生命美学与感通理论，借鉴西方审美学、现象学、解释学、心理学与艺术学的一些重要成果，以审美感通为始基、以"面向作品本身"为第一原则、以探讨艺术家生命境界与内在智慧为旨趣的新型审美批评。

基于中国传统感通论的"审美感通学批评"，其思想根底虽在中华古学，但其核心旨趣在于解决当代问题，故需对关键词"审美感通"予以现代阐释。在中国古代，并无"审美感通"一词；牟宗三、马一浮、唐君毅等现代大儒亦未曾用过"审美感通"一词。笔者造此词组，源于初心而体验日深，兹略疏之。该词组由"审美"与"感通"二词合成。所谓"审美"，在笔者看来是一种自由的、借助于（或聚焦于）感性形式而与他人交流情感意趣的

---

① 尤西林教授就认为，"美学的本体论意义乃是以'情'感通真善的感通学"。见尤西林《审美共通感与现代社会》，《文艺研究》2008 年第 3 期。如何以情感通真善，不只是一个"立其诚"、"抒其情"的问题，更是一个"爱智慧"的问题。

活动。① 而所谓"感通",对于主体（或施动者）而言,是指以感性、感情使他者内心感动、畅通或豁然贯通,进而产生强烈的共鸣;对于接受者（或欣赏者）而言,是指在心灵上（或在内在感受、统觉上）豁然贯通,真切地感受到另一生命的情感意趣、生存境界（让另一生命鲜活、完满、无碍地生活于自心之中）,产生强烈的共通感（或与主体处于同一心境）。唯感能通,通则无碍、不隔。在具体的文艺鉴赏、文艺批评活动中,审美是方式、路径,感通则是关键和初步目标,只有以审美心态看作品才能真正感通,故"审美""感通"连用是将方式、路径与目标结合在一起,以一种强化的方式凸显一种深层次的审美过程、审美境界。这里之所以特别强调"感通"二字,一是鉴于真正的艺术作品是一个活的生命体,需要用心去体验、感悟,才能真正理解、会通;二是由于"感通"贯穿于文艺创作、文艺鉴赏、文艺批评的全过程,它在很大程度上既是艺术创造、艺术传达的关键,也是艺术欣赏、艺术批评的关键;三是由于"感通"对于探讨大师艺术智慧、发挥经典内在能量、创造文化成人之美等方面具有重要作用;四是由于审美感通乃是克服现代性危机的一条重要路径;五是由于"感通"源于中华古学,凝聚着华夏智慧,体现着中国美学精神。

经过现代阐释,"审美感通"的意涵已经很清楚,由此进一步可厘定"审美感通学批评"的内涵。从鉴赏者、批评者的角度来看,"审美感通学批评"至少包括五个层面的要点与内涵:一是以审美的心态看待艺术作品,把艺术品真正当成艺术品来欣赏;二是入乎其内、圆照周览,同情地理解作品的各个要素,真正对作品的有机整体心领神会;三是换位思考、会通心源,对作家的艺术思维、艺术灵魂领悟

---

① 具体到文艺活动来说,"审美"具有多个层面的含义:对于创作者而言,审美是一种借助于感性形式传达自我体验过的情感意趣的活动（入乎其内形之于外）;对于欣赏者而言,审美是一种聚焦于对象形象（或形式）并感受个中情感意趣、体验作者心灵世界的活动（披文入情沿波讨源）。在其现实性上,完满或成功的审美活动会给人带来极大的愉悦感,同时,这种愉悦感还可能与共通感、自由感密切交融在一起。当人获得现实的美感或审美享受时,要么是由衷地感到一种把个人独特情感顺利传达出去的愉悦,要么是惊喜地发现自我情感与他人情感的相融相通,要么是快活地体验到一种在心灵上从小我走向大我、整个精神情感得到舒展的自由感。而愉悦感、共通感、自由感,正是美感的三个层次。

甚深，与之融通；四是纵横勾连，回环通观，领会、体悟作家作品背后的文化意蕴与文化语境；五是全幅感通、立言发光，即在对作家作品全幅感通的基础上，寻找合适的视角、切入点与言说方式，将在感通过程中体悟到的由作品生命、作者生命、观者生命三者交流形成的本体结构阐发出来。

　　总之，当代社会现实与文化语境的复杂性，在某种意义上决定了审美感通与审美感通学批评的必要性。而艺术创造、艺术作品、艺术欣赏自身的性质，决定了艺术与感通至为紧密的关联。如果要切入艺术本体、对艺术作品进行实事求是的评论，就几乎天然地需要审美感通学批评。"审美感通"就是为了真正"面向作品本身"，而"面向作品本身"自然而然就需要"审美感通"，二者互相寻找、互相促进。将"审美感通"贯彻下去，必然会通向作者的"生命境界与内在智慧"。因此，审美感通学批评在当代社会文化语境中有着高度的适切性，相信会有一定的发展空间。

审美感通学批评的文艺学基础

中国当代文艺批评,需要以学理为筋骨,以感通为气血,没有理论基础、缺乏气血的批评,终究是没有力量的。鉴于此,作为一种文艺批评理论,"审美感通学批评"除了扎根于中国当代现实与传统美学,还需有自己的文艺本体论、文艺价值论与审美标准论,也就是要有自己的文艺学基础。那么,"审美感通学批评"的文艺学基础是什么呢?

一 审美感通学批评的文艺本体论

关于文艺本体论,自古至今,有模仿说、表现说、直觉说、形式说、虚拟说、符号说、象征说、交流说、经验说、惯例说等观点,可谓众说纷纭,莫衷一是。新时期以来,我国学界对此问题研讨甚多,产生了"艺术是现实的反映"[①]、"文学是显现在话语蕴藉中的审美意识形态"[②]、"艺术是人的情感的对象化"[③]、"艺术的本体是审美意象"[④]、"艺术即意象"[⑤]、"艺术是一种在社会语境中通过传播兴辞而唤起公众兴会的媒介形式"[⑥]、"艺术是生命之歌"[⑦]等多种理论。这些理论都是在长期感悟、研究的基础上创构的,各有很大的合理性。基于自身的审美经验,笔者想说:第一,艺术不只是现实生活的反映,很多时候艺术作品创造的是陌生化的"第二世界";第二,艺术不只是表现情感的,很多作品还传达出非常深刻的思想;第三,艺术之为

---

① 刘纲纪:《艺术哲学》,武汉大学出版社 2006 年版,第 26 页。该书初版于 1986 年。
② 童庆炳主编:《文学理论教程》,高等教育出版社 1998 年版,第 75 页。
③ 邓晓芒、易中天:《黄与蓝的交响》,人民文学出版社 1999 年版,第 471 页。
④ 叶朗:《美学原理》,北京大学出版社 2011 年版,第 235 页。
⑤ 施旭升:《艺术即意象》,人民出版社 2013 年版,第 7 页。
⑥ 王一川主编:《艺术学原理》,北京师范大学出版社 2013 年版,第 55 页。
⑦ 曹顺庆:《艺术学科理论建构与艺术本质新论》,《贵州社会科学》2014 年第 7 期。

艺术，其最重要者可能不在于内容、质料，也不在于外在形式，而在于"怎是"① ——使艺术成为艺术、能感通人心且使之进入第二世界的那种诗性智慧。关于前面两点，估计异议不多，这第三点，需要详细解释。长期以来，我们对文艺本体的研究，或偏于生活、生命、情感，或偏于形式、符号、媒介，或在此二者之间寻找某种平衡，但对于文艺之"怎是"研究不多。其实最关键的是那个"怎是"。现代戏剧大师易卜生说："在艺术王国里没有真实现实的活动天地，相反，它的天地是为幻想设置的。……原封不动的现实无权进入艺术领域，但是不包含现实内容的艺术作品同样无权进入艺术领域。"②那么什么东西有权进入艺术领域呢？中国清代书画家、文论家郑板桥说："江馆清秋，晨起看竹，烟光日影露气，皆浮动于疏枝密叶之间。胸中勃勃，遂有画意。其实胸中之竹，并不是眼中之竹也。因而磨墨展纸，落笔倏作变相，手中之竹又不是胸中之竹也。"③ 这里的"手中之竹"之所以是艺术品，不仅因为它异于"眼中之竹"（真实现实），而且还异于"胸中之竹"（心中意象）；它之所以异于"胸中之竹"，源于作者"落笔倏作变相"，即内在体验在外化过程中发生了变异。个中变异，往往是艺术作品的 "玄关秘窍"，是使作品成为艺术品的关键。一般来说，反映了现实生活的文字，体现了白日梦想的画面，或表现了思想情感的符号，都不一定是艺术作品；使那些文字或符号成为艺术品的，还要有一种很特别的要素的渗入。从审美感通学的视角来看，

---

① "怎是"是亚里士多德《形而上学》中的一个词。根据亚里士多德，"怎是"即"事物之所以成是者"，界说事物"最后或最初的一个'为什么'（本因）"，且"本体亦即怎是"，"怎是就是本体"（见亚里士多德《形而上学》，吴寿彭译，商务印书馆1959年版，第6、138页）。亚里士多德又说："'怎是'为一切事物的起点。我们在此也找到了创造的起点。自然所成事物与技术制品也相同。种子的生产作用正像技术工作；因为这潜存有形式，而种子所由来与其所发生的事物，都取同一名称——只是我们也不能盼望父子完全同种。"（见亚里士多德《形而上学》，吴寿彭译，商务印书馆1959年版，第144—145页）据此可知：第一，"怎是"作为事物的起点，实为事物之所以成其是者的本因；第二，亚里士多德认为，对于自然事物与技术制品都可通过求其"起点"来探其"怎是"。因此，从创造起点、艺术作品成其是之本因来研究艺术作品之"怎是"是完全可行的。

② 《易卜生文集》第八卷，第173页。

③ 《郑板桥全集》第一卷，凤凰出版社2012年版，第333页。

就是要有一种东西，渗入之后使那些物质符号发生"化学反应"，使之变得特别富有感染力，能感通人心，使观者进入一个不同于现实生活的"第二世界"。这种东西，才真正触及艺术的奥秘。在谈到创作秘密时，易卜生说过这样一段话："成为一名诗人意味着什么呢？我过了很久才意识到当一名诗人其实就意味着去看，去观察；不过请注意，要以一种独特的方式去看，以便看到的任何东西都能确切地被他人感知。但只有你深切体验过的东西才能以那种方式被看到和感知到。现代文学创作的秘密就在于这种个人的切身体验。最近十年来我在自己作品中传达的一切都是我在精神上体验过的。但任何一个诗人在孤离中是体验不到什么的。他所经历和体验到的一切，是他跟所有同胞在社会共同体中经验到的。如果不是那样的话，又有什么能架设创造者与接受者之间的感通之桥呢？"① 这话看似平易，实则暗示了艺术之为艺术的关窍。对作家、艺术家来说，重要的不是反映、再现或表现，而是要让自己看到的、体验到的任何东西"都能确切地被他人感知"；换言之，就是要在创造者与接受者之间架设一座"感通之桥"，确保自己的作品能够真正感通人心，让观者进入作品所创造的艺术世界。传达到位了，感通人心了，艺术作品的形式建构才算完成。如何感通人心呢？易卜生强调，创造者不能在孤离状态或封闭的自心中体验，而是要把同胞真正放进心里，让自己和同胞彼此作为独立的生命在心里扎根、活起来，充分地体验自我和他们心里的一切，甚至发现、洞见他们自己平时不知觉的东西，这才有可能写出引人同感的东西。简言之，既要有深沉、广博、细腻的体验，又要善于架设感通之桥，以一种最能有效地引诱观者进入、观察、感知的方式去呈现一个新世界。托尔斯泰曾说："当艺术家把主题上升能够向别人表达他的情感并激发别人产生与他相同的情感，那么一件艺术作品就算是完成了。……无论作者与它的联系是多么的真实，那些表达得让人无法理解的东西也不能成为一件艺术作品。"② 可见，"让其他人理解"并"激发他人

---

① 《易卜生书信演讲集》，第 367 页。
② ［俄］托尔斯泰：《论文艺》，熊一丹译，金城出版社 2011 年版，第 6、7 页。

产生相同的情感"之于"艺术作品"是多么重要。而感通人心、激发同情感，涉及艺术家一种特有的天赋，一种能够使一件人工制品成为艺术品的特殊要素。

使得一件人工制品成为艺术品的特殊要素，往往既和"陌生化"（或"变异"）有关，也和"合律化"有关。日常语言由于用得太多太滥，其表意功能渐趋弱化，往往不能有效地传达对人事物的那些敏感细腻的感知、感受，故需要陌生化，但一味地陌生化，或放任想象力天马行空横冲直撞，那就会像断了线的风筝一样终至坠毁，故需要对其进行调节，即进行"合律化"处理。艺术终究是要让人理解且要"撩动人心"的，而人类的交流实践在"如何动人"方面积聚了丰富的经验，形成了种种审美规范和艺术规律，只要合律往往易于动人，但若一味地合律化，谨守规矩凛遵格律，又会逐渐窒息内在的活力或以辞害意、言不尽意。因此，需要把握好"陌生化"与"合律化"之间的平衡关系。通过适度的陌生化，作品呈现一个陌异的、新鲜的世界，这会引发人的好奇心，诱其进入；通过适度的合律化，作品巧妙地拨动人心深处的弦子，能够有效地感动人心、引其共鸣。在很大程度上，艺术创作就是在"陌生化"与"合律化"之间盘旋或螺旋上升。亚里士多德在《诗学》中讲："诗人的职责不在于描述已经发生的事，而在于描述可能发生的事，即按照可然律或必然律可能发生的事。"① 这话其实已经告诉我们，艺术不是再现、反映客观现实，而是要展现一个可能世界，但展现那个可能世界时，不能一味胡思乱想，而要符合"可然律或必然律"。康德在《判断力批判》中讲："为了美起见，有丰富的和独创的理念并不是太必要，更为必需的却是那种想像力在其自由中与知性的合规律性的适合。因为前者的一切丰富性在其无规律的自由中所产生的无非是胡闹；反之，判断力却是那种使它们适应于知性的能力。鉴赏力正如一般判断力一样，对天才加以训练（驯化），狠狠地剪掉它的翅膀，使它有教养和受到磨砺；但同时它也给天才一个引导，指引天才应当在哪些方面和多大范围内扩展自己，

---

① ［古希腊］亚里士多德：《诗学》，罗念生译，人民文学出版社 2002 年版，第 24 页。

以保持其合目的性；又由于它把清晰和秩序带进观念的充盈之中，它就使理念有了牢固的支撑，能够获得持久的同时也是普遍的赞扬，获得别人的追随和日益进步的培育。"① 此语切中肯綮，精辟地阐明了艺术创作中想象力与知性、陌生化与合律化之间的辩证关系。而纯熟地把握这种辩证关系的主体能力，康德认为是鉴赏力，其实这种能力体现于艺术作品中的，乃是创作者的诗性智慧———一种与"强旺的感觉力和生动的想象力"密切相关的创造性智慧。② 艺术创作中的"变异"、"感通"、"陌生化"与"合律化"等，也都与诗性智慧密切相关。在具体的艺术创作中，作家、艺术家对现实生活、对人生人性的体验固然非常重要，对文体形式、审美规范的掌握固然也非常重要，但对于作品之"生成"起到关键作用的，却是创作主体的诗性智慧。我们有很多人对生活、对人性有很深的体验，也熟练掌握了某种文体规范，却创作不出任何作品来。为什么？一个重要原因是缺乏诗性智慧。在作家、艺术家中，由于他们各自的诗性智慧千差万别，再加上生活经历、生命体验、文化视野等各不相同，于是创作出来的作品便千姿百态。由于"诗性智慧"是看不见、摸不着的，创作者自己也往往说不清、道不明，故成为研究的"暗区"，我们迄今知之甚少。③ 但正因此，诗性智慧更值得、更需要我们去研究。笔者相信，在人类艺术发展史上，有不少艺术家对前辈大师的诗性智慧是有所感悟的，他

---

① ［德］康德：《判断力批判》，邓晓芒译，人民出版社 2002 年版，第 164、165 页。

② ［意］维科：《新科学》，朱光潜译，人民文学出版社 1986 年版，第 158 页。维科还说："伟大的诗都有三重劳动：（1）发明适合群众知解力的崇高的故事情节；（2）引起极端震惊，为着要达到所预期的目的；（3）教导凡俗人们做好事，就像诗人们也会这样教导自己。"（见该书第 159 页）这三点与诗性智慧也密切相关（暗示诗性智慧有三种倾向：注重让人充分理解；注重达到引人震惊的效果；引人向善）。由此可知，诗性智慧虽与"强旺的感觉力和生动的创造力"密切相关，但有自己的方向感，内中自有一种调节性的机制在发挥作用。此外，在维科看来，诗性智慧还跟初民"以己度物"和"以物度己"的思维倾向有关，而"以己度物"和"以物度己"，实与"物我交融、主客融通"的感通思维相通。

③ 上面关于"陌生化与合律化"的论述仅是对诗性智慧的一点抽象认识，未及具体形态。"陌生化与合律化"只是诗性智慧的一种家族相似性。在诗性智慧的家族中，存在着千奇百怪的成员，其具体个性需要进一步研究。换言之，不同艺术家的诗性智慧是不同的，需要本着实事求是的态度，具体问题具体分析。

们在"影响的焦虑"、"创造性误读"、"反抗式革新"或"无意识借鉴"中形成自己独特的艺术智慧，创造出新的作品，而这又成为后来者的精神资源与艺术滋养（或成为其"误读"、"借鉴"、"革新"的对象）。在一个民族的艺术发展历程中，诗性智慧仿佛河流底下的河床一样，表面看不见但从未消失，不仅不会消失而且赋予河流无限丰富的形态与新异瑰丽的浪花，在浪花下面，那一段段的河床也绝不雷同，每一段因其时空地理位置有其独特性，但也带有其他河段的泥沙。很可能，正是因为发现了"诗性智慧"的极端重要性，朱光潜先生在80多岁时还一定要译出维科的《新科学》，并打破旧说，认为"维科关于诗性智慧的一些看法实际上就是他的诗学或美学"[①]。

　　基于以上种种考虑，笔者认为，艺术源于交感而成于感通，在其现实性上，艺术是人的生命体验的陌生化合律化显现形式，是现实生活、作者自我、审美形式三维耦合的结晶。关于这个定义，简释四点：其一，艺术只能显现作者（含作家、艺术家）心里体验到的东西，它不是对现实生活的直接呈现，也不是强烈情感的直接流露，而只能是作者对其体验过的一切（含情感、思想、潜意识与想象到一切）进行合式的表现；其二，艺术表现的关键，是找到既陌生化又合律化的审美形式，把作者体验过的内容和作者自我的审美理想调和成一个有机整体，恰切地显现出来；其三，艺术作品的整体结构，不是由情感与形式合成的二维结构，而是由现实生活、作者自我、审美形式耦合成的三维结构，其中"作者自我"这一维包含"诗性智慧"，在艺术创造中起主导作用；其四，笔者关于艺术的定义，不求符合一切艺术作品之实际情形，只求涵括绝大部分优秀作品的本质。原始社会的艺术，可能只是某种情绪或情感的对象化，而不是现实生活、作者自我、审美形式三维耦合的结晶。但在笔者看来，研求一事物的本质，不应返归起源，而更多地应该"在完全成熟而具典范形式的发展点上考察事物"（恩格斯语）。

---

　　① 　朱光潜：《维科的〈新科学〉及其对中西美学的影响》，贵州人民出版社 2009 年版，第36 页，在 20 世纪 60 年代，朱光潜认为《新科学》是一部"探讨人类社会文化起源和发展"的著作，20 年后，朱光潜认为《新科学》是维科的诗学（或美学）著作。

钱锺书先生也认为:"夫物之本质,当于此物发育具足,性德备完时求之。苟赋形未就,秉性不知,本质无由而见。此所以原始不如要终,穷物之几,不如观物之全。盖一须在未具性德之前,推其本质,一只在已具性德之中,定其本质。"① 存在先于本质,本质有待发展出来。因此,一种旨在涵括艺术本质的定义恰好是不太可能符合一切艺术品之实际情形的。符合一切艺术品之实际情形的定义,如能寻绎出来,其内涵必然极其单薄,恐于创作、鉴赏与批评无甚切实意义。②

根据以上关于艺术的这个定义,可以推出四点:第一,艺术源于人的生命体验,对现实生活、宇宙人生、人性人心、文艺作品等的体验构成艺术创作的原动力与基本材料(是材料而不是内容,那些体验只有经过陌生化合律化的显现才构成艺术的内容)。第二,"艺术美"并不限于"体验"或"对象化的情感",还在于"陌生化合律化的显现形式"。第三,"美感"至少有三层:表层是作品形式所引起的愉悦感(悦耳悦目,悦心悦意),中层是接受者在"披文入情、沿波讨源"的过程中体验到创作者传达的生命体验所产生的共鸣感、共通感,深层是入乎艺内而又出乎艺外之后所体验到的自由感。第四,对文艺作品的评论,不能只分析它反映了怎样的现实生活,也不能只分析它表现了作者怎样的思想情感,还要特别注重分析作品所隐含的诗性智慧(即作者是如何运用审美形式去感通人心的)。

近百年来,我国文艺批评经历了社会历史批评、意识形态批评、审美批评、伦理批评、心理批评、生态批评、文化批评、地理批评等多种形态,总体上比较偏重于分析作品所呈现的内容或蕴含的信息;即便是审美批评(或形式主义批评),通常侧重于分析作品的艺术特色、审美特征等,而较少探析作品所隐含的诗性智慧。而诗性智慧,实为艺术作

---

① 钱锺书:《谈艺录》,生活·读书·新知三联书店 2001 年版,第 101 页。

② 笔者并不认同"反本质主义",追求本质实际上体现了人类的理想主义精神,有其积极意义,但追求本质并不一定就是寻找事物的"共相"或"最大公约数",这种"本质"在人文科学领域是很难找的,即便找到也无多大意义。人文科学领域某事物的"本质",体现某种"理想",不一定符合该类事物的一切实际情形。比如马克思说"人的本质在其现实性上是一切社会关系的总和",就不一定符合现实中每个人的实际情形。即便说"人是有理性的动物"(亚里士多德语),也不符合儿童的实际情形;儿童不一定有理性,但儿童也是人。

品成其自身之"怎是",特别值得深入研究。在每位艺术大师的作品中,都渗透着、隐含着独特的诗性智慧;后辈艺术家正是在感悟(或创造性误读)、融合前辈艺术家诗性智慧的过程中形成自己新的诗性智慧,从而展开自己的艺术创作。在某种程度上,诗性智慧构成人类艺术长河的潜流(或某种"虚的实体"),是人类文明中特别富有活力与创造性的有机组成部分,一个艺术家的诗性智慧越发达,其文化创造能力就越高,其对于民族与人类的贡献可能就越大。

二　审美感通学批评的文艺价值论

基于上述感通论和文艺本体论,可推出审美感通学批评的文艺价值论。简言之,即文艺的价值不限于认识、娱乐和教诲,而主要在于感动人心、感兴生命、增进共通感、成人之美(让人成为人并达到美的境界)和涵育创造性人格。

一直以来,文艺的认识、娱乐和教诲价值得到人们高度重视。但实际上,从长远来看,非常真实地反映了现实生活的作品,不一定具有很高的价值;把观众逗得乐开花、让观众从头笑到尾的作品,不一定具有很高的价值;全篇形象地诠释或演绎一个高深道理的作品,也不一定具有很高的价值。从现实审美经验来看,好的作品往往非常感人,能引发人喜怒哀乐种种情感,能让人的情感变得非常细腻,甚至能振奋人心、动人心魂。汤显祖对此深有体验,他曾说:"(戏可)使天下之人无故而喜,无故而悲。或语或嘿,或鼓或疲,或端冕而听,或侧弁而哈……无情者可使有情,无声者可使有声。"① 此话极言戏曲艺术感发人情之功能,虽略显夸张但切中肯綮。王夫之进一步说:"(世人)终日劳而不能度越于禄位田宅妻子之中,数米计薪,日以挫其志气,仰视天而不知其高,俯视地而不知其厚,虽觉如梦,虽视如盲,虽勤动其四体而不灵,唯不兴故也。圣人以诗教以荡涤其浊心,震其暮气,纳之于豪杰,而后期之以圣贤,此救人道于乱世之大权也。"② 诚如其言,诗(艺术)在

---

① (明)汤显祖:《汤显祖全集》,徐朔方笺校,北京古籍出版社1999年版,第1188页。
② (清)王夫之:《船山全书》第十二卷,岳麓书社1992年版,第479页。

感发志意、"兴"起人的生命元气、激发人的生命活力方面确有其独到
的功能。文艺作品区别于日常言说、社科论著的特殊之处，亦部分地在
于其善能感发人情、感兴生命。① 正由于此，文艺作品具有第二个重要
功能，即拓展人的心灵，增进人与人之间的共通感。文艺作品之所以要
寻求陌生化合律化的感性显现形式，就是为了让作者的生命体验恰切地
传达给他者，引起他者的同情感或共鸣感。人之大患，在于不能把对
象、把他者当作自我来看待和感受，故有恃强凌弱、把自己的快乐建立
在他人痛苦之上的种种恶行，以及到头来毁灭自己、无法持续发展之种
种恶果；而艺术则让我们去感受每个人的内心，尤其是去"感受他者之
痛"，以此增强我们每个人的对象意识和同情能力，从而及时调整人际
关系、族群关系与天人关系。在真正的艺术家和欣赏者那里，"每一个
人的卑怯都是我的卑怯，每一个人的苦难都是我的苦难，每一个人的不
幸都是我无可摆脱的耻辱，每一个人的恐惧和堕落都会在我心上刻下永
不愈合的伤口。因为一个热烈而又高贵的人所担当的不只是他自身，他
还要担当整个人性，正是在人性上他与前代的后代的远在的近在的一切
人息息相通"②。而艺术正是让这种"息息相通"变得更为真切的媒介。
在托尔斯泰看来，艺术的主要功能就是促进人类之间兄弟般的团结。在
人类区隔化、异化日益明显的今天，充分发挥艺术的这一功能尤显迫切
而重要。

此外，文艺作品在感通观者的过程中所传达的生命体验、所渗透的
诗性智慧对人同样非常重要，甚至有可能更重要。宗白华先生在《略谈
艺术的"价值结构"》一文中说："艺术至少是三种主要价值的结合体：
（一）形式的价值，就主观的感受而言即'美的价值'；（二）抽象的价
值，就客观而言为'真'的价值，就主观感受而言为'生命的价值'；
（三）启示的价值，启示宇宙人生之意义之最深的意义与境界，就主观
感受而言为'心灵的价值'，心灵深处的感动，有异于生命的刺激。"③

---

① 文艺作品的一切价值，都是建立在"感动人心"这个基础上的。只有真正感动人心了，
文艺才可能让观者的心灵受到洗礼、净化或熏染、陶冶，才可能引起观者深层次的反思与探索。
② 摩罗：《论当代中国作家的精神资源》，《文艺争鸣》1996 年第 5 期。
③ 宗白华：《艺境》，北京大学出版社 1999 年版，第 75 页。

这里所说的"启示的价值",往往被忽视(非感通不能真了解),其实尤为值得珍视。艺术必然是创造,是作者在诗性智慧引导下自觉或不自觉的创造;诗性智慧引导作者或"于天地之外,别构一种灵奇之境",或"以意象暗示人类不可言不可状之生命律动",或"借幻境表现宇宙人生最深的真境",这些或"引人精神飞跃,超入幻美",或让"我们鉴赏者周历多层的人生境界,扩大心襟,以至于与人类的心灵为一体,没有一丝的人生意味不反射在自己心里"①。这样的活动(含审美创造与鉴赏),其实是可以成人之美和涵育创造性人格的。人只要有一点精神追求,莫不希望从俗物中超拔出来,领略到只有人才能看到的美景与艺境,感受到充实而有辉光的生命之乐。除了大自然,特别能给人这种快乐的便是艺术作品了。优秀的艺术作品不仅特别关爱人心(一流艺术对人心的观照、爱护可谓无微不至),而且最能引人超临美境,沐浴清辉。如果说有生命的艺术品也有自己的憧憬,那么其憧憬绝不是给人低级娱乐或教诲,而是"成人之美"——让人成为人并达到美的境界。让人经常领略艺术之美,最能让人脱俗,也最能让人真正成为人。因此,"成人"与"之美"("成"为使动词,"之"意为"到")是相互促进的。优秀的艺术作品一定是能够成人之美的,即便其表面形式给人强烈的丑感,也并不妨碍作品深处"流光溢美"②。此外,由于艺术创造与鉴赏的过程是富于创造性的,特别需要高质量、高密度智慧的投入,因此让作者、赏者熏染日久,必然有助于涵育创造性人格。单就观者而言,如果只是浮光掠影地欣赏,可能不会有充电之感,但如果能进入感通之境,充分领悟作者的艺术灵魂与创作思维,则往往不能不惊叹于作者超卓的智慧。创作艺术品(尤其是长篇小说或戏剧)特别需要有超出常人的智慧,即便是极少数灵感袭来一

---

① 宗白华:《艺境》,北京大学出版社1999年版,第77页。该句中引号中的话均引自《艺境》。

② 审丑本质上仍然是审美。在优秀作品中,"丑陋可能因其内在之真而显得是美的"(易卜生语),而且,对"丑"的理解、观照与表现,恰可映出艺术家心灵之美。正如我国作家残雪所说:"正因为心中有光明,黑暗才成其为黑暗,正因为有天堂,才会有对地狱的刻骨体验.正因为充满了博爱,人才能在艺术的境界里超脱、升华。"(见《残雪访谈录》,湖南文艺出版社2003年版,第292页)敢于下地狱的,往往是伟大的艺术家。但只有真正感通了,才能看到作品深处的光与美。

挥而就的作品，也是诗性智慧积聚到某一时刻爆发的产物。因此，入乎其内，深自感悟，融会贯通，慢慢学会"像艺术家一样思考"，明白其如何"巧夺天工"，进而汲取其内在智慧，确乎有助于提升个体的创造性和生命质量。

三 审美感通学批评的审美标准论

既然文艺作品具有如许价值，那么评判文艺作品高下优劣的标准，自然与其价值密切相关。首先，以真挚深厚的感情、鲜明灵动的感性形象（或意象）感动人心对于艺术作品来说是第一重要的，若不能"感动人心"则一切为空，因此是否具有新颖和谐的感性形式，是否感人、动人，是评判文艺作品的第一个标准。① 优秀的文艺作品往往发乎真情，能塑造出特别感性细腻、真切动人的形象，观之令人或爱或憎，或爱恨交加，或昼夜思慕，或痛心不已，仿佛在人们心里扎下根了一般。而有些作品概念化、公式化，人物缺乏鲜活的生命，没有深沉的情感，一点也不动人。持"感"衡之，可令迷者返，昧者明。其次，要看作品所传达的生命体验。作品只要感人，就必然会吸引人"沿波讨源"，进一步去感受作者所传达的生命体验。这里的"生命体验"，包括作者对现实生活、对宇宙人生、对人性人心的体会与感悟，甚至还可包括作者对所处文化的反省与对未来的憧憬，内容无限丰富。一位作者往往是因为对现实生活、对宇宙人生、对人性人心有了独特而深刻的体验，有了跟他人不一样的某些发现与思考，才有创作的冲动。而其体验（尤其是对社会生活本质的洞察与感悟，对人性人心之丰富性、复杂性、微妙性、多样性的敏感，对民族文化与人类命运的反思与直感）是否深广、精微、独特，在很大程度上决定着其作品的

---

① 这并不是说思想性对文艺作品不重要，而是说只有感人、动人，才能引领观者进入艺术之门，才能发挥艺术更进一步的功效。当今有些作品有意"反共鸣"，要引导观者学会"辩证地思考"，要让观者习惯于"享受思辨之乐"，其初衷可以理解，但实在是误入了歧途。艺术的力量源于情感，只有真情感能从根本上化人、新人，思想只有融化在情感里，才能发挥持久的作用。只是进入"头脑"的东西（思想意识），容易变化、迁移或被覆盖，但进入"心灵"深处的东西（情象或情感），能生根发芽存活很久。

成功度和生命力。简言之，作品所传达的生命体验的深厚性、独特性、微妙性，是评判文艺作品的第二个标准。再次，有了非常个人化的体验后，通常需要有丰富的、高超的诗性智慧将那些体验传达出来，因此，作品所渗透的诗性智慧的丰富性、高超性，是评判文艺作品的第三个标准。优秀的作者，往往善于给自己出难题，让自己在两难困境中迸发出智慧的火花。一部给人极大审美享受的作品，往往让人不能不佩服作者真是太高明了，正因其高明，具有丰富的、高超的诗性智慧，其作品的感性形式才那么引人入胜、动人心魄。如果说第一个标准是一种直觉的、偏重于作品感性形式的标准，那么第二、第三个标准则是深层的、偏重于作品本源（艺术家是艺术作品的本源）的标准。这三个标准显然是统一的，是可以彼此互证、首尾相接的。就艺术家而言，因其体验之深，智慧之高，故而有形式之妙；就艺术品而言，其形式之妙，源于艺术家体验之深与智慧之高。总之，既然是文艺作品人的生命体验的陌生化合律化显现形式，是现实生活、作者自我（含诗性智慧）、审美形式三维耦合的结晶，那么文艺作品所传达的生命体验越是深厚独特，作品所渗透的诗性智慧越是丰富高妙，作品所采用的审美形式越是新颖和谐，其艺术价值就越高。①

在一种审美标准论的背后，固然有某种美学思想、文艺本体论与文艺价值论作为支撑，但也隐含着某种文化理想。文艺作品最终是要参与文化创造、以情思化人的，因此有没有文化反省、文化创造意识，直接关系到作者"生命体验"的质量。从世界文艺经典的高度来看，优秀的艺术作品往往不是对生活的直接反映，也不是对自我情感的直

---

①　邓晓芒、易中天先生曾提出一个审美标准："每一个体的任何独特的情感都通过不可重复的对象形象而为每个其他个体所同感。"（见邓晓芒、易中天《黄与蓝的交响》，人民文学出版社1999年版，第487页）。这个审美标准在逻辑上非常严谨，但比较理想化，实际操作性不强。因为作为单个的欣赏者、批评者，无法确知某一作品所传达的情感是否"为每个其他个体所同感"。笔者提出的这一审美标准也仍然有点理想化，因此需要补充一点：由于文艺作品是千姿百态的，有的偏重于写实，有的偏重于抒情，有的追求思想之深刻，有的着力刻画灵魂之深邃，有的纯粹追求形式之完美，有的努力营求多元和谐之有机整体，等等，因此不要求作者一定要在多个方面都做到尽善尽美，在某些方面达到极致亦可视为杰作。当然，如果一部作品能在体验、智慧、形式这三个方面都臻于佳境，那么可列为一流作品，甚至有可能成为经典。

接表现，而是以一种偏离生活实像的方式，把自我对现实生活、所处文化的深刻体验与反思"变相"呈现出来，来感通接受者，使之进入一个与现实生活不同的"第二世界"。这类作品往往与现实生活有一定距离，对传统、对生活万象背后的文化之根有一种深邃的透视与反省；它们不仅要感通人心，更要启人心智。能成为经典的，往往是这类立意高远、参与文化创造的作品。

真正的艺术家，必然既是现实主义者又是理想主义者；他（她）们到这个世间，看清人心世道的真相，首先铸就自身发光的灵魂，再把自己体验过的光与美传达给同胞，感通他们，启示他们，同臻美的境界。而真正的读者、鉴赏者、批评者，必然是善于跟艺术家合作的人，他们致虚守静，面向作品本身，充分调动自己的想象力、知解力和一切经验，细细体验作品中的一切，共同去完成作品，并阐发作品深处的光与美。

后　记

本书脱胎于我的博士学位论文。从博士毕业到现在，一晃已过去八年；但攻读博士学位的那三年时光，却在我记忆里愈发清晰起来。关于东棉花胡同 39 号、方砖厂胡同 69 号和倚林佳园的一切，历历在目，仿佛就在昨天；导师的音容笑貌，亲友的嘱咐切磋，渐次展开，恍然如在眼前。

那三年，凝聚了父母深深的期待，也肩负着师友们不断的勉励。其间种种艰辛与快乐，存乎一心，毋庸备述。犹记十年前那个初夏的下午，我正在上课，一个电话打进来，告知千里之外家里的消息。在那之前和之后的无数个日日夜夜，我的父母所经历的剧痛，也许是我永远无法体会的。他们用日复一日的劳作与熬煎，艰难地托起心头的希望，也迎来生活的阳光。他们把最苦最累的留给了自己，把最好最甜的留给了孩子。在他们朴素的信念里，把孩子培养成才是人生最最重要之事；为着孩子，他们几乎可以吃一切苦，并以异常坚强的心力越过了人生种种难关。在他们身上，那种近乎宗教般的信念，以及面临险境爆发出来的惊人勇气与韧性，让我感佩，亦让我愧疚。

博士学位论文得以如期完成，特别要感谢我的导师谭霈生先生。从选题、立意到结构成篇，他给了我一系列切中肯綮的指导意见，特别是他关于"审美戏剧"的系列卓见，尤使我受益终生。谭先生还给我看了最新版《易卜生评论》（由挪威当代青年作家撰写），使我了解到国外易卜生研究的一些重要信息。丁老师在那三年里也给了我很大的帮助。从专业书籍的阅读建议，到人生信念的启发，再到穿衣吃饭之类日常琐事，她都放在心里。初入北京的那个冬天，她帮我买的那件羽绒服，一直还留在我衣柜里。如今我也带了研究生，亲身经历后尤为感慨：一位导师，在经历了种种际遇、几乎历尽沧桑之后，仍然能够那样关心学生，是多么不容易。

在论文写作过程中，我读硕士时的导师郑传寅教授、邹元江教授、彭万荣教授和黄献文教授也给了我一些具体建议。他们的敏锐洞见和仁厚之风，令我感铭。在论文修改过程中，王忠祥教授、邓晓芒教授也给了我一些宝贵的建议，在此致以深切的谢意！此外，还有一些师兄、师姐、师弟、师妹在我写作、修改过程中以不同方式提供了不少帮助，在此一并深致谢意。

读博三年对我来说也是一个从虚无中确立新的信念的过程。这中间经历了几度幻灭的痛苦，也眺望过夜空星辰的闪烁。而研读易卜生晚期戏剧，在很大程度上影响了我的人生观和世界观。我渐渐相信，人生在世最重要的事情是自我反省，自我锻铸，而受到锻铸的灵魂，可能是不灭的；与此同时，通过审美感通或追求艺术化的生活，则可望逐渐进化为"活人"或"真人"。只是，要想看到日出（实现审美期待），必先穿过迷雾。

在我修改博士论文的这段时间，我的亲人给我创造了很好的工作条件。我的妻子在教学之余，承担了几乎所有的家务劳动，而且经常用歌声点染出书房外另一个空间的简单与快乐。我的岳父、岳母亦全力支持。我两岁的小女儿经常悄无声息地来到我的书房，爬上我的膝盖，偶尔出其不意地敲敲电脑键盘，搅乱了我的文档还要娇声嫩气地问东问西。在那些时刻，我的头脑和心灵仿佛自然而然启动了分工程序，一边思考着文中的问题，一边感受着眼前的一切。感谢你们，让我的生命如此充实而美好！

在本书出版期间，武汉大学人文社会科学研究院院长沈壮海教授、武汉大学艺术学院刘丹丽院长和丁康书记给予了大力支持，责任编辑熊瑞做了耐心细致的编校工作，在此表示衷心感谢！

汪余礼
2008 年 3 月完成初稿
2016 年 5 月改于珞珈雅苑